LENA JOHANNSON

GROSSE FISCHE

atb aufbau taschenbuch

LENA JOHANNSON, 1967 in Reinbek geboren, war Buchhändlerin, bevor sie als Reisejournalistin ihre Leidenschaften Schreiben und Reisen verbinden konnte. Seit ihrem ersten Roman »Das Marzipanmädchen«, der 2007 erschien, arbeitet sie als freie Autorin. Sie lebt an der Ostsee.
Bei Rütten & Loening und im Aufbau Taschenbuch sind ihre Romane »Himmel über der Hallig«, »Rügensommer«, »Dünenmond«, »Der Sommer auf Usedom«, »Die Inselbahn«, »Strandzauber« und »Liebesquartett auf Usedom« sowie der Kriminalroman »Mord auf dem Dornbusch« lieferbar.

Auf der beschaulichen Insel Hiddensee wird eine männliche Leiche angespült. Routine für die Männer des Kommissariats Nordpommern – sie sind daher wenig begeistert von der anstehenden Ermittlung und überlassen diesen Job gerne einer Neuen. Conny Lorenz, gerade aus Reinbek zugezogen, übernimmt und kommt schnell darauf, dass es sich um Mord handelt und dass die Spur nach Rügen führt. Der Tote heißt Robert Welzer und ist – ausgerechnet – ein Steuerprüfer, der offenbar einen Großbäcker ins Visier genommen hatte. Conny beschließt, sich auf Rügen genauer umzusehen – und findet weitere Geschäftsleute, die im Clinch mit dem Steuerprüfer lagen. Dann wird auf Welzers Freundin ein Anschlag verübt. Offenbar ist Conny Lorenz dem Täter gefährlich nahe gekommen.

LENA JOHANNSON

GROSSE FISCHE

Ein Ostsee-Krimi

atb aufbau taschenbuch

MIX
Papier aus verantwortungsvollen Quellen
FSC® C083411

ISBN 978-3-7466-3198-1

Aufbau Taschenbuch ist eine Marke der Aufbau Verlag GmbH & Co. KG

1. Auflage 2016

Die Originalausgabe erschien 2013 bei Rütten & Loening, einer Marke der Aufbau Verlag GmbH & Co. KG
Umschlaggestaltung www.buerosued.de, München
unter Verwendung eines Motivs von © plainpicture/ Thorsten Marquardt
Gesetzt aus der Garamond Condensed durch Greiner & Reichel, Köln
Druck und Binden CPI books GmbH, Leck, Germany
Printed in Germany

www.aufbau-verlag.de

*Für P. T. und alle seine Kolleginnen und Kollegen,
die durch ihren oft schwierigen und unbequemen Einsatz
unsere Welt ein wenig sicherer machen.*

Er hätte die Finger davon lassen sollen. Sein Schädel dröhnte, er konnte sich nicht orientieren. Wenn das Schaukeln nur aufhören würde. Ein Schütteln lief durch seinen Körper. Keine Kontrolle mehr. Er fror erbärmlich. Kurz: Er war in einem miserablen Zustand. Selbst schuld, sagte er sich. Er hätte eben die Finger davon lassen sollen. Wie oft hatte er sich das bereits vorgenommen? Aber er konnte nun einmal nicht anders. Gedämpft drang das klatschende Schlagen von Ruderblättern, die ins Wasser tauchten, an sein Ohr. Dazu ein menschliches Geräusch. Keuchen. Schweres, rasselndes Keuchen, von großer Anstrengung zeugend. Weit entfernt waren diese Laute nicht, trotzdem konnte er sie nicht deutlich hören. Es war, als trüge er eine dicke Wollmütze oder Ohrenschützer, die die Klänge der Welt filterten. Die Feuchtigkeit kroch durch seine Kleider, seine Haut, das Fleisch bis tief in die Knochen. Ihm fiel das lateinische Wort für Knochen ein: Os. Woher um Himmels willen kam dieser Gedanke? Was sollte er damit anfangen? Das hatte er nun davon, in der Schule alles auswendig gelernt zu haben. Er konnte seine Knochen nicht retten, aber er wusste, wie sie in lateinisch-medizinischer Sprache hießen. Nur ein Wunder könnte ihn noch retten. Vielleicht der Zauberer von Oz? Tief in seinem Inneren formte sich ein Lächeln über dieses Wortspiel: Der Zauberer von Oz rettet ihm die Knochen. Noch ehe das Lächeln es bis in sein Gesicht geschafft hatte, beschlich ihn ein sonderbares Gefühl. Etwas hatte sich verändert, nur was? Es dauerte eine Weile, bis er begriff, dass die Ruderschläge aufgehört hatten. Dafür wurde das Schaukeln stärker. Ihm wurde übel. Es kostete ihn beinahe die letzte Kraft, doch er öffnete die Augen, blinzelte. Eine Person beugte sich über ihn. Die schwarze Silhouette, irgendwie größer, als er sie in Erinnerung hatte, schwankte vor dem grauen Horizont, den bedrohlichen Wolken, die Regen im Gepäck hatten. Oder den Tod. Allmählich kam zurück, was in den letzten Stunden geschehen war. Das hätte ich dir nicht zugetraut, niemals, sagte er in Gedanken. Doch seine Stimmbänder hatten längst den Dienst quittiert, seine Lippen blieben geschlossen. Die Person hatte etwas in der Hand, eine Flasche. Und was noch? Ein Stück Stoff. Schon presste sie ihm den Lumpen über Mund und Nase. Ein beißender Geruch. Eine scharfe Substanz drang wie ein elektrischer Schlag in seinen Körper, schnitt ihm in die Luftröhre, steckte seine Lungen in Brand. Die Dunkelheit, aus der er gerade erst wieder ins Licht zurückgekehrt war, nahm ihn wieder zu sich. Behutsam zog sie ihn immer tiefer in sich hinein. Er fühlte, wie Hände an seinem Leib zerrten, wie sein Kopf gegen die Seitenwand des Bootes schlug. Die Zeit der Schmerzen war vorüber. Er war nur noch Geist, sein Körper gehörte nicht mehr zu ihm. Auch nicht, als dieser endlich über den harten Rand der Nussschale rollte und in die Ostsee eintauchte. Mit einem Mal fühlte er sich leicht und frei. Er sank tiefer und tiefer, dem Unvermeidbaren entgegen. Eine Ruhe füllte ihn aus, wie er sie nie zuvor gespürt hatte. Da wusste er, dass er sterben würde.

Kapitel 1

Connys erster Fall

»Ich würde die Finger davon lassen.«

Conny Lorenz hielt in der Bewegung inne und seufzte tief. »Und warum?«

»Der Becher gehört Brix.« Hansen sah sie nicht einmal an.

»Aha.« Sie drehte den Kaffeebecher, aus dem ein winziges Stückchen Rand weggeplatzt war, in ihren Händen. »Das steht aber nicht drauf.«

»Schreiben Sie auf alles, was Ihnen gehört, Ihren Namen?«

»Zu Hause nicht. Außerhalb, wo ich damit rechnen muss, dass nicht jeder weiß, was mir gehört, schon.«

»Hier weiß jeder, dass dieser Becher Brix gehört.« Jetzt sah er sie an mit diesem Blick, dessen er sich zu gerne bediente. Jeder außer dir weiß hier, wem was gehört, schien er zu sagen. Jeder außer dir. Du bist die Neue, du gehörst nicht hierher, wirst nie hierher gehören. Sie überlegte, ob sie es darauf anlegen und sich Kaffee in Brix' heiligen Becher gießen sollte, ließ es jedoch bleiben. Stattdessen griff sie nach einem anderen Exemplar, eines mit blau-weißen Streifen.

»Was ist mit diesem?«, fragte sie.

»Den nimmt Fedder immer.«

Conny war nicht sicher, ob das die Wahrheit war oder Hansen sie nur schikanieren wollte. Sie beschloss, sich nicht daran zu stören, und probierte es mit einer schlichten weißen Tasse, die sie ihm vor die Nase hielt. Hansen schüttelte nur den Kopf.

»Sie werden hier doch wohl Becher für Besucher haben«, brachte sie gereizt hervor. Allmählich wurde es ihr wirklich zu dumm. Sie hatte Besseres zu tun, als mit diesem Miesepeter, der schon die Tage bis zu seiner Pensionierung zählte, über Trinkgefäße zu debattieren.

»Nee, Sie müssen sich schon Ihren eigenen von zu Hause mitbringen«, brummte er. »Und schön Ihren Namen drauf schreiben«, sagte er mit unverhohlener Schadenfreude und balancierte seinen randvollen dampfenden Becher zur Tür hinaus. Conny schloss die Augen, während sie hörbar die Luft durch die Nase blies. Nicht ärgern, ermutigte sie sich selbst. Das ist eben die spröde-nordische Art der Menschen in Mecklenburg-Vorpommern, vor der Paul sie gewarnt hatte. Davon würde sie sich nicht unterkriegen lassen. Immerhin war sie auch ein Nordlicht und wusste, dass in so mancher harten Schale ein ausgesprochen weicher Kern steckte. Sollten sie ihr den Anfang ruhig schwermachen, irgendwann würden sie schon auftauen und dann bestimmt die hilfsbereitesten Kollegen sein, die man sich nur wünschen konnte. Sie entschied sich für den blau-weiß gestreiften Becher von Fedder. Kein Kaffee, kein guter Tag! Dummerweise hatte sie es an diesem Morgen nicht geschafft, sich auf dem Weg von ihrer Zwei-Zimmer-Wohnung in der Unnütze Straße zum nur drei Straßen entfernten Kommissariat bei dem winzigen Kiosk des Italieners Matteo ihren Cappuccino zu holen. Häppchen hatte den Umzug vom beschaulichen Reinbek vor den Toren Hamburgs mitten hinein in die Altstadt von Stralsund deutlich weniger gut überstanden als sie selbst. An diesem Morgen hatte er einen kleinen übelriechenden Teich auf das Laminat im Flur gesetzt, statt die ihm eigentlich vertraute Katzentoilette zu benutzen. Kostbare Minuten waren futsch gewesen, weil Conny ihren Kater nicht zu fassen bekommen hatte. Sie musste ihn im Wohnzimmer zweimal um den gläsernen Couchtisch jagen, den Schaukelstuhl zur Seite kippen, um nach ihm zu greifen, was ihr jedoch misslang. Häppchen hatte sich nach einem Abstecher durch ihr Schlafzimmer, für ihn bei schlimmster Strafe verbotenes Terrain, unter das Sofa geflüchtet. Dort hatte sie ihn, auf dem Bauch liegend, endlich packen können. Das auch nur, weil er zur rechten Seite entkommen wollte, wo in der alten Wohnung der großzügige Übergang vom Wohnzimmer zur offenen Küche, seinem Lieblingsaufenthaltsort, gewesen war. In ihrem neuen Zuhause stand das Sofa mit der rechten Seite an der Wand und wurde so zur Häppchen-Falle. Natürlich hatte er seine Krallen ausgefahren und Conny feine rote Streifen in die Hand tätowiert, die sie einige Zeit mit sich herumtragen würde. Als sie ihn jedoch am Nackenfell hatte, wechselte er seine Taktik. Statt sich weiter zu wehren, markierte er tote Katze und hing wie ein nasser Sack erstaunlich schwer in ihrem Griff. Ob er wissen konnte, dass ein Mensch vor Schreck loslässt, wenn er fürchtet, seinem vierbeinigen Mitbewohner das Genick gebrochen zu haben? Häppchen traute sie so ziemlich alles zu. Sie hatte ihn von einem Einsatz mitgebracht, bei dem es um häusliche Gewalt gegangen war. Mit ihrem Kollegen war sie in Hamburg-Eimsbüttel, einem Stadtteil, der für seine Villen, betuchten Einwohner und den einen oder anderen Prominenten bekannt war, einer Frau zu Hilfe gekommen, die von ihrem Ehemann auf übelste Weise zugerichtet worden war. Was sie fanden, war neben der verängstigten Frau, deren linkes Auge völlig zugeschwollen und deren Haut übersät war von blauen und braunen Flecken, ein Chaos, wie es selbst Polizisten nicht oft zu sehen bekamen. Zwischen Bergen alter Zeitungen, die offenbar Tische und Sitzgelegenheiten ersetzen sollten, standen und lagen Unmengen leerer Flaschen herum. Obwohl es laut Einwohnermeldeamt kein Kind im Haushalt gab, fanden sich überall auf dem Fußboden Spielzeuge, Stofftiere und auch Malbücher. Auch Süßigkeiten aller Art und eine unüberschaubare Zahl Kekspackungen, die meisten geöffnet, waren in allen Zimmern verstreut. Über allem lagen ein bestialischer Gestank und das Schreien von Tieren, von Hunden, Katzen und diversen Kanarienvögeln. Nachdem der Mann in Gewahrsam genommen und die Frau ins Krankenhaus gebracht worden war, konnten die bereits benachrichtigten Herrschaften des örtlichen Tierheimes anrücken. Sie verstauten die Kreaturen, die sich aufgrund der Enge, in der sie miteinander leben mussten, zwar untereinander ordentlich vermöbelt hatten, ansonsten aber erstaunlich gut gepflegt waren, in Boxen und Käfige.

»Den hier können wir gleich einschläfern lassen«, sagte eine Frau mit blonden Haaren, die ihr glänzend und hart von einer großen Portion Gel vom Kopf abstanden wie die Stacheln eines Igels. »Der scheint taub zu sein.« Das Katzenhaus sei ohnehin schon überfüllt. Und wer nimmt schon einen tauben Kater zu sich? Das Tier war noch jung, vielleicht neun oder zehn Monate alt. Wer will so einen schon haben? Conny wollte. Oder besser gesagt, sie konnte nicht anders und nahm ihn zu sich. Seine Verhaltensauffälligkeiten hatte er im Laufe der ersten gemeinsamen Wochen zu großen Teilen abgelegt. Connys Erziehung, sofern man bei Katzen von Erziehung sprechen konnte, trug Früchte. Sie musste ihm eben zeigen, was er nicht durfte oder falsch gemacht hatte, anstatt ihn auszuschimpfen. So war es auch an diesem Morgen gewesen. Sie hatte ihn zu der Pfütze im Flur geschleppt, die er wahrscheinlich aus Protest über den Umzug hinterlassen hatte, und ihn mit der Nase dicht darüber gehalten. Das hatte dazu geführt, dass sie das Haus rund eine Viertelstunde später verlassen hatte als üblich. Und genau diese Zeit hatte ihr eben für den Cappuccino gefehlt.

Noch kein Monat war vergangen, seit die frisch ernannte Kriminalkommissarin Conny Lorenz ihren Dienst in Stralsund angetreten hatte. Der zehnte September war ihr erster Tag gewesen, heute war der vierte Oktober. Man hatte es in der Zeit zwar geschafft, ihr Passwörter für das Computersystem anzulegen und sie für alle relevanten Funktionen freizuschalten, aber die persönlichen Gegenstände, die ihr Vorgänger auf dem Schreibtisch hinterlassen hatte, zu entfernen und sie als Kollegin herzlich oder wenigstens freundlich aufzunehmen, hatte man versäumt. Kommt schon noch, tröstete sie sich, während sie mit dem blau-weiß gestreiften Fedder-Becher auf ihren Arbeitsplatz zusteuerte. Kriminalhauptkommissar Paulsen, der Leiter der Inspektion Stralsund, hatte einige Hebel in Bewegung setzen müssen, um Conny von der Freien und Hansestadt Hamburg nach Mecklenburg-Vorpommern versetzen zu lassen. Gut möglich, dass das dem einen oder anderen sauer aufstieß. Wenn sie erst in ihrem ersten richtigen Fall eng mit den Kommissaren Fedder und Brix und dem Kriminaloberkommissar Hansen zusammenarbeiten und sich beweisen konnte, würde man sie auch akzeptieren. Bis es soweit war, beschäftigte sie sich mit einem bereits fünf Jahre zurückliegenden Fall von Selbstbeschädigung mit Todesfolge. Alles deutete darauf hin, dass die Person keine Suizidabsicht gehabt, es beim Zufügen von Verletzungen aber derart übertrieben hatte, dass es sie das Leben kostete. Jetzt gab es bei den Ermittlungen eines Mordfalles in Berlin Hinweise darauf, es mit einem Serientäter zu tun zu haben. Der Verdächtige hatte Kontakt zu dem Opfer von damals und sein Berliner Mordopfer auf eine durchaus vergleichbare Weise verletzt. Soweit Conny es beurteilen konnte, gab es nur ein Indiz, das überhaupt auf eine Serie von Verbrechen hindeutete. Auch war der Kontakt zwischen dem Toten von vor fünf Jahren und dem jetzt in Verdacht geratenen Mann so oberflächlich gewesen, dass sie kein Motiv des Täters für ein Tötungsdelikt erkennen konnte. Sie hatte den Eindruck, dass die ermittelnden Kollegen damals sehr gründlich gearbeitet hatten. Selbstbeschädigung mit Todesfolge erschien ihr vollkommen plausibel. Aber man musste natürlich sichergehen. Und sie musste beschäftigt werden.

Fedder kam auf sie zu. Im Grunde war er ein sympathischer Kerl, Anfang bis Mitte fünfzig, schätzte Conny. Er war ungefähr so groß wie sie, also etwa einen Meter und siebzig, was für eine Frau in Ordnung, für einen Mann bei der Kriminalpolizei eher klein war. Seine Statur verriet, dass er schon seit Jahren mehr Sport machte als der Beruf von ihm verlangte. Wie sie von Paul wusste, hatte Fedder früher für den Marathon trainiert, war aber nie einen gelaufen. Zuerst hatte er wohl selbst Angst vor seiner Courage gehabt und die Anmeldung zu einer ersten großen Laufveranstaltung immer wieder verschoben. Als er dann endlich angemeldet war, kam ihm ein Einsatz dazwischen. Schließlich waren die Schmerzen in seinen Knien so stark geworden, dass er widerwillig zum Arzt gegangen war. Schwere Arthrose, lautete die Diagnose. Fedder musste die Laufschuhe an den Nagel hängen und war auf Anraten seines Therapeuten auf das Fahrrad umgestiegen. Dass regelmäßiges Radeln Muskeln aufbaut und die Gelenke entlastet, also empfehlenswert sei, war ein Trost für ihn. Sofort hatte er sich ein Rennrad und einen Heimtrainer gekauft. Dass er aber auch in dieser Disziplin auf Höchstleistungen verzichten sollte, muss er geflissentlich überhört haben. Seither war er schon mehrfach von Stralsund nach Hamburg und zurück gestrampelt, jedenfalls wenn man sein Kilometerpensum zusammenrechnete. Wenn die Arthrose ihn vom Training abhalten wollte, begegnete er ihr mit Schmerzmitteln. Als er jetzt auf ihren Schreibtisch zusteuerte, wirkte er noch ernster als sonst. Sein Unterkiefer zeichnete sich kantig unter der blassen Haut ab.

»Ich weiß, es ist Ihr Becher …«, sagte Conny, um ihm den Wind aus den Segeln zu nehmen.

»Was?« Er stutzte. Sie wedelte mit dem längst leeren Gefäß in der Luft und machte Anstalten, sich zu erheben, um damit in die Küche zu verschwinden.

»Ach das …« Fedder zog die Nase kraus, ohne den Rest seines Gesichts auch nur einen Millimeter zu bewegen. »Vielleicht ist das bei euch Wessis so, dass jeder auf sein Eigentum pocht. Bei uns gehört alles jedem. Wir sind da großzügig. Solange Sie den Becher hinterher abwaschen.«

Conny fing Hansens Blick auf. Er grinste süffisant. Reingelegt, sagten seine funkelnden Augen.

»Können wir diesen Wessi-Ossi-Mist bitte von vornherein lassen?«, fragte sie betont ruhig. »Ich war fünf, als die Mauer fiel!

Wie viel Einfluss hat Ihrer Meinung nach ein fünfjähriges Kind auf die Politik eines Landes?« Sie sah von einem zum anderen. Treffer! Den Kerlen blieb endlich mal die Spucke weg. Jetzt musste sie nachziehen, dann ging dieser Punkt an sie. »Wenn Sie nicht aufhören, den Unterschied zwischen Ost und West zu beschwören, klappt das nie mit dem ›Es wächst zusammen, was zusammengehört‹. Oder finden Sie nicht, dass die zwei Hälften eines getrennten Landes zusammengehören?«

»Vom Kaffeebecher auf die große Politik, das muss Ihnen erst mal einer nachmachen«, gab Hansen zerknirscht von sich. Sollte das etwa ein Kompliment sein?

Und Fedder meinte: »Entschuldigung, war blöd von mir. Sie haben ja recht.« Er dachte einen Moment nach und schüttelte dann überrascht den Kopf. »Die ersten Wende-Babys sind inzwischen tatsächlich schon erwachsen. Die können sich gar nicht mehr vorstellen, wie es war mit einer Mauer in Berlin und strengen Grenzkontrollen von Ost nach West und umgekehrt.« Wieder machte er eine Pause und hing seinen Gedanken nach. »Ist auch gut so. Sie haben recht«, wiederholte er. »Wenn wir alten Unverbesserlichen nicht immer wieder davon anfangen würden«, stellte er schließlich mit einem Blick zu Hansen fest, der ihnen bereits den Rücken zugedreht hatte und in dem großen grauen Aktenschrank nach etwas suchte, »dann wäre bald Schluss mit den gegenseitigen Beleidigungen und Vorurteilen.«

»Mein Reden.« Conny lächelte ihm freundlich zu. »Den Becher wasche ich Ihnen trotzdem gerne ab.« Sie stand auf.

»Das ist nett.« Er schenkte ihr ein dünnes Lächeln. Das würde sie sich in ihren Kalender schreiben! »Ich meine, das wäre wirklich nett, aber nicht jetzt«, ergänzte er stotternd, weil ihm offenkundig gerade etwas Wichtiges eingefallen war. »Es gibt Arbeit.« Connys Herz machte einen Hüpfer. Wenn sie Glück hatte, durfte sie sich in den nächsten Tagen mit einem aktuellen Fall beschäftigen, Zeugen vernehmen, ermitteln. »Wolter hat angerufen. Am Strand unterhalb des Dornbuschwaldes wurde eine Leiche angespült.«

Hansen drehte sich um. »Unfall?«

»Anzunehmen«, sagte er sehr langsam, als sei er nicht sicher. »Trotzdem müssen wir uns das auf jeden Fall ansehen.«

»Brix ist diese Woche nicht da. Und du mit deiner Arthrose fällst ja wohl aus. Oder willst du kilometerweit durch weichen Sand oder oben auf der Steilküste herumlaufen?« Die drei standen sich vor Connys Schreibtisch gegenüber, die beiden Männer sahen sie an. Von draußen drangen Straßengeräusche zu ihnen herein, ein Drucker summte und klapperte.

»Ich könnte fahren«, schlug Conny vor. »Wo genau liegt denn der Fundort?« Sie ging zu der Landkarte, die zwischen den beiden Fenstern an der Wand hing und das Gebiet von der Insel Poel im Westen bis zur polnischen Grenze im Osten und Rheinsberg im Süden zeigte.

»Entschuldigung, Sie sind ja nicht von hier. Dann können Sie nicht wissen, wo der Dornbuschwald liegt.« Da war wieder dieser überhebliche Blick von Hansen, während Fedder nur betreten zu Boden starrte. Dieses Mal kam Conny das Getue gerade recht. Sie schnappte sich einen Bleistift und kreiste mit dessen unangespitztem Ende den besagten Wald auf der Nordhälfte von Hiddensee ein. Wenn sie etwas hier in der Gegend kannte, dann waren das die Inseln.

»Irrtum, lieber Herr Kollege, auch wenn man irgendwo fremd ist, kann man etwas über die Region wissen.« Sie lächelte ihn an.

»Ich bin nicht Ihr lieber Kollege.«

»Stimmt.« Nun war es an ihr, eine abweisend-arrogante Miene aufzusetzen. »Was mich interessiert, ist, ob die Leiche hier unterhalb des Leuchtturms oder weiter im Süden angeschwemmt wurde.« Sie tippte mit dem Bleistiftende auf die beiden Punkte.

»Das hat Wolter nicht gesagt. Er meinte nur, es gäbe einen Toten, männlich, wahrscheinlich um die vierzig.«

»Hat Wolter den ersten Angriff gefahren?«, wollte Conny wissen.

»Wer sonst?«, knurrte Hansen zurück.

»Ich gehe nicht davon aus, dass er die Polizeistation auf Hiddensee vollkommen alleine betreibt«, stellte sie gereizt fest.

»Nein, sie sind zu zweit«, erklärte Fedder. »Aber Wolter hat den ersten Angriff trotzdem alleine gefahren und die Spuren geschützt. Zeugen gab es nicht. Außer dem Spaziergänger natürlich, der die Leiche entdeckt hat.«

Seit dem Moment, als Conny die Transportbox aus dem kleinen Abstellraum auf dem Dachboden geholt hatte, war Häppchen verschwunden. Schon das Packen ihrer Tasche hatte ihn beunruhigt. Immer wieder war er ihr um die Beine gestrichen, so nah, dass sie einmal beinahe über ihn gestolpert wäre. Als die Box ins Spiel kam, hatte er sich unter das Sofa verkrümelt, in den hintersten Winkel dieses Mal, an den schlecht heranzukommen war. Schlauer Kater. Nur war Conny schlauer. Es nützte ja nichts, ihr Schiff nach Hiddensee fuhr am frühen Abend. Häppchen allein zu Haus war keine Option. Sie musste ihn also in die Transportkiste befördern und zu Paul bringen. Begeistert war der nicht, als sie den Gastaufenthalt ihres Katers ankündigte. Glücklicherweise war es ja nur für eine Nacht.

»Komm her, Süßer«, redete sie betont ruhig auf ihn ein. Conny sprach oft mit ihm, obwohl sie wusste, dass er sie nicht hörte, geschweige denn verstehen konnte. »Ich habe etwas Schönes für dich.« Sie schlug das Ei, das sie eine Weile hatte abkühlen lassen, auf die hölzerne Arbeitsplatte und begann, es zu pellen. Die Schale krachte leise. Aus dem Augenwinkel sah sie ihren Kater mit erhobenem Schwanz in die Küche kommen. Er setzte sich neben sie und ließ ihre Hand mit dem Ei nicht mehr aus den Augen. Von wegen schlau, dachte sie. Häppchen war vor allem verfressen.

»Manchmal habe ich wirklich den Verdacht, dass du doch etwas hören kannst.« Sie teilte die Köstlichkeit in kleine Stücke und gab alles in ein Schälchen. »Aber vermutlich ist das nur deine brillante Nase, die dich in die Falle gelockt hat.« Die Schale platzierte sie ganz hinten in der Transportbox. Häppchen beäugte das

Ganze misstrauisch. Er maunzte herzzerreißend, setzte ein Pfötchen in die ungeliebte Kiste, machte wieder einen Schritt zurück und sah Conny an, die vermeintlich unbeteiligt daneben stand. Es dauerte nicht lange, bis er, nachdem auch ein ganz lang vorgestreckter Hals nicht zum Erfolg geführt hatte, in die Box stieg. Noch ehe er das halbe Ei verspeist hatte, war die Gittertür hinter ihm geschlossen.

Den Käfig mit dem lautstark protestierenden Kater in einer, ihre Tasche mit allem, was sie für eine Nacht brauchte, in der anderen Hand machte Conny sich auf den Weg. Wie so oft fiel ihr Blick auf das Straßenschild. Unnütze Straße. Mehr als einmal war es schon als Souvenir abmontiert worden. Kein Wunder, Conny war auch darauf hereingefallen, als sie den Namen zum ersten Mal gehört hatte.

»Dann ist die Straße doch nicht unnütz, wenn ich hier eine Wohnung finde«, hatte sie gescherzt. Die Vermieterin hatte sie müde lächelnd über die Herkunft der Bezeichnung aufgeklärt. Wahrscheinlich war Conny nicht die Erste, die diesen Witz machte. Im Mittelalter war die kleine Gasse das Revier der Huren gewesen. Darum wurde sie Nüttze Strate genannt, also vermutlich Nuttenstraße.

»Wer will schon in einem Weg mit einem solchen Namen wohnen? Also hat man ihn einfach umbenannt. Fragen Sie mich bitte nicht, warum die sich bei der Gelegenheit nicht gleich etwas Hübsches haben einfallen lassen.«

Conny hatte nicht gefragt, sondern die Wohnung genommen, obwohl sie fest damit rechnete, dass ihre Kollegen sich das Maul darüber zerreißen würden, wenn sie erst ihre Adresse kannten. Denn wenn sich der Name der Straße auch geändert hatte, ihre Nutzung im Mittelalter kannte in Stralsund jeder.

Weit war es nicht in die Heilgeiststraße, in der Paul eine großzügige Vier-Zimmer-Wohnung mit Dachterrasse bewohnte. Noch besser als die wunderschöne Terrasse war die Nachbarin Frau Schmidt, die quasi zur Wohnung gehörte. Sie leerte Pauls Briefkasten, rettete seine Blumen vor dem Vertrocknen, wenn er im Urlaub war, und konnte sich auch um den Kater kümmern. Der Weg, das Kopfsteinpflaster und die alten Backsteinbauten oder Giebelhäuser, zum Teil blitzsauber renoviert, zum Teil aber noch von der Vergangenheit gezeichnet, waren Conny vertraut. Paul und sie waren seit vier Jahren ein Paar, sie hatte ihn oft besucht. Ein Lächeln trat auf ihre Lippen, als sie an ihn dachte. Es war so schön, endlich in seiner Nähe zu sein. Vorbei war die Zeit, in der sie sich abwechselnd auf den Weg machen mussten, wenn ihre Dienstpläne ihnen mindestens zwei freie Tage hintereinander und vor allem gleichzeitig gönnten. Seit dem zehnten September konnten sie sich endlich nach Feierabend oder sogar manchmal kurz in der Mittagspause sehen. Ein Umstand, den sie von Herzen genoss.

Als Conny die Wohnung aufschloss, dröhnte ihr Wagner entgegen. Gut, dass Häppchen das nicht hören konnte. Sie stellte ihre Fracht ab und ging an der offenen Küche vorbei in das sparsam eingerichtete Wohnzimmer. Paul saß, die Beine hochgelegt, in der Ecke der L-förmigen cremefarbenen Ledercouch. Er hatte den grauen Wollpullover mit Reißverschluss am Stehkragen an, den sie so mochte, und eine dunkelgraue weite Hose, die er nur zu Hause trug. Seine Füße steckten in dicken Socken, sein Kopf ruhte auf einem überdimensionalen Kissen, das er sich in den Nacken geschoben hatte. Ganz genau so fühlte Paul sich wohl.

»Da seid ihr ja«, begrüßte er sie, griff nach der Fernbedienung, stellte die Musik leiser und wechselte von Wagner auf leichten Soul.

»Häppchen geht es nicht gut.« Conny beugte sich zu ihm herunter und küsste ihn auf den Mund, lange und zärtlich. Sie spürte ein vertrautes Kribbeln in der Magengegend. Sehr schade, dass sie nicht bleiben konnte.

»Was fehlt ihm?«, wollte Paul wissen, als sie sich von ihm gelöst hatte. »Er wird mir doch hoffentlich nicht alles vollspucken?«

»Nein, körperlich ist er in Ordnung.« Sie würde ihm den Protest-Pinkelteich beichten müssen, dachte sie. »Der Umzug nach

Stralsund belastet ihn noch immer. Als ich ihn nun schon wieder in die Box stecken musste, hat er Panik gekriegt. Du musst ganz lieb zu ihm sein, okay?«

Paul nahm ihre Hand und zog sie zu sich auf das Sofa. »Kann er nicht für dich fahren, und du bleibst hier? Ich verspreche auch, ganz lieb zu dir zu sein.«

»Wie langweilig. Nein, dann fahre ich lieber und sehe mir mal die Wasserleiche an.«

»Dankeschön.« Er zog ein Gesicht. »Häppchen, komm her, Kater«, rief er. »Dann schmuse ich eben mit dir.«

»Er hört dich nicht«, antwortete Conny und lachte. »Außerdem ist er eingesperrt. Aber ich will mal nicht so sein, ich hole ihn dir.« Sie küsste Paul noch einmal. Dann stand sie auf, ging in den Flur zurück und entließ Häppchen in die Freiheit. Der inspizierte augenblicklich die neue Umgebung. Mit hoch erhobenem Schwanz stolzierte er geradewegs in die Küche. Paul kam ihm entgegen und hockte sich hin. Er hielt dem Tier die Hand hin. Häppchen schnupperte, dann neigte er den Kopf und rieb sich an Pauls Knie.

»Hallo, mein Freund! Hast du ordentlich mit Frauchen geschimpft? Gut gemacht«, lobte Paul mit einschmeichelnder Stimme.

»Wie bitte?« Conny stemmte die Fäuste in die Hüften.

»Er hat doch recht.« Paul sah zu ihr auf. »Ihr hättet beide zusammen sofort zu mir ziehen können. Aber nein, du musst dir eine eigene Wohnung nehmen.«

»Bitte nicht wieder diese Leier.« Sie seufzte.

»Und wer muss Frauchens Dickschädel ausbaden? Du, mein Freund.«

»Das arme Tier!«, sagte sie ironisch, verschränkte die Arme vor der Brust und lehnte sich gegen den Kühlschrank.

»Allerdings. Völlig durcheinander ist er.« Paul kraulte dem Kater ausgiebig den buntgefleckten Pelz. Der veranstaltete regelrechte Bocksprünge vor Wonne.

»Ich bin hier anscheinend überflüssig.« Conny stieß sich vom Kühlschrank ab und machte Anstalten zu gehen. »Drei sind offenbar einer zu viel«, sagte sie und gab sich Mühe, möglichst beleidigt zu klingen.

Paul stand auf. »Wir wollen mal nicht so sein. Immerhin haben wir noch den ganzen Abend für uns«, antwortete er mit einem liebevollen Blick auf den Kater, der ihm nicht von den Beinen wich. »Möchtest du einen Tee?«

»Gerne.«

Er füllte den Wasserkocher und löffelte schwarzen Tee in das gläserne Sieb der Kanne. Während er den kleinen Krug mit der Sahne aus dem aufgeräumten und sauber glänzenden Kühlschrank nahm und zusammen mit einer Schale Kandiszucker auf ein Tablett stellte, fragte er: »Was weißt du über die Leiche?«

»Männlich, etwa vierzig Jahre alt, unterhalb des Dornbuschwaldes angeschwemmt. Das ist alles.« Sie zuckte mit den Schultern. »Ich werde mit der Ärztin sprechen, die die Leichenschau durchgeführt hat, und mit dem Spaziergänger, der den Toten gefunden hat. Dieser Walter ...«

»Wolter«, korrigierte er.

»Genau. Dieser Wolter müsste für mich die Termine gemacht haben. Ich komme morgen mit dem Schiff um Viertel nach drei zurück.«

Er goss sprudelndes Wasser in die Kanne und trug alles in das Wohnzimmer. Dort gab er in jede Tasse ein Stück Zucker und goss Tee darauf, als dieser lange genug gezogen hatte. Es knisterte leise. Zum Schluss gab er etwas Sahne dazu, die sich in weißen Kringeln durch die cognacfarbene dampfende Flüssigkeit zog. Häppchen saß unter dem Couchtisch und beobachtete die Zeremonie aufmerksam.

»Warum schicken sie dich?«

»Brix ist diese Woche zur Fortbildung, und Fedder mit seiner Arthrose scheut die Steilküste und lange Fußmärsche am Strand.«

»Hansen hätte fahren können.«

»Ich kann es ebenso gut. Sie haben mich nicht geschickt, ich habe es vorgeschlagen. Ich bin froh, wenn ich die lieben Kollegen im Büro ein paar Stunden nicht sehen muss.« Sie verdrehte die Augen.

»Läuft's noch nicht besser?« Paul hatte ein Bein angewinkelt und stellte die Tasse auf sein Knie.

»Bisher nicht, aber das wird schon.« Conny hatte keine Lust über die schlechte Stimmung im Kommissariat zu reden. Vor allem wollte sie auf keinen Fall, dass Paul sich die Kollegen deswegen zur Brust nahm. Wenn die herausfanden, dass der Chef und die Neue ein Paar waren, würde ohnehin erst einmal wieder dicke Luft herrschen. Nein, sie musste sich ohne Pauls Unterstützung Respekt verschaffen und die Sympathie des Teams gewinnen. »Jedenfalls freue ich mich. Ich war erst ein Mal auf Hiddensee, und das ist lange her. Wer weiß, vielleicht gefällt es mir so gut, dass ich mich dorthin versetzen lasse.«

»Ich dachte, wir sind uns einig.« Er sah sie ernst an.

Conny musste lächeln. »War doch nur ein Spaß. Natürlich sind wir uns einig. Obwohl ich bezweifle, dass wir ein bezahlbares Haus auf Rügen finden, das uns beiden gefällt und das eine für uns günstige Lage hat.«

»Wir müssen eben danach suchen. Aber du hast ja nie Zeit dafür. Entweder musst du an deiner Modell-Landschaft basteln oder ins Kino gehen.«

»Oder einen Umzug von Reinbek nach Stralsund organisieren und durchziehen.« Conny sah auf die Uhr. »Ich muss los«, sagte sie und stellte ihre leere Tasse auf den Tisch. Sie fing einen strafenden Blick von Paul auf und stellte die Tasse auf den dafür vorgesehenen Untersetzer.

»Du hast noch zehn Minuten.« Er machte eine Pause. Sie fürchtete schon, er würde wieder von dem gemeinsamen Haus anfangen. Das tat er nicht. Stattdessen erklärte er: »Die Männer hassen Hiddensee. Sie hätten dich auf jeden Fall geschickt.«

»Warum?«

»Du hast dort kein Auto, und du bist auf das Schiff angewiesen.«

»Na und? Ist doch herrlich. Während der Arbeitszeit gemütlich über die Ostsee schippern … Ich kann mir Schlimmeres vorstellen.« Sie strahlte.

»Du kannst nicht in deinem eigenen Bett schlafen. Und leider auch nicht in meinem.« Seine Augen funkelten. »Und wenn die Vernehmungen länger dauern, verpasst man die Fähre und muss noch eine Nacht bleiben. Das finden die Kollegen gar nicht witzig.«

»Verstehe.« Sie sah wieder auf die Uhr. »Jetzt muss ich aber wirklich los.«

»Ich würde dich gern zum Schiff bringen, aber ich lasse dein Raubtier lieber nicht alleine.« Als hätte er es gehört, legte Häppchen die Ohren an.

Es hatte zu nieseln begonnen, und der Wind frischte deutlich auf. Conny zog sich die Kapuze auf den Kopf. Sie musste aufpassen, nicht auf dem Herbstlaub auszurutschen, das sich auf dem nassen Kopfsteinpflaster sammelte. Die Böen, die ihr vom Wasser her entgegenbliesen, waren so stark, dass sie sich vorlehnen musste, um nicht nach hinten gedrückt zu werden. Sie lächelte und summte *I'm singing in the rain*. Die steife Brise trug ihre leise Stimme davon. Connys Laune hätte nicht besser sein können. Sie übte den Beruf aus, den sie haben wollte, seit sie dreizehn war, sie hatte Paul in ihrer Nähe, mit dem sie eine ausgesprochen glückliche Beziehung führte, und seit kurzer Zeit lebte sie auch noch an der Ostsee. Dass ihr erster eigener Fall sie auch noch auf die kleine Insel Hiddensee führte, machte ihr Glück komplett. Nun gut, von einem Fall konnte wahrscheinlich kaum die Rede sein. Routine sei es, hatten die Kollegen gesagt. Es käme immer mal wieder vor, dass einer absäuft, ein unerfahrener oder unvorsichtiger Segler zum Beispiel. Sie solle mal nicht glauben, dass sie spektakuläre Ermittlungen vor sich habe. Ihr war es recht. Sie würde schon noch genug Gelegenheiten bekommen, sich und ihr Können zu beweisen. Conny lief den Fischmarkt entlang, warf dem Ozeaneum einen Blick zu. Wie viele Menschen hatten nur im Urlaub die Möglichkeit, das Meeresmuseum mit seinen verschiedenen Aquarien und der Pinguinanlage zu besuchen? Sie dagegen wohnte jetzt hier und konnte an einem freien Tag hingehen. Ohne Parkplatzsuche, ohne Planung. Bisher war sie noch nicht dazu gekommen. Aber sie würde es bestimmt bald nachholen.

Sie kaufte eine Fahrkarte und spazierte zum Anleger. Das rotweiße Boot, auf dem Räucherfisch und Seelachsfilet verkauft wurden, tanzte auf der kabbeligen See. Die *Altefähr* wartete auf Gäste für die große Hafentour. Vergeblich. Viel Betrieb war nicht bei diesem Wetter. Nur einige wenige Passagiere, mit Rucksäcken oder Rollkoffern ausgerüstet, warteten wie Conny auf die Fähre. Und ein junger Mann, die Kapuze des schwarzen Sweatshirts halb über die kurzen schwarzen Haare gezogen, war da. Über dem Shirt trug er eine Jacke im Militär-Tarn-Look, in seiner Unterlippe steckten zwei silberne Ringe, wie Conny sehen konnte, als er sich kurz umdrehte, die Lage peilte und dann seine Angel auswarf. Der kleine Haken mit einem Blinker daran flog unweit der Köpfe der Umstehenden durch die Luft, ein leises Sirren der sich ausrollenden Angelschnur konnte sich kaum gegen das Rauschen des Windes durchsetzen.

Das Schiff legte pünktlich an und schüttete eine erstaunlich große Menge Fahrgäste aus, die es von der Insel zurück auf das Festland gebracht hatte. Dann nahm es Conny und wenige Urlauber an Bord. Conny machte es sich auf einem gepolsterten Sessel direkt am riesigen Fenster bequem. Sie beobachtete, dass die Passagiere, kaum dass die Fähre abgelegt hatte, zu dem kleinen Verkaufstresen strömten. Eine Frau holte zwei Milchkaffee, eine andere kaufte Postkarten und Kugelschreiber mit Hiddensee-Motiv. Ein Mann bestellte ein Bier und einen Korn.

»An des Schaukeln ham Se sich bestimmt schon gwöhnt, gell?«, fragte er die Mitarbeiterin hinter dem Tresen und hampelte mehr als nötig herum, um zu demonstrieren, wie sehr der Kahn wackelte.

»Ja«, gab sie unbeeindruckt zurück. »Und an die Sprüche der Touristen auch!«

Er stutzte kurz, dann lachte er viel zu laut auf. »Ah so, ja, des hörn Se sischer häufischer, gell?« Sie stellte ihm Bier und Korn hin und nannte ihm den Preis. Conny sah zu, wie er zahlte und seine beiden Gläser auf einem Tablett zu seinem Platz balancierte. Hoffentlich würde er den Alkohol vertragen und sich nicht womöglich übergeben. Konnte er mit dem Trinken nicht warten, bis er in seinem Hotel angekommen war, überlegte sie gereizt. Der Blick zur Rügenbrücke, an der sie vorbeifuhren, und auf die Silhouette von Stralsund besänftigte sie sofort wieder. Sie seufzte zufrieden und nahm den Anblick und den Geruch der Ostsee tief in sich auf, der durch die Tür, die hin und wieder jemand öffnete, ins Innere drang, während die Fähre über die Wellen in die Dunkelheit hüpfte. Salzwasser klatschte an die Scheibe und lief als dünnes Rinnsal zurück in die Ostsee.

Nach einem kurzen Halt in Neuendorf setzte der kleine Dampfer seine Fahrt rasch fort. Um acht Uhr erreichten sie den Hafen von Vitte. Wie besprochen, erwartete Wolter sie bereits. Es war nicht schwer für ihn, sie zu erkennen. Sie war die einzige allein reisende Frau.

»Guten Abend, herzlich Willkommen auf Hiddensee, Frau Kollegin«, begrüßte er sie höflich und reichte ihr die Hand. »Wolter – Michael Wolter.«

»Conny Lorenz. Freut mich.«

»Ich bringe Sie in Ihre Pension. Wie es aussieht, haben Sie nicht viel Gepäck bei sich.« Er sah ein wenig irritiert aus, wenn sie sich nicht täuschte. Aber in dieser Finsternis war das kaum zu erkennen. Von einer ordentlichen Hafenbeleuchtung hielten die Hiddenseer wohl nicht viel. »Dann brauchen wir den Bollerwagen gar nicht, oder?«

»Nein.« Sie lächelte ihn an. »Ich ziehe es vor, mit leichtem Gepäck zu reisen. Es ist ja auch nur für eine Nacht.«

»Wieso sind Sie da so sicher?«, wollte er wissen und runzelte die Stirn. Sie musste sich beeilen, mit ihm Schritt zu halten. Wolter war groß und hatte lange Beine. Außerdem kannte er sich aus und wusste genau, wohin er seine Füße setzen konnte. Im Gegensatz zu Conny, die prompt in eine tiefe Pfütze trat. Regen und Wind hatten noch zugelegt, und sie hoffte sehr, dass sie in ihrer Unterkunft etwas zu essen bekäme. Zwar war sie nicht empfindlich, was das Wetter anging, aber sie merkte, wie das Wasser durch ihren Lederschuh drang und ihren Strumpf tränkte. Wenn sie morgen nicht mit nassen Füßen in den Tag starten wollte, sollte sie heute nicht mehr lange draußen herumlaufen.

»Frau Lorenz?«

»Bitte?«

»Sie gehen davon aus, dass Sie nur eine Nacht bleiben. Wie darf ich das verstehen?«

»Ich dachte, der Fall ist reine Routine. Tod durch Ertrinken. Kommt nicht selten vor, oder bin ich da falsch informiert?«

»Nein, das kommt leider nicht selten vor. Allerdings wird meistens ein natürlicher Tod bescheinigt. Frau Dr. Schäfer hat aber Anhaltspunkte, dass in diesem Fall kein natürlicher Tod vorliegt. Sonst hätten Sie schließlich nicht zu kommen brauchen. Hat Kollege Fedder Ihnen das nicht gesagt?« Conny schüttelte den Kopf. »Was ist das denn für eine Kommunikation bei euch?«

»Wir hatten kaum Zeit miteinander zu reden«, murmelte sie und ärgerte sich gewaltig. In seinem Ton hatte Missbilligung gelegen und Überheblichkeit. Klar, wenn es einen Toten gab, war die Kriminalpolizei gefragt. Es kam also immer ein Kollege vom Festland. Wahrscheinlich fühlte Wolter sich dadurch bevormundet. Es musste ein Vergnügen für ihn sein, dass das Miteinander in seiner Dienststelle offenbar besser funktionierte.

»Wann kann ich die Leiche sehen?«, fragte sie und bemühte sich um einen professionellen strengen Ton.

»Davon haben Sie am Telefon nichts gesagt. Sie wollten nur, dass ich Ihnen Termine mit Frau Dr. Schäfer und dem Spaziergänger mache. Das habe ich getan.« Er nannte ihr die Zeiten. Den Urlauber, der den Toten entdeckt hatte, würde sie erst um vierzehn Uhr treffen. Dann konnte es schon eng mit der Fünfzehnfünfzehn-Fähre werden. Ob das Absicht war, um sie zu drangsalieren? Sie ließ sich nichts anmerken.

»Ich bin davon ausgegangen, dass die Inaugenscheinnahme der Leiche Routine ist und ich Sie nicht extra darauf hinweisen muss.«

»Bei Ihnen ist wohl alles Routine«, sagte er leise und blieb stehen. »Der Tote ist ins Krankenhaus nach Bergen gebracht worden. Hier auf Hiddensee gibt es kein Krankenhaus, und wir hätten ihn schlecht über Nacht in der Polizeistation aufbewahren können. Das habe ich Fedder aber auch gesagt.« In seinen Augen lag ein spöttisches Funkeln. Conny spürte, wie Feuchtigkeit und Kälte ihr in die Knochen drangen. Sie fröstelte. »Entweder Sie fahren morgen mit der Fähre um Viertel vor acht rüber nach Rügen und kommen mit der um zwanzig nach zehn zurück, dann schaffen Sie Ihre beiden Verabredungen. Oder Sie verschieben das bis nach den Verhören.« Conny machte Anstalten weiterzugehen. Wenn sie noch länger auf einem Fleck stehen musste, wäre sie bald komplett durchgefroren. Womöglich bekäme sie am Ende noch eine Erkältung. Wolter bewegte sich keinen Millimeter.

»Wir sind da«, sagte er.

»Hübsch«, gab sie automatisch zurück, ohne sich das kleine Gebäude näher anzusehen.

»Sie hätten auch erst nach Bergen fahren können«, meinte Wolter und zuckte die Achseln. »Oder wir hätten den Toten nach Stralsund gebracht. Das hatte ich Fedder gesagt.«

Conny hatte keine Lust, über die wirklich saumäßige Kommunikation zu sprechen. »Kriegen Sie es hin, morgen um neun Uhr einen Termin für mich mit der Leiche zu vereinbaren, oder soll ich mich selbst darum kümmern?«

»Nee, nee, das mach ich schon. Mal sehen, ob der Herr dann Zeit hat.« Er grinste sie schief an. »Wir sehen uns dann um zwölf in der Polizeistation. Ich habe die Auffinderin dorthin bestellt. Das ist Ihnen doch recht?«

»Ja, absolut. Danke. Gute Nacht.«

»Fedder hat mit Wolter telefoniert. Er wusste, dass die Ärztin bei der Leichenschau Anzeichen für einen nicht natürlichen Tod gefunden hat, aber er hat es mir nicht gesagt«, schimpfte sie und drückte sich mit ihrem Mobiltelefon in eine Zimmerecke am Fenster, wo sie den besten Empfang hatte. »Fedder hat von einem Unfall gesprochen. Er hat mich absichtlich ins Messer laufen lassen«, fauchte sie. »Er wusste auch, dass die Leiche nach Rügen gebracht wurde. Ich muss morgen mit der Fähre hin und her fahren. Das hätte man wirklich schlauer organisieren können. Die hätten uns den Toten nach Stralsund gebracht. Direkt vor die Haustür quasi. Das hätte den Zeitplan morgen deutlich entzerrt.« Sie atmete vernehmlich aus. »Wie stehe ich denn da?«, schimpfte sie im nächsten Augenblick weiter. »Als hätte ich keine Ahnung. Habe ich ja auch nicht. Was ist denn das für eine Kommunikation bei euch auf dem Festland?«, ahmte sie Wolter nach.

»Ich werde mit Fedder sprechen«, gab Paul ruhig zurück.

»Nein, das wirst du nicht. Ich regle das selbst, wenn ich zurück bin.«

»Es ist nicht deine Angelegenheit, Conny, jedenfalls nicht nur. Wenn meine Leute sich gegenseitig Informationen vorenthalten, dann betrifft das die Arbeit der gesamten Mannschaft. Das kann ich nicht durchgehen lassen.«

»Aber wenn du ihn dir vorknöpfst, weiß jeder gleich, dass ich gepetzt habe.«

»Hast du ja auch.« Sie konnte ihn lächeln hören.

»Bitte, Paul, sieh dieses eine Mal noch darüber hinweg, in Ordnung?«

»Ich habe dich gewarnt«, sagte er, statt ihr zu antworten. »Die

Kollegen sind Sturköppe. Erwarte nicht von mir, dass ich Dinge ignoriere, die du mir über sie erzählst. Das kann ich nicht. Sag mir nichts, oder lass mich die Angelegenheiten auf meine Art klären.«

Eine Weile schwiegen sie. Conny hörte nur noch die Musik, die Pauls Wohnzimmer erfüllte, und ein tiefes raues Brummen. Sie konnte sich genau vorstellen, wie Paul auf seinem Sofa lag, Häppchen auf seinem Bauch.

»Okay, nächstes Mal halte ich meinen Mund. Dafür hältst du dieses Mal deinen. Einverstanden?«

»Einverstanden«, sagte er nach einem kurzen Augenblick. »Soll ich dir für morgen ein Boot von der Wasserschutzpolizei bestellen? Dann bist du wenigstens nicht auf die Fähre angewiesen.«

»Nein, geht schon.«

»Sonst alles in Ordnung bei dir? Haben sie dir ein nettes Zimmer besorgt?«

»Wenn du knarrende Böden, fleckige Auslegeware und eine Plastik-Falttür zwischen Schlafzimmer und Bad nett findest.« Sie sah sich um. Selten hatte sie ein geschmackloseres Zimmer bewohnt. »Immerhin, das Bett scheint sauber zu sein. Und ich bekomme sogar noch etwas zu essen. Aber nur, wenn ich mich gleich auf den Weg mache, die Küche macht nämlich um neun zu«, erklärte sie ihm.

»Hört sich toll an. Dann beeile dich, sonst verhungerst du noch. Rufst du nachher noch mal an?«

»Willst du wissen, ob ich das Essen überlebt habe?«

Er lachte. »Genau.« Sie wusste, dass er noch etwas sagen würde. »Ich liebe dich«, kam es leise durchs Telefon. Sie spürte, wie sich wohlige Wärme in ihr ausbreitete.

»Kraul Häppchen die tauben Ohren von mir. Bis nachher«, sagte sie.

In der Gaststube saßen vier Männer an einem Tisch, von denen mindestens einer zu viel getrunken hatte. Er war laut und hatte Schwierigkeiten, Worte über die Lippen zu bringen. Conny überlegte, ob sie wieder gehen sollte, doch sie war hungrig und hatte keine Lust, die Hausschuhe gegen ihre nassen Lederschuhe zu tauschen, die bereits zum Trocknen unter der Heizung standen. Also entschied sie sich für den von den Männern am weitesten entfernten Tisch. Eine Kellnerin mit verschiedenfarbigen Strähnchen im vermutlich nicht naturblonden Haar legte ihr die Karte hin und murmelte etwas, das Guten Abend bedeutet haben konnte. Der Plastikumschlag der Speisekarte fühlte sich klebrig an, die Auswahl war übersichtlich. Zwei Nudelgerichte, zwei Schnitzel mit unterschiedlichen Soßen, Bauernfrühstück, die obligatorische Currywurst, Sauerfleisch, ein Salat und Kartoffelecken mit Quark, das war alles. Die Getränkekarte war deutlich umfangreicher: Sanddorn-Weizen, Sanddorn-Likör, drei verschiedene Brände, die alle mit Sanddorn zu tun hatten. Kein übles Alibi, dachte sie. Hier konnte man nach Herzenslust Hochprozentiges bestellen und behaupten, man täte etwas für die Gesundheit. Außerdem gab es natürlich eine große Palette unterschiedlichster Biere sowie ein überraschend weitreichendes Weinangebot.

Der Mann, der eben noch hinter dem Tresen Gläser poliert hatte, trat an ihren Tisch. »Darf es schon etwas zu trinken sein?«

»Ist es möglich, etwas mit Sanddorn aber ohne Alkohol zu bekommen?«

»Ja, möglich ist das schon, es macht aber nicht so viel Spaß.«

»Macht es Ihnen etwa Spaß, wenn Ihre Gäste alle lallen, so wie der da hinten?«, fragte sie bissig.

»Meine Gäste können bei mir abschalten und ihre Sorgen und den Ärger für ein paar Stunden vergessen. Wenn Ihnen das nicht passt, dann suchen Sie sich ein anderes Lokal. Dies ist ein freies Land.«

Conny sah ihm in die Augen. »Ich nehme eine Apfelsaftschorle und die Kartoffelecken, bitte.«

Er hielt ihrem Blick stand. »Quark ist alle. Sie können die Kartoffelecken mit Majo kriegen oder ohne alles.«

»Wie sieht es mit einem Bauernfrühstück aus?«

»Können Sie haben.«

»Danke schön!« Sie schenkte ihm ein umwerfendes Lächeln und reichte ihm die Karte, ohne den Blickkontakt abreißen zu lassen.

»Seit fünfzehn Jahren ist Baustopp«, sagte gerade einer der vier Männer.

»Genau, Baust ... Bausto ... Stopp«, lallte der Betrunkene.

»Aber trotzdem entstehen dauernd neue Häuser. Kann mir mal einer erklären, wie das geht?« Der andere sah herausfordernd in die Runde. Er hatte Sommersprossen, rötliches Haar, und seine Augen sahen in unterschiedliche Richtungen, weshalb es wirkte, als könne er seine drei Tischgenossen gleichzeitig anschauen. »Die Grundstückspreise explodieren. Nur die Fremden können sich das leisten. Die setzen uns Paläste vor die Nase, aber wenn unsereiner nur eine Garage anbauen will, kriegt er keine Genehmigung.« Er hatte bewusst laut gesprochen und warf Conny einen feindseligen Blick zu. Natürlich, die Gäste dieses Lokals wussten, wer fremd war und wer auf die Insel gehörte.

»An den Straßen wird auch nichts gemacht«, ergänzte einer der beiden anderen, von denen Conny nur den Rücken sehen konnte. »Diese Schlammpiste in Kloster ist doch eine Zumutung«, schimpfte er weiter. »Aber dafür ist kein Geld da.«

Von den Problemen, die es in ihren Augen auf Hiddensee gab, kamen sie auf die große Politik zu sprechen. Früher war alles besser, und ihnen ging es am schlechtesten von allen, wobei sie selbst keine Schuld traf. Die altvertraute Leier. Wie Conny sie hasste. Ihr Vater hatte genauso geredet. Für ihn hatte es immer einen Schuldigen gegeben, wenn er mal wieder seine Arbeit verloren hatte. Auch dass er trank, hatte stets jemand anders zu verantworten gehabt. Ob er sich schon tot gesoffen hatte? Sie schob den Gedanken beiseite. Das war nicht mehr ihr Problem. Das Bauernfrühstück war so fettig, wie es aussah. Sie schlang die Hälfte davon herunter, ließ den Rest stehen und zog sich eilig zurück.

Die Überfahrt von Hiddensee nach Schaprode auf Rügen dauerte eine Dreiviertelstunde. Noch immer nieselte es, ein feiner Sprühregen, der einem bei Temperaturen knapp unter zehn Grad die Laune verhageln konnte. Conny ließ sich davon nicht beeindrucken. Zwar war das Frühstück erwartungsgemäß ebenso lieblos wie in der Auswahl begrenzt gewesen, aber es hatte immerhin guten Kaffee gegeben. Und ein Anruf von Wolter, der ihren Termin im Krankenhaus in Bergen bestätigte und ihr mitteilte, dass eine Kollegin sie am Hafen von Schaprode erwarten würde, hatte den Start in den Tag für sie perfekt gemacht. Es wurde kaum richtig hell. Trotzdem blickte Conny fröhlich aus dem Fenster und betrachtete lächelnd die an Steuerbord liegende Fährinsel. Es roch nach Algen und Schiffsdiesel. Sie atmete tief ein. Wenn Paul und sie tatsächlich ihr Traumhäuschen auf Rügen finden würden, wollte sie ein eigenes Motorboot haben. Nichts Großes. Aber die Möglichkeit, jederzeit unabhängig von Fahrplänen aufs Wasser hinausfahren zu können, erschien ihr äußerst verlockend. Sie würde sich erkundigen, wie viel ein Führerschein kostete, wenn sie wieder zu Hause war. Oder doch lieber ein Segelboot? Sie würde mit Paul darüber reden.

Schon kam Schaprode mit der vorgelagerten Insel Öhe in Sicht. Conny war fasziniert von dem Gedanken, dass dort nur eine Familie, der die Insel gehörte, leben sollte. Sie hatte gehört, dass die Landwirtsfamilie in aller Abgeschiedenheit Salzwiesen-Rinder und -Schafe züchtete, deren Fleisch in ausgewählten Geschäften angeboten wurde. Während die Fähre anlegte, stellte Conny sich vor, sie und Paul würden auf einer einsamen Insel in der Ostsee leben, Tiere züchten und Gemüse anbauen. Sie schmunzelte. Das mit der einsamen Insel war ein angenehmer Gedanke, als Bäuerin sah sie sich dagegen nicht. Conny war Polizistin durch und durch. Ein anderer Beruf kam für sie nicht in Frage.

Die Kollegin, die sie am Hafen abholen sollte, war pünktlich. Sie trat von einem Fuß auf den anderen, rieb sich die Hände und hauchte im nächsten Moment gegen die ineinandergelegten Fäuste.

»Moin«, rief sie Conny zur Begrüßung entgegen, drehte sich augenblicklich um und stapfte voran zum Dienstfahrzeug. Sie hielt es offenbar nicht für nötig, sich vorzustellen. Auf dem Weg nach Bergen wechselten die beiden Frauen nur wenige Worte. Die Heizung war bis zum Anschlag aufgedreht, so dass es stickig und für Connys Geschmack viel zu warm war. Sie verzichtete darauf, darüber zu diskutieren.

Der Leichenraum lag im Keller des Krankenhauses. Weiße Fliesen bis auf Brusthöhe, darüber eine weiß verputzte Wand mit Fenstern, die so hoch lagen, dass man nur Sträucher und Himmel sehen konnte, wenn man den Kopf in den Nacken legte. Eine Kollegin hatte mal zu Conny gesagt, es gebe Polizisten, die fast nie eine Leiche zu Gesicht bekommen und wenn, dann nur eine relativ unversehrte. Und dann gebe es noch diejenigen, die es ständig mit Toten zu tun bekämen. Mit Verbrannten, Zerstückelten, mit Leichen, die grauenvoll zugerichtet waren. Man konnte sich nicht aussuchen, zu welcher Kategorie man gehörte. Da war etwas dran. Jedenfalls, wenn man sich nicht gerade für einen Bereich wie Betrug, Staatsschutz oder Internetkriminalität entschieden hatte. Conny hatte genau die Richtung eingeschlagen, in der Tote zum Tagesgeschäft gehörten. Und es war schon einiges dabei gewesen, was sie lieber nicht gesehen hätte. Der Geruch im Raum war ihr vertraut. Gewöhnen konnte sie sich daran nicht. Schon gar nicht, wenn gleich vier tote Menschen in der Nähe waren und der Geruch sich potenzierte. Conny atmete so flach wie möglich. Der Arzt, der sie begleitet hatte, schlug das weiße Laken zurück, unter dem der Tote von Hiddensee lag.

»Das ist er«, erklärte der Arzt überflüssigerweise. »Ist gestern um siebzehn Uhr hergebracht worden.«

»Können Sie etwas zum Todeszeitpunkt sagen?«

»Anhand der Leichenabkühlung würde ich schätzen, dass der Tod vorgestern zwischen achtzehn Uhr und Mitternacht eingetreten ist. Die Totenstarre besteht noch, geht aber bereits zurück, und die Totenflecken können nicht mehr weggedrückt werden. Sehen Sie!« Er drückte an den grau-violetten Verfärbungen herum, die an vielen Stellen der bleichen Haut zu erkennen waren. »Aber das können Ihnen die Kollegen in Greifswald sicher genauer sagen, wenn wir die Leiche in die Rechtsmedizin überführen lassen dürfen«, fuhr er fort und sah sie erwartungsvoll an.

Sie nickte. Dann streifte sie die Gummihandschuhe über, die man ihr gegeben hatte. Vorsichtig nahm sie einen Arm des Toten hoch. Die Handgelenke wiesen leichte Schatten auf. Vielleicht waren das Druckstellen. Beide Seiten zeigten diese Auffälligkeiten. Sie betrachtete danach ein Bein, trat dann an das Kopfende des Metalltisches und hob den Mann ein Stück an, um den Rücken betrachten zu können. Die Kälte des toten Körpers war durch das Latex der Handschuhe zu spüren. Conny hatte genug gesehen. Kaum Abschürfungen. Der Mann hatte keine lange Strecke im Wasser zurückgelegt. Entweder war er am Strand umgebracht und in die Ostsee geschleppt worden, die ihn nach kurzer Zeit wieder an den Strand zurückgeworfen hatte, oder jemand hatte ihn von einem Boot gestoßen, was ihr wahrscheinlicher erschien. Auch ein Suizid konnte noch nicht ausgeschlossen werden, allerdings ließen die Spuren an den Handgelenken sie stark daran zweifeln. Sie bedankte sich, verließ den kalten Raum und ging zurück zum Wagen, in dem die Kollegin auf sie wartete. Als sie zurück zum Hafen von Schaprode fuhren, war es Conny sehr recht, dass die Heizung das Fahrzeug in eine Sauna verwandelte.

Die Polizeistation von Hiddensee war zusammen mit der Kurverwaltung und der Touristeninformation im Rathaus untergebracht. Conny blieb nicht viel Zeit bis zum Termin mit der Ärztin, die die erste Leichenschau durchgeführt hatte. Sie wollte sie nutzen, um so viel wie möglich zu erfahren.

»Sie haben also den ersten Angriff gefahren?«, begann sie das Gespräch mit Wolter.

»Ja.«

»Und was haben Sie vorgefunden?«

»Einen männlichen Toten.«

»Ist nicht wahr!« Conny machte große Augen, als hörte sie das zum ersten Mal. »Geht es ein bisschen genauer?«, fragte sie dann ungeduldig.

»Alter etwa Anfang vierzig.« Pauls Alter, dachte Conny.

»Haben Sie Fotos vom Fundort gemacht?« Ihr Ton verriet, dass es ihr allmählich sehr auf die Nerven ging, ihm die Würmer aus der Nase ziehen zu müssen.

»Natürlich«, kam es einsilbig zurück.

»Ich würde sie gerne sehen«, rief sie. Den nächsten Halbsatz »Wenn es nicht zu viel Mühe macht«, schluckte sie hinunter. Sie wollte die Atmosphäre nicht noch schlechter machen.

»Marlene, würdest du uns bitte mal die Akte von der Leiche bringen?« Seine Kollegin brachte eine braune Mappe, in der Fotos, eine Kopie des Berichts von Frau Dr. Schäfer sowie der Tatortbefundbericht steckten.

»Warum habe ich das gestern bei meiner Ankunft nicht gleich zu sehen bekommen?« Jetzt war Conny wirklich wütend. In wenigen Minuten würde die Ärztin auftauchen, und sie hatte sich nicht vernünftig vorbereiten können.

»Der Bericht war gestern noch gar nicht fertig. Außerdem konnten wir ja nicht ahnen, dass Sie unbedingt als Erstes die Leiche sehen wollen«, antwortete Marlene, deren Nachnamen Conny noch nicht einmal kannte. »Hellsehen können wir hier noch nicht. Wir dachten, Sie kommen erst mal ins Büro. Dann hätten Sie die Akte auf dem Tisch gehabt.« Sie klang wie ein beleidigtes Kind, das man zu Unrecht gemaßregelt hatte. Conny wollte ihr gerade die Meinung sagen, als Wolter ihr zuvorkam.

»Wenn Frau Dr. Schäfer gleich kommt, bring sie doch bitte nach nebenan und biete ihr einen Kaffee an, ja?« Er lächelte seiner Kollegin zu. »Dann haben wir noch etwas Zeit«, erklärte er an Conny gewandt. »Falls Sie Fragen zu dem Bericht oder den Fotos haben.«

Marlene zog eine Augenbraue hoch und verschwand in das Nebenzimmer.

»Machen Sie sich nichts draus. Sie meint es nicht so. Das ist einfach die Art der Leute hier.«

»Ist mir aufgefallen«, gab Conny zurück. »Ihre übrigens auch.«

»Was meine?«

»Ihre Art«, sagte sie ungerührt und sah ihn an. Er war dünn und hatte etwas Jungenhaftes, Unsicheres an sich. Wie ein Welpe, schoss es ihr durch den Kopf.

»Wirklich? Oje, dann hat das wohl schon abgefärbt.« Er lächelte schief und sah tatsächlich zerknirscht aus. »Ich bin nämlich gar nicht von hier. Vor fünf Jahren bin ich aus Kiel hergezogen.«

»Ach nee, ich komme aus Reinbek bei Hamburg.«

Er lachte auf. »So klein ist die Welt!« Nach einer kurzen Pause setzte er hinzu: »Als ich damals herkam, dachte ich, ich halte das nicht lange aus. Die Insulaner können richtig ruppig sein. Dagegen war das eben noch gar nichts.«

»Ich weiß, was Sie meinen.« Conny schmunzelte.

»Glauben Sie mir, das ist nur die Schale. Im Grunde haben sie einen guten Kern. Na ja, die meisten.« Er holte Luft. Anscheinend war er in Erzähllaune gekommen.

Conny blätterte durch die Unterlagen. Sie hatte keine Zeit zu verlieren. »Wissen wir schon etwas über die Identität des Toten?«

Wolter schien für einen kurzen Moment irritiert zu sein. Dann waren seine Gedanken wieder beim aktuellen Fall angekommen. »Nein, er hatte keine Papiere bei sich. Ich glaube kaum, dass er von hier ist. Marlene ist auf Hiddensee geboren, die kennt die Leute. Sie hat ihn zweimal mit der Fähre ankommen sehen. Er hatte jedes Mal eine Aktentasche bei sich, sonst nichts.«

Auf dem Flur waren Schritte zu hören. Wie auf Kommando

kam Marlene aus dem Nebenraum und stand direkt vor Frau Dr. Schäfer, als diese eintrat.

»Moin, Marlene.«

»Moin, Lieselotte. Die Herrschaften sind noch nicht so weit.« Sie deutete mit dem Kopf zur Seite, wo Conny und Wolter am Tisch saßen. »Magst erst mal 'n Tässchen Kaffee?«

Die Ärztin nickte zum Gruß, stellte ihren Regenschirm in den dafür vorgesehenen Ständer direkt neben der Tür und folgte Marlene.

Conny zog ein Foto aus der Akte, auf dem das Gesicht des Toten zu sehen war. »Wolter, wären Sie so freundlich und würden bei der Reederei mal nachfragen, ob jemand den Mann kannte? Vielleicht erinnert sich Marlene an irgendetwas, ob ihn jemand im Hafen abgeholt hat, ob er mit jemandem gesehen wurde.«

»Sie weiß nichts. Ich habe sie natürlich sofort danach gefragt.«

»Natürlich.« Sie nickte.

»Aber das mit der Reederei geht in Ordnung. Und ich höre mich mal in den Gaststätten am Hafen um. Wenn er nur beruflich auf der Insel war, hat er bestimmt mal etwas gegessen, während er auf die Fähre gewartet hat.«

»Gute Idee, danke.« Conny stand auf und wollte mit der Akte nach nebenan gehen.

»Ach, Frau Lorenz?«

Sie drehte sich zu ihm um. »Ja?«

»Wollen Sie wirklich heute schon wieder zurück aufs Festland fahren? Die Angelegenheit wird sicher länger dauern, meinen Sie nicht?«

Wieder nickte sie. »Das wird sie ganz bestimmt. Ist die Frage, wo die Ermittlungen fortgesetzt werden.« Sie dachte kurz nach. »Jetzt höre ich mir erst mal an, was Frau Dr. Schäfer zu sagen hat. Danach entscheide ich. Falls es hier länger dauert, muss ich auf jeden Fall kurz zurück und ein paar Sachen holen.« Damit ließ sie ihn allein.

Frau Dr. Schäfer war eine kleine untersetzte Frau mit kurzem braunen Haar. Sie wirkte, obwohl sie einen Rock trug, maskulin und gleichzeitig seltsam verletzlich. Ihre Augen bewegten sich unruhig hin und her, als wolle sie um jeden Preis alles um sie herum im Blick behalten. Ihre Stimme war leise, und sie sprach undeutlich. Man konnte den Eindruck gewinnen, sie wollte nicht verstanden werden, um für ihre Aussagen nicht zur Verantwortung gezogen zu werden.

»Ich habe keine Erfahrung mit diesen Dingen«, sagte sie. »Ich hab auch keinen Lehrgang für gerichtliche Leichenschau besucht oder so etwas.«

»Das erwartet auch niemand von Ihnen.« Conny saß ihr gegenüber. Sie klopfte mit dem Ende eines Bleistifts auf eine Zeile im Bericht der Ärztin. »Trotzdem schreiben Sie hier, dass Ihres Erachtens nach Anhaltspunkte für einen nicht natürlichen Tod vorliegen.«

»Ja, so ist es. Womit ich nicht gesagt haben will, dass es sich um ein Verbrechen handelt. Es kann auch ein Unfall gewesen sein.«

»Die Schwellung am Kopf könnte bei einem Sturz entstanden sein, da gebe ich Ihnen recht. Wie erklären Sie sich aber die starken Druckstellen an beiden Handgelenken?«

»Ich erkläre mir gar nichts«, antwortete Frau Dr. Schäfer rasch. »Das ist nicht meine Aufgabe.«

»Die Gelenke und teilweise noch die Unterarme sind auf den Bildern intensiv gerötet und weisen blaue Flecken auf. Die Reste davon waren selbst heute noch zu erkennen. Wie können Ihrer Meinung nach solche Spuren entstehen?« Die Ärztin warf ihr einen ängstlichen Blick zu. »Ich meine, ganz unabhängig von der Frage, ob es ein Unfall oder ein Verbrechen war.«

»Na, ich denke, so etwas entsteht, wenn Hände zusammengebunden werden oder auch wenn jemand sehr grob an den Handgelenken gepackt und festgehalten wird.«

»Das denke ich auch.« Conny betrachtete die Fotos. Entweder

hatte jemand den Mann gegen dessen Willen herumgezerrt oder den Körper bewegen müssen, als der Tod bereits eingetreten war. »Klingt nicht nach einem Unfall«, stellte sie fest.

»Suizid«, wandte Schäfer ein. »Es ist möglich, sich selbst zu fesseln.«

»Die Hände waren aber frei, als man ihn fand. Jedenfalls habe ich weder etwas anderes gelesen, noch war auf den Bildern ein Seil oder ähnliches zu sehen. Hätte es einen so eindeutigen Hinweis gegeben, wären Sie sicher gewesen, dass es kein natürlicher Tod war. Von Anhaltspunkten wäre dann wohl kaum die Rede gewesen.« Sie schüttelte den Kopf. »Dass jemand einen Selbstmörder findet, ihm die Fesseln abnimmt und einfach liegenlässt, halte ich auch nicht für wahrscheinlich.«

Die Kollegen vom Institut für Rechtsmedizin in Greifswald würden einige Fragen klären, dessen war Conny sich sicher. Wolter hatte inzwischen herausgefunden, dass der Tote beim Finanzamt Stralsund tätig gewesen war. Das wusste eine Mitarbeiterin der Reederei zu berichten, mit der der Fremde ein paar Worte gewechselt hatte. Seinen Namen hatte er dabei nicht erwähnt, aber Marlene hinge bereits am Telefon, um diesen zu ermitteln. So schwer könne es ja nicht sein, die Identität herauszufinden, meinte er. Von dem Spaziergänger, der die Leiche am Strand entdeckt hatte, erfuhr Conny nichts, was ihr weitergeholfen hätte. Der Mann, ein Rentner aus dem Bergischen Land, der auf Hiddensee Kraniche beobachtete, war allerdings fest davon überzeugt, das Opfer sei von der Steilküste gestoßen worden. Als er während seiner Strandwanderung sozusagen über den Toten gestolpert sei, habe er instinktiv nach oben geschaut, ob es Spuren gebe, die darauf hindeuteten, dass der Bedauernswerte abgerutscht sei. Ja, und da habe er ganz deutlich gesehen, dass sich in den Sanddornsträuchern etwas bewegt habe.

»Da oben war einer. Und der wollte nicht entdeckt werden. Der hat sich hinter den Büschen versteckt. Ist doch klar, warum.

Weil er den armen Kerl die Steilküste hinuntergestoßen hat«, behauptete der Rentner. Anzeichen dafür, dass der Mann gefesselt gewesen sei, hatte er nicht festgestellt. »Nein, da war nichts. Das wäre mir aufgefallen«, ließ er Conny wissen. Das glaubte sie ihm. Von seiner Theorie war sie dagegen wenig überzeugt, wollte sich den Fundort der Leiche jedoch unbedingt selbst ansehen.

»Leihen Sie sich ein Elektrofahrrad. Damit schaffen Sie es bis zum Fundort und pünktlich zur Abfahrt der Fähre zurück«, schlug Wolter ihr vor.

»Nein, ich denke, ich bleibe noch eine Nacht. Ich will mich in Ruhe umsehen. Wenn ich morgen früh aufs Festland fahre, reicht das allemal.« Ihr fiel etwas ein. »Könnten Sie bitte nach einer günstigen Ferienwohnung schauen?«

Wolter sah sie überrascht an. »Für zwei oder drei Nächte vermieten die wenigsten gerne. Glauben Sie, dass es so viel länger dauert? Ist mit Ihrem Zimmer etwas nicht in Ordnung?«

»Das Zimmer ist ...« Sie zögerte. »Doch, es ist okay, aber mir ist eine Wohnung einfach lieber, in der ich mich etwas ausbreiten und mich selbst verpflegen kann.« Sie dachte einen Moment nach. »Mir scheint, so furchtbar viel ist nicht mehr los auf der Insel. Meinen Sie, Sie können jemanden überreden, eine Wohnung für schlimmstenfalls nur eine oder zwei Nächte zur Verfügung zu stellen?«

Wolter runzelte die Stirn. »Das kriege ich schon hin«, meinte er schließlich.

»Wunderbar, danke. Verraten Sie mir auch noch, wo ich mir ein Fahrrad leihen kann?«

»Die Straße runter ist ein Verleih. Der müsste jetzt auch noch geöffnet haben. Da gibt es jede Menge Elektroräder.«

»Und wie sieht es mit den guten alten Fahrrädern zum Selbertreten aus?«

»Sie wollen strampeln? Eigentlich fährt hier inzwischen jeder mit diesen ...«

»Strampeln«, beharrte sie und strahlte ihn an.

»Gibt's da auch, glaube ich.«

Die Auswahl an elektrisch verstärkten Rädern war tatsächlich deutlich größer als die der althergebrachten Exemplare. Conny wurde sich mit dem Verleiher schnell handelseinig und machte sich, nachdem sie Paul über den Stand der Ermittlungen und ihre Verlängerung um eine Nacht informiert hatte, auf den Weg. Die Straße war in einem jämmerlichen Zustand, da musste sie den Männern, deren Gespräch sie am vorigen Abend teilweise hatte anhören müssen, recht geben. Eine huckelige Betonpiste aus DDR-Zeiten führte von Vitte in Richtung Kloster. Bürgersteige gab es nicht. Der Sand neben der Fahrbahn war durch den ständigen Regen der letzten Tage komplett aufgeweicht. Modder und Pfützen, wohin man auch sah. Dennoch hatte die Insel Charme. Hier gab es ein Café mit einem Anbau aus blau gestrichenem Holz und Bullaugen, dort, den schmalen Weg entlang, stand das berühmte Haus des Stummfilm-Stars Asta Nielsen. Conny liebte Filme, wenn sie sich mit Stummfilmen auch nicht besonders gut auskannte. Falls sie länger bleiben musste, wäre das eine gute Gelegenheit, das Haus zu besichtigen. Falls nicht, würde sie mit Paul einen Ausflug hierher machen, wenn sie ein gemeinsames freies Wochenende hatten, beschloss sie. Sie radelte an unzähligen Sanddornbüschen vorbei. Zwischen lanzettenartigen Blättern, die sie an Olivenbäume erinnerten, leuchteten die kleinen Beeren, für die Hiddensee und Rügen bekannt waren. Conny wunderte sich, dass niemand sie erntete. Keine vier Kilometer waren es bis in den Ort Kloster. Auf dem Platz vor dem Heimatmuseum lag ein mächtiger Anker. Sie hielt kurz an, um das Schild zu lesen. Aus dem siebzehnten Jahrhundert stammte das imposante Gebilde, das man in ein spärlich bepflanztes Beet gelegt hatte. Conny musste sich beeilen, wenn sie den Heimweg antreten wollte, bevor es dunkel wurde. Sie fuhr den Kirchweg entlang und bog kurz darauf links ab, wie Wolter es ihr erklärt hatte. Noch ein Stückchen, dann schloss sie das Rad an einen Zaun. Den Rest des Weges würde sie zu Fuß gehen. Bevor es in den Wald hineinging, warnte ein Schild die Spaziergänger vor der Abbruchgefahr der Steilküste. Von Rissbildungen und Absenkungen war die Rede. Gerade starke Niederschläge konnten zu Abbrüchen im gesamten Bereich führen, hieß es da. Starke Niederschläge hatte es in der letzten Zeit gegeben. Womöglich lag doch kein Verbrechen vor, sondern der Mann aus dem Finanzamt hatte sich nicht um den dringenden Appell gekümmert, Abstand zu halten, und war entgegen jeder Vernunft bis an die Kliffkante herangetreten, um nach unten zu sehen oder vielleicht ein Foto zu machen. Die Schwellung am Kopf konnte leicht von einem Sturz stammen. Die Spuren an Handgelenken und Unterarmen ließen sich so allerdings nicht erklären. Eine Kiefer wölbte sich über den sumpfigen Waldweg, der bereits von Herbstlaub bedeckt war. Ein paar Schritte weiter ragte ein dicker Ast auf etwa zweieinhalb Meter Höhe über den Pfad. Jemand hatte eine Kette aus getrockneten Beeren, die nach Wacholder aussahen, und Hagebutten um den Ast gewickelt. Sollte das Kunst sein? Conny folgte dem Pfad, der eine Weile anstieg und dann wieder abfiel. Als sie die Kliffkante erreichte, blickte sie auf die Ostsee hinab. Nur nicht zu weit vortreten. Ihr wurde mulmig. Schon häufig hatte sie davon gelesen, dass Abbrüche Menschen mit sich rissen oder unter sich begruben. Conny hatte Respekt vor der Natur und ihrer Unberechenbarkeit. Sie brauchte nicht durch ein Schild aufgefordert zu werden, Abstand zu halten. Sie folgte dem Wanderweg. Es war weiter, als sie gedacht hatte. Dann endlich sah sie unten am Strand einen Bereich von vielleicht zehn Quadratmetern, der mit Flatterband abgesperrt war. Dort also hatte man ihn gefunden. Sie sah sich auf dem Kamm der Steilküste um. Nichts sprach dafür, dass hier oben ein Kampf stattgefunden hatte. Keine auffällig hohe Anzahl niedergedrückter oder abgeknickter Zweige, kein Stofffetzen, den einer dem anderen im Handgemenge abgerissen hat. Aber einen Kampf würde es doch geben, wenn jemand einen anderen in die Tiefe stürzen wollte. Es sei denn, der Angriff wäre vollständig überraschend vonstatten gegangen. Sie versuchte, sich die Szene vorzustellen. Konnte man überhören, wenn sich hier jemand einem näherte? Wenn der Mann den Abhang hinabgestürzt war, durch Fremdeinwirkung oder ohne, dann müssten auf jeden Fall Anzeichen dafür an der Kante zu sehen sein. Sie wagte sich zwei Schritte weiter vor. Die Warnung auf der Tafel am Waldrand galt auch für Polizisten, sagte sie sich, fragte sich jedoch im nächsten Moment, ob sie womöglich etwas übersehen würde, wenn sie den Hang nur von unten, vom Strand betrachtete. Sie schluckte. Einen Schritt konnte sie noch riskieren. Sie beugte sich mit dem Oberkörper so weit vor, wie sie nur konnte. Doch das reichte nicht. Ihr gefiel das hier nicht, aber ihr blieb nichts anderes übrig, als sich einen weiteren Schritt vorzutasten. Sie bewegte sich langsam, als stünde sie auf dem dünnen Eis eines gerade erst zugefrorenen Sees. Nur noch einen Schritt, dann würde sie bestimmt hinabsehen können.

»Buh!« Die Stimme war dicht an ihrem Ohr. Conny schrie auf, drehte sich um die eigene Achse und machte instinktiv einen Satz von dem drohenden Abgrund weg. So landete sie beinahe in den Armen eines Mannes mit buschigen Augenbrauen, die über der Nasenwurzel zusammengewachsen waren, und mit einem rötlich-braunen Schnurrbart, der an den Seiten zu einer Schnecke gezwirbelt war. Er lachte schallend. »Hoppla, nicht so stürmisch.«

»Sind Sie wahnsinnig, mich so zu erschrecken?«, schnauzte sie ihn an und ging einen Schritt zurück. Conny war wütend auf sich selbst. Sie war so sehr mit ihrer Angst vor dem Abgrund und der Höhe beschäftigt gewesen, dass sie den Kerl nicht wahrgenommen hatte. Dabei waren seine Schritte mit Sicherheit zu hören gewesen. Immerhin wusste sie jetzt, dass ein Überraschungsangriff möglich war. »Ich hätte eine unkontrollierte Bewegung machen und abrutschen können.«

»Entschuldigen Sie bitte«, brachte der Fremde keuchend hervor. Er hatte Mühe, sich wieder zu beruhigen. »Aber es sah einfach zu drollig aus, wie Sie sich langsam millimeterweise vorgewagt haben. Ihnen haben ja regelrecht die Knie geschlottert.«

»Aus gutem Grund, oder etwa nicht? Immerhin ist hier gerade ein Mensch zu Tode gekommen.« Sie deutete über ihre Schulter in Richtung Strand. »Es ist nicht auszuschließen, dass er abgestürzt ist.«

»Ach so? Ich meinte, er wäre da unten umgebracht worden.«

»Wer sagt das?« Sie fixierte ihn aufmerksam.

»Die Leut halt. Die Leut reden.« Er lächelte ihr freundlich zu. »Verzeihen Sie bitte, dass ich Sie so erschreckt habe. Ich habe geglaubt, Sie hätten mich schon längst gehört.«

»Schon gut«, sagte sie halbherzig. »Was reden die Leute denn so? Ist schon bekannt, wer der Tote ist?«

Er hob beide Hände. »Keine Ahnung!« Er ließ die Arme wieder sinken und kam näher. »Sind Sie von der Versicherung oder einer Behörde?«

»Nein, ich bin von der Kriminalpolizei.« Sein Lächeln erstarb. »Wenn die Leute behaupten, es ginge hier um Mord, müssen wir der Sache nachgehen.«

Er nickte eifrig. »Ja, natürlich.«

»Und wer sind Sie, wenn ich fragen darf?«

»Jakob Staudinger. Ich besitze ein Hotel auf der Insel.« Er streckte ihr die Hand entgegen.

»Conny Lorenz«, stellte sie sich vor. »Was machen Sie hier? Es ist nicht gerade das Wetter, um spazieren zu gehen.«

»Oje, bin ich jetzt verdächtig?« Er zwinkerte.

»Entschuldigung, Berufskrankheit.«

»Das kenne ich.« Er lachte. »Sobald ich mit jemandem ins Ratschen komme, muss ich von meinem Hotel erzählen, von der hervorragenden Küche, den neuen Weinen, die ich eingekauft habe. Besonders schlimm ist es, wenn ich in einem Restaurant bin oder auswärts übernachte.« Er rollte mit den Augen. »Apropos, wo sind Sie untergebracht?«

»Woher wissen Sie, dass ich auf der Insel übernachte?«

Er sah auf die Uhr. »Wenn Sie noch kein Bett haben, sollten Sie sich schleunigst um eines kümmern. Die Fähre ist weg. Sie könnten nur noch nach Rügen fahren.«

»Ich habe in Vitte ein Zimmer.«

»Verstehe.« Er setzte eine leidende Miene auf. »Alle wohnen in Vitte oder Kloster. Grieben wird meistens übersehen. Dabei ist es dort am schönsten.« Er seufzte. Conny betrachtete ihn. Er war sympathisch mit seinem verschmitzten Lächeln und den blitzenden lebendigen Augen. Der gezwirbelte Bart und die kinnlangen gewellten Haare wirkten etwas altmodisch. Vermutlich war er jünger, als es auf den ersten Blick schien. »Wenn Sie gut essen wollen, dann besuchen Sie mich im *Bootshaus*. Es ist das beste Restaurant der Insel«, flüsterte er ihr zu. »Glauben's bloß niemandem, der Ihnen etwas anderes erzählen will. Das is a Schmarrn.«

»Soso. Und was ist Ihre Spezialität? Haxe?«

Sein Gesicht leuchtete. »Ein paar bayerische Schmankerl gibt's schon, aber überwiegend regionale Gerichte. Das wollen die Urlauber.«

»Vielleicht komme ich wirklich einmal. Aber jetzt muss ich weiter«, sagte Conny. Sie hatte sich schon viel zu lange aufhalten lassen.

»Es war mir ein Vergnügen«, erwiderte er höflich. »Und es wäre mir eine große Freude, Sie als mein Gast begrüßen zu dürfen. Nicht vergessen, das *Bootshaus* in Grieben! Ich lade Sie ein.«

Sie lief den Wanderweg weiter bis zur nächsten Treppe, die hinab an den Strand führte. Eine Weile sah sie sich dort um, ohne etwas zu entdecken, das ihr geholfen hätte.

Schließlich machte sie sich auf den Rückweg. Es wurde bereits dunkel, und die dichten Äste, auf denen noch Laub hing, schluckten das letzte Tageslicht. In Vitte radelte Conny an einem Restaurant vorbei, aus dem der warme Schein zahlreicher Kerzen auf den kleinen Weg fiel und sich in den Pfützen spiegelte. Sie hielt an. Es sah hübsch aus dort drinnen. Sie würde hier etwas essen.

Hoffentlich bekam sie überhaupt einen Tisch, es war erstaunlich voll. Als sie die Klinke bereits in der Hand hatte, entdeckte sie ein Schild mit der Aufschrift »Geschlossene Gesellschaft«. Seufzend machte sie kehrt. Der Gedanke, wieder in der Pension zu essen, war alles andere als erfreulich. Sie überlegte, ob sie mit dem Rad zu Staudinger ins *Bootshaus* fahren sollte, da klingelte ihr Handy.

»Wolter hier, wir haben den Namen des Toten.«

»Großartig, das ging schnell.«

»Er heißt Robert Welzer. Soll ich Ihnen verraten, was er beruflich gemacht hat?« Wolters Stimme ließ erkennen, dass er interessante Details herausgefunden hatte und stolz darauf war.

»Ich denke, er hat beim Finanzamt gearbeitet«, gab sie irritiert zurück.

»Allerdings.« Er machte eine bedeutungsvolle Pause. »Als Betriebsprüfer«, fügte er dann hinzu, wobei er sich jeden einzelnen Buchstaben schmecken ließ.

»Ach!«

»Es kommt noch besser. Sein Kollege, Herr ...« Er musste überlegen oder in seinen Notizen nachsehen. »Herr Brand hat erzählt, der Welzer sei hinter einem großen Fisch her gewesen. Da habe wohl einer keine Steuern zahlen wollen.«

»Hat er einen Namen genannt?« Conny war ganz automatisch hinein, die Treppe hoch und in ihr Zimmer gegangen. Dort stand sie nun in ihrer Telefonecke, um einen optimalen Empfang zu haben, und hatte ihren Hunger vergessen.

»Einen?« Wolter lachte auf. »Es scheint auf der Insel einige zu geben, die am Finanzamt vorbei wirtschaften wollen. Sie können sich morgen die Fälle zeigen lassen, an denen der Welzer dran war. Sie fahren doch morgen aufs Festland?«

»Ja.«

»Gut, ich habe für elf Uhr einen Termin mit Herrn Brand gemacht.«

»Sehr gut, Wolter, danke sehr.«

»Und eine Wohnung hätte ich auch für Sie. Die liegt allerdings etwas außerhalb in Grieben …«

»Kein Problem. Ich habe mir sagen lassen, Grieben sei ohnehin der schönste Ort.«

»Sagt wer?«

»Spielt das eine Rolle?« Sie lachte. »Für wie lange kann ich die Wohnung haben?«

»Eine Nacht oder auch einen Monat, wie Sie wollen. Der Vermieter nimmt eigentlich nur die Hochsaison mit und vermietet dann meist noch einmal über Weihnachten oder Silvester. Ist ein Onkel von Marlene. Deswegen macht er für uns mal eine Ausnahme.«

»Danke, Wolter! Danke für die gute Zusammenarbeit.«

Kapitel 2

Eifersucht

Conny frühstückte auf dem Schiff. Die Nachricht über die geklärte Identität des Toten hatte sie derart in Aufregung versetzt, dass sie nicht hatte einschlafen können. Sie war zwar früh ins Bett gegangen, hatte aber die ganze Zeit darüber nachgedacht, ob sie einen Film kannte, in dem ein Betriebsprüfer umgebracht wurde. Eher nicht. Selbst Filme mit Steuerfahndern fielen ihr nicht ein. Oder gab es einen, in dem jemand eine Steilküste heruntergestoßen wurde? Sie hatte schon während ihrer Ausbildung festgestellt, dass Drehbuchautoren es häufig an Originalität fehlen ließen. Die waren so damit beschäftigt, Fälle zu konstruieren, die glaubhaft waren, dass sie ihre Fantasie an die Zügel legten. Gut für Conny, die es sich angewöhnt hatte, nach Parallelen zwischen realen Verbrechen und denen in Filmen zu suchen. Sobald sie etwas gefunden hatte, beschäftigte sie sich mit dem Motiv in der Fiktion, mit Spuren und Hintergründen und probierte, das in die Realität zu übertragen. Natürlich funktionierte diese von den Kommilitonen der Fachhochschule belächelte Methode nicht immer. Oft genug aber brachte es sie auf einen hilfreichen Gedanken. Und das reichte Conny, um daran festzuhalten.

Sie war spät eingeschlafen und immer wieder aufgewacht. Als ihr Wecker geklingelt hatte, war sie gerade in einer Tiefschlafphase gewesen und hatte beschlossen, auf das ohnehin wenig verlockende Frühstück in der Pension zu verzichten und lieber noch einige Minuten liegen zu bleiben. Während sie jetzt in ihr Brötchen biss und sich über strahlenden Sonnenschein und einen knallblauen Himmel freute, konnte sie es kaum abwarten, Stralsund zu erreichen und mit Welzers Kollegen Brand zu sprechen. Sobald sie die Namen von Welzers Kunden hatte, konnte sie nach Hiddensee zurückkehren und den Herrschaften dort auf den Zahn fühlen.

Eine Viertelstunde nachdem die Fähre im Hafen von Stralsund angelegt hatte, war Conny in der Kriminalpolizeiinspektion. Fedder war in eine Akte vertieft, als sie eintrat. Ob er wirklich arbeitete, konnte sie nicht beurteilen. Auf jeden Fall grüßte er nur sparsam und leise und hatte leicht gerötete Wangen, wie jemand, der auf frischer Tat ertappt wird. Sie hätte alles verwettet, dass es ihm inzwischen peinlich war, sie mit falschen oder unvollständigen Informationen nach Hiddensee reisen zu lassen. Ganz sicher erwartete er, dass sie ihm eine Szene machen würde. Das tat sie nicht. Sie war freundlich und entschuldigte sich, dass sie so in Eile war. Sie musste schließlich noch dem Chef Bericht erstatten und hatte dann gleich einen Termin im Finanzamt.

Paul sah von seiner Arbeit hoch, stand auf und kam ihr entgegen. »Guten Morgen«, begrüßte er sie und gab ihr, als sie die Tür hinter sich geschlossen hatte, einen Kuss.

»Guten Morgen, Chef.« Sie lächelte ihn an. Seine Lippen hatten gut geschmeckt, und sie hatte große Lust, ihn in den Arm zu nehmen, aber das kam im Dienst nicht in Frage. »Wie geht es Häppchen?«

»Danke, dass du zuerst nach seinem Befinden fragst.« Paul nahm wieder hinter seinem Schreibtisch Platz. »Es geht ihm hervorragend. Frau Schmidt hat sein Herz im Sturm erobert.«

»Womit, mit Ei oder mit Leberwurst?«

»In der Reihenfolge.«

Conny seufzte. »Erreicht er mit den Pfoten noch den Boden? Hoffentlich erkenne ich ihn wieder, wenn mein Einsatz auf Hiddensee beendet ist.«

»Fährst du heute noch zurück?«

»Nein, morgen früh.«

»Was hältst du davon, deinen Kater heute Abend zu besuchen?«

Sie schmunzelte. »Gerne.« Conny betrachtete ihn, die Fältchen auf der Stirn, die ihm ein stets leicht sorgenvolles Aussehen verliehen, das kurze silbrig-melierte Haar, das er sich einmal pro Monat schneiden ließ, die klaren grauen Augen. Ein warmes Gefühl durchströmte sie. Manchmal konnte sie sich sogar vorstellen, ihn zu heiraten. Doch das würde sie ihm gegenüber niemals zugeben. Glücklicherweise verwandelte sich Paul in diesem Moment in Kriminalhauptkommissar Paulsen und bewahrte sie damit vor einem romantischen Geständnis, das sie später nur bereut hätte. Sein Lächeln verschwand, sein Blick wurde noch konzentrierter als zuvor.

»Was hast du bisher über den Toten auf Hiddensee herausgefunden?« Conny holte Luft, um ihre Ausführungen zu beginnen, da kam Paul ihr zuvor. »Ich denke, wir sollten Fedder und Hansen herbitten, damit die auch gleich im Bilde sind.« Sie nickte und verließ sein Büro, um die beiden zu holen.

»Also, Frau Lorenz«, begann Paul, nachdem es sich alle an seinem Besprechungstisch bequem gemacht hatten, »wir freuen uns auf Ihren Bericht.«

»Bei dem Toten handelt es sich um Robert Welzer, Betriebsprüfer aus Stralsund.« Hansen starrte sie überrascht an, senkte aber gleich wieder den Blick. »Kennen Sie ihn?«

»Den kennt doch jeder«, knurrte Hansen. Einen Moment sah er so aus, als würde er in der nächsten Sekunde einen seiner Pfeile auf Conny abschießen. Jeder in Stralsund kennt den, nur du nicht, du bist die Neue. Doch er blieb stumm.

»Ach ja?« Paul sah ihn interessiert an. »Was können Sie uns über ihn sagen?«

»Ist ein Frauenheld. So ein aalglatter Schönling. Würde mich nicht wundern, wenn ein betrogener Ehemann dem 'ne Lektion erteilt hätte.«

»Danke für den Hinweis.« Conny nickte ihm zu. Das war durchaus eine Spur, der sie nachgehen würde.

»Ein Mord scheint mir eine sehr drastische Lektion zu sein. Daraus lässt sich nichts mehr lernen.« Paul sah in die Runde. »Es ist, wie es ist. Was wissen Sie über diesen Welzer, Frau Lorenz?«

»Allein lebend, keine Kinder.« Sie warf Hansen einen Blick zu, doch der starrte auf die Tischplatte. Dann berichtete sie von den Spuren an den Handgelenken und Unterarmen des Opfers und erzählte alles, was sie wusste. Sie sah auf die Uhr. »In einer halben Stunde habe ich einen Termin im Finanzamt. Danach kann ich vermutlich mehr sagen.«

»Sieht so aus, als gäbe es neben Eifersucht noch ein Motiv«, stellte Hansen finster fest. »Die Befragungen werden nicht einfach. Ich könnte das übernehmen.« Er sah Paul an. Conny konnte es nicht fassen. Erst schickten die Männer sie vor, und wenn es sich nach einem spannenden Fall anhörte, bei dem man sich möglicherweise ein paar Lorbeeren verdienen konnte, dann sollte sie ausgebootet werden?

»Frau Lorenz hat die Fachhochschule als Beste ihres Jahrgangs abgeschlossen«, erwiderte Paul ruhig. »Ich traue ihr die Vernehmungen durchaus zu.«

»Sie ist jung und unerfahren«, beharrte Hansen.

Paul zog die Augenbrauen hoch. »Sie hat eine Menge Erfahrungen im mittleren Dienst gesammelt, bevor sie sich entschieden hat, noch einmal die Schulbank zu drücken und die gehobene Laufbahn einzuschlagen. Zweifeln Sie an meinem Vermögen, das zu beurteilen?«

»Nee, das nich, aber …« Hansen wusste offenbar nicht, was er sagen sollte. Ein Zustand, der nicht häufig zu erleben war.

»Frau Lorenz fährt morgen wieder nach Hiddensee. Ich möchte, dass sie von Ihnen jede Unterstützung bekommt, die sie braucht.« Paul verschränkte die Finger ineinander, das Zeichen, dass das Gespräch beendet war.

»Ich kann es noch immer nicht glauben.« Ingo Brand sah ziemlich mitgenommen aus. Seine Augen waren gerötet und von dunklen Schatten eingerahmt. »Robert war so ... lebensfroh. Mensch, der wusste, wie man Spaß hat, ist herumgekommen. Also in der Welt, meine ich. Der hat immer Reisen gemacht ... Ich fahre meistens nach Usedom oder an die Müritz. Im Harz war ich auch schon mal.« Conny nickte ihm aufmunternd zu. Geduld, sagte sie sich. Lass ihn erzählen. Vielleicht ist etwas Brauchbares dabei. »War schön im Harz, aber meistens fahre ich doch ans Wasser.« Er nahm eine Akte zur Hand und legte sie gleich wieder zur Seite. Seine Unsicherheit war beinahe greifbar. »Entschuldigung, das interessiert Sie ja gar nicht. Ich weiß nur nicht, wie ich Ihnen helfen kann.«

»Haben Sie sich auch privat getroffen, Sie und Herr Welzer?«

»Der Robert und ich? Nein! Nein, nein, ich habe immer nur gerne zugehört, wenn er erzählt hat. Von seinen Reisen oder seinen Unternehmungen. Wissen Sie, der hat immer Sachen gemacht ... Ist alleine mit dem Rucksack los oder hat gezeltet. Er war eben ein Abenteuertyp. Der brauchte kein Luxushotel. Was erleben wollte der, die Gegend erkunden.« Er hing für einen Moment seinen Gedanken nach. »Nein, wir haben uns als Kollegen gut verstanden, aber in seiner Freizeit hätte er nie etwas mit mir unternommen«, schloss er dann und verzog die Lippen zu einem schmalen Lächeln. »Ich bin eher der ruhige Typ, wissen Sie.«

»Und Herr Welzer war nicht ruhig?«

»Nein, überhaupt nicht. Der war unternehmungslustig, immer auf Achse, immer was Neues.« Brand verlor sich anscheinend in Erinnerungen, seine Finger strichen über die Kante des Schreibtisches. »Und jetzt ist er tot«, sagte er leise und schüttelte den Kopf. »Glauben Sie, dass er sterben musste, weil er einem seiner Klienten zu unbequem geworden ist?« Seine Augen wurden groß vor Schreck. »Ich meine, das könnte mir dann doch auch passieren.« War das der Grund dafür, dass er so bestürzt war?

»Wir stehen erst am Anfang der Ermittlungen, Herr Brand, ich kann Ihnen noch gar nichts sagen. Wir können bisher weder einen Unfall noch einen Selbstmord ganz sicher ausschließen. Aber ich glaube nicht, dass Sie oder Ihre Kollegen akut bedroht sind. Es gibt keinerlei derartige Hinweise«, beruhigte sie ihn. Er war noch eine Spur blasser geworden. »Herr Brand, Sie wollten mir helfen, und Sie sprachen gerade von Welzers Klienten. Können Sie mir sagen, hinter wem er zuletzt her war?«

»Wir sind ja nicht hinter jemandem her. Wir prüfen nur und ermitteln. Ein bisschen wie Sie.«

»Natürlich. Und wen hat er überprüft?«

»Ich habe das hier zusammengestellt. Also wenigstens so gut es in der Kürze der Zeit ging.« Verstohlen wischte er sich Schweiß von der Stirn, während er mit der anderen Hand nach einer zerschlissenen Mappe griff, die er ihr reichte. »Wenn Sie genauere Informationen brauchen, müssen Sie sich nur melden. Ich denke, für einen Überblick genügt das.« Conny schlug die Mappe auf. »Gerhard Udnik, Industriebäcker aus Berlin, hat sich vor zwei Jahren ein Haus auf Hiddensee gekauft«, kommentierte Brand die eigenen Notizen, die Conny gerade studieren wollte. »Er hat drei Fabriken, eine davon hier ganz in der Nähe. Wir hatten den schon mal auf dem Kieker. Das war kurz, nachdem der Robert hier angefangen hatte.«

Conny überflog die Zeilen. »Vor sechs Jahren.«

»Ja, genau. Jedenfalls konnte Robert dem Udnik nichts nachweisen. Aber jetzt gab es wieder eine Prüfung, bei der Unregelmäßigkeiten festgestellt wurden. Robert hat zwei Kontrollmitteilungen an die zuständigen Kollegen verfasst. Zwei Rechnungen, die Udnik als Kosten geltend gemacht hat, waren mehr als fragwürdig. Und dann die Summen, die der für sein Arbeitszimmer angesetzt hat. Natürlich ist Robert gleich rüber nach Hiddensee, um dem Herrn auf den Zahn zu fühlen.«

»Ist das üblich? Ich meine, es ist doch seltsam, den Herrn Udnik in seinem Ferienhaus zu besuchen, anstatt den Firmensitz zu durchleuchten und sich dort die Buchhaltung vorzunehmen, oder nicht?«

Brand lachte auf. »Von wegen Ferienhaus. Eine Villa hat der sich gekauft. Fast neben dem Hauptmann-Haus. Der glaubt wohl, der literarische Ruhm färbt auf ihn ab«, stieß er hervor. Conny runzelte die Stirn. »Der will jetzt auf Schriftsteller machen, müssen Sie wissen.«

»Dieser Udnik, der Bäcker?«

»Tja, lächerlich, was?«

»Vielleicht ist er begabt.«

»Meinetwegen soll er.« Er nahm den Faden wieder auf. »Jedenfalls hat er sich in seiner Villa dauerhaft eingerichtet. Den werden die Hiddenseer nicht mehr los. Die Unterlagen seiner Firma, Buchhaltung, Schriftverkehr et cetera hat er dort, obwohl er immer wieder betont haben soll, dass er nicht länger Industrieller, sondern Künstler ist und sein Geschäftsführer sich um die Bäckereibetriebe kümmert.«

»Verstehe.«

»Der Robert war ein ganz scharfer Hund.« Brand hatte wieder begonnen, mit dem Zeigefinger über die Tischkante zu streichen, und verharrte mitten in der Bewegung. »Entschuldigung, nicht, dass Sie das in den falschen Hals kriegen. Das meine ich rein beruflich.«

»Natürlich, in der Freizeit haben Sie ja nichts mit ihm unternommen.«

»Was? Ach so, ja. Der Robert hat seine Arbeit wirklich ernst genommen. Wenn der Hinweise auf Steuerhinterziehung hatte, hat er nicht locker gelassen. Das können Sie mir glauben.«

Ein kurzes Klopfen, deutlich aber nicht aufdringlich, dann öffnete sich die Tür, und ein Mann steckte seinen Kopf herein.

»Guten Tag!« Er nickte ihr und Brand zu. »Ich möchte nicht stören. Ich wollte mich nur kurz vorstellen. Passt es gerade?«

»Ja, kommen Sie ruhig rein.« Brand sprang auf und wedelte mit seiner knochigen Hand in der Luft herum. Er schien froh zu sein, nicht mehr alleine mit der Kriminalkommissarin reden zu müssen.

»Andreas Hamann. Ich bin Steuerfahnder und habe eng mit Robert Welzer zusammengearbeitet.« Er hatte einen angenehm festen Händedruck. Seine braunen Augen waren sanft. Mitgefühl lag darin.

»Freut mich, Conny Lorenz, Kriminalpolizei Stralsund.«

»Ich weiß. Deshalb bin ich hier.« Seine Stimme war klar und weich. Bestimmt konnte er gut singen, überlegte Conny. »Ich wollte Sie wissen lassen, dass Sie mich jederzeit anrufen oder aufsuchen können, wenn Sie Fragen haben. Das Steuerrecht ist hochkompliziert. Die Arbeit von Betriebsprüfern und Steuerfahndern ist es auch. Wenn Sie also zum Beispiel etwas über Vorgehensweisen wissen möchten, scheuen Sie sich nicht, sich an mich zu wenden.« Hamann sah ihr direkt in die Augen.

»Über Geldwäschebekämpfung oder Wirtschaftskriminalität hat man uns auf der Verwaltungsfachhochschule zwar etwas beigebracht, aber die eine oder andere Erläuterung eines Fachmannes kann sicher nicht schaden. Danke.« Dich schickt der Himmel, dachte sie. Von diesem Mann konnte sie wahrscheinlich rasche und fundierte Auskünfte erwarten, bei Brand war sie dessen nicht so sicher.

»Nichts zu danken. Robert war ein Kollege. Mehr als das. Er war ein Freund und ein gern gesehener Gast meiner Frau und mir. Was immer ich tun kann, damit sein Mörder schnell gefasst wird, das werde ich tun. Ich spreche da für alle hier im Amt.« Fragend sah er zu Brand hinüber.

»Keine Frage! Robert war ein guter Mann und beliebter Kollege«, pflichtete der Hamann bei. »Wir wollen alle, dass dieses Monstrum bestraft wird, das ihn umgebracht hat.« Wieder traten Schweißperlen auf seine Stirn.

»Wie ich vorhin schon sagte: Es steht noch nicht fest, dass Herr Welzer Opfer eines Verbrechens geworden ist.«

»Sondern? Kann es auch ein Unfall gewesen sein?«, wollte Hamann wissen.

»Möglicherweise, wenn das auch nicht sehr wahrscheinlich

ist.« Conny beobachtete ihn aufmerksam, wie sie es im Laufe der Jahre gelernt hatte. Aber da war keine Verschlagenheit, kein Versuch, etwas zu verbergen. Das hatte sie auch nicht erwartet, nur sicher sein konnte man nie. Jeder war erst einmal verdächtig.

»Das würde es irgendwie leichter machen.« Hamann lächelte und sah dabei für einen winzigen Moment hilflos aus. In der nächsten Sekunde hatte er seine Souveränität zurück. »Das mag eigenartig klingen, aber der Gedanke, dass er es bei einer Unternehmung übertrieben haben könnte, dass er beim Segeln oder Tauchen unvorsichtig war, hat für mich etwas Tröstliches. Dann hatte er wenigstens noch Spaß und nicht Todesangst, weil er seinem Mörder gegenüberstand.«

»Eine interessante Theorie«, sagte Conny. Hamann schüttelte ihr erneut die Hand und verabschiedete sich.

»Wo waren wir stehengeblieben?« Nachdem sich die Tür hinter Hamann geschlossen hatte, setzte Brand sich wieder und spähte auf die Mappe, die er für Conny zusammengestellt hatte, als könne er davon den Gesprächsverlauf ablesen.

»Sie sagten, Welzer sei ein scharfer Hund gewesen, einer, der seine Arbeit gewissenhaft erledigt hat.«

»Gewissenhaft ist das richtige Wort, ja.« Er nickte eifrig. »Außer beim Udnik hat es in letzter Zeit noch bei Wulff eine Prüfung gegeben. Das ist ein Bauunternehmer in Gingst. Auf Rügen«, erklärte er.

»Ich weiß, wo Gingst liegt.«

»Ja, natürlich, entschuldigen Sie bitte! Die Sache macht mich ein wenig nervös.«

»Kann ich gut verstehen. Gab es bei diesem Wulff auch Unregelmäßigkeiten?«

»Ja, steht alles in der Akte da.« Er deutete mit dem Kopf auf die Mappe. »Ach je, ich habe Ihnen gar nichts angeboten. Möchten Sie einen Kaffee?«

»Nein, danke, ich werde mich gleich auf den Weg machen.

Sie sollten am besten nach Hause gehen. Dafür wird jeder Verständnis haben, immerhin haben Sie sich mit Welzer das Büro geteilt.« Er nickte. »Ich werde die Unterlagen durcharbeiten. Sollte ich dazu noch Fragen haben, melde ich mich bei Ihnen. Einverstanden?«

»Ja, danke«, stammelte er. »Frau Lorenz?«

»Ja?«

»Selbstmord können Sie ausschließen. Der Robert hing am Leben. Das hätte er nie freiwillig weggeworfen. Der hat immer gesagt, dass er hundert Jahre alt werden will. Und er war ja auch frisch verliebt.«

»Kennen Sie die Glückliche?«

»Nein!« Er schüttelte heftig den Kopf. »Wir waren nur Kollegen. Also, er hat zwar von ihr erzählt, aber er hätte uns nie miteinander bekannt gemacht. Warum auch?«

»Hat er denn einen Namen genannt oder erwähnt, wo sie lebt?« Er verneinte. »Sie hatten sie auch nie am Telefon?«

»Nein, nein, das hätte er auch nicht gewollt. Robert hat das getrennt. Wahrscheinlich hatte sie nicht einmal seine Telefonnummer hier im Finanzamt.« Mit einem Mal leuchteten seine Augen. »Obwohl ... ich glaube, er hätte sie ihr gegeben. Dieses Mal ist es etwas Ernstes, Ingo, hat er zu mir gesagt.«

»Danke, Herr Brand, Sie haben mir sehr geholfen.«

Zurück in der Kripo-Inspektion vertiefte sich Conny in die Mappe und studierte die Fälle von Udnik und Wulff. Sie wollte vorbereitet sein und genau wissen, wie es um die Geschäfte der Herren stand und welcher Vergehen sie verdächtigt wurden. Brand hatte gute Arbeit geleistet. Er hatte den Ausführungen über die beiden wichtigsten Fälle, mit denen Welzer befasst gewesen war, eine Liste mit weiteren Daten und Stichworten beigefügt. Sie enthielt die Namen derer, mit denen Welzer außerdem beruflich zu tun gehabt hatte, sei es, dass er kürzlich eine Betriebsprüfung durchgeführt hatte oder dem Hinweis eines Kollegen aus einem anderen Steuerbezirk nachgegangen war. Conny überflog die Namen und Adressen.

»Sieh einer an, der Herr Staudinger«, flüsterte sie, als sie den Restaurant- und Hotelbesitzer aus Grieben entdeckte. »Dann werde ich mir das *Bootshaus* mal ansehen.«

Bevor sie den Abend bei Paul verbrachte, ging sie in ihre Wohnung, um ein paar Kleidungsstücke, ihre Laufschuhe, Brot sowie den Inhalt ihres Kühlschranks einzupacken. Außerdem steckte sie Basteldraht, Modelliermasse, verschieden starke Bögen Karton, zwei verschiedene Messer und einen Spachtel ein. Sie hatte unterschiedliche Methoden der Fallanalyse gelernt, sie wusste, wie man sie anhand des Mind-Map-Verfahrens oder mit Hilfe von Moderationstechnik durchführte. Es war nicht so, dass Conny sich weigerte, das Gelernte anzuwenden, nur hatte sie mit anderen, zugegebenermaßen eher unkonventionellen Methoden mindestens ebenso gute Erfolge. Neben dem Durchleuchten von Filmen war das der Modellbau. Es gab nichts, wobei sie sich besser konzentrieren und in die Welt des Verbrechens abtauchen konnte. Ihr Bruder hatte sich in dieses Hobby geflüchtet, um die muffige Wohnung, die hilflos verängstigte Mutter und den von Monat zu Monat mehr trinkenden und im Suff prügelnden Vater zu vergessen. Stundenlang hatte er als Junge in seinem Zimmer gehockt und Landschaften gegipst, Plastikhäuser geklebt und aus getrocknetem Moos Bäume und Sträucher geformt. Erst hatte Conny ihm nur zugesehen. Eines Tages waren das Brüllen des Vaters und das Geschrei der Mutter nicht mehr zu ertragen gewesen. Glas klirrte, und etwas fiel mit dumpfem Knall zu Boden. Conny hatte sich die Ohren zugehalten, doch das nützte kaum etwas. Da war ihr plötzlich aufgefallen, wie ruhig ihr Bruder zu sein schien. Sorgfältig trug er Sekundenkleber auf und drückte ein Dach auf das soeben fertiggestellte Plastikhaus. Seine Seele war nicht in dieser Wohnung, sondern in der kleinen Stadt, die er erschuf. Eine Stadt, in der es keinen Lärm, keinen Alkohol und keine Gewalt gab. Ihr Bruder hatte seine Seele in Sicherheit gebracht. Als Conny das klar geworden war, hatte sie sich etwas Basteldraht gegriffen und zu einer Bergkuppe geformt, wie sie es bei ihm häufig gesehen hatte. Tränen waren ihr über die Wangen gerollt, als sie zum ersten Mal Gips angerührt hatte. Ihr Bruder hatte damals kein Wort verloren. In schweigendem Einverständnis gewährte er ihr Zugang zu seiner Welt, ließ sie von diesem Tag an sein Werkzeug und die Materialien benutzen und half ihr, die richtigen Handgriffe auszuführen. Als sie längst ausgezogen war und bereits auf die Fachhochschule ging, übte sie das Hobby noch immer aus, weil sie dabei am besten abschalten konnte. Zumindest glaubte sie das eine Zeitlang. Bis Conny merkte, dass sie Örtlichkeiten nachzubauen begann, die mit dem Fall zu tun hatten, mit dem sie sich gerade beschäftigte. Zuerst hatte sie diese Erkenntnis amüsiert, aber dann hatte sie gemerkt, dass es ihr half, sich in Personen oder Situationen hineinzuversetzen, wenn sie sich diese sprichwörtlich vor Augen führte. So war aus ihrer Freizeitbeschäftigung ein Teil ihrer Arbeit geworden. Es würde sie vermutlich nicht weiterbringen, wenn sie die Steilküste am Dornbuschwald nachbaute. Trotzdem wollte sie eine kleine Grundausstattung dabei haben. Ihre Abende auf Hiddensee konnten lang werden ohne Paul und Häppchen.

Die beiden waren in der Küche, als Conny Pauls Wohnung betrat. Paul war dabei, Schafskäsewürfel in gleichmäßigen Abständen auf einen Auflauf zu legen, in dem Conny Kartoffeln und Hack erkennen konnte. Es duftete intensiv nach Knoblauch. Sie stibitzte ein Stück Käse.

»Hey, das ist exakt abgewogen«, protestierte Paul. Nicht zu fassen, wie pedantisch er sein konnte. Häppchen hatte die Auflaufform nicht aus den Augen gelassen. Jetzt warf er sich jedoch mit seinem ganzen Gewicht gegen Connys Bein und rieb sich daran. Wie schön, er hatte sie trotz der Bestechungsversuche von Frau Schmidt noch nicht ganz vergessen. Fragte sich nur, wie lange der Kater ihr treu bleiben würde, wenn sie nun für einige Tage von Nachbarin Schmidt ersetzt wurde. Paul warf einen Blick in den Flur, wo Connys Tasche und der Rucksack mit den Bastelutensilien lagen.

»Denkst du, dass es lange dauern wird auf Hiddensee?«

»Keine Ahnung, könnte schon sein.« Sie rieb sich das Gesicht. Der fehlende Schlaf der letzten Nacht machte sich bemerkbar.

»Du bist noch nicht einmal einen Monat hier und verschwindest schon wieder.«

»Du bist der Chef, du hast entschieden, dass ich den Fall verfolgen soll.« Sie legte ihm von hinten die Arme um und drückte sich an ihn. Er fühlte sich warm an. »Danke übrigens.«

»Wofür?« Er wusste genau, was sie meinte.

»Dafür, dass du dir die Kollegen nicht vorgeknöpft hast, weil sie mich mit falschen Informationen losgejagt haben. Und dafür, dass du den Fall nicht an Hansen übergeben hast.«

»Das hatte rein fachliche Gründe. Wenn es nach mir persönlich gegangen wäre, hätte ich Hansen geschickt.«

»Er ist Kriminaloberkommissar, ich bin nur Kriminalkommissarin.« Sie küsste seinen Nacken. »Was noch schlimmer ist: eine frischgebackene Kriminalkommissarin. Es wäre auch fachlich nachvollziehbar gewesen, wenn du ihm die Sache übertragen hättest.«

»Wie ich vorhin schon sagte, du hast als Jahrgangsbeste bestanden, und ich traue dir absolut zu, einen Fall federführend zu übernehmen. Wenn deine Methoden auch ungewöhnlich sind, du machst das schon.« Er befreite sich sanft von ihr und schob den Auflauf in den Ofen, der bereits leise rauschte und einen warmen gelben Lichtschein auf den Küchenboden malte. »Hast du etwa dein Modellzeug eingepackt?« Wieder sah er in den Flur.

»Wäre es dir lieber, wenn ich mich in das Nachtleben von Hiddensee stürze?«

Er lachte. Sie liebte es, wenn seine Lachfältchen so deutlich zu sehen waren. Besonders häufig kam das nicht vor.

»Ich glaube, die Frage stellt sich nicht.« Er band die Schürze ab und hängte sie an den dafür vorgesehenen Haken. Dann legte er Tischsets auf, stellte exakt mittig die Teller darauf und ordnete das Besteck links und rechts davon an. Es wirkte beinahe wie eine Meditation. Zum Schluss holte er Wein- und Wassergläser aus dem Schrank und stellte sie an ihre Plätze. Er wusste, dass Conny das Weinglas mit hoher Wahrscheinlichkeit nicht brauchen würde, aber es hätte sein ästhetisches Empfinden gestört, drei Gläser zu platzieren.

»Ich werde das Gefühl nicht los, dass Hansen unseren Toten näher kannte«, begann sie, ließ sich auf einen Küchenstuhl fallen und beugte sich zu Häppchen herunter, um ihm die Nase zu kraulen.

»Hast du ihn nicht gefragt?«

»Nein. Der läuft mir nicht weg. Ich will erst auf Hiddensee Informationen sammeln. Wenn ich zurück bin, kann ich ihn immer noch ansprechen.« Sie stützte ihren Ellenbogen auf, wobei sie ihr Tischset verschob. Paul sagte nichts dazu, doch sein Blick reichte aus. Sie zupfte das Rechteck aus Baumwolle wieder in Form. »Auf der Insel scheint es einige Herrschaften zu geben, die es mit den Steuern nicht so genau nehmen.«.

»Die gibt es doch überall.« Er lehnte an der Arbeitsplatte aus schwarzem Granit und verschränkte die Arme. »Ist dir aufgefallen, dass du dazu neigst, Dinge vor dir her zu schieben?«, fragte er. Conny war irritiert. Üblicherweise sprach er nicht über die Arbeit, wenn sie zu Hause waren. So war es abgemacht. Er wollte eine klare Trennung zwischen Dienst und Privatleben, was ihr recht war.

»Hätte ich Hansen deiner Meinung nach sofort zur Rede stellen sollen? Ich dachte, wenn er verdaut hat, wer da tot am Strand gefunden wurde, spricht er mich …« Sie zögerte. »Nein, wahrscheinlich spricht er eher dich an. Aber vielleicht tut er es von alleine, wenn er mit Welzer in Verbindung stand.«

»Das meine ich nicht. Nicht nur«, wandte Paul ein. »Du wolltest den Kollegen sagen, dass wir ein Paar sind«, kam er auf den

Punkt. Conny seufzte. »Ich finde, wir hätten es ihnen gleich an deinem ersten Tag sagen sollen, als ich dich vorgestellt habe«, fuhr er unbeirrt fort. »Aber du hast dich ja geweigert.« Sie rollte mit den Augen. »Ich weiß, du würdest das Thema am liebsten komplett meiden.« Er kam auf sie zu und hockte sich vor sie hin. Sofort war der Kater bei ihm. »Jetzt nicht, Häppchen, jetzt ist Frauchen an der Reihe.« Das Tier zog mit erhobenem Schwanz ab, als hätte es verstanden. Paul legte ihr die Hände auf die Knie. »Es ist kindisch, uns vor den anderen zu siezen. Irgendwann verspricht sich einer von uns. Dann wird die ganze Situation peinlich. Das will ich nicht.«

»Ich doch auch nicht. Ich möchte nur warten, bis sie mich akzeptiert haben.«

»Damit sie sich dann hintergangen fühlen und wieder auf Distanz gehen?« Was konnte sie darauf antworten? »Ich habe schon hundertmal gesagt, wir sollten heiraten. Dann ist es offiziell und hat seine Ordnung.«

»Also ehrlich, Paul, das spielt heutzutage nun wirklich keine Rolle mehr. Wir sind zusammen, das ist in Ordnung, so wie es ist. Kein Mensch nimmt Anstoß daran. Und es geht auch niemanden etwas an, finde ich. Mir ist unsere Beziehung offiziell genug.«

»Wovor hast du solche Angst? Ich verstehe es einfach nicht.« Conny setzte zu ihren üblichen Ausflüchten an, doch er ließ sie nicht zu Wort kommen. Kein Wunder, er wusste sowieso, was sie sagen würde. »Die Ehe deiner Eltern war kein klassisches Beispiel. Es muss nicht so laufen wie zwischen den beiden. Du musst endlich lernen, das richtig einzuordnen.«

»Ich kann das einordnen«, gab sie trotzig zurück. »Ich bin darüber weg. Es hat überhaupt nichts mit meinen Eltern zu tun. Ich mag nur diese künstlichen Rituale nicht, das ist alles. Wofür brauchen wir das? Brauchst du das, um glücklich zu sein? Ich nicht.« Sie hatte sich mehr ereifert, als sie beabsichtigt hatte. Warum musste er auch immer wieder mit diesem leidigen Thema anfangen?

Er stand auf und ging zum Ofen. »Nein, ich bin auch ohne Trauschein glücklich. Vorerst. Aber irgendwann gehört er für mich einfach dazu. Wenn das mit uns etwas Ernstes ist, etwas Dauerhaftes, dann sollten wir uns über kurz oder lang auch vor aller Welt dazu bekennen. Im Moment wäre ich schon zufrieden, wenn du dich vor deinen Kollegen zu mir bekennen würdest.« Conny presste die Lippen aufeinander, während Paul den Auflauf begutachtete. »Wir können essen.« Er wusste, dass es keinen Sinn hatte, sie weiter zu bedrängen. Darum ließ er es gut sein. Conny dagegen war klar, dass sie nur eine Schonfrist gewonnen hatte. Es würde nicht lange dauern, bis er erneut davon anfing.

Nach dem Essen brachte Paul die Küche in Ordnung, während Conny bereits mit ihrem Glas in das Wohnzimmer ging und es sich auf dem Sofa bequem machte. Brav benutzte sie die Untersetzer, damit die empfindliche Tischplatte nur ja keine Wasserflecke bekam. Lange musste sie nicht auf Paul warten, der mit seinem Weinglas folgte. Er schaltete Musik an. Eine Melodie, die sie nicht kannte, breitete sich träge im Raum aus, Saxophon und Klavier, die den Raum in eine schummrig beleuchtete Bar verwandelten, irgendwo an einem schwülen Ort. Conny kannte diese Musik nicht, aber sie gefiel ihr. Vor allem gefiel es ihr, dass sie an diesem Abend bleiben konnte. Sie streichelte seinen Nacken, sah, wie er die Augen schloss. Häppchen fühlte sich offenkundig vernachlässigt und sprang auf Pauls Bauch.

»Jetzt nicht, Kater«, murmelte Paul und schob ihn sanft, aber bestimmt herunter. Conny lächelte, dann ließ sie ihre Lippen über seinen Hals gleiten und widmete sich seinem Ohr. Es dauerte nicht lange, bis er sich behutsam von ihr löste, aufstand und sie hinter sich her ins Schlafzimmer zog.

Es nieselte, der Himmel war grau, bedrohlich türmten sich Wolken über ihm auf. Die Wellen waren dieses Mal nicht ganz so hoch, das Boot war leichter, denn es gab keine schwere Fracht, die transportiert werden musste. Trotzdem kostete es ihn eine enorme

Kraft, die Strecke vor der Küste unterhalb des Dornbuschwaldes entlang zu rudern. Warum tat er sich das an? Schweiß mischte sich auf seiner Stirn mit Regentropfen. Schweiß lief auch seinen Rücken hinab. Die Kälte dieses Oktobertages würde ihm erst zu schaffen machen, wenn er sein Ziel erreicht hatte, wenn die Ruderblätter ruhen konnten. Solange er in Bewegung blieb, schwitzte er wie ein Tier.

Sein Ziel. Hatte er überhaupt ein Ziel? Der Weg ist das Ziel, sagte man das nicht so? Absoluter Unsinn. Der Weg, den er eingeschlagen hatte, führte in den Abgrund. Er hätte die Finger davon lassen sollen, aber dazu war es zu spät. Viel zu spät. Er war bereits tief in die Sache verstrickt. Wütend zog er die Ruder noch kräftiger durch die dunkelgraue Ostsee. Zwei Schläge, drei, vier. Dann wischte er sich mit dem Ärmel den Schweiß von der Stirn. Er spürte ein Brennen in den Handflächen, vor allem dort, wo die Haut am Übergang vom Daumen zum Zeigefinger so weich und empfindlich war. Er würde Blasen bekommen. Sein geringstes Problem. Und eine milde Strafe für das, was er getan hatte. Andererseits ... Hatte er wirklich eine Strafe verdient? Diese Frage trieb ihn um, seit er es getan hatte. Diese Frage war es, die ihn hinaus getrieben hatte auf das Wasser. Nein, mach dir doch nichts vor! Du bist hier, weil du das Boot zurückbringen musst. Früher oder später würde sich jemand fragen, wem es gehört. Du hast dir nichts vorzuwerfen. Er drückte das Kreuz durch. Der Weg, den er eingeschlagen hatte, war kein schlechter. Ihn traf keine Schuld daran, dass es schließlich so gekommen war. Er war derjenige, der betrogen und enttäuscht worden war. Wie hätte er sich und das, was er liebte, sonst schützen können?

Kapitel 3

Nächtlicher Besuch

Ronald Udnik residierte nicht nur wie ein kleiner König in einer Villa mit Türmchen, Wintergarten und für Inselverhältnisse stattlichem Anwesen, er führte sich auch auf wie ein Herrscher. Seine Sekretärin hatte Conny in Empfang genommen und ihm gemeldet.

»Det passt ma jetze jar nich«, hörte Conny ihn sagen, doch er besann sich anscheinend und stand im nächsten Augenblick in der Tür. »Schicken die nu schon junge Bulletten vor, ehe der Herr Kriminalkommissar sich um den Fall kümmert?« Udnik lachte brüllend los. »Kleiner Scherz, nischt für unjut«, erklärte er dann gönnerhaft. »Irgendwo müssen Se ja ma anfangen und wat lernen, wa? Stört mich nich, wenn die 'ne hübsche junge Polizistin auf mich loslassen. Wenn Se Chirurgin wären, hätt ich keene Lust, Versuchskaninchen zu sein, wa?« Wieder lachte er. »Na, denn kommen Se man rin in die jute Stube. Aber viel Zeit hab ick nich.« Er ging vorweg in das, was seine Sekretärin als sein Schreibzimmer bezeichnet hatte. In einem Erker mit hohem bogenförmigen Fenster, aus dem man einen Blick auf das Gerhart-Hauptmann-Haus hatte, stand ein Schreibtisch mit gedrehten Beinen, deren Füße sich wie die Pranken eines Bären in das blanke Parkett zu krallen schienen. Dahinter stand ein Stuhl mit hoher Lehne, dem man sein Gewicht ansah. Auf dem Tisch lag ein aufgeschlagener Schreibblock, das Papier war mit einem Wasserzeichen versehen. Daneben stand eine große ovale Lederschale, in der überwiegend edle Schreibwerkzeuge lagen. Bis auf eine mit rotem Samt bezogene Chaiselongue war der großzügige Raum leer, wenn man mal von den an den Wänden umlaufenden Regalen absah, die eine Unmenge Bücher beherbergten. Conny trat einen Schritt näher heran. Was aktuell auf den Bestsellerlisten stand oder dort in den letzten Monaten gestanden hatte, war hier zu finden, dazu die wichtigsten Klassiker. Goethe, Schiller, Lessing, Thomas, Klaus und Heinrich Mann und natürlich das komplette Werk Hauptmanns. Eine wahrhaft ehrwürdige Gesellschaft. Alles gebundene Ausgaben.

»Det gefällt Ihnen, wa? So viele Bücher auf einem Haufen ham Se noch nich jesehen.« Es war keine Frage, sondern eine Feststellung.

»Jedenfalls nicht in einer privaten Bibliothek«, gab Conny zu. Ihr fiel auf, dass sämtliche Exemplare neu aussahen, als wären sie lediglich aus ihrer Plastikverpackung befreit, an ihren Platz im Alphabet gestellt und seither nicht mehr angerührt worden. Conny kam in den Sinn, dass Udnik Belege für Bücher im Wert von über zehntausend Euro steuerlich geltend machen wollte. »Haben Sie etwas davon gelesen?«, wollte sie wissen.

»Noch nich, aber det jeht los, det können Se ma globen.«

»Sie sind Bäcker«, stellte Conny sachlich fest. »Trotzdem haben Sie Bücher im Wert von mehr als zehntausend Euro angeschafft und wollen diese Summe als Betriebsausgabe verbuchen.«

Seine Augen in dem kleinen schwammigen Gesicht zogen sich zu Schlitzen zusammen, die Andeutung eines Schmunzelns, die seit Connys Ankunft auf seinen Lippen gelegen hatte, verschwand. Hatte er bis zu diesem Moment nur selbstgefällig auf sie gewirkt, konnte sie nun erkennen, dass er ein äußerst unangenehmer Zeitgenosse sein konnte.

»Kommen Se mir bloß nich so! Von wegen: So'n kleener Bäcker kann doch nischt von Literatur verstehen. Erstens: …« Er streckte den Daumen der linken Hand in die Luft. »Ick bin keen kleener Bäcker, sondern ein verdammt erfolgreicher Geschäftsmann.

Und zweitens: …« Der Zeigefinger der linken Hand schnellte hervor. »Ick bin nich weniger wert als die alle.« Mit einer ausholenden Geste deutete er auf die Bände seiner Privatbibliothek. »Det werd ick allen beweisen.« Er war laut geworden und lief in Richtung Tür, als wolle er Conny rausschmeißen. Falls er das vorgehabt hatte, überlegte er es sich jedoch anders, drehte um und setzte sich hinter den wuchtigen Schreibtisch.

»Es spricht nichts dagegen, sich mit Literatur zu beschäftigen. Lesen ist etwas Wunderbares.« Sie dachte an Paul, der Bücher geradezu fraß. »Der Punkt ist nur, dass das mit Ihrem Beruf nichts zu tun hat. Betriebsausgaben können aber nur für Dinge geltend gemacht werden, die Sie im beruflichen Zusammenhang benötigen.«

»Noch nie wat davon jehört, det eener umschult?« Er spuckte leicht beim Sprechen, was vermutlich daran lag, dass er ständig die Zungenspitze zwischen die Lippen schob. Conny unterdrückte ein Schmunzeln. Dass jemand zum Schriftsteller umschulte, hatte sie tatsächlich noch nie gehört.

»Doch, durchaus.« Sie fixierte ihn kühl, die roten Äderchen in der Haut, die Schweinsäuglein, die sie nun mit unverhohlener Ablehnung anstarrten. »Nach meiner Erfahrung schult jemand um, der in seinem bisherigen Beruf kein Geld mehr verdienen kann. Aus welchem Grund auch immer. Sie haben aber nicht vor, Ihre Bäckereibetriebe zu schließen, oder doch?«

»Nee, erst mal nich.«

»Und wenn Sie Ihre Firma veräußern, können Sie sich und Ihrer Frau von dem Erlös mit Sicherheit einen angenehmen Lebensabend gestalten. Ich sehe keinen Grund für eine Umschulung.«

»Ihnen geht's wohl nur um's Geld, wa? Schon mal dran jedacht, det eener mehr vom Leben will, det eener ma wat Neues probieren möchte?«

»Wogegen nichts einzuwenden ist. Allerdings müssen Sie ein solches Abenteuer schon selbst finanzieren.« Sie wollte Welzer ins Spiel bringen, doch Udnik schnappte nach Luft, um im nächsten Moment förmlich zu explodieren.

»Nee, nee, mein Frollein, so läuft dette nich!«, presste er hervor. Seine Wangen waren dunkelrot angelaufen, er hielt sich mit beiden Händen an der Tischplatte fest. Conny spürte, wie auch bei ihr die Anspannung wuchs. Um ruhig zu bleiben, prägte sie sich ein, aus welchem Holz Tisch, Stuhl und Regale waren, welche Farbe das Parkett hatte und welcher Art der Teppich war, der in der Mitte des Zimmers lag. Ziemlich sicher ein Gabbeh aus dem ehemaligen Persien, vermutete sie. »Jeder Versager kriegt det Geld nachjeschmissen, damit er wat lernt, wat er dann och wieder nich uff de Reihe kriegt. Aber ick soll meine zweite Karriere man schön selber blechen, weil ick immer fleißig war und wat auf der hohen Kante habe, wa? Nee, so läuft det nich. Ich sach Ihnen mal wat: Wer schreiben will, muss lesen. Wird Ihnen jeder bestätigen. Also is dette Schulungsmaterial.« Wieder deutete er mit großer Geste zu den Regalen. »Ick werd beweisen, dass ick och als Schreiberling Erfolg habe. Und dann woll'n wir doch mal sehen, ob meine Kosten anerkannt werden oder nich.«

»Haben Sie das Herrn Welzer auch so gesagt?«

Er reagierte nicht auf ihre Frage. »Was man mit Geld erreichen kann, ist keene Schande. Vor den Ruhm hat der liebe Gott 'ne Menge Ausgaben jesetzt. Globen Sie etwa, der Hauptmann wäre ein Genie jewesen?« Ohne ihre Antwort abzuwarten, führte er seinen Vortrag fort: »Alles Quatsch, die richtjen Leute hat er jekannt oder jeschmiert. Wat weeß ick? Wissen Se, wat die Leute hier früher über den jesagt haben? Die ham jesagt, dat der Sommer auf Hiddensee anfängt, wenn der feine Herr Schreiberling seinen Wein kriegt. Und wenn der Weinkeller vom Hauptmann leer is, denn is och der Sommer rum. Det ham die jesagt!«

»Offen gestanden, interessiert mich nicht sehr, was die Leute über Gerhart Hauptmann gesagt haben, Herr Udnik. Ich bin hier, um mit Ihnen über Robert Welzer zu sprechen. Sie sagten, Sie haben nicht viel Zeit. Lassen Sie uns also zur Sache kommen.«

»Nee, Frollein, mit Ihnen komm ich höchstens in einer Art zur Sache. Aber danach is mir nu leider nich zumute. Sagen Sie Ihrem

Chef, dem Herrn Kriminalkommissar, wenn er wat über meene Finanzen wissen will, denn soll er sich selbst her bemühen.«

»Mein Chef ist Kriminalhauptkommissar«, ließ Conny ihn wissen. »Ich bin Kriminalkommissarin, und ich bin hier, um Sie über den Tod von Herrn Welzer zu befragen.« Jetzt kam es darauf an, jedes Detail seiner Reaktion aufzunehmen. Udnik sah für einen Augenblick fassungslos aus. Seine wulstige Zunge, die Conny an eine Schildkröte erinnerte, bewegte sich vor und zurück. Ein beinahe obszöner Anblick. Conny merkte, wie es sie schüttelte.

»Robert Welzer is tot?« Er entspannte sich ein wenig in seinem hohen Stuhl. »Det is een Klopper! Der war doch grad noch hier.«

»Wann haben Sie ihn zum letzten Mal gesehen?«

»Momentchen ... Det muss ... Ja, genau, det war am ersten Oktober.«

»Was wollte er hier?«

»Det jeht Sie zwar nischt an, aber is ja keen Jeheimnis. Det ging um meine Steuern. Der Welzer hat 'ne Prüfung bei mir jemacht und hatte noch eene oder zwee kleene Fragen. Nischt Dolles.« Seine Angriffslust schien ihm vergangen zu sein. Entweder war er ein brillanter Schauspieler, was Conny aber nicht glaubte, oder er war von der Nachricht wirklich überrascht.

»Ich nehme an, er hat Sie darauf aufmerksam gemacht, dass Ihre Bücher keine Betriebsausgaben sind?«

»Nu hörn Se aber ma uff damit«, protestierte er schwach.

»Haben Sie sich gestritten?«

Er lachte laut auf, kleine Speicheltropfen flogen durch die Luft und hinterließen dunkle Punkte auf dem eleganten Schreibpapier. »Nee, wir ham uns prächtig verstanden. Kuchen ham wa zusammen gegessen. Nich so'n billiges Zeug, wie Sie det überall nachjeschmissen kriegen. Ick mach Kuchen, da leckst du dir die Lippen nach. Sollten Se mal wat von probieren, det Se wat an die Rippen kriegen. Vielleicht ham Se dann och bessere Laune.« Mit einem Mal stutzte er. »Wat wollen Se eigentlich? Wollen Se mir wat anhängen? Is der Welzer etwa ...?«

»Ermordet worden«, beendete sie den Satz für ihn. »Wir können das nicht ausschließen.«

»Is ja een Klopper!«, wiederholte er. Dann wählte er einen einfachen Bleistift und begann, etwas auf das feine Papier zu kritzeln. »Dolle Geschichte. Da mach ich wat draus!«

Die Wohnung, die Kollege Wolter ihr organisiert hatte, lag in der Dorfstraße in Grieben unweit der Zimmervermittlung. Conny hatte sich auf Anhieb in das winzige Apartment verliebt. Zwar war es wirklich sehr eng, im Schlafzimmer musste man sich zwischen dem französischen Bett und dem zweitürigen Holzschrank hindurchzwängen, im Wohnzimmer war neben einem runden Tisch mit zwei Stühlen der Kühlschrank untergebracht. Auf einem Regal, das aussah, als hätte es der Eigentümer selbst zusammengezimmert, thronte ein tragbarer Elektrokocher mit zwei Herdplatten. Doch Conny wurde mit einem fantastischen Blick über weite Wiesen zum Leuchtturm auf der einen und auf den Vitter Bodden auf der anderen Seite belohnt. Zudem war das Reetdachhaus, in dem die Wohnung sich befand, bestens in Schuss. Neben der Haustür prangte eine Hausmarke, jene für die Gegend typische Markierung aus geraden Linien, die dem, der sich damit auskannte, den Besitzer oder möglicherweise den ehemaligen Besitzer des Hauses verriet. Viele Touristen hielten die symmetrischen Formen für Runen, doch damit hatten sie herzlich wenig zu tun. Sie dienten vermutlich bereits seit dem sechzehnten Jahrhundert schlicht dem Kennzeichnen beweglicher oder feststehender Güter. Ob ein Stück Land oder eben ein Gebäude, alles wurde mit der familieneigenen Marke gekennzeichnet. Wechselte ein Haus den Besitzer, so blieb die Marke allerdings auf dem Gebäude bestehen. Conny mochte diese klaren Zeichen, die die Menschen früher auch an Grabstätten hinterlassen hatten, um kundzutun, wer dort seine letzte Ruhe gefunden hatte, oder die sie anstelle einer Unterschrift kritzelten oder in Holz ritzten. Insgesamt gab es drei Wohnungen in dem Haus, das zwischen der ruhigen kleinen Straße und dem Schilfgürtel lag, der den Bodden säumte. Conny war die einzige Bewohnerin. Marlenes Onkel schien in einer finanziell äußerst komfortablen Situation zu leben, denn wie Wolter gesagt hatte, vermietete er nur in der Hochsaison und dann bei Bedarf noch über Weihnachten oder Neujahr. Conny war es sehr recht. So musste sie auf keinen anderen Bewohner Rücksicht nehmen und wurde weder von lauter Musik noch von einem Fernseher gestört, der die halbe Nacht dröhnte.

Nachdem sie sich eingerichtet und Paul am Telefon von dem Haus vorgeschwärmt hatte, machte sie sich auf den Weg zum *Bootshaus*. Sie wollte dort zu Abend essen und gleich mal sehen, was Staudinger über seine letzte Begegnung mit Welzer zu sagen hatte.

Das Restaurant mit dem dazugehörigen Hotel lag etwas außerhalb von Grieben an der Dorfstraße in Richtung Kloster. Der Weg zum Haupteingang wurde von Fackeln erleuchtet, deren Feuer wild im Wind tanzten. Es ging vorbei an einem kleinen Garten, in dem ein Ruderboot lag. Conny fragte sich, ob es nur noch zu Dekorationszwecken dalag oder manchmal die wenigen Schritte zum Wasser getragen und benutzt wurde. Ein Meter weiter stand eine hölzerne Skulptur, Neptun, der auf einen Anker gestützt seinen Dreizack in die Höhe reckte. Als Zaun dienten runde Holzpflöcke, die in Zweierreihen in den Boden gerammt waren und an Buhnen erinnern sollten, jene sich ins Meer streckenden Dämme, die die Strände in mehrere Abschnitte unterteilten. Verbunden wurden sie von dicken Tauen. Conny blickte zu den Gästezimmern, aus denen warmes Licht nach draußen fiel. In den Fenstern waren maritime Figürchen zu erkennen, hier ein Leuchtturm, dort ein Seestern oder eine Muschel. Die Dachpfannen waren blau, ebenso die Fensterrahmen. Für Connys Empfinden war das Ganze ein wenig überladen, aber immerhin mit Geschmack. Der Weg in das Restaurant führte an der Rezeption vorbei. Fast alle Schlüsselfächer waren leer. Das *Bootshaus* war offenbar nahezu ausgebucht. Sie betrat den Gastraum, der groß, aber dennoch gemütlich war. Die Mitarbeiter trugen Uniformen, die entfernt an Matrosenanzüge erinnerten. Aus den Lautsprechern perlte dezent leichte klassische Musik, die von Meeresrauschen unterlegt war.

»Guten Abend! Kann ich etwas für Sie tun?« Eine junge Frau mit kurzen, in das Gesicht gezogenen blonden Haaren und freundlichen Augen hatte sich vor Conny aufgebaut.

»Guten Abend. Ich würde gerne etwas essen.«

»Haben Sie reserviert?«

»Nein, ich habe mich spontan entschieden.«

»Das wird schwierig«, sagte die Blonde gedehnt, als ginge sie im Geiste alle Möglichkeiten durch, Conny doch noch einen Platz zu organisieren. Die sah sich bereits mit ein paar Scheiben Brot in ihrem kleinen Apartment hocken. Musste sie Staudinger eben später auf den Zahn fühlen. »Einen ganz kleinen Moment, bitte.« Conny wollte sie aufhalten und ihr sagen, dass sie auch an einem anderen Abend wiederkommen könne, doch da kam Staudinger gerade aus der Küche und stürmte sofort auf sie zu. Seine Mitarbeiterin rannte er dabei beinahe um.

»Frau Lorenz«, rief er und breitete die Arme aus, als würde er sie im nächsten Augenblick an sich drücken. »Das ist eine Freude.«

»Leider hat Frau Lorenz nicht reserviert«, wandte die Kellnerin ein.

»Aber ich bitte Sie, das ist doch kein Problem. Ich mach das schon«, flüsterte er der Blonden zu, die Conny fröhlich zunickte und sich dann um andere Gäste kümmerte.

»Bitte, keine Extrawurst für mich«, setzte Conny an, während er ihr bereits die Jacke von den Schultern zog. »Ich komme gerne morgen oder übermorgen wieder.«

»Kommt ja nicht in Frage. Bitte, folgen Sie mir!« Er ging vorweg auf einen kleinen Tisch zu, ließ blitzschnell ein Reserviert-Schildchen hinter seinem Rücken verschwinden und schob ihr den Stuhl zurecht. »So, bitteschön!« Er beugte sich zu ihr herunter, nachdem sie Platz genommen hatte. »Diesen Tisch halte ich immer für besondere Gäste frei«, flüsterte er. »Nicht auszudenken, wenn der Bürgermeister oder ein anderer wichtiger Mensch bei mir essen will und fortgeschickt werden muss! In München können Sie das machen, aber nicht hier auf der Insel.« Er rollte mit den Augen und zwinkerte ihr dann verschwörerisch zu. Pomade glänzte in seinem gezwirbelten Bart. »Ein Glück!«, rief er gut gelaunt. »So komme ich in den Genuss, Sie bewirten zu dürfen. Ich bringe Ihnen sofort die Karte. Darf es vorweg vielleicht ein Aperitif sein?«

»Nein, danke, nur eine große Flasche Wasser, bitte.«

»Wie Sie meinen. Aber ein Glas Wein müssen Sie zum Essen trinken. Wenn ich darf, gebe ich Ihnen gerne eine Empfehlung.«

»Ich bleibe bei Wasser«, erklärte Conny bestimmt und lächelte ihn an. Er zog die zusammengewachsenen Augenbrauen hoch, verschwand kurz und war in der nächsten Sekunde mit einer Speisekarte zurück. »Was immer Sie bestellen, ist eine gute Wahl«, verkündete er charmant. »Eins meiner Leibgerichte ist der gebratene Ostseefisch auf Tomaten-Kohlrabi-Gemüse. Wenn Sie es etwas exotischer mögen, dann sollten Sie den Hornfisch mit Ingwer-Sanddorn-Soße probieren.«

»Hört sich beides sehr gut an.« Sie warf einen Blick in die Karte, die er ihr aufgeschlagen gereicht hatte.

»Lassen Sie sich Zeit«, sagte er. »Wasser kommt sofort.« Damit verneigte er sich leicht und ließ sie allein.

Conny hatte sich für den Hornfisch entschieden und bereute ihre Wahl nicht. Die Soße hatte eine angenehme Schärfe, der Fisch war frisch, einfach perfekt.

»Nun, alles zu Ihrer Zufriedenheit?« Staudinger sah sie erwartungsvoll an.

»Es ist köstlich, Sie haben nicht zu viel versprochen.«

»Danke sehr, gnädige Frau, das freut mich außerordentlich.« Dieser Staudinger hatte etwas Altmodisches an sich, und das waren nicht nur Bart und Frisur. Auch seine Umgangsformen und Sprache deuteten auf einen Kavalier alter Schule hin. Er beherrschte die Kunst, sich jedoch in keiner Weise lächerlich zu machen, sondern gewann die Sympathie seiner Gäste, vornehmlich der weiblichen, vermutlich mit Leichtigkeit. Mal sehen, ob er aus der Fassung zu bringen war.

»Hat Robert Welzer auch bei Ihnen gegessen, wenn er ohnehin im Hause war?« Staudinger zuckte zusammen, nur ganz wenig, kaum merklich für jemanden, der nicht darauf trainiert war, menschliche Reaktionen zu studieren. Conny entging es nicht.

»Verzeihung, liebe Frau Lorenz, ich habe leider kein besonders gutes Namensgedächtnis. Welzer … Nein, da weiß ich jetzt gerade nicht … Ich habe den Namen schon gehört, aber in welchem Zusammenhang?« Er legte die Stirn in Falten.

»Im Zusammenhang mit einer Betriebsprüfung«, half Conny ihm auf die Sprünge.

»Ah, natürlich, ja.« Jetzt strahlte er wieder über das ganze Gesicht. »Ist schon eine Weile her, dass er hier war. Aber ob er hier auch gegessen hat, kann ich Ihnen nicht sagen.«

»Er wollte überprüfen, warum Sie dem Finanzamt nur Verluste melden, obwohl Hotel und Restaurant so erfolgreich laufen«, sagte sie leise. Staudinger sah sich unwillig nach allen Seiten um. »Bitte, Frau Lorenz, das ist wohl nicht der richtige Ort, um so etwas zu besprechen.«

»Nein, ich bin ja auch ganz privat hier. Ich wollte nur wissen, ob der Tod von Herrn Welzer Sie sehr getroffen hat. Ich meine, wenn Sie mit ihm einen treuen Gast verloren hätten …« Sie ließ den Satz in der Luft stehen und sah ihm in die Augen. »Sie wussten doch, dass Welzer tot ist?«

»Nein, das habe ich nicht gewusst. Woher sollte ich? Ich kenne den Mann doch nicht weiter.«

»Ich dachte nur, weil er doch der Mann ist, den man tot am Strand gefunden hat. Als wir uns oben an der Steilküste trafen, sagten Sie, die Leute reden. Ich dachte, inzwischen hätte sich herumgesprochen, um wen es sich bei der Leiche gehandelt hat.«

»Nein, wissen Sie, ich beteilige mich nicht an dem Inselklatsch. Aha, der also. Du meine Güte. Nun ja, wir müssen alle irgendwann sterben.« Seine nachdenkliche Miene verwandelte sich rasch in sein ansteckendes Lächeln, das Conny bereits vertraut war, obwohl sie sich doch gar nicht kannten. »Ich muss mich jetzt leider wieder um meine Gäste kümmern. Wenn Sie mich entschuldigen würden.« Wieder diese angedeutete elegante Verbeugung.

»Natürlich. Entschuldigen Sie bitte, wenn ich Sie etwas überfallen habe. Berufskrankheit.« Sie zuckte entschuldigend mit den Achseln und strahlte ihn entwaffnend an.

»Ja, kenne ich«, rief er und war auch schon weg. Den Rest des Abends hatte er keine Zeit mehr für sie. Erst als die Kellnerin sich weigerte, bei Conny zu kassieren, tauchte er zwangsläufig noch einmal auf.

»Das ist schon in Ordnung«, sagte er. »Ich habe doch gesagt, ich lade Sie ein.« Conny sah ihn fragend an. »Natürlich, erinnern Sie sich nicht? Bei unserer ersten Begegnung habe ich Sie eingeladen, als kleine Entschädigung, weil ich Ihnen doch so einen Schrecken eingejagt habe.«

»Ich habe es überlebt. Nein, Herr Staudinger, es gibt wirklich keinen Grund, mich einzuladen. Ich kann meine Rechnung sehr gut selbst bezahlen.«

»Daran würde ich nie zweifeln. Aber es ist mir doch eine solche Freude. Also, keine Diskussion mehr, Sie sind mein Gast!« Die Kellnerin zog sich zurück.

»Nein, ich werde auch nicht diskutieren, sondern auf jeden Fall selbst bezahlen. Sonst müsste ich noch denken, Sie wollen mich bestechen.«

Staudinger machte große Augen. »Wieso sollte ich? Bin ich verdächtig? Außerdem sagten Sie doch, Sie seien privat hier.«

»Heute Abend bin ich privat, aber ich bin immerhin aus dienstlichen Gründen auf Hiddensee.« Sie hatte gewonnen, Staudinger ließ endlich locker.

Conny starrte ihre Bastelutensilien an, die sie auf dem kleinen Tisch ausgebreitet hatte. Die Steilküste nachzubilden würde sie nicht weiterbringen. Kurz kam ihr das so genannte Schreibzimmer von Udnik in den Sinn. Nein, falls sich dort ein Streit zwischen ihm und Welzer abgespielt hatte, brauchte sie noch mehr darüber. Mit einem dicken selbstverliebten Mann mit Schildkrötenzunge allein konnte sie nichts anfangen. In Gedanken ging sie die Filme durch, in denen Steuerhinterziehung eine Rolle spielte. Ihr fielen allerdings nur Schauspieler ein, die damit in die Schlagzeilen geraten waren oder eine Dokumentation. Die einzigen Spielfilme waren *Capone* über das Leben des berühmten Mafioso Al Capone. Und natürlich *Die Unbestechlichen*, in dem es ebenfalls um Capones Steuerdelikte ging. Es wollte ihr einfach nicht gelingen, einen Bogen von dem Unterweltboss aus Chicago zu einem feisten Bäcker oder einem charmanten Gastronom in Norddeutschland zu schlagen. Es war ohnehin spät geworden. Nachdem sie als einer der letzten Gäste das *Bootshaus* verlassen hatte, musste sie noch ihre Notizen auf den neusten Stand bringen. Über Welzer wusste sie noch nicht viel. Immerhin etwas hatte sein Kollege Brand ihr erzählt. Auch über Brand selbst, über Udnik und Staudinger notierte sie, was sie bisher hatte. Darüber war es fast Mitternacht geworden. Sie würde ins Bett gehen und vor dem Einschlafen mit Paul telefonieren. Nein, dafür war es zu spät. Sie wollte ihn nicht wecken, wenn er auch sagen würde, dass er sich freute.

Als sie aus dem winzigen Bad kam, fiel ihr Blick auf die Straße, die schwach von einer neben der Haustür installierten Lampe erleuchtet wurde. Sie entdeckte eine Gestalt, die dort stand, einen Schritt in Richtung der kleinen schmiedeeisernen Pforte machte, dann aber stehenblieb. Conny löschte das Licht der Nachttischlampe. Aus dem Schutz der Dunkelheit beobachtete sie den Mann, ohne dass er sie sehen konnte. Er hob den Kopf und blickte zu ihrem Fenster. Der Schein des Leuchtturms erfasste ihn für den Bruchteil einer Sekunde. Es war Staudinger. In dem regelmäßigen Rhythmus des Leuchtfeuers konnte sie sein Gesicht erkennen. Was hatte er da zu suchen? Mit einem Mal wurde ihr die Stille des Hauses bewusst. Sie war allein. Das Nachbarhaus zur Rechten war dunkel. Sie hatte dort seit ihrer Ankunft noch keinen Menschen gesehen. Zur Linken lag ein Spielplatz. Unschlüssig trat er von einem Fuß auf den anderen, senkte den Kopf. Dann drehte er sich um und ging langsam in Richtung Kloster, also wahrscheinlich nach Hause. Zu früh gefreut, er blieb erneut stehen, drehte sich wieder um und ging zögerlich auf das Haus zu. Conny atmete flach und gab acht, dass sie die Vorhänge nicht berührte. Staudinger betrat das Grundstück, verließ den gepflasterten Weg und ging quer über den Rasen. Seine Bewegungen waren langsam wie unter Hypnose. Sie konnte ihn nicht mehr sehen. Das Haus verstellte dem Licht des Leuchtturms den Blick. Außerdem hätte Conny die Nase an die Scheibe pressen müssen, um ihn nicht aus den Augen zu verlieren. Sie schlich auf Zehenspitzen ins Bad. Wenn er um das Gebäude herumging, würde sie ihn von dort sehen können. Sie konnte nicht. Wo war er geblieben? Sie stand eine Weile und wartete. Holz knackte laut. Ganz normal in einem alten Haus, sagte sie sich. Trotzdem klopfte ihr Herz einen Takt schneller. Mit einem Mal fiel ihr ein, dass die Haustür keinen Knauf, sondern eine Klinke hatte.

»Hier wird nicht abgeschlossen«, hatte Marlenes Onkel ihr bei der Übergabe erklärt. »Höchstens mal in der Hauptsaison, wenn ganz Hiddensee in der Hand der Touristen ist. Aber in Grieben brauchen Sie selbst dann nicht abschließen. Hier kommt nix weg.«

Verdammt, sie hatte trotzdem abschließen wollen, hatte es aber vergessen. Oder doch nicht? Sie konnte sich nicht erinnern. Vorsichtig öffnete sie die Wohnungstür und huschte mit dem Schlüssel durch den schmalen Flur zur Treppe. Das Knarzen, das ihr Fuß auf der ersten Stufe auslöste, kam ihr so laut vor, als müsse das gesamte Haus davon aufwachen. Dass da niemand war, den sie wecken konnte, beruhigte sie nicht gerade. Den Rücken an der Wand schlich sie die Treppe hinab und achtete sorgfältig darauf, jede Stufe möglichst weit außen zu betreten. In ihrem Apartment hatte sie die Heizung laufen, so dass es angenehm warm war, hier dagegen war es kalt. Conny fröstelte. Nur noch um die Kurve und dann vier oder fünf Stufen bis zur Haustür, schätzte sie. Als sie die Biegung hinter sich hatte, hörte sie ein leises Quietschen. Sie verharrte in der Bewegung. Die weiße Türklinke, durch das Flurlicht, das Conny oben hatte brennen lassen, gerade noch zu erkennen, wurde heruntergedrückt. Nur ein paar Millimeter. Zögern. Weitere Millimeter, wie in Zeitlupe. Sie wurde sich ihrer Situation bewusst. Allein mit einem Fremden, der zwar sympathisch war, von dem sie aber nichts wusste. Zu allem Überfluss trug sie lediglich einen Seidenpyjama, den Paul an ihr ziemlich sexy fand, wie er mehr als einmal gesagt hatte, weil er sich perfekt an ihren Körper schmiegte und ihre Brustwarzen sich frech durch den Hauch von Stoff abzeichneten. Nicht einmal ihre Dienstwaffe hatte sie mitgenommen. Reiß dich zusammen, sagte sie sich, dieser Staudinger ist harmlos. Hoffentlich. In diesem Moment wurde die Klinke bis zum Anschlag heruntergedrückt. Er versuchte, die Tür zu öffnen. Sie blieb zu. Conny atmete auf, also hatte sie doch nicht vergessen abzuschließen. Erleichtert lehnte sie sich an die Wand. Die Klinke bewegte sich zurück in die Waagerechte, Conny hörte seine Schritte. Rasch rannte sie herauf und zurück an das Fenster neben ihrem Bett. Sie sah Staudinger gerade noch in Richtung *Bootshaus* davongehen.

»Guten Morgen, Wolter. Haben die Kollegen von der Rechtsmedizin sich schon gemeldet?« Conny löste die Fahrradklammer von ihrem Hosenbein, warf sie in ihren Rucksack und steuerte auf Wolters Schreibtisch zu, den sie sich in den nächsten Tagen teilen würden.

»Guten Morgen, Frau Lorenz. Sind Sie aus dem Bett gefallen?«

»Kann man so sagen.« Sie schnaufte. »Von wegen autofreie Insel. Ein Trecker hat heute früh direkt unter meinem Schlafzimmerfenster einen Höllenlärm veranstaltet.«

Er lachte. »Ja, das kann schon sein. Wahrscheinlich brauchte jemand Brennholz. Oder das ist wegen der Pferde oder Kühe. Irgendeine Ausrede gibt es immer, damit man Trecker fahren kann.« Sie wollte ihre Frage nach dem Ergebnis der Rechtsmedizin wiederholen, da streckte er ihr die Hand hin. »Wollen wir nicht du sagen? Ist hier so üblich. Und Sie gehören nun ja doch für ein paar Tage zum Team sozusagen. Ich bin Michael.«

Sie schlug ein. »Conny.«

»Und Marlene ist einfach Marlene«, ergänzte er unbekümmert. »Marlene und Michael. Hört sich ein bisschen nach einem Volksmusikduo an, oder?«

»Ein bisschen.« Sie hatte ihre Unterlagen aus ihrem Rucksack geholt und ordnete diese nun auf ihrem Arbeitsplatz an. »Was ist nun mit den Ergebnissen aus Greifswald?« Conny sah ihm an, dass er jetzt, wo sie so vertraut miteinander waren, erst einmal klönen wollte. Doch er war sofort bei der Sache.

»Ronald Udnik hat wohl die Wahrheit gesagt. In Welzers Magen sind Kuchenreste gefunden worden.«

»Was nicht bedeutet, dass sie einträchtig miteinander Kaffee getrunken haben müssen.«

»Nein, das muss es ganz und gar nicht bedeuten. Es ist nämlich außerdem Ibotensäure nachgewiesen worden. Die könnte im Kuchen gewesen sein.«

»Ibotensäure?« Sie sah ihn an. »Ist das so etwas wie Blausäure, die in der Bittermandel vorkommt? Dann würde sich unser Bäcker bestimmt damit auskennen, oder?«

»Falsch. Ibotensäure kommt in Pilzen vor.«

»Welche Art genau?«

Er zuckte die Schultern. »In allen Pilzen der Amanita-Familie. Fliegenpilz oder Pantherpilz, falls dir das etwas sagt.«

»Und diese Säure ist tödlich?«

»Sie kann tödlich sein. Die Kollegen sind aber noch nicht sicher, ob Welzer an dem Gift gestorben ist oder davon nur außer Gefecht gesetzt wurde.«

»Wann wissen sie das?«

»Morgen wahrscheinlich, spätestens. Auf jeden Fall steht fest, dass es ein Tötungsdelikt war. Die Male an den Handgelenken und Unterarmen sprechen eine deutliche Sprache.«

»Verstehe. Das war zu erwarten.« Conny setzte Michael Wolter kurz über das in Kenntnis, was sie inzwischen wusste. »Sieht alles nach einem Mord aus finanziellen Gründen aus«, schloss sie ihren Bericht.

»Nicht unbedingt. Die Wirtin der *Strandperle* in Vitte kannte Welzer ein bisschen. Er hat meistens bei ihr gegessen, wenn er auf der Insel war. Sie behauptet, er sei ein schlimmer Finger gewesen mit diversen Frauengeschichten. Eifersucht ist ein starkes Motiv. Könnte doch sein, wenn die Wirtin recht hat.« Sofort musste Conny an Hansen denken. Wie hatte er sich noch ausgedrückt? Welzer sei ein Frauenheld gewesen, ein aalglatter Schönling. Ja, das hatte er gesagt. Es würde ihn nicht wundern, wenn ein betrogener Ehemann dem eine Lektion erteilt hätte.

»Na, dann weiß ich ja schon, wo ich heute Abend essen gehe. Ist die *Strandperle* zu empfehlen?«

»Freunden der Fritteuse auf jeden Fall!«

»Klingt toll«, sagte sie und verdrehte die Augen. »Mit Staudinger muss ich noch mal ganz offiziell sprechen.«

»Soll ich dir einen Termin machen?«

Sie dachte einen Moment darüber nach. »Nein, danke, das erledige ich selbst. Aber es wäre toll, wenn du mir einen Termin in Gingst bei Wulff machen könntest.«

»Der Bauunternehmer?«

»Kennst du ihn?«

»Den kennt hier jeder. Wenn auf Hiddensee gebaut wird, hat der seine Finger im Spiel.«

»Bei ihm hat Welzer kürzlich eine Betriebsprüfung durchgeführt.«

»Alles klar! Wenn ich dich begleiten soll, lass es mich wissen.« Michael warf ihr einen Blick zu, den sie nicht deuten konnte.

»Wieso? Eilt dem Herrn ein so schrecklicher Ruf voraus?«

»Nein, nein, das nicht.« Er schüttelte heftig den Kopf. »Persönlich kenne ich den auch nicht. Ich dachte nur, auf dem Bau geht's doch eher ruppig zu. Vielleicht hat das auf ihn abgefärbt, und er ist immer so. Als Mann komme ich damit bestimmt besser klar.«

Conny schmunzelte. »Danke für das Angebot. Aber ich komme schon zurecht. Du hast hier genug zu tun.«

»Wohl wahr.« Er seufzte tief. »Irgendwelche Randalierer haben das Lager von Striesow auf den Kopf gestellt. Das ist unser Segelmacher. Marlene ist schon da, aber es wäre ganz gut, wenn ich sie unterstützen könnte.«

Allein im Büro griff Conny zum Telefonhörer und rief in ihrer Inspektion in Stralsund an.

»Kriminalpolizeiinspektion, Brix am Apparat.«

»Hallo, Brix, Lorenz hier. Na, wieder im Dienst?«

»Jo.«

»Wie war die Fortbildung?«

»Gut.«

»Sind Sie schon über das Tötungsdelikt hier auf Hiddensee informiert?«

»Jo.«

Conny gab auf. »Wären Sie bitte so nett, mich zu Hansen durchzustellen?« Es knackte, dann ertönte *Eine kleine Nachtmusik* in einer schrecklich blechernen Warteschleifen-Version.

»Hansen«, kam es durch das Telefon. Entweder hatte er einfach nur schlechte Laune, oder Brix hatte ihm gesagt, wer ihn sprechen wollte.

»Moin, Hansen, Lorenz hier«, begann sie. »Störe ich?«

»Immer.«

Sie seufzte. Betont fröhlich sprach sie weiter: »Gut! Ich wollte Sie nur kurz auf den Stand in Sachen Robert Welzer bringen.«

»Na, denn man los!« Es interessierte ihn, wenn sie nicht irrte. Sie erzählte von ihren Besuchen im Finanzamt in Stralsund, bei Udnik und Staudinger. Mit dem Bleistift malte sie kleine Kringel auf die Schreibtischunterlage und wurde sich mit einem Mal bewusst, dass es sich hier nicht um ihren Arbeitsplatz handelte. Paul könnte es nicht ausstehen, wenn ein Kollege seine Unterlage bekritzeln würde. Sie legte den Stift beiseite.

»Ich habe außerdem einen Hinweis, der Ihre Theorie unterstützt.«

»Was habe ich denn für eine Theorie?« Es klang ein wenig angespannt, wie er das sagte, lauernd.

»Meinten Sie nicht, ein betrogener Ehemann könnte Welzer eine Lektion erteilt haben?«

»Das war keine Theorie, sondern eine Möglichkeit. Eine von vielen.« Es entstand eine Pause. »Hat er denn … hatte er was mit einer verheirateten Frau?«

»Könnte sein. Ich hoffe, heute Abend mehr zu erfahren. Da wäre es ganz schön, wenn Sie mir vorher schon ein bisschen erzählen könnten. Haben Sie Namen? Ich meine, kennen Sie eine seiner Damen?«

»Nein! Um solchen Kram kümmer ich mich nich.«

»Aber sie wussten doch davon.«

»Das wissen alle, nich nur ich«, polterte er.

»Na schön, ich dachte nur …«

»Denn üben Sie das man noch 'n bisschen, das Denken.«

Conny ignorierte die Bemerkung. »Falls Ihnen doch noch ein Name einfällt oder eine Geschichte, die jeder über Welzer kannte, rufen Sie mich bitte an. Persönlich interessiere ich mich auch nicht für solche Gerüchte, aber es könnte für den Fall wichtig sein.«

»In Ordnung«, sagte Hansen und legte auf.

In der Mittagspause holte sich Conny ein Fischbrötchen und spazierte damit zum Seglerhafen. Von dort ging sie den Querweg entlang, bis zu dem Haus, das einmal der Stummfilm-Star Asta Nielsen bewohnt hatte. Ein leichter Wind wehte und brachte den Geruch von Algen und ein leicht salziges Aroma mit. Von dem weißen Gebäude mit den blauen Streifen, das in jedem Winkel ein wenig schief und rund zu sein schien, blätterte die Farbe ab. »Karusel« stand über einer schmalen weißen Tür geschrieben. Drei kleine Fenster waren offenbar neu eingesetzt worden. Frischer Putz legte sich grau über das verwitterte Weiß. In einer Rankhilfe verkümmerte ein Dornengewächs. Dreimal wöchentlich gab es Führungen, wie ein Aufsteller verriet. Conny bezweifelte, dass sie die Termine schaffen würde. Schließlich war sie zum Arbeiten hier. Sie las, dass das Haus restauriert werden müsse. Das war nicht zu übersehen. Es gäbe für die Zukunft ein Nutzungskonzept, las sie weiter. Unter anderem wollte man in einem Zimmer eine Außenstelle des Standesamtes einrichten. Sie rollte mit den Augen und ließ das Plakat hinter sich, um den Garten zu erkunden. Fiel den Leuten denn nichts Besseres ein, als in einem Gebäude mit derartiger Geschichte Trauungen durchzuführen? Was Asta Nielsen wohl davon gehalten hätte? Vermutlich hätte sie schallend darüber gelacht, dass sich Paare dort das Jawort geben sollten, wo einst wilde Partys gefeiert und vielleicht sogar Kinder gezeugt wurden. Conny schob sich das letzte Stück ihres Brötchens in den Mund und zerknüllte die Papierserviette. Sie sah hinauf zu einem runden Balkon, dessen Brüstung und tragende Balken gefährlich morsch aussahen. Es gehörte nicht viel Fantasie dazu, sich vorzustellen, wie eine Künstlerschar hier so manchen Sommer verbracht haben mochte. Bevor jemand sie vom Grundstück verscheuchte, machte Conny sich lieber auf den Rückweg zum Rathaus und ihrem provisorischen Büro.

»Das sagen Sie ihr doch am besten gleich selber. Sie kommt eben herein«, rief Michael Wolter in sein Telefon und reichte es ihr bereits herüber.

»Conny Lorenz, guten Tag«, meldete sie sich. Am anderen Ende der Leitung war Dr. Breuer, der die Untersuchungen der Leiche in Greifswald leitete.

»Der Tote hat einen typischen Badetod erlitten«, sagte er. »Daran gibt es keinen Zweifel. Vermutlich ist er erst betäubt worden und hat dann einen Schlag auf den Kopf bekommen. Oder er ist gestürzt.«

»Ein nicht unerheblicher Unterschied«, wandte Conny ein. »Bei einem Schlag würde ich von Absicht ausgehen. Ein Sturz kann ein Unfall gewesen sein und den späteren Täter in Panik versetzt haben«, überlegte sie laut. »Können Sie einen Tipp abgeben, was wahrscheinlicher ist?«

»Die gute alte Hutkrempenregel greift hier nicht«, entgegnete Dr. Breuer. »Die Beule liegt deutlich oberhalb der gedachten Hutkrempe, aber wenn er auf einem Schiff gestürzt ist, kann er gegen alles Mögliche gefallen sein, dass diese Beule ausgelöst hat. Wenn Sie mich fragen, gibt es ohnehin zu viele Ausnahmen dieser Regel. Ich halte nicht viel davon.«

»Also schön. Es bleibt bei der Betäubung und einer wie auch immer zustande gekommenen Verletzung am Kopf.«

»Danach hat man ihn aller Wahrscheinlichkeit nach in die Ostsee geworfen. Durch das Auftreffen mit dem Bauch auf die Wasseroberfläche ist es zu einer Reizung des Plexus solaris gekommen. Bedenken Sie, wie kalt die See um diese Jahreszeit ist. Hinzu kommt der mechanische Reiz. In der Nacht war es ziemlich stürmisch. Das heißt, die Wellen waren hoch. Wenn Sie jemanden von einem Boot werfen, das gerade von einer Welle hochgehoben wird, kann es selbst bei einer eher niedrigen Bordwand ein weiter Weg bis zum Auftreffen auf die Wasseroberfläche sein. Herr Welzer trug zu allem Überfluss nur ein Unterhemd, ein Pullover hätte ihn mehr geschützt. Hätte ihm aber auch nicht geholfen«, dozierte Dr. Breuer weiter. »Dann wäre es mit hoher Wahrscheinlichkeit zu einem Kehlkopfschock gekommen. Sie wissen schon, Laryngospasmus oder auch Stimmritzenkrampf. Die Atmung ist blockiert, der Betroffene gerät in Panik und ertrinkt.«

»Aber so war es nicht, sagen Sie.«

»Nein, bei ihm hat die Reizung des Plexus solaris dazu geführt, dass das Blut in die erschlafften Eingeweide gelaufen ist und dem Herzen gefehlt hat. Kreislaufschock, Ende.«

Nach dem Telefonat machte Conny eine Liste von Aufgaben, die erledigt werden mussten. Dazu gehörte, dass jemand nach der Frau suchen sollte, in die Welzer verliebt gewesen sei. Da sich jemand in Stralsund darum kümmern musste und sie ohnehin mit den dortigen Kollegen zusammenarbeiten wollte, betraute sie Fedder mit dieser Aufgabe. Kurz vor Feierabend nahm sie Michael zur Seite.

»Wenn du Zeit hast, könntest du mir dann einen Gefallen tun?«

»Klar!« Er hockte sich auf die Ecke seines Schreibtisches, so dass sein Schienbein ihr Knie berührte. »Du kriegst von mir jede Hilfe, die du brauchst. Und von Marlene natürlich auch.«

»Danke.« Sie zögerte. Ob es eine gute Idee war, ihn auf Hansen anzusetzen? Sie musste es versuchen. »Es ist etwas heikel«, begann sie.

»Klingt spannend.« Sehr viel Aufregendes hatte er, seit er auf Hiddensee im Einsatz war, vermutlich noch nicht zu tun bekommen.

»Die Sache ist die …« Sie fasste kurz Hansens Reaktion auf die Identität des Toten zusammen. »Es ist nur so ein Gefühl, aber ich glaube, er verschweigt mir etwas.«

»Das wäre ja nicht das erste Mal«, erwiderte Michael. »Als du herkamst, hattest du auch keine Ahnung, was ich mit Fedder besprochen habe. Ist bei euch anscheinend gang und gäbe, Geheimnisse voreinander zu haben.«

»Du weißt ja, wie die Norddeutschen sind. Für ihre Redseligkeit sind sie nicht gerade berühmt. Die aus Nordvorpommern schon gar nicht. Jedenfalls wäre ich dir dankbar, wenn du dich mal ein bisschen umhören könntest. Vielleicht kannst du etwas in Erfahrung bringen. Kann doch sein, dass die beiden im gleichen Verein waren oder so.«

»Mach ich. Wenn die Kontakt hatten, dann kriege ich das raus.«

»Danke, Michael. Aber diskret, in Ordnung?«

Er stand auf. »Das versteht sich doch von alleine. Schönen Feierabend!«

Es regnete, als Conny das Rathaus verließ. Hoffentlich hatte sie keinen Fehler gemacht, indem sie Michael ins Vertrauen gezogen hatte. Was, wenn er Hansen brühwarm davon erzählte? Und wenn schon. Der olle Knorzkopp hatte doch selbst Schuld, wenn er nicht mit offenen Karten spielte.

Kapitel 4

Vera

In der *Strandperle* direkt am Vitter Hafen brannte zwar Licht, die Tische waren jedoch alle leer.

»Moin! Gibt es noch etwas zu essen?«, wollte Conny wissen.

»Da muss ich den Koch fragen.« Die Wirtin rührte sich nicht vom Fleck. Es wäre ihr wohl lieber gewesen, wenn Conny sich gleich wieder verabschiedet hätte.

»Das wäre nett«, sagte sie stattdessen und machte ebenfalls keine Anstalten zu gehen.

»Hab ihm gerade gesagt, dass er Feierabend machen kann. Is nix mehr los. Sehen Sie ja.« Sie wartete. Wieder vergeblich. Conny blieb. »Ich frag mal«, wiederholte sie und ging in die Küche. Eine Minute später war sie zurück. »Is in Ordnung. Wenn Sie Sauerfleisch und Bratkartoffeln wollen oder einen Salat, kriegt er das hin.«

Conny fragte sich, wie es zu genau dieser Auswahl kam. »Sauerfleisch mit Bratkartoffeln ist toll«, entgegnete sie. »Danke!« Sie setzte sich an einen Tisch in der Nähe des Tresens. »Michael Wolter hat mir die *Strandperle* empfohlen und besonders das Sauerfleisch gelobt«, fing sie ein Gespräch an.

»Der Wolter, der Polizist?«

»Ja, genau.«

»Der ist doch Vegetarier.«

Großartig, da hatte sie ja das größte Fettnäpfchen weit und breit erwischt. Jetzt half nur noch die Flucht nach vorn.

»Ertappt«, sagte sie zerknirscht. »Ich bin nicht nur hier, weil ich essen möchte. Wolter sagte, Sie haben Robert Welzer gekannt, der tot am Strand gefunden wurde.«

»Gekannt ist zu viel gesagt. Er war ein paar Mal hier. Hat mir gleich schöne Augen gemacht.« Die Wirtin mochte Ende fünfzig sein. Sie trug das blondierte Haar übertrieben toupiert und mit einer mehr als großzügigen Portion Haarspray in einen betonharten Helm verwandelt. Die Augenbrauen verschwanden unter einem breiten rötlich-braunen Balken, die Lippen glänzten pink. Sie benutzte von allem zu viel, leider auch von einem süßlichen Parfüm, das sogar den Geruch des Fritteusenfetts übertünchte.

»Wie charmant«, sagte Conny nur und ließ sich nichts anmerken.

»Charmant? Schleimig war der! Hat nicht nur mit mir geflirtet, sondern mit jedem Rock, der sich alleine in seine Nähe getraut hat.«

Die Tür ging auf, und ein junger Mann mit Rucksack trat ein. Conny hatte eben schon das Geräusch von Holzrädern der Bollerwagen auf Kopfsteinpflaster wahrgenommen. Die letzte Fähre des Tages musste gekommen sein. Der Mann sah sich ein wenig verunsichert um und trat dann an den Tresen. Wasser tropfte von seinem Gepäck und aus seiner Kleidung.

»Guten Abend. Können Sie mir bitte helfen? Ich suche das Hotel … Augenblick.« Er zog einen Zettel aus der Hosentasche, den er mehrmals auseinanderfaltete. »Genau, das Hotel *Sanddorn-Schlösschen*.«

Die Wirtin zog die Augenbrauen hoch. »Das gibt's nicht mehr.«

»Ach du je!« Der junge Mann ließ die Schultern hängen. »Ein Kumpel hat mir das empfohlen. Man soll da immer ein Zimmer kriegen. Für ganz kleines Geld«, fügte er hinzu, als könnte die Wirtin sich geirrt haben.

»Das war einmal. Ist abgerissen worden. Vor vier oder fünf Jahren schon.«

»So ein Mist! Das wusste mein Kumpel bestimmt nicht.«

»Wohl nicht. Oder es ist ein ziemlich schlechter Kumpel.« Die Wirtin polierte ein Glas.

»Haben Sie vielleicht einen Tipp für mich, wo ich günstig übernachten kann?«

»Nee!« Sie schüttelte energisch den Kopf. »Um die Zeit ohne Buchung? Das wird schwer.« Dann fiel ihr etwas ein, oder sie hatte doch ein Herz und Mitleid mit der tropfenden Gestalt. »Sie können es mal im *Schöne Aussicht* probieren. Wenn Sie Glück haben, is da noch einer an der Rezeption. Und die haben ja viele Zimmer. Aber billig isses da nich.«

»Okay, danke schön.« Er ließ sich den Weg erklären und zog ab.

Conny war nahe daran, ihn mit nach Grieben zu nehmen. Dort standen immerhin zwei vollständige Ferienwohnungen leer. Eine der Türen aufzukriegen dürfte kein großes Problem sein. Er tat ihr wirklich leid. Bei der Kälte und obendrein bei Regen hier anzukommen, ohne dass man wusste, wo man schlafen sollte, war bestimmt kein Vergnügen. Hoffentlich fand er in der Dunkelheit überhaupt den Weg.

»Ist der Herr Welzer auch mal in Begleitung hier gewesen?«, knüpfte Conny wieder an das Gespräch mit der Wirtin an. Die legte ihr Tuch beiseite, ging um den Tresen herum und trat an Connys Tisch heran. In dem Moment ertönte ein schnarrendes Geräusch, und die Wirtin machte nur eine undefinierbare Handbewegung, ließ Conny allein und kehrte kurz darauf mit einem Teller zurück.

»Guten Appetit!« Sie blieb am Tisch stehen. Zu nah für Connys Geschmack, denn der süße Parfümgeruch passte nicht zu Sauerfleisch.

»Es ist köstlich«, sagte sie, nachdem sie probiert hatte. »Ich bin sicher, Wolter würde Ihr Sauerfleisch wirklich loben, wenn er kein Vegetarier wäre.« Glücklicherweise war das nicht einmal gelogen.

»Danke, danke.« Der Wirtin fiel Connys Frage wieder ein. »Nee, Begleitung kann man das nich gerade nennen. Da war mal eine Frau, die hat ihn regelrecht belästigt. Man lauscht ja nich, ne? Aber das war ja nich zu überhören.«

»Was genau haben Sie denn da gehört ... unfreiwillig?«

»Robert, mein Liebster, ich bin dir doch nicht böse«, rief sie mit weinerlicher Stimme. »Wir brauchen uns deshalb doch nicht gleich trennen«, imitierte sie die fremde Frau weiter. »Die wollte wohl nich kapieren, dass es aus ist. Kein Wunder, immerhin hat sie für den gleich ihre Ehe sausen lassen. Dabei hatten die und ihr Mann sich gerade erst ein Haus gebaut. Drüben auf Rügen.« Sie deutete mit der Hand in Richtung Ostsee.

»Das haben die beiden alles hier besprochen?« Conny war fassungslos, wie wenig diskret manche Menschen waren.

»Woher sollte ich's sonst wissen? Die ganze Zeit haben sie drüber palavert, dass sie ihm extra seinen Lieblingskuchen gebacken hat. Und er meinte, sie hätte sich seinetwegen doch nich gleich trennen müssen. Sie dann: Ich habe mich für dich entschieden. Ich kann nicht bei Armin bleiben, das halte ich nicht aus. Darauf er: ...« Sie wechselte in eine tiefe Tonlage. »Bitte, Vera, ich liebe dich nicht. Wir hatten eine schöne Zeit, aber die ist nun mal vorbei.« Die Wirtin schüttelte den Kopf. »Meine Güte, so schön war der Welzer nun wirklich nicht, dass man dafür Haus und Mann sausen lässt.« Eine interessante Reihenfolge, dachte Conny. »Also mein Typ war er jedenfalls nicht. Oder fanden Sie ihn auch so unwiderstehlich?«

»Erwarten Sie darauf ernsthaft eine Antwort von mir? Als ich ihn das erste Mal gesehen habe, hat er einen Tag in der Ostsee und einen weiteren im Leichenschauhaus gelegen.«

Conny war bis auf die Knochen nass, als sie in Grieben ankam. Sie hatte kurzfristig erwogen, im *Bootshaus* mit Staudinger einen Termin auszumachen, hatte die Idee jedoch verworfen. Der Wind pfiff um das Haus, der Regen prasselte, als wolle er die gesamte Insel überfluten. Dieses Mal schloss Conny die Haustür ganz bewusst ab. Man konnte nie wissen. Kleine Pfützen auf den Stufen hinterlassend stieg sie die Treppe hinauf. Sie schälte sich vor der Wohnungstür aus ihren kalten Kleidern und breitete sie auf dem Fliesenboden zum Trocknen aus. In dem Apartment drehte sie als Erstes die Heizung hoch, die sie vor dem Verlassen heruntergeregelt hatte. Sie schlotterte, lief ins Bad, schlüpfte unter die Dusche und ließ sich heißes Wasser über den Körper laufen. Herrlich! Sie drehte sich, dirigierte den heißen Strahl von ihrer rechten Schulter über den Nacken nach links und dann über die Brust auf den Bauch. Paul schlich sich in ihre Gedanken. Zweimal hatten sie zusammen geduscht. Er hatte ihr das Wasser von der kleinen Kuhle unterhalb des Kehlkopfs geküsst, war mit einem Stück Seife über ihren Po geglitten, die Beine hinab und auf der anderen Seite wieder hinauf. Conny seufzte. Sie spürte ein Ziehen vom Schoß hinauf bis in die Lenden. Paul fehlte ihr schrecklich, ein bedenkliches Zeichen, aber auch schön. Sie schmunzelte. Ein Handtuch um das nasse Haar gewickelt, das zweite um ihren Körper geschlungen, kehrte sie zurück in das winzige Schlafzimmer. Ganz automatisch warf sie einen Blick nach draußen auf die Straße, wo am Abend zuvor Staudinger gestanden hatte. Jetzt war der schmale Weg menschenleer. Conny zog den Pyjama an und einen aussortierten Wollpullover von Paul darüber. Dann griff sie zum Telefon. Zunächst verabredete sie sich mit Staudinger für den nächsten Tag. Ja, er habe Zeit für sie, herzlich gerne. Dann rief sie Paul an.

»Hast du schon geschlafen?«, fragte sie.

»Nein, ich habe gelesen.« Es entstand eine kurze Pause. »Geht es dir gut?«

»Ja, alles bestens. Es scheint eine Menge Motive und mögliche Täter im Fall Welzer zu geben. Ich muss das erst mal sortieren. Und bei dir? Wie war dein Tag?«

»Häppchen hatte sein Coming-out.«

»Was?«

»Er ist mir entwischt, als ich nach Hause gekommen bin. Was soll ich sagen? Statt sich mit der männlichen Konkurrenz des Reviers zu prügeln, ihr die Krallen zu zeigen, wie es sich für einen ordentlichen Kater gehört, hat er versucht, Simba, den Nachbarskater zu begatten.«

Conny konnte sich nicht mehr halten. »Das ist nicht wahr, oder?« Sie lachte, bis ihr die Tränen kamen.

»Doch leider«, sprach Paul trotz ihres Heiterkeitsausbruchs unbeirrt weiter. Wie konnte er nur ernst bleiben? »Ich vermute, es gibt in der Gegend eine rollige Katze, die ihre Lockstoffe verbreitet hat. Häppchen meinte wohl, die müssten zu dem erstbesten Stubentiger gehören, der ihm über den Weg läuft. Das war Simba.« Conny keuchte vor Lachen. »Du findest das also komisch.« Sie konnte hören, dass er zumindest lächelte. »Mir war das ganz schön peinlich. Die Barthel rief immer wieder: Aber Simba ist doch ein Kater, er müsste doch oben sitzen!« Conny schnappte nach Luft und wischte sich die Tränen ab, die ihr über die Wangen liefen. »Wenigstens konnte nichts passieren. Du musst also mit keiner Unterhaltsklage rechnen.«

»Taub und schwul. Ist das nicht ein bisschen viel für einen Kater?«, brachte sie hervor und musste schon wieder kichern.

»Es ist, wie es ist. Ich weiß nicht, ich finde, das Tier hat Charakter.« Sie plauderten noch eine Weile, dann war es Zeit, sich zu verabschieden.

»Nun leg schon auf«, drängte sie ihn liebevoll.

»Ich denke ja nicht dran. Du machst den Anfang.«

»Ich kann nicht«, quengelte sie.

»Wieso? Sonst hast du doch keine Probleme damit, mich eiskalt abzuhängen.«

»Heute ist eben nicht sonst.« Sie zögerte, dann sagte sie: »Du fehlst mir.« Sie konnte sein Gesicht vor sich sehen, den Glanz in seinen Augen, der ihr verriet, wie sehr er sich freute.

»Ich liebe dich auch!«

Sie hatte sich mit Staudinger am Leuchtturm verabredet. Er nutze seine Pause gerne für einen Spaziergang, hatte er erklärt, schließlich wäre er oft genug in geschlossenen Räumen statt an der frischen Luft. Und sie sollte doch wenigstens etwas von der Insel zu sehen bekommen.

»Ich sehe den Leuchtturm jeden Tag von meiner Wohnung aus«, hatte sie gesagt. »Sie wissen, wo ich wohne?«

»Ja, ein schönes Haus. Die Apartments sind etwas beengt, wenn ich mich richtig erinnere. Ist schon eine Weile her, dass ich sie mir angesehen habe.«

Sie war ein paar Minuten vor der Zeit da. Langsam bummelte sie auf den weißen Turm mit der roten Haube zu. Der Himmel war blau, nur ab und zu schob sich eine Wolke vor die Sonne. Conny zog den Reißverschluss am Stehkragen ihrer Jacke ganz nach oben. Kalt war es, der Wind zerrte an ihr und biss ihr in die Haut. Genau das richtige Wetter für einen Spaziergang. Sie ließ die letzten Stufen hinter sich und betrachtete einen Findling mit geschliffener Oberfläche und einer winkelförmigen Eisenstange darauf. Eine Sonnenuhr. Leider verhinderte eine Wolke gerade jetzt, dass Conny sie ablesen konnte. Ruhig stand sie da und wartete.

»Bin ich zu spät?« Dieses Mal hatte sie ihn kommen hören. »Weil sie so streng auf die Uhr starren, meine ich«, sagte Staudinger fröhlich und reichte ihr die Hand.

»Nein, ich wollte nur sehen, ob sie richtig geht.« Der Wind blies die Wolke weiter und überließ den Sonnenstrahlen das Feld. Wie mit einem breiten Pinsel gemalt, tauchte der Schatten der Eisenstange kurz vor der römischen Drei auf.

»Kommen's, ich zeige Ihnen den schönsten Ausblick!« Ein paar Schritte gingen sie schweigend nebeneinander her. Irgendwie mochte Conny diesen kauzigen Bayern, den es in den Norden verschlagen hatte. Außerdem hatte er recht, es war an der Zeit, die Insel ein wenig zu genießen.

»Herr Staudinger, Sie konnten den Namen Welzer neulich nicht gleich einordnen. Entschuldigen Sie, wenn ich das so sage, aber mir erscheint das etwas merkwürdig.«

»Warum?« Er sah sie von der Seite an, offen und freundlich.

»Nun ja, Welzer hat bei Ihnen eine Betriebsprüfung durchgeführt. So furchtbar lange ist das noch nicht her. Diese Prüfung dürfte eine nicht unerhebliche Störung im Betriebsablauf gewesen sein.«

»I wo, halb so schlimm.«

»Herr Staudinger, Ihr Hotel ist gut gebucht. Mein Kollege hat Zahlen von der Kurverwaltung bekommen, die für sich sprechen. Und in Ihrem Restaurant muss man selbst außerhalb der Saison reservieren, trotzdem schreiben Sie rote Zahlen. Das wirft Fragen auf.«

»Wahrscheinlich bin ich zu billig«, entgegnete er unbekümmert.

»Hat Welzer das als Erklärung gereicht?«

»Ach, wissen Sie, diese ganzen Steuerangelegenheiten sind so kompliziert. Ich bin nicht sicher, ob die Herrschaften vom Finanzamt die überhaupt selber durchschauen. Der Herr Welzer hat Stichproben gemacht, hat hier was geprüft und da, und am End hat er festgestellt, dass alles in Ordnung ist.«

»Ach ja?« Sie sah ihn überrascht an.

»Ja, freilich! Die Sache ist erledigt. Drum habe ich den Namen wohl auch schon vergessen. Ich muss ein bisserl mit den Kosten aufpassen in Zukunft. Das habe ich draus gelernt.«

»Sie waren also nicht wütend auf Herrn Welzer, weil er Ihnen Scherereien gemacht hat?«

Er blieb stehen. »Hegen Sie wahrhaftig Verdacht gegen mich?« Der Wind wirbelte sein welliges Haar durcheinander. Staudinger strich sich eine Strähne hinter das Ohr, die jedoch sofort wieder vor seinem Gesicht tanzte. War das Enttäuschung in seinem Blick oder Angst?

»Ich versuche nur, mir ein Bild von dem Opfer zu machen und von allen, die mit ihm zu tun hatten.«

»Das leuchtet ein. Kommen Sie, es ist nicht mehr weit.« Er setzte sich wieder in Bewegung. Der Pfad war ein gutes Stück über freies Feld verlaufen, wand sich nun in einem Wald sanft, aber stetig höher hinauf. »Ich erinnere mich wieder an den Herrn Welzer«, begann er unvermittelt. »Das war ein netter Mensch mit guten Umgangsformen. Das ist heute nicht mehr selbstverständlich. Umso mehr schätze ich es.«

»Und dann wussten Sie zuerst nicht, von wem ich spreche?«

»Namen sind Schall und Rauch, sagt man doch. Ich kann sie mir einfach nicht merken. Das ist eins meiner Defizite.« Ihren Namen hatte er nach nur einer unbedeutenden Begegnung behalten. »Dummerweise komme ich in meinem Beruf ständig mit Menschen zusammen. Ich habe mich darauf verlegt, mir Gesichter einzuprägen, Begebenheiten, verstehen Sie?«

»Gab es eine Begebenheit, die Sie sich im Zusammenhang mit Welzer gemerkt haben?«

»Allerdings!« Er nickte. Ihr fiel auf, dass er nie seinen Bart berührte. Die meisten, die ein solches Schmuckstück trugen, waren verlockt, es ständig zu zwirbeln, er tat das nicht. »Sagt Ihnen der Name Ronald Udnik etwas?«

»Der Großbäcker, der ein zweiter Gerhart Hauptmann werden will? Ja, den kenne ich.«

»Ich auch.« Er verdrehte die Augen. »Dieser Mann hat keine Manieren. Leider backt er die besten Brötchen weit und breit. Von seinem Kuchen halte ich nicht so viel, aber das Brot ist sehr gut. Darum beliefert er das *Bootshaus*.«

»Verstehe. Und was ist mit ihm?«

»Als er gerade Ware gebracht hat, ist er förmlich in den Herrn Welzer hineingelaufen. Der hat sich entschuldigt, obwohl dieser Bäcker hätte aufpassen müssen. Jedenfalls sind die beiden ordentlich aneinandergeraten.« Sie traten aus dem Schutz der Bäume heraus. Das Brausen des Sturms wurde augenblicklich stärker. »Sehen Sie nur!«, rief er gegen das Tosen und Rauschen an. »Manchmal ist es nicht leicht, auf Hiddensee zu leben und mit den Menschen auszukommen. Gerade für jemanden, der aus Bayern stammt.« Sie sah ihn lachen, doch der Klang wurde beinahe vollständig vom Wind davongetragen. »Aber wenn ich hierherkomme, dann weiß ich, warum ich nirgendwo anders auf der Welt sein möchte.« Zufrieden blickte er auf den breiten hellen Strand, die Felsbrocken, die das Land vor dem Wasser zu beschützen versuchten, und die Ostsee, die in hohen Wellen auf den Sand donnerte. Es war wunderschön, und Conny freute sich, dass er sie hierher gebracht hatte. Genau das war es, was auch sie an Inseln faszinierte. So wollte sie leben, mit einem solchen Anblick direkt vor der Haustür, mit diesem Sturm, dem Meer, der unvergleichlichen Luft. Sie musste sich einen Ruck geben, um sich wieder auf ihre Ermittlungen zu konzentrieren.

»Die beiden haben also gestritten?«, brüllte Conny.

»Und wie! Udnik vertritt die Ansicht, dass ein jeder ein großer Schriftsteller werden kann, wenn er nur genügend investiert. Das hat der Herr Welzer jedoch ganz anders gesehen.«

»Hat Welzer Ihre finanzielle Situation nicht auch anders eingeschätzt als Sie selbst?«

»Ja, anfangs schon.«

»Und, haben Sie auch deswegen gestritten?«, fiel sie ihm ins Wort.

»Aber nein!« Er machte einen Schritt auf sie zu. Da war wieder dieser Blick, den sie nicht deuten konnte. »Das ist sein Beruf.« Er zuckte mit den Achseln. »Ein Vegetarier streitet doch auch nicht mit mir, weil ich Fisch und Fleisch zubereite.«

»Der Vergleich hinkt.« Sie hätte noch ewig hier stehen können, auf die kraftvollen Wellen blicken, die so glitzerten, dass es blendete. Allerdings wurde es ihr auf Dauer zu anstrengend, ihn anzuschreien. »Wollen wir gehen?«

»Einen Augenblick noch. Kommen Sie!« Er hakte sie unter und führte sie dicht an die Abbruchkante.

»Wir sollten besser Abstand halten. Das ist gefährlich!« Sie sträubte sich, ihm zu folgen.

»I wo! Nur noch ein Stückchen. Sonst verpassen Sie das Beste.« Gemeinsam traten sie einen weiteren Schritt auf die Kante zu. Laub, nass vom Regen der letzten Tage, lag wie ein schmieriger Film auf Wurzeln und Steinen. Conny fühlte sich unbehaglich, wollte etwas zurücktreten und rutschte aus. Sie schwankte, ruderte mit den Armen, um das Gleichgewicht zurückzuerlangen. Staudinger hielt sie fest. »Hoppla, nicht so stürmisch, sonst wird es am End doch noch gefährlich.«

»Wie soll ich das verstehen?«, fragte sie gereizt. Sie konnte es nicht leiden, in eine solche Situation manövriert zu werden. Was noch schlimmer war: Sie hätte nicht sagen können, ob er sie ein wenig gestoßen und erst ins Rutschen gebracht oder vor einem Sturz bewahrt hatte.

»Ist wohl besser, wenn wir zurückgehen«, schlug er vor und blieb ihr eine Antwort schuldig. »Meine Pause ist sowieso gleich vorbei.«

Schweigend gingen sie den Weg zurück, den sie gekommen waren. Am Leuchtturm verabschiedeten sie sich. Conny wollte noch etwas dort bleiben. Sie sah ihm nach. Warum hatte er sie so dicht an die Abbruchkante geführt? Was hätte sie verpasst, wenn sie sich geweigert hätte, noch einen Schritt nach vorn zu machen? Nichts. Es gab mehrere Möglichkeiten, analysierte sie. Entweder war er ein Frauenheld wie Welzer und hatte ihr einfach näher kommen wollen, oder er wollte sie warnen. War sie mit ihren Fragen zu stürmisch, zu direkt gewesen? Hatte er das gemeint? Conny spürte den Impuls, ihm nachzulaufen und zu fragen, was er in der Nacht vor ihrer Wohnung wollte. Doch er war schon zu weit weg. Außerdem klingelte in diesem Moment ihr Handy.

»Lorenz!«

»Moin, Hansen hier.« Conny war eine Sekunde irritiert.

»Moin, Hansen, was gibt's?«, fragte sie dann.

»Ich hab da was, das Sie vielleicht interessiert. Über diesen Welzer.« Er machte eine Pause. Überhaupt hatte er langsam gesprochen, nach den richtigen Worten gesucht. »Ich hab mich mal 'n bisschen umgehört.«

»Ja?« Bloß nichts Falsches sagen, sonst machte er womöglich wieder dicht wie eine Auster.

»Is ja bekannt, dass der Welzer ein Dreckshund war, aber ’n kleines bisschen Moral hätte ich sogar von dem erwartet«, brummte er finster. Dann hörte Conny ein Schnauben, bevor er weitersprach: »Von wegen! Der hatte mal was mit der Frau vom Swakowyak. Der war in der Bauverwaltung in Stralsund beschäftigt. Ist schon über zwei Jahre her. Dass die was miteinander hatten, meine ich.« Stille. »Der Swakowyak hat sich nach Rügen versetzen lassen, also er hat gewechselt irgendwie. Er hätte da bessere Aufstiegschancen, hieß es, aber jeder wusste, dass das nur wegen dem Welzer war. Die Frau sollte dem nich mehr dauernd begegnen, damit die Ehe noch eine Chance hat. Neustart und so, Sie wissen schon.« Ja, Conny wusste. Sie kannte sich aus mit Ehen, die eigentlich nur noch aus Trümmern bestanden, aber auf Teufel komm raus am Leben erhalten wurden.

»Sie klingen nicht so, als ob das funktioniert hätte.« So etwas funktioniert nie, sagte sie sich selbst.

»Nee, der Welzer konnte die Finger ja nich von ihr lassen. Wahrscheinlich war ihm das sogar ganz recht«, schimpfte er. »Aus der Entfernung konnte sie ihm nich lästig werden. Und wenn er mal Lust hatte, dann ist er eben rüber gefahren nach Rügen. In Ruhe gelassen hat er sie jedenfalls nich!«

»Ich bitte Sie, Hansen, dazu gehören immer zwei.«

»Meistens«, korrigierte er.

Conny verzichtete auf Widerspruch. »Heißt Frau Swakowyak mit Vornamen Vera?«

»Ja, genau.« Seine Überraschung war nicht zu überhören.

»Haben Sie eine Adresse für mich?«

»Moment.« Es raschelte und knisterte, dann ein Piepen. Er konnte es sich einfach nicht abgewöhnen, das Telefon zwischen Ohr und Schulter einzuklemmen, wobei er jedes Mal Tasten drückte. Von Funktionen wie der Freisprecheinrichtung hielt er nichts. Immerhin war die Leitung nicht unterbrochen. Endlich hatte er die Adresse der Swakowyaks gefunden. »Wussten Sie das etwa schon? Das von Vera Swakowyak und Welzer, meine ich.«

»Ich habe da gestern etwas gehört, das passt ziemlich gut zu dem, was Sie herausgefunden haben. Allerdings hatte ich bisher nur einen Vornamen. Danke, Hansen.«

Auf dem Weg zurück zu ihrer Wohnung telefonierte sie mit Michael, der ihr sagte, dass sie am nächsten Tag einen Termin mit Bauunternehmer Wulff in Gingst habe. Er hatte ihr einen VIP-Shuttle mit der Wasserschutzpolizei organisiert, wie er sich ausdrückte, weil die Zeiten der Fähre extrem ungünstig seien. Das passte perfekt. Wenn sie nicht irrte, lagen Gingst und Ralswiek, wo die Swakowyaks gebaut hatten, nicht sehr weit auseinander. Sie bat Michael, ihr im Anschluss an das Wulff-Gespräch einen Termin mit der untreuen Ehefrau zu vereinbaren. Irgendwie hoffte sie, den Täter auf Rügen zu finden oder noch besser auf dem Festland. Sie mochte Hiddensee. Es würde einfach nicht in die Idylle passen, wenn ein Inselbewohner der Täter war, selbst wenn es sich nur um einen zugezogenen Inselbewohner handelte. Ob Welzer ähnlich gedacht hatte? Ob er auch gehofft hatte, dass seine Prüfungen nichts ergaben? Oder kümmerte ihn keine heile Inselwelt, weil er ein so scharfer Hund war, wie sein Kollege Brand behauptet hatte? Conny sparte es sich an diesem Tag, in das Büro nach Vitte zu radeln. Zu zweit an einem Schreibtisch war es ziemlich eng. Außerdem wollte sie ein paar Dinge erledigen, bevor sie sich am nächsten Morgen auf den Weg nach Rügen machte. Sie zeichnete eine Skizze der bisher in irgendeiner Weise mit dem Fall verbundenen Personen. Welzer setzte sie in die Mitte. Rechts von ihm malte sie einen Kreis, den sie mit »Kollegen« betitelte. Dort trug sie Brand und Hamann ein. Einen weiteren Kreis nannte sie »Klienten«. Hier stand Udnik ganz oben, darunter Staudinger und Wulff. Udnik und Staudinger verband sie mit einer kleinen Linie, da die beiden eine berufliche Beziehung hatten. Die Familie konnte sie vernachlässigen. Welzers Mutter lebte im Ruhrgebiet, Geschwister gab es keine. Aber da waren natürlich noch die Frauen. Conny malte einen Kreis zu Welzers Linken, einen besonders großen. Sie schrieb Vera Swakowyak hinein. Und wen noch? Brand hatte erzählt, dass Welzer frisch verliebt gewesen sei. Verdammt, über die Glückliche wusste sie noch nichts. Sie hatte Fedder gebeten, nach ihr zu forschen. Falsche Entscheidung, dachte sie. Da gab es doch einen Kollegen, der sich aller Wahrscheinlichkeit liebend gern mit den Frauengeschichten des Robert Welzer beschäftigte. Schon hatte sie ihr Telefon in der Hand und tippte die Nummer der Inspektion.

»Moin, Lorenz hier, ich möchte Hansen sprechen, bitte.« Dieses Mal hielt sie sich nicht mit dem Versuch auf, Konversation mit Brix zu machen.

»Hansen.«

»Moin, Hansen, mir ist zu Ohren gekommen, dass Welzer zum Zeitpunkt seines Todes frisch verliebt gewesen sein soll.«

»Wann war er das nicht?«

»Die Frauen waren offenbar auch reihenweise verliebt in ihn«, gab sie zu bedenken.

»Das würde ich so nich nennen. Kurzfristig unzurechnungsfähig trifft's besser. Der hat die doch ganz tüdelig gemacht mit Rosen hier und schick essen gehen da. Hab ich gehört«, ergänzte er.

»Ach, Hansen, meinen Sie wirklich, das reicht, um eine Frau rumzukriegen?« Ohne seine Antwort abzuwarten, meinte sie: »Wenn das so ist, dann hätte sich der dazugehörige Ehemann wohl nur etwas mehr Mühe geben müssen. Wenn Sie meine Meinung hören wollen, muss sich ein Kerl nicht wundern, dass seine Frau abhaut, wenn er ihr seine Wertschätzung nicht einmal mit Kleinigkeiten wie Blumen oder einer Einladung zum Essen zeigen kann.«

»Ich wollte Ihre Meinung nich hören«, gab er schroff zurück und sprach sofort weiter: »Einer Frau ein Haus zu bieten, ein sicheres Einkommen, ihr ein Auto hinzustellen und die Reifen zu wechseln, wenn es Winter wird, ihr das Bad zu fliesen, wie sie es mal in einer Zeitschrift gesehen hat, das ist kein Zeichen von Wertschätzung?«

»Hat Swakowyak das getan?« Conny war beeindruckt. Sie hätte Hansen nicht zugetraut, so etwas als Liebesbeweise zu erkennen.

»So was in der Art«, brummte er. »Sie wollte ein Haus. Sie hat eins gekriegt. Sie wollte einen Teich im Garten mit Nymphe und Wasserlauf und all solchem Kram. Auch das hat sie bekommen. Trotzdem wirft sie sich so 'nem Schönling an den Hals, der vielleicht besser riecht und Süßholz raspelt. Finden Sie das in Ordnung?«

»Nein.« Conny hing ihren Gedanken nach, ganz kurz nur, dann kam sie auf ihr Anliegen zurück. »Glücklicherweise ist das nicht unser Problem. Wir müssen nur das Tötungsdelikt aufklären.«

»Sie müssen das Tötungsdelikt aufklären. Is Ihr Fall.«

»Ich dachte, wir sind ein Team. Haben Sie schon mal gehört, dass ein Kriminalkommissar einen Fall alleine löst? Das gibt's nur im Fernsehen.«

»Ja, ja, schon gut. Und was soll ich nu machen?«

»Wir müssen Welzers aktuelle Flamme finden. Ich habe nichts von ihr, keinen Namen, gar nichts. Ich hatte Fedder bereits angesprochen, aber vielleicht kümmern Sie sich auch um die Sache. Welzers Kollege Brand sagte, der Welzer hätte Privatleben und Beruf streng getrennt. Aber wer weiß, vielleicht war doch einer der anderen Kollegen eingeweiht. Hamann zum Beispiel. Der ist Steuerfahnder und sitzt auch im Finanzamt in Stralsund.«

»Was is mit dem?«

»Könnte sein, dass der die Frau kennt. Er sagte, er und Welzer seien Freunde gewesen und hätten sich auch privat getroffen.«

»In Ordnung, krieg ich raus. Sonst noch was?«

»Nein, das wäre erst mal alles. Danke, Hansen.«

»Ja, ja.« Ein Knacken, weg war er.

Statt einen Lageplan zu erstellen, den man im Büro an die Wand hängen konnte, würde sie mit ihrem ersten Modell beginnen. Was hätte sie auf so einem Plan auch erfassen können? Den Fundort der Leiche, das *Bootshaus*, die Udnik-Villa und zwei Adressen auf Rügen. Nicht gerade hilfreich. Sie strich Leim auf ein Stück Styropor und bestreute es mit feinen dunkelgrünen und braunen Flocken. Das könnte das Anwesen der Udnik-Villa werden oder auch das Grundstück des *Bootshauses*. Dass ihr noch nicht klar war, welchen Ort sie gerne vor Augen hätte, beunruhigte sie nicht. Conny wusste, dass ihre Intuition ihr rechtzeitig einen Hinweis geben würde.

Der Besuch bei Bauunternehmer Wulff war wenig erhellend gewesen. Wulff war Kettenraucher, der ständig auf den Monitor seines Computers blickte, dann wieder in einer Akte blätterte und Telefonate annahm, obwohl Conny ihm erklärt hatte, dass sie in einem Tötungsdelikt ermittelte. Es kümmerte ihn nicht. Schon bei der Begrüßung gab er ihr zu verstehen, dass sie sich glücklich schätzen könne, so kurzfristig einen Termin bekommen zu haben. Er sei ein vielbeschäftigter Mann, betonte er und zündete eine Zigarette an, während eine andere noch im Aschenbecher glühte. Es interessierte ihn nicht, ob sie der Qualm störte. Welzer habe bei ihm eine Betriebsprüfung durchgeführt, ja, aber bis auf wenige Unregelmäßigkeiten habe er nichts gefunden. Und auch die habe man schnell erklären können. Das gleiche Lied wie schon bei Staudinger. Darüber hinaus habe er ihr nichts zu sagen. Die Frage, warum ausgerechnet er ständig zum Zuge kam, wenn auf Hiddensee Bauarbeiten ausgeschrieben wurden, schien ihm nicht zum ersten Mal gestellt zu werden.

»Wieso dürfen denn ausgerechnet Sie hier herumschnüffeln?«, war seine Antwort. Damit war das Gespräch mit dem auffallend dünnen Mann mit der ungesunden gelblichen Gesichtsfarbe, dessen Augen in dunklen Höhlen lagen, beendet.

Nun stand Conny vor einem Haus in einem Neubaugebiet ein wenig außerhalb von Ralswiek. Die Ansammlung der kürzlich fertiggestellten Gebäude lag mitten im Nichts zwischen weiten Feldern, die der Herbst rostbraun angemalt hatte. Conny schauderte. Wie konnte man hier leben? Zum Meer war es zwar nicht weit, vielleicht zwei Kilometer oder sogar etwas weniger, doch sehen konnte man es von hier nicht. Wenn man in die Stadt wollte, musste man das Auto nehmen oder mindestens das Fahrrad. Hier gab es nur eine Handvoll Nachbarn und das eigene kleine Heim. Falls Vera Swakowyak gerne unter Menschen war, Theater oder Kino liebte, musste sie hier versauern. Für Conny wäre das jedenfalls nichts. Sie sah sich um. Während einige der stolzen Besitzer bereits einen Zaun und Büsche gesetzt hatten, die sich in ein paar Jahren gegenseitig Licht und Luft streitig machen würden, war anderen das Geld oder die Energie ausgegangen. Oder beides. Hier diente eine Holzpalette mit einem großen Brett darauf als provisorische Stufe zur Haustür, dort hing eine ungeschickt zusammengezimmerte Kiste anstelle eines Briefkastens. Das Grundstück der Swakowyaks erkannte sie trotz fehlender Hausnummer sofort. Es war genau, wie Hansen es beschrieben hatte, wenn man davon absah, dass die Nymphe eine Meerjungfrau war. Sie thronte neben einem Tümpel, der von einem plätschernden geschwungenen Wasserlauf gespeist wurde. Conny drückte einen Knopf aus Messing, der in der Mitte einer Metallblüte saß. Eine leise Melodie ertönte, gleich darauf das Geräusch von Absätzen auf Steinfußboden. Durch das bodentiefe Fenster neben der Haustür konnte Conny sehen, wie Vera Swakowyak sich die Haare richtete, während sie durch den Flur eilte.

»Conny Lorenz, wir sind verabredet.« Conny lächelte sie freundlich an. Ihren Dienstgrad hatte sie bewusst nicht erwähnt. In einem Neubaugebiet hatten die Häuser vermutlich Ohren. Sie wollte die Frau nicht mehr in Verlegenheit bringen als nötig.

»Guten Tag. Bitte kommen Sie herein.« Vera hatte eine dünne helle Stimme, die zu den feinen Gesichtszügen passte. Ihre Frisur saß perfekt, dennoch strich sie auch jetzt wieder eine Strähne glatt, die sorgfältig über das Ohr gelegt war. Conny nahm einen Hauch von Parfüm wahr, angenehm und vermutlich teuer. »Hier entlang, bitte«, sagte Vera knapp und ging voraus in das Wohnzimmer, dessen breite Fensterfront einen hübschen Blick in den Garten gewährte. »Bitte, setzen Sie sich.« Vera deutete auf einen der Stühle mit hoher Lehne, die in gleichmäßigen Abständen um einen ovalen Esstisch angeordnet waren. Paul hätte seine Freude daran.

»Hübsch haben Sie es hier«, sagte Conny.

»Danke sehr. Möchten Sie etwas trinken, einen Tee vielleicht oder Kaffee?« Sie rieb die Hände aneinander, eins der vielen Anzeichen für ihre Verfassung.

»Dürfte ich wohl ein Wasser haben?« Conny wollte nichts trinken, aber sie wollte Vera die Chance geben, sich selbst an einem Glas festzuhalten.

»Natürlich.« Sie verschwand durch eine weiße Tür mit Messingklinke. Conny nutzte die Gelegenheit, sich umzusehen. Weiß und Gold dominierten die komplette Einrichtung, die nicht älter zu sein schien als das Haus selbst. Offenbar verdiente man im Bauamt nicht schlecht. Vera kam mit einer Karaffe und zwei Gläsern zurück, legte Untersetzer zurecht und schenkte ein. Conny beobachtete sie. Sie trug ein schwarzes ärmelloses Hemdchen mit einem grobmaschigen Spitzenteil darüber, das Conny nicht genau definieren konnte. Die Perlenohrringe und die passende Halskette waren mit Sicherheit echt.

»Schöner Garten«, begann sie das Gespräch. »Der macht bestimmt viel Arbeit.«

»Ach, das geht schon.« Vera machte eine wegwerfende Handbewegung, künstlich, als ob sie sie einstudiert hätte. »Ich habe sonst ja nicht viel zu tun.«

»Sie sind nicht berufstätig?«

»Nein.« Das klang nicht bedauernd. Conny überlegte, dass also Herr Swakowyak allein die Raten bezahlen musste.

»Haben Sie Kinder?«

»Nein. Gott sei Dank haben wir keine.« Sie saß Conny kerzengerade gegenüber, die Hände auf dem Tisch gefaltet mit gesenktem Blick.

»Frau Swakowyak, mein Kollege Herr Wolter hat Ihnen gesagt, worum es geht?«

Vera hielt den Kopf weiter gesenkt, hob aber den Blick. Ihre Augen glänzten. »Ja. Robert ist tot. Ich nehme an, Sie wollen von mir wissen, wo ich war, als er umgebracht wurde.« Sie hatte sich vorbereitet.

Conny schenkte ihr ein aufmunterndes Lächeln. »Später.« Dann wurde sie ernst. »Er hat Ihnen also gesagt, dass Robert Welzer ermordet wurde?« Ein Nicken, kaum wahrnehmbar. »Zunächst möchte ich Sie über die strafrechtlichen Konsequenzen belehren, mit denen Sie bei einer unrichtigen oder unvollständigen Aussage zu rechnen haben.«

»Warum sollte ich lügen oder etwas vor Ihnen verbergen?« Vera schluckte. Ihre braunen Augen wirkten so unschuldig wie die von Bambi. Zu unschuldig für Connys Geschmack.

»Nun ja, Sie sind verheiratet, hatten mit Herrn Welzer ein Verhältnis. Das allein ist ein Grund, das eine oder andere der Öffentlichkeit vorzuenthalten.«

»Für mich nicht. Es war ein Fehler, mit Armin noch einmal neu anfangen zu wollen. Das konnte nur schiefgehen. Ich habe Robert geliebt. Das hört nicht auf, nur weil man ein paar Kilometer mehr zwischen sich und den Mann bringt, dem man sein Herz geschenkt hat.«

»Nein, wohl kaum.« Conny dachte an die Zeit, als Paul und sie eine Fernbeziehung geführt hatten.

»Armin ist ein guter Mensch«, erzählte sie leise. »Dieses Haus hier ...« Sie hob beide Hände und deutete damit nach rechts und links. Ihr Blick folgte der Geste zur einen, dann zur anderen Seite. Dann legte sie die Hände wieder auf den Tisch und verschränkte sie. Conny kam sich vor wie in einer Amateurtheater-Inszenierung. »Jede Tapete, jede Fliese, jeder Vorhang ist exakt so, wie ich es wollte. Ich durfte alles aussuchen, Armin war es recht. Ich müsste glücklich sein, nicht wahr? Aber das bin ich nicht, das war ich in keiner Sekunde. Ich fühlte mich in diesem Haus wie ...« Sie machte eine sorgsam gesetzte Kunstpause, »... in einem goldenen Käfig.«

»Ein ziemlich komfortabler Käfig, in dem es sich aushalten lässt, nehme ich an.«

»Da irren Sie. Für mich war jeder Tag eine Qual. Ich habe es nur ausgehalten, weil ich glaubte, es Armin schuldig zu sein. Als mir klar wurde, dass auch tausend Kilometer mich nicht von Robert fernhalten können, habe ich Armin endgültig verlassen.«

»Er ist ausgezogen?«

»Nein, er ist geblieben. Ich wohne nicht mehr hier.« Vera strich sich eine Strähne hinter das Ohr. Sie senkte den Arm, hob aber gleich darauf wieder die Hand und zupfte die gleiche Strähne an ihren ursprünglichen Platz zurück. »Ich bin vor zwei Wochen ausgezogen. Armin wollte, dass ich den Schlüssel behalte, damit ich jederzeit wiederkommen kann. Meine derzeitige Bleibe ist nicht geeignet, um Besuch zu empfangen. Deshalb habe ich Ihrem Kollegen gesagt, dass Sie herkommen sollen.«

»Ich verstehe. Wo wohnen Sie denn jetzt?«

»Bei einer guten Freundin. Mehr möchte ich dazu nicht sagen, wenn ich nicht muss. Falls Sie mich erreichen müssen, gebe ich Ihnen meine Handynummer.« Sie dachte wirklich an alles. Ob sie dieses Gespräch in Gedanken bereits durchgespielt hatte?

»Ja, das ist in Ordnung.« Conny rief sich die Aussage der Wirtin der *Strandperle* ins Gedächtnis. »Frau Swakowyak, Sie sagten, dass auch die größte Entfernung Sie nicht von Herrn Welzer fernhalten konnte, aber Herr Welzer hatte Ihre Affäre doch beendet.«

»Es war keine Affäre!« Ihre Hände glitten auseinander und wurden zu kleinen strammen Fäusten. »Wir haben uns geliebt.«

»Trotzdem wollte er sich von Ihnen trennen.«

»Das stimmt.« Ihre Stimme war noch leiser geworden. »Aber es wäre wieder in Ordnung gekommen, das weiß ich. Wenn ihn nicht irgendjemand heimtückisch umgebracht ...« Ein Schluchzen schnitt ihr das Wort ab. »Entschuldigung«, hauchte sie, zupfte ein Tuch aus der Hosentasche und betupfte damit die dezent getuschten Wimpern. »Wir haben uns geliebt«, beharrte sie. »Aber für Robert hatte die Ehe noch Gewicht, verstehen Sie? Er hatte höchsten Respekt davor und wollte selbst heiraten. Robert wollte unsere Ehe nicht zerstören. Darum wollte er sich von mir trennen.«

»Aber Sie sind ihm hinterhergefahren nach Hiddensee und haben auf ihn eingeredet.«

»Ich wusste, dass es uns beide todunglücklich machen würde. Ich musste ihm doch sagen, dass ich Armin verlassen habe, ganz gleich, was die Zukunft auch bringen sollte.« Sie klimperte mit den Bambi-Augen, ein flehender Blick, der darum bettelte, dass Conny ihr recht geben würde.

»In unserer Erinnerung verändert sich die Vergangenheit manchmal ein wenig«, begann Conny vorsichtig. »War es nicht so, dass Sie gestritten haben?«

»Robert und ich?« Sie stieß einen hohen Kiekser aus. »Aber nein!«

»Denken Sie bitte noch einmal nach«, sagte Conny eindringlich. »Robert hat Ihnen gesagt, dass er sich in eine andere Frau verliebt hat, nicht wahr?« Davon hatte die Wirtin zwar nichts gesagt, aber es war einen Versuch wert. Der Schuss ins Blaue war ein Treffer.

»Das war eine Notlüge«, zischte sie. Zum ersten Mal kam ihr die Fassung abhanden. »Er hat sich opfern wollen. Robert dachte, er könnte mich zu Armin zurücktreiben, wenn er behauptet, dass es in seinem Leben eine Neue gibt. Ein jämmerlicher Versuch, den ich sofort durchschaut habe.« Conny seufzte. Diese Frau hatte sich ihre eigene Wahrheit geschaffen und war nicht daraus zu vertreiben.

»Hat er Ihnen gesagt, in wen er sich angeblich verliebt hat?«

»Nein, er war viel zu gut erzogen, um Namen zu nennen.« Veras Stimme wurde wieder leise, sie schien sich zu beruhigen.

»Schade.« Conny dachte nach, ob sie noch etwas wissen musste. »Backen Sie gerne?«, fragte sie.

Vera starrte sie verwirrt an. »Nicht besonders«, antwortete sie zaghaft. Auf diese Frage war sie nicht vorbereitet. »Es liegt mir einfach nicht.«

»Aber für Herrn Welzer haben Sie doch gebacken, oder?«

»Sie sind gut informiert«, sagte sie schmallippig. »Was tut man nicht alles für den Mann, den man liebt?«

»Frau Swakowyak, ich muss Sie nun doch fragen, wo Sie am Abend des dritten Oktober gewesen sind.«

»Bei meiner Freundin, bei der ich vorübergehend wohnen darf. Wir haben geredet.«

»Gut, danke. Dann will ich Sie auch nicht länger aufhalten.« Conny erhob sich. »Natürlich sind Sie bereit, mir den Namen und die Adresse Ihrer Freundin zu nennen, wenn ich sie brauche, richtig?«

Auch Vera sprang auf. »Natürlich«, bestätigte sie. Auf dem Weg zur Tür fragte sie: »Wissen Sie schon, wann die Beerdigung ist?«

»Nein. Die Leiche ist noch nicht freigegeben. Wollen Sie denn hingehen?«

»Nein!« Sie schüttelte den Kopf und strich sich mit der Hand über das Haar. »Ich möchte nur an ihn denken, wenn es soweit ist.«

Conny stand im hinteren Bereich des Bootes an der Reling. Sie hatte sich ihren Schal über den Kopf gelegt. Die beiden Kollegen von der Wasserschutzpolizei konnten nicht verstehen, dass sie nicht im warmen Führerhaus bleiben wollte. Aber Conny musste allein sein. Sie wollte nicht mit ihnen klönen, erzählen, woher sie kam, welchen Fall sie bearbeitete. Obwohl sie gegen die Fahrtrichtung stand, trieben Wind und Kälte ihr Tränen in die Augen. Ab und zu wischte sie sich über die Wange, ansonsten störte sie sich nicht daran. Im Gegenteil. Sie fand es herrlich hier draußen. Die Luft schmeckte nach Salz und ein bisschen nach Fisch. Das Brausen in den Ohren wurde zu einer Melodie, wenn man nur richtig hinhörte, und die Ostsee wechselte ständig ihre Farben, je nachdem, ob das Motorschiff gerade an einer Sandbank oder einer tiefen Stelle vorüberfuhr. Conny hätte das Gespräch mit Vera Swakowyak ganz analytisch durchgehen müssen. Dummerweise wollte ihr das nicht gelingen. Stattdessen kämpfte sie gegen den Druck, der sich klammheimlich auf ihre Brust gelegt hatte und immer stärker wurde. Bei dem Gedanken, dass Vera Armin geheiratet hatte und ihm in ein Haus auf Rügen gefolgt war, bekam sie Beklemmungen. Paul wollte auch heiraten. Und er wollte ein Haus auf Rügen. Sie schluckte. Was war nur mit ihr los? Sie wollte doch auch mit Paul zusammen sein. Auch sie träumte von einem Häuschen mit kleinem Garten auf einer Insel. Rügen gefiel ihr gut. Ganz bestimmt ließ es sich dort gut leben. Hatte Vera sich das auch eingeredet? Conny holte tief Luft. Lass dir Zeit, du musst jetzt nichts entscheiden, sagte sie sich. Trotzdem wollte der Druck nicht nachlassen. Im Gegenteil. Sie hatte das Gefühl, kaum noch atmen zu können.

Zurück auf Hiddensee ließ Conny sich kurz im Büro sehen. Michael hatte nichts Neues für sie. Er hatte wohl auch keine großen Anstrengungen im Fall Welzer unternommen, denn die Sache bei Segelmacher Striesow hielt ihn und Marlene auf Trab. Zu allem Überfluss war nun auch noch in einem Kiosk neben der Seebühne eingebrochen worden. Etwas Geld und ein paar Päckchen Zigaretten waren entwendet worden. Das aufgebrochene Schloss, beschmierte Souvenirs und eine nicht unerhebliche Menge Bücher mit verkohlten Ecken oder herausgerissenen Seiten bedeuteten den größeren Schaden. Michael und Marlene waren derartig in Aufruhr, dass sie gar nicht nach Connys Ermittlungsergebnissen auf Rügen fragten. Ihr war es recht. Sie blieb nicht lange, sondern radelte nach Grieben, wo sie sich in ihre Wohnung zurückzog. Ganz automatisch füllte sie den Wasserkocher für eine Kanne Tee. Außerdem legte sie ihre Utensilien einschließlich der kleinen begrünten Styroporplatte zurecht. Sie begann, einen Gartenteich anzulegen. Was ging in einer Frau vor, die sich eingesperrt und unglücklich fühlte, die jeden Tag als Qual empfand und dann von dem Mann verlassen wurde, mit dem sie sich ein besseres Leben erhoffte? Aus getrocknetem Moos formte sie winzige Büsche. Einen Zaun gab es nicht. Die

Meerjungfrau war eine harte Nuss. Wie sollte sie die hinkriegen? Sie verschob diese Herausforderung und widmete sich zunächst dem Wasserlauf. Dann schnitt sie aus dickem Karton mit einem Skalpell die Hauswände und das Dach aus. Es kam nicht darauf an, ob die Fenster an der richtigen Stelle saßen oder die Größe des Originals hatten. Lediglich der Blick in den Garten spielte eine Rolle. Während Conny das Haus zusammensetzte, sah sie Vera vor sich, wie sie aufgeregt über die weißen Fliesen huschte, sich durch die Haare strich. Wo war sie, als sie den Entschluss fasste, nach Hiddensee zu fahren? Hatte sie geweint, geschrien, oder war ihr Mann in der Nähe gewesen, so dass sie sich hatte zusammenreißen müssen? Armin sei ein guter Mensch, hatte sie gesagt. War es möglich, dass sie daran gedacht hatte, ihn zu ermorden und dann aus Wut auf Welzer ihren Plan änderte? Mit ruhiger Hand klebte Conny Bäume auf, brachte aus Draht Regenrinnen an und versah das Dach mit einem Schornstein. Die Stunden liefen ihr davon. Als sie schließlich ins Bett ging, weil ihr Nacken schmerzte und ihre Augen brannten, stand die Kanne Tee mit dem Sieb darin noch unangetastet auf dem Küchenregal.

Mit einer fröhlichen Melodie auf den Lippen betrat Conny die Polizeistation. Marlene grüßte wortlos. Sie hatte jemanden am Telefon, der offenbar Hinweise zum Kiosk-Einbruch geben, aber nicht persönlich in Erscheinung treten wollte, wie Conny Marlenes Worten entnahm. Auf Connys Arbeitsplatz stand ein Becher mit einem bunten Aufdruck, der Hiddensee zeigte. *Rügens schöne Schwester*, stand daneben. Die Tür öffnete sich hinter ihr, und Michael trat ein.

»Guten Morgen! Mist, ich bin zu spät. Ich wollte dir doch schon Kaffee einschenken«, sprudelte er los. »Der Becher ist für dich. Dann hast du endlich einen eigenen, wenn du wieder auf dem Festland bist. Und du denkst immer an uns.«

»Das ist aber nett, dass du dir das gemerkt hast.« Sie hatte Michael gegenüber erwähnt, dass die Kollegen der Inspektion ihre Kaffeetassen mit Argusaugen hüteten. »Dann würde ich sagen, ich bin an der Reihe, dich als kleines Dankeschön zu bedienen.« Sie nahm seinen und ihren neuen Becher und machte sich auf den Weg. Die Kaffeemaschine stand im Sekretariat des Bürgermeisters ein Stockwerk tiefer. Conny hüpfte gut gelaunt die Stufen hinab. Da betrat Staudinger das Rathaus.

»Servus«, rief sie ihm fröhlich zu. »Wollen Sie zu mir?«

»Aber immer!« Seine Augen blitzten.

»Das ist schön. Wollen Sie eine Aussage machen?«

Sein Lächeln veränderte sich keinen Deut. »Warum sollte ich?«

»Tja, warum? Darüber denke ich auch noch nach.« Sie überlegte kurz, ob sie ihn ein wenig in die Mangel nehmen sollte. Es gab immerhin durchaus noch einige offene Fragen. Aber es wäre unprofessionell, ihn mitten auf dem Flur zu verhören, wo jederzeit Einheimische oder Urlauber auftauchen konnten.

»Ich muss zu den Kollegen der Touristeninformation, eine Veranstaltung besprechen«, erzählte er. »Sie sehen, ich habe keine Geheimnisse vor Ihnen.«

»Hm«, machte sie und schmunzelte. »Zumindest keine harmlosen.« Dann wurde sie ernst. »Wenn Sie es einrichten könnten, würde ich mich gerne noch einmal mit Ihnen unterhalten. Dienstlich«, fügte sie hinzu.

»Schade. Privat wäre mir lieber.« Staudinger war der richtige Typ für einen netten Flirt. Dumm nur, dass er zum Kreis der Verdächtigen gezählt werden musste.

Sie ging nicht darauf ein. »Wann passt es Ihnen?«

»Montagabend«, sagte er, ohne nachzudenken. »Am Montag ist das *Bootshaus* geschlossen, da bin ich frei.«

»Schön«, erwiderte sie freundlich, »dann geht's doch bestimmt auch schon am Vormittag oder am Nachmittag während meiner Dienstzeit.«

»Wenn Sie darauf bestehen.« Er setzte eine bedauernde Miene auf. »Jetzt muss ich aber. Einen schönen Tag noch, gnädige Frau.« Staudinger drehte auf dem Absatz um und verließ das Rathaus.

Was hat er in Wahrheit dort gewollt?, fragte sie sich. Wegen einer Veranstaltung war er sicher nicht da gewesen.

»Danke schön!« Michael nahm seinen Kaffee entgegen.

»Gern geschehen.« Sie hob ihren Becher, als wollte sie ihm zuprosten. »Danke für den Becher.«

»Gern geschehen«, gab er zurück und lachte. »Fährst du zum Wochenende eigentlich nach Hause?« Darüber hatte sie noch gar nicht nachgedacht. Wenn sie Udnik jetzt gleich erwischte, konnte sie leicht die Fähre um Viertel nach drei bekommen.

»Ich glaube, ich bleibe lieber hier. Es gibt noch keine konkrete Spur im Fall Welzer. Besser, ich gehe über das Wochenende in Klausur und arbeite noch mal sämtliche Unterlagen durch.«

Er nickte. »Hast du Lust, mit Marlene und mir heute Abend ein Bier zu trinken? Das ist hier Tradition am Freitag, zum Einläuten des Wochenendes.«

»Darf man auch etwas anderes trinken?«

»Klar, was du magst.«

»In Ordnung.«

»Schön. Dann um sechs in der Kuscho.«

»Kuscho?« Sie machte große Augen.

»*Kutterscholle*. Blöder Name für eine Kneipe, oder?«

»Herr Udnik, ich muss Sie über die strafrechtlichen Konsequenzen belehren, mit denen Sie bei einer unrichtigen oder unvollständigen Aussage zu rechnen haben.« Wie oft sie diesen Satz seit ihrer Ausbildung schon gesagt hatte. Und wie oft sie ihn wohl noch würde sagen müssen.

»Sie sind mir 'ne Marke! Da nehm ick mir Zeit, obwohl Se unanjemeldet hier rintrudeln, und denn kommen Se mir mit strafrechtlichen Konsequenzen. Fehlt nur noch, dat ick uff die Bibel schwören muss.«

»Das wird nicht nötig sein. Es würde mir schon reichen, wenn Sie mir verraten würden, was Sie am Abend des dritten Oktober gemacht haben.«

»Wat is ditte denn für 'ne Frage? Gelesen hab ick.«

»Ich dachte, Sie hätten noch nicht damit begonnen, sich durch Ihre Bibliothek zu arbeiten.«

»Nee, keen Buch, Zeitung hab ick gelesen. Und danach hab ick ferngesehen. Sondersendung zum Tag der Deutschen Einheit. Mit meiner Frau. Nich die Sondersendung mit meiner Frau, sondern ick hab mit ihr geguckt. Sind Se nu zufrieden?«

»Ja, danke.« Sie kehrte ihm den Rücken zu und ging an das Fenster hinter seinem Schreibtisch. Die Meerjungfrau mit ihrem Teich würde auch gut in diesen Garten passen. Conny ließ das Bild auf sich wirken. Schon der Sommer war nass gewesen, und auch der Herbst hatte viel Regen und immer wieder warme Tage gebracht. Ideales Wetter für Pilze, die dort unten auf dem Rasen als kleine braune Punkte zu erkennen waren.

»Können Sie etwas mit Amanita anfangen?«

»Nee, wer soll det sein?«

»Nicht wer, was. Amanita ist eine Pilzfamilie.«

»Aha. Kann ick nischt mit anfangen. Kochen ist Sache meiner Frau, wie sich dat jehört.«

»Aber Backen ist Männersache?« Sie drehte sich zu ihm um und sah ihm in die Augen.

»Nee, Frollein, det is nu wieder Sache meiner Angestellten. Dafür bezahl ick die nämlich.«

»Und Sie machen keine Ausnahme? Sie backen nicht manchmal für Freunde oder besondere Gäste?«

»Nee, keene Lust mehr.«

»Herr Udnik, im Magen von Robert Welzer sind Kuchenreste gefunden worden.«

»Und? Hab ick Ihnen doch jesagt, det wir welchen gegessen haben, wa?«

»Außerdem wurden Rückstände einer giftigen Substanz nachgewiesen.«

»Jetzt hören Sie mir mal gut zu, ja? Ick bin 'ne Nummer zu groß für Sie. Also versuchen Se erst jar nicht, mir einen Mord anzudichten.« Der zukünftige Dichter lachte über sein Wortspiel, ohne dabei wirklich amüsiert zu wirken. »Erstens ham Sie keen Motiv.«

»Wenn Welzer Ihnen Steuerbetrug hätte nachweisen können, wäre das sogar ein ziemlich starkes Motiv.«

»Passen Se bloß uff, wat Se sagen.« Sein schwammiges Gesicht färbte sich dunkelrot, und seine Zunge zuckte etwas schneller über die Lippen. »Und machen Se Ihre Hausaufgaben demnächst ordentlich. Ick wiederhole det nich noch mal: Der Welzer hat nur noch een paar Fragen jehabt, nix Dolles. Übrig waren man nur noch die Belege für die Bücher. Aber die hätte ick später wieder einreichen können. Wenn ick den ersten Roman fertig hab. Denn sind det nämlich Kosten. Na ja zum Teil, hat der Welzer jesagt.« Conny starrte ihn an. »Ja, da gucken Se dumm aus der Wäsche, wa? Nix mit Steuerbetrug.«

Conny ließ sich nicht verunsichern. »Es gibt Zeugen dafür, dass Sie im *Bootshaus* aneinandergeraten sind. Würden Sie mir bitte erklären, worum es da ging?«

»Nee, würde ich nich! Weil nämlich nischt los war. Ick kann mir aber vorstellen, wer Ihnen det erzählt hat. Der Staudinger, stimmt's?« Speicheltröpfchen segelten durch die Luft. »Dieser … Globt, er is was Besseres. Na, den hab ick sowieso jefressen.« Seine Augen funkelten böse. Von Staudinger, den er offenbar überhaupt nicht ausstehen konnte, kam er wieder auf Conny. »Mann, da schickt der Herr Kommissar 'ne Göre uff die Insel, um een Mord uffzuklären, die keene Ahnung von Tuten und Blasen hat.« Er schüttelte den Kopf und sprach weiter, als sei Conny gar nicht da. »Und die fällt och prompt uff den Fatzke rin, der ihr det Blaue vom Himmel erzählt. Dabei hat der Raffke selber 'ne Menge Dreck am Stecken und Ärger mit dem Welzer jehabt. Na, Prost Mahlzeit!«

»Sie wollen mir weismachen, dass es zwischen Staudinger und Welzer Unstimmigkeiten gegeben hat? Und warum sollte ich Ihnen das eher glauben als Herrn Staudinger?«

»Det finden Se man schön selbst raus. Guten Tach!« Dieses Mal setzte er Conny tatsächlich vor die Tür.

Nach ihrem Besuch bei Udnik zog Conny ihre Laufschuhe an und ging joggen. Sie lief zum Leuchtturm, ein Stückchen den Weg entlang, den sie mit Staudinger gegangen war, und dann zurück. Der Wind blies die Abscheu weg, die sie empfand, wenn sie nur an diesen Bäcker-Großkotz dachte. Mit jedem Schritt wurde ihr Kopf ein bisschen freier. Nach der Runde fühlte sie sich erheblich besser. Die heiße Dusche vertrieb auch die letzten Spuren von Ärger. Wenn sie pünktlich in der *Kutterscholle* sein wollte, musste sie sich bald auf das Rad setzen. Sie griff zum Telefon.

»Hallo, Paul.«

»Hallo. Ich dachte schon, es interessiert dich nicht mehr, wie es deinem Kater und mir geht.«

»Ich weiß doch, dass Frau Schmidt sich gut um euch kümmert. Außerdem hättest du gestern Abend auch anrufen können.«

»Wo bist du? Auf der Fähre?« Sie wusste, dass er auf die Uhr sah. »Ich kann dich vom Hafen abholen.«

»Nein. Paul, ich bin noch auf Hiddensee.«

»Hast du das Schiff verpasst?«

»Nein, nein, ich … Ich habe mir überlegt, dass es gut wäre, hier zu bleiben.«

»Du kommst am Wochenende nicht nach Hause?«

»Marlene und Michael treffen sich freitags immer in einer Kneipe. Ich dachte, es wäre gut für das Betriebsklima, wenn ich mich da nicht ausschließe. Immerhin haben sie mich eingeladen, dazuzukommen.« Es blieb still am anderen Ende der Leitung. »Ich würde da heute Abend gerne hingehen und habe hier auf der Insel sowieso noch einiges zu tun.«

»Ich könnte morgen zu dir kommen«, schlug Paul vor. Ein verlockender Gedanke, andererseits würde Conny dann nicht zum Arbeiten kommen.

»Lieber nicht.«

»Muss ich mir Gedanken machen?«

»Machst du das nicht immer?« Es wurde höchste Zeit loszuradeln. »Nicht böse sein, Paul, bitte. Nächste Woche komme ich auf jeden Fall nach Hause. Ich gehe davon aus, dass Mittwoch oder Donnerstag Welzers Beerdigung in Stralsund ist.«

»Hast du gehört, Kater, sie besucht uns nach der Beerdigung«, sagte Paul.

»Er ist taub, Paul, schon vergessen? Oder hat er sich neben seinem Coming-out vielleicht auch noch verraten und kann doch hören?« Keine Antwort. »Ach bitte, jetzt mach mir kein schlechtes Gewissen.« Sie verlor die Geduld. Er war schließlich nicht nur ihr Lebensgefährte, sondern auch ihr Chef. Er sollte sich doch freuen, dass sie so ehrgeizig war.

»Das war nicht meine Absicht. Ich bin nur enttäuscht.« Manchmal war ihr seine Ehrlichkeit eindeutig zu viel.

»Das ist der erste Mordfall, bei dem ich die Ermittlungen leite«, rechtfertigte sie sich. »Es spricht zumindest alles für Mord. Bitte, Paul, ich will das nicht vermasseln. Das ist meine Chance, um mir den Respekt der Kollegen zu verschaffen. Wenn du mich besuchen kommst, lenkst du mich nur ab.«

»Das hatte ich vor.« Sie hörte, wie er lächelte.

»Siehst du, das wusste ich.« Ihre Standhaftigkeit geriet ins Wanken. Ein bisschen Ablenkung wäre nett.

»Das würde dir guttun. Manchmal ist es die beste Ermittlungsmethode, ein paar Stunden gar nicht an die Sache zu denken.« Er machte eine kurze Pause. Als sie gerade nachgeben wollte, sagte er: »Du hast recht, es wäre gut, wenn du bald greifbare Ergebnisse hättest. Muss ich mich eben alleine unterhalten. Es gibt in der Kulturkirche St. Jakobi ein Konzert, das mich interessiert. Dann gehe ich also alleine hin. Wie früher.«

»Hört sich gut an. Dann wünsche ich dir viel Spaß. Ich muss jetzt auch los. Wir telefonieren morgen, ja?«

»Wenn dich das nicht zu sehr ablenkt.«

»Kraul mir meinen Kater!«

Die Kuscho lag ein bisschen versteckt am Ortseingang von Vitte hinter einem alten Postamt. Conny war bereits daran vorbeigeradelt und hatte nur kehrtgemacht, weil Michael sie gewarnt hatte: »Wenn du den Kindergarten *Inselkrabben* erreicht hast, bist du schon zu weit gefahren.« Vor dem Kindergarten hatte sie also gewendet. Glücklicherweise sah sie ein Pärchen Arm in Arm hinter das Postamt verschwinden und folgte ihm einfach. Und dann betrat sie die außergewöhnlichste Kneipe, die sie je gesehen hatte. Das triste graue Gebäude mochte einmal ein Lagerhaus gewesen sein. Die hohen Decken waren abgehängt, in der Mitte des großen Raumes gab es eine kreisrunde Theke. An den Wänden hingen Souvenirs aus aller Welt, von einem kompletten Kajak bis zu einer Wasserpfeife. Die Möbel waren eine wilde Mischung, nicht ein Stuhl glich hier einem anderen. Conny ging ein paar Schritte hinein. Die Blicke der Gäste waren nicht zu übersehen, obwohl sich jeder bemühte, sich schnell wieder seinem Gesprächspartner zuzuwenden. Fremde waren hier offenbar eine Seltenheit, in der Kuscho waren die Einheimischen wohl meistens unter sich. Aus dem Augenwinkel nahm Conny eine Bewegung wahr und entdeckte Marlene, heftig winkend, neben ihr saß Michael. Sie ging zu ihnen hinüber. Es knirschte unter ihren Schuhen. Der Boden war bedeckt von Erdnussschalen.

»Schön, dass du gekommen bist«, begrüßte Michael sie.

Marlene klopfte mit der flachen Hand auf den leeren Cocktailsessel. »Stimmt, hätte ich, ehrlich gesagt, nicht geglaubt. Setz dich!«

»Danke.«

»Was möchtest du trinken?«, fragte Marlene. »Ich hol dir was.«

»Erst einmal ein Wasser.«

»Mit oder ohne Zahnbürste?« Marlene lachte. Ihre Zunge wurde ihr bereits schwer. Noch war das kaum zu hören, aber wenn sie ein weiteres Bier trank, würde es sich nicht mehr verbergen lassen.

»Die haben hier auch tolle Cocktails. Willst du erst mal in die Karte gucken?« Schon reichte Michael ihr die Getränkekarte, die

die Form einer Flunder hatte. Sie entschied sich für einen Ipanema, einen alkoholfreien Cocktail mit viel Limette und Maracuja.

»Habt ihr schon eine Spur von euren Randalierern?«, begann Conny das Gespräch. Worüber hätte sie sonst sprechen sollen als über die Arbeit?

»Sieht so aus, als hätten sich ein paar Jugendliche einen Spaß erlaubt.« An der Art, wie er betonte, konnte man hören, wie wenig Michael von diesem vermeintlichen Spaß hielt.

»Sehr richtig, es sieht so aus«, ging Marlene dazwischen. »Wir wissen es aber noch nicht. Vor allem wissen wir nicht, wer diese Jugendlichen sind. Es können genauso gut welche vom Festland gewesen sein. Gelangweilte Urlauber-Gören, die längst wieder zu Hause sind.«

»Oder gelangweilte Insel-Gören, die schon mal einen Mülleimer angezündet haben, oder die wir betrunken aufgreifen und nach Hause bringen mussten«, gab Michael zu bedenken.

»Klar, weil die einmal was angestellt haben und manchmal ein bisschen zu viel trinken, sind die es natürlich gleich gewesen.« Michael wollte Einspruch erheben, aber Marlene ließ ihn nicht zu Wort kommen. Sie warf ihren Kopf in den Nacken, so dass ihr dickes Haar aus ihrem Gesicht fiel. »Es ist doch wohl ein großer Unterschied, ob jemand ein bisschen zündelt oder ob er gleich einen Einbruch macht. Oder?« Sie sah Conny erwartungsvoll an.

»Auf jeden Fall. Meiner Erfahrung nach ist das harmlose Zündeln in Zusammenhang mit zu viel Alkohol aber oft ein Zeichen, dass junge Leute nichts mit sich anfangen können. Leider ist das nicht selten der Anfang einer kriminellen Laufbahn mit Einbrüchen, Körperverletzung.«

»Ja, genau, stempelt die mal schön ab«, schimpfte Marlene und nahm einen Schluck von ihrem dunklen Bier. »Ist ja auch einfacher, als denen zu helfen.« Sie wischte sich Schaum vom Mund.

»Was wird Jugendlichen auf Hiddensee denn angeboten?«, wollte Conny wissen. »Du hast völlig recht, Marlene, man muss denen helfen. Die brauchen etwas, für das sie sich engagieren können, irgendetwas zum Austoben.«

»Die toben sich schon selbst aus«, meinte Michael abfällig.

»Ich weiß, dass du die für Luschen hältst, für Vollidioten, die nix taugen, aber das stimmt nicht. Das sind ganz liebe Jungs eigentlich.«

»Gibt es denn Angebote für die?«, hakte Conny nach.

»Nee!« Marlene schüttelte den Kopf. »Nicht mal einen richtigen Fußballverein gibt es. Segeln kann sich nicht jeder leisten. Da nützt einem das nix, von Wasser umgeben zu sein. Es gibt so einen Pflanzenverein und einen, der die plattdeutsche Sprache fördern soll. Aber mal ehrlich, hättest du da Lust drauf gehabt mit sechzehn oder siebzehn?«

Conny lachte. »Nein, ich glaube nicht.«

»Eben. Die wollen skaten oder Graffiti sprayen oder so was. Bloß für eine Skaterbahn ist ja kein Platz da oder kein Geld. Wenn es um neue Einrichtungen geht, wird doch nur nach den Touristen geschielt. Wer steht denn sonst schon auf Outdoor-Schach?«

»Von den Touristen lebt die Insel, Marlene«, wandte Michael ein.

»Ja, schon klar! Wes Brot ich ess, des Lied ich sing. Ist ja auch in Ordnung. Aber wenn du jung bist, begreifst du das noch nicht. Da siehst du nur, dass deine Insel, auf der du sowieso schon eingeschränkt bist, weil du nicht mal eben ins Kino oder in die Disco gehen kannst, weil du nicht ohne Ende Mädels und Jungs kennenlernen und dich verlieben kannst, dass diese deine Insel auch noch Leuten gehört, die mehr Kohle haben als du und nur für ein paar Wochen im Jahr herkommen.« Sie nahm wieder einen kräftigen Schluck. Michael und Conny wechselten Blicke. Ob er auch das Gefühl hatte, Marlene habe gerade über ihre eigene Jugend gesprochen?

»Hast ja recht«, besänftigte er sie. »Aber das ist trotzdem noch kein Grund, das Lager vom alten Striesow zu verwüsten oder Bücher im Kiosk anzukokeln.«

»Das weiß ich selber«, gab sie widerwillig zu. »Und wie sieht's bei dir aus?«, wechselte sie dann das Thema. »Hast du schon was Handfestes?«

Conny schüttelte resigniert den Kopf. »Leider nicht. Zwar gibt es jede Menge Spuren, aber alle laufen irgendwie ins Leere.« Michael war ohnehin informiert, weil er derjenige vor Ort war, der sie unterstützte. Wenn er Bescheid wusste, war auch Marlene nicht völlig ahnungslos. Es gab also keinen Grund, sich nicht mit den beiden auszutauschen. »Ich hätte da mehrere Motive zur Auswahl.« Conny sah sich um. Der Geräuschpegel war hoch, und sie sprach nicht sehr laut. Noch dazu würde sie keine Namen nennen. Trotzdem, wenn etwas durchsickerte, wäre das nicht akzeptabel. »Wir hätten enttäuschte Liebe, Eifersucht oder Finanzen im Angebot. Irgendetwas sagt mir, dass Geld im Spiel ist«, erklärte sie.

»Das sind ja alles ziemlich dicke Fische, die du befragt hast. Ich meine, in dieser Hinsicht.« Marlene rieb Daumen und Mittelfinger aneinander. »Wenn so ein Betriebsprüfer denen nachweisen könnte, dass die Schmu gemacht haben, dann würde das ganz schön teuer für die werden, oder? Kämen die auch in den Knast?«

»Das hängt von der Summe ab, um die es geht«, meinte Conny. »Grundsätzlich kommt auch eine Freiheitsstrafe in Betracht. Sogar bis zu zehn Jahre, wenn es sich um entsprechende Beträge handelt«, ergänzte sie.

»Würde es denn helfen, den Betriebsprüfer umzulegen?«, überlegte Marlene laut weiter. »Ich meine, das ist doch kein einsamer Privatdetektiv, der erst mal alleine Beweise sammelt, bevor er jemanden einweiht. Da wussten doch bestimmt schon Kollegen im Finanzamt Bescheid. Die hätten also noch längst keine Ruhe vor dem Fiskus, nur weil ein Prüfer tot ist.«

»Wenn's nur das wäre.« Conny holte tief Luft. »Was mich am meisten verwirrt, ist, dass anscheinend alle Verdachtsmomente entkräftet wurden. Alle geben zu, dass es Unregelmäßigkeiten gegeben hat, behaupten aber, die hätten sich längst geklärt.« Sie sah von einem zum anderen. »Anscheinend waren die Untersuchungen so gut wie abgeschlossen, und die Herrschaften hatten nichts zu befürchten.«

»Ist ja komisch.« Marlene leerte ihr Glas und sah in die Runde. »Ich hole mir noch ein Bier. Soll ich jemandem etwas mitbringen?« Conny und Michael bestellten noch einmal das, was sie gehabt hatten. »Und dazu eine Fei-Fei«, verkündete Marlene und schlängelte sich zwischen den Tischen hindurch zum Tresen. Sie war etwas kleiner als Conny und schlank. Nur ihr Hinterteil war ausladend und ziemlich prall, die Proportionen stimmten nicht, was sie irgendwie drollig aussehen ließ.

»Was bitte ist eine Fei-Fei?« Conny sah Michael fragend an.

»Feierabend-Feige«, klärte er sie auf. »Fei-Fei in der Kuscho, lustig, oder?« In dem Moment war Marlene zurück und stellte die Getränke ab, die sie zwischen den fächerförmig gespreizten Fingern getragen hatte. »Danke, für mich nicht«, rief Conny ihr zu, als Marlene ihr den Feigenschnaps herüber schob.

»Trinkst du keinen Alkohol?«

»Nein.«

Marlene ließ sich auf ihrem Sesselchen nieder. »Nie?«, fragten sie und Michael wie aus einem Mund.

Conny lachte. »Nee, nicht nie. Aber extrem selten.«

»Nicht nie.« Marlene kicherte. »Na gut, hab ich einen mehr.« Sie stieß mit Michael an. »Fei-Fei«, riefen beide.

»Was ist denn mit der giftigen Substanz?«, kam Michael wieder auf den Fall zu sprechen.

»Jeder, der sich damit auskennt, hätte Zugang dazu. Irgendein Zeug, das zum Beispiel nur über eine Apotheke zu beschaffen ist, wäre mir lieber gewesen. Da hätte ich einen Anhaltspunkt. Aber so? Ich kann schlecht sämtliche Rehe und Karnickel fragen, ob sie etwas beobachtet haben.« Die beiden lachten, aber Conny lief es eiskalt den Rücken herunter. Staudinger ging gerne in seiner Pause im Wald spazieren. Ihre erste Begegnung hatte bei schlechtem Wetter im Wald stattgefunden. Und kürzlich hatte er ihr etwas zeigen wollen. Sie war so darauf fixiert gewesen, dass es der Ausblick auf die Ostsee war, dass sie sich zu ihren Füßen gar nicht umgesehen hatte. Spielte er mit ihr? Führte er sie zu einer Stelle, an der tödliche Fliegenpilze standen? Das ergab alles keinen Sinn.

»Wir können die Küche von dem …, also am besten von allen auseinandernehmen lassen, die in Frage kommen. Vielleicht sind noch Spuren nachzuweisen«, schlug Michael vor.

»Wenn es so einfach wäre. Ich habe noch nicht einmal genug, um eine Durchsuchung anzuordnen.«

»Wieso das?« Marlene machte große Augen. »Eine Ermittlungsdurchsuchung …« Sie musste sich sehr konzentrieren, um das Wort fehlerfrei herauszubringen. »… ist auch bei Nichtverdächtigen zulässig, wenn zu vermuten ist, dass sich dort Beweismittel befinden«, dozierte sie.

»Fast«, widersprach Michael. »Die Vermutung reicht nicht. Du musst schon Tatsachen haben, die dafür sprechen, dass du etwas findest.« Marlene zuckte unbeeindruckt mit den Schultern.

»Leider. Darüber hinaus bin ich auf den guten Willen angewiesen. Die würden mich bestimmt in ihre Küchen lassen, aber erst, nachdem sie aufgeräumt haben.« Die drei nickten und hingen ihren Gedanken nach. Gesprächsfetzen vom Nachbartisch drangen in Connys Bewusstsein.

»Neuendorf soll ein Luxus-Resort kriegen«, sagte ein Mann. »… denke, die Zahl der Urlauberbetten ist fix«, gab eine Frau zu bedenken. Dann hörte Conny noch, wie über den Baustopp diskutiert wurde. Sie verstand zu wenig, als dass sie die Problematik hätte nachvollziehen können, aber ihr fiel ein, dass ihr an ihrem ersten Abend auf der Insel Ähnliches zu Ohren gekommen war. Wulff war Bauunternehmer, und Swakowyak arbeitete im Bauamt. Ein seltsames Gefühl beschlich sie.

»Es geht nebenan gerade um den Baustopp« sagte sie mit gesenkter Stimme und deutete mit dem Kopf zum Nebentisch. »Darüber habe ich schon mal Leute reden hören. Was hat es damit auf sich?«

»Wir haben hier ein Trinkwasserproblem«, meldete sich Marlene zu Wort, die schon ein wenig müde ausgesehen hatte. Wie es schien, machte das Thema sie wieder munter. »Wir kriegen das aus einer Wasserblase im Hochland«, erläuterte sie. »Wenn da zu viel entnommen wird, drückt das Salzwasser der Ostsee von unten nach. Kannst dir ja vorstellen, wie das dann schmeckt.« Sie verzog das Gesicht. »Also ist die Entnahme begrenzt. Achthundertfünfzig Kubikmeter am Tag, dann ist Schluss.«

»Du bist gut informiert«, sagte Conny anerkennend. Michael atmete tief durch und rollte mit den Augen.

»Wenn man die Pubertät hier überlebt hat, ist man entweder weg oder bleibt bewusst und kümmert sich um seine Insel. Ich bin noch hier!«

»Marlene hat vor ein paar Jahren eine Bürgerinitiative gegen eine Meerwasserentsalzungsanlage ins Leben gerufen.«

»Mit Erfolg«, rief sie und strahlte.

»Die einen sagen so, die anderen so ...« Erneut verdrehte er die Augen. »Zwischen Vitte und Kloster hätte eine Pilotanlage gebaut werden können. Ich weiß nicht, ob die Vorteile davon nicht überwogen hätten.«

»Du hast ja auch keine Ahnung. Natürlich hätten sie nicht überwogen! Weißt du, was der größte Nachteil war?« Sie beugte sich zu Conny herüber. »Der örtliche Zweckverband, der für die Wasserversorgung und das Abwasser zuständig ist, der hätte die Anlage nicht betrieben.« Sie schüttelte übertrieben den Kopf. Das dicke Haar geriet heftig in Bewegung. »Das hätte eine Privatfirma gemacht. Und von der hätte der Zweckverband das Wasser kaufen müssen.« Sie sah Conny erwartungsvoll an. »Alles klar?«

Michael half ihr auf die Sprünge. »Es gab schon mal einen privaten Unternehmer, der die Insel mit Trinkwasser versorgt hat. Der hat die Preise immer mehr erhöht. Die Hiddenseer und die Kommune mussten sich ordentlich in die Tasche greifen lassen. Das war ein regelrechter Kleinkrieg.«

»Und den brauchen wir hier nicht noch mal.«

»Ich verstehe nicht ganz, warum das Problem durch einen Baustopp gelöst werden kann«, wandte Conny ein. »Der Trinkwasserbedarf steigt doch durch die Anzahl der Menschen. Wenn die Hiddenseer jetzt alle ganz viele Kinder kriegen und auf engem Raum zusammenwohnen …«

»Bloße Theorie!« Marlene winkte ab. »Das passiert nicht. Einige wandern ab, gehen zum Studieren auf das Festland. Andere lernen irgendwo auf der Welt jemanden kennen und kommen mit dem zurück, um eine Familie zu gründen. Das gleicht sich ziemlich aus. Wenn die Insel aber hemmungslos bebaut werden dürfte, vor allem von Fremden, die nur in den Ferien kommen oder vermieten wollen, wie es zum Beispiel auf Sylt der Fall ist, dann würde der Bedarf in den Sommermonaten sprunghaft steigen.«

»Ich habe gehört, dass trotzdem Baugenehmigungen erteilt werden.« Erneut deutete Conny dezent zum Nachbartisch. »Eben war sogar von einem Luxushotel in Neuendorf die Rede.«

»Bei den Südern? Kann ich mir nicht vorstellen!« Marlene verschränkte die Arme vor der Brust. Sie musste aufstoßen. »Entschuldigung.«

»Unter bestimmten Umständen darf in Ortslage manchmal gebaut werden«, warf Michael ein.

»Ja, haha, unter bestimmten Umständen.« Wieder rieb Marlene ihren Daumen an ihrem Mittelfinger.

»Du meinst, wenn Geld in die richtigen Kanäle fließt, kriegt man schon noch eine Genehmigung trotz Baustopp?« Conny konnte es noch nicht greifen, aber sie hatte das deutliche Gefühl, hier läge der Ansatz für ihren Fall. »Ob das eine Rolle spielt?« Sie sah Michael an. »Du hast gesagt, dass immer einer die Aufträge kassiert, wenn auf Hiddensee gebaut wird.« Sie hatte sich so weit zu ihm herübergelehnt und die Stimme so sehr gesenkt, dass nicht einmal Marlene sie hören konnte. »Dieser eine wurde von Welzer kürzlich geprüft. Dann hätten wir da noch einen Typ in der Baubehörde, der ziemlich viel Geld locker machen musste, um seiner Frau einen kleinen Palast hinzustellen.«

Michael sah sie lange an. Seine weit geöffneten Augen und sein langsames Nicken signalisierten, dass er verstanden hatte. »Am Montag nehme ich mir die beiden vor, wenn du willst«, sagte er. »Und jetzt brauche ich noch eine Fei-Fei.«

Das Leben geht weiter. Alles in Ordnung, alles im Griff. Kein drohender Abgrund, in den er stürzen musste. Er streckte sich auf dem Massage-Sessel aus, der jeden Cent wert gewesen war. Was gab es Schöneres, als sich nach einem langen Arbeitstag darauf zu entspannen, die Wärmefunktion und sein Lieblingsprogramm einzuschalten, das oben im Schulterbereich anfing, ihn zu bearbeiten. Künstliche Finger kneteten den gesamten Rücken hinab, sparten das Gesäß aus, kümmerten sich dann jedoch um die Rückseite der Oberschenkel. Anschließend ging es wieder zurück und, bei den Schultern angekommen, wieder von vorne los. Schon nach wenigen Minuten setzte diese unbeschreibliche Mischung aus totaler Entspannung und angenehmer Erregung ein. Wenn das Programm von alleine endete, hatte er jedes Mal Lust, mit seiner Frau zu schlafen. Er schob den Gedanken beiseite. Auch jetzt spürte er das vertraute Kribbeln, das lustvolle Ziehen. Aber auch heute würde sie sich ihm verweigern. Die bekannte Wut kehrte zurück. Nicht daran denken. Was hatte sie nur an dem gefunden? Da schuftete man Jahr für Jahr, erfüllte seiner Frau jeden Wunsch. Und was war der Dank? Ruhig, sagte er sich, genieße die Entspannung. Er startete das Programm ein zweites Mal. Ganz langsam wurde sein Atem wieder tief und regelmäßig. Erstaunlich, dass man nach so einer Tat weiterleben konnte, als sei nichts geschehen. Einigermaßen jedenfalls. Das hätte er nicht gedacht. Nein, das hätte er niemals für möglich gehalten. Ein leichtes Grinsen trat in sein Gesicht. Er war der Sieger, daran gab es keinen Zweifel. Mit jedem Tag wuchs mehr Gras über die Sache. Im gleichen Maß schrumpfte sein schlechtes Gewissen. Mit jedem Tag konnte er den Sieg mehr auskosten. Die künstlichen Finger kneteten seine Oberschenkel. Er überlegte, ob er jetzt zu seiner Frau gehen und sie sich einfach nehmen sollte. Immerhin waren sie noch verheiratet. Vielleicht war es genau das, was sie wollte. Vielleicht hatte sie das bisher bei ihm vermisst. Wer konnte schon wissen, was eine Frau wirklich brauchte. Wahrscheinlich mochte sie es sich selbst nicht eingestehen, dass ihr ein sanfter Liebhaber nicht reichte, dass sie schmutzigen derben Sex wollte. Sein Atem wurde schneller. Er stellte sich seine Frau in dem champagnerfarbenen Negligé vor, das er ihr zum zehnten Hochzeitstag geschenkt hatte, malte sich aus, wie er es ihr vom Leib reißen würde. Sie würde ihn ängstlich anstarren, doch dann würden ihre Augen funkeln und ihm pure Lust verraten. Er war kurz davor, aufzustehen und nachzusehen, ob sie im Haus war. Doch da schob sich ein anderes Bild in seinen Kopf, ein Bild, das die Erregung mit einem Schlag zunichte machte und in kalte Wut verwandelte. Ein Bild, das er in seinem ganzen Leben nicht mehr loswerden würde. Das war es, was er ihm nicht verzeihen konnte.

Kapitel 5

Steuersumpf

Die Sonne schien von einem beinahe kitschig blauen Himmel. Der Leuchtturm strahlte fast unnatürlich weiß, und das Laub daneben versuchte dennoch ihm mit seinen Orange- und Gelbtönen die Schau zu stehlen. Conny bedauerte, dass sie Paul nicht eingeladen hatte, sie zu besuchen. Sie hätte den Morgen zum Arbeiten nutzen und ihn in der frühen Mittagszeit am Hafen abholen können. Was soll's, es brachte nichts, sich mit Was-wäre-wenn-Fragen zu beschäftigen. Er würde nicht kommen. Sie beschloss, das großartige Wetter zu nutzen, bevor sie sich in die Unterlagen vertiefte. Wie hatte Paul noch gesagt? Abstand war manchmal die beste Ermittlungsmethode. Das sah sie genauso und machte sich auf den Weg zum Leuchtturm. Eigentlich war er täglich zur Besichtigung offen, doch wenn der Wind zu stark blies, durfte man die Außenplattform nicht betreten. Genau die aber reizte Conny, denn von dort musste man einen grandiosen Blick haben. Schon nach wenigen Schritten über den Sandweg, der ihr schon seltsam vertraut war, öffnete sie ihre Jacke und löste ihren Schal. Es war mild und beinahe windstill. Ein seltener Zustand auf Hiddensee. Trotz der idealen Bedingungen waren nur wenige Menschen gekommen, um das Wahrzeichen der Insel zu besuchen. Conny war es gerade recht. Sie stieg die hundert Stufen der Wendeltreppe, die sich im Inneren des Turms, dem man seine über hundertzwanzig Jahre nicht ansah, nach oben schraubten, hinauf. Auf der Plattform spürte man den Wind etwas stärker, aber viel konnte er ihr auch hier oben nicht anhaben. Sie ließ ihren Blick über die Wiesen und Sanddornsträucher gleiten. Links lagen die Landzungen Altbessin und Neubessin, die wie eine Klaue in die Ostsee ragten. Langsam umrundete sie die Spitze des Leuchtfeuers. Rügen war sehr gut zu erkennen. Auch Stralsund konnte man mühelos ausmachen, so klar war die Sicht. Conny schickte einen geheimen Gruß zu Paul. Dann sah sie hinüber auf den Darß und schließlich über die weite Ostsee bis dorthin, wo Møn sein musste. Bildete sie es sich nur ein, oder waren das tatsächlich die Kreidefelsen der dänischen Insel, die wie eine Fata Morgana in der Ferne schimmerten? Sie legte ihre Hand über die Augen. Ein Fernglas wäre gut. Einen Moment stand sie nur so da und freute sich darüber, dass sie diese Arbeit machen und am Meer leben durfte. Beides hatte sie sich gewünscht, seit sie ein Kind war. Sie schloss die Augen und legte den Kopf in den Nacken. Plötzlich hörte sie schnell lauter werdende Schritte, Poltern.

»Erster!«, rief ein Junge und sprang hinaus auf die Plattform. »Boah, ist das hoch!« Er drückte sich ganz fest an das rote Geländer und sah hinab in die Tiefe. Nach ihm trat ein Mädchen ins Freie, seine Schwester, wie unschwer zu erkennen war.

»Mir ist schlecht«, jammerte sie und presste ihren Rücken an den weißen Stein. Auch die Eltern hatten den Aufstieg inzwischen geschafft, es wurde eng auf der kleinen Aussichtsplattform. Conny machte sich auf den Rückweg.

Eine halbe Stunde später saß sie in dem Korbstuhl in ihrer Wohnung und studierte ihre Unterlagen. Der Stuhl knarrte bei jeder kleinen Bewegung, als wolle er im nächsten Moment auseinanderbrechen. Ihre begonnene Modell-Landschaft, an der sie am liebsten weitergebastelt hätte, stand vor der Heizung auf dem Boden. Auf dem Tisch lagen die Akten und die Skizze, die Conny von allen mehr oder weniger Beteiligten gemacht hatte. Mit Vera Swakowyak stimmte definitiv etwas nicht. Wenn sie es doch mit einem Beziehungsdelikt zu tun hatte, dann hatte diese Frau mit Sicherheit ein starkes Motiv. Aber war sie wirklich eine Mörderin?

Conny rief sich die zarte Person ins Gedächtnis, die so sorgsam auf ihr Äußeres bedacht gewesen war. Schon möglich, dass sie an einer Bewusstseinstrübung geringer Ausprägung litt. Sollte Welzer ihr das vorgeworfen haben, war eine extreme Reaktion denkbar. Ihr Verhalten war jedenfalls einstudiert gewesen, ihr Augenaufschlag zu künstlich und zu unschuldig. Mit Armin Swakowyak hatte Conny noch nicht gesprochen. Sie legte eine Liste der Dinge an, die sie unbedingt zu erledigen hatte. Dazu gehörte die Vernehmung von Veras Ehemann, der natürlich ebenfalls ein Motiv hatte. Falls Welzer die Finger trotz des Umzugs nach Rügen nicht von Vera gelassen hatte, wie Hansen behauptete, konnte den Mann das durchaus in einen Mord getrieben haben. Sie würde nicht bis Montag warten, überlegte sie, sondern ihre Zeit jetzt nutzen.

»Swakowyak?« Die Stimme klang müde, als hätte Conny Veras Noch-Ehemann geweckt. Dabei war es beinahe zwölf Uhr.

»Conny Lorenz, Kriminalpolizei Stralsund.« Sie hörte ihn atmen, doch er sagte nichts. »Es geht um den Tod von Robert Welzer. Ich habe bereits mit Ihrer Frau gesprochen.«

»Ich weiß.«

»Ach ja?«

»Sie hat es mir erzählt. Auch wenn Sie das überrascht, wir reden noch miteinander.«

»Warum auch nicht?« Conny bemühte sich, locker zu klingen. »Ich würde mich gern mit Ihnen unterhalten. Passt es Ihnen heute Nachmittag?« Sie zog den Fahrplan der Reederei zwischen den Papieren hervor. »Ich könnte um Viertel vor vier in Schaprode sein. Können Sie da irgendwie hinkommen?«

»Nein.«

»Schade. Haben Sie kein Auto?«

»Doch. Aber Sie werden nicht um Viertel vor vier dort sein. Die Fähre verkehrt am Samstag nicht.«

»Sch… Stimmt.« So ein Mist, für diesen Fahrplan brauchte man ein eigenes Studium. Eine Verbindung gab es von Sonntag bis Donnerstag, eine andere immer außer Samstag, Sonntag und

Feiertag. Lauter Ausnahmen und Einschränkungen, wie sollte man daraus schlau werden? »Wie sieht es morgen bei Ihnen aus? Irgendwie werde ich es schon zu Ihnen nach Rügen schaffen.«

»Was wollen Sie überhaupt von mir?« Seine Stimme klang nicht müde, sondern schleppend. Als hätte er Beruhigungsmittel genommen.

»Alles in Ordnung bei Ihnen, Herr Swakowyak?«

»Ja, warum nicht?«

»Sie klingen ... komisch, als ginge es Ihnen nicht gut.«

»Überrascht Sie das?« Er wartete ihre Antwort nicht ab. »Ich schlafe schlecht, seit das zwischen meiner Frau und Welzer wieder angefangen hat. Seit sie ausgezogen ist, ist es besonders schlimm. Ich bin erst heute Morgen gegen sechs eingeschlafen.«

»Das tut mir leid.« Er atmete schwer. »Ich müsste Ihnen ein paar Fragen stellen.«

»Bitte.«

»Nein, nicht am Telefon. Ich möchte Sie treffen, um mit Ihnen über Welzer zu reden. Ich müsste wissen, wann Sie ihn zuletzt gesehen haben. So etwas eben.«

»Am achtzehnten August. Da hatte ich in Stralsund zu tun und habe sie gesehen, meine Frau und ihn. Da wusste ich, dass es nicht aus war zwischen den beiden.« Er mochte benommen sein, trotzdem hatte er seine Sinne beisammen.

»Die Erkenntnis muss furchtbar für Sie gewesen sein. Sie haben extra Ihren Job gewechselt, haben dieses schöne Haus gebaut. Das war sicher nicht billig.«

»Meine Frau hat so ein Haus verdient. Für mich allein hätte ich das nie gebaut. Tja, kann man nichts machen.«

»Irgendeine Möglichkeit gibt es immer. Fragt sich nur, ob die legal ist. Herr Swakowyak, was haben Sie am dritten Oktober gemacht?«

»Den Welzer umgebracht. Holen Sie mich jetzt ab? Ich hätte nichts dagegen.«

»Sie sollten mit solchen Witzen vorsichtig sein.«

»Das war kein Witz. Ich habe mich von einem Freund zu einer Tour überreden lassen. Wegen des Feiertags musste man nur einen Tag frei nehmen und hatte ein langes Wochenende. Mein Freund meinte, es würde mir guttun, mal rauszukommen. Wir sind nach Usedom gefahren mit einer Männer-Clique. Vierzehn Kerle in einem Wellness-Hotel. Können Sie sich das vorstellen? Und ich habe nur an den Welzer gedacht und mir ausgemalt, wie man ihn umbringen könnte. Das hat tatsächlich gutgetan.«

Der Form halber ließ Conny sich den Namen des Hotels und die Telefonnummer des Freundes geben. Sie hatte jedoch keinen Zweifel, dass Swakowyak die Wahrheit sagte. Trotzdem rief sie im Hotel an. Ja, an die Herren könne sich die Mitarbeiterin der Rezeption gut erinnern, die hätten das gesamte Haus unterhalten. Sieben Doppelzimmer, der Freund von Swakowyak hatte den Meldezettel ausgefüllt.

Tief in Gedanken malte Conny Kringel auf ihre Skizze. Diese Bau-Sache ließ sie nicht mehr los. Sie unterstrich den Namen Wulff. Die wenigen Bauaufträge, die es auf Hiddensee gab, gingen an ihn. Unstimmigkeiten bei der Betriebsprüfung wurden sofort entkräftet. Das stank zum Himmel, nur gab es leider nicht den geringsten Anhaltspunkt, der sie weitergebracht hätte. Mit einem Mal wurde Conny flau im Magen. Wulff, Udnik und Staudinger hatten ihr die gleiche Geschichte aufgetischt. Die drei hatten zugegeben, dass bei der Prüfung etwas zu Tage gefördert worden sei, das habe allerdings kein Gewicht gehabt, so dass die Herren alle wieder in weißer Weste dastanden. War es möglich, dass Welzer kein so scharfer Hund war, wie sein Kollege Brand dachte? Was, wenn er sich dafür bezahlen ließ, die Sache für seine Klienten zu regeln? Unruhe ergriff sie. Das würde erklären, warum bei allen dreien die Steuerangelegenheiten im Sande verlaufen waren. Bei Udnik sogar schon zweimal. *Welzers Finanzen und Lebensstandard checken*, schrieb sie auf ihre Liste.

Das Glockengeläut der Stralsunder Nikolaikirche ertönte, das sie als Klingelton auf ihrem Mobiltelefon gespeichert hatte.

»Conny Lorenz, guten Tag.«

»Fittkau, guten Tag. Ich arbeite im Institut für Rechtsmedizin in Greifswald«, sagte eine freundliche weibliche Stimme.

»Sie arbeiten am Wochenende?« Conny war überrascht. Das kam eigentlich nur in dringenden Fällen vor oder wenn eine Leiche erst am Freitag gebracht wurde.

»Dr. Breuer wollte, dass die Leiche von Robert Welzer so schnell wie möglich freigegeben wird. Welzers Mutter ist schon eine ältere Dame. Er wollte sie nicht unnötig lange warten lassen, bis sie ihren Sohn unter die Erde bringen kann.«

»Verstehe.«

»Ich habe Kriminaloberkommissar Hansen nicht erreicht. Herr Paulsen war so freundlich, mir Ihre Nummer zu geben.«

»Paul war im Büro?« Das war ihr so herausgerutscht.

»Nein, ich habe seine Handynummer. Die hat er mir schon vor einer ganzen Weile gegeben.« So wie sie es sagte, konnte man den Eindruck haben, die Gründe dafür seien alles andere als dienstlicher Natur gewesen.

»Interessant. Dass Sie Hansen informieren wollten, meine ich. Dr. Breuer weiß doch, dass ich die Ermittlungen leite«, sagte Conny spitz.

»Wahrscheinlich hat er es mir sogar gesagt.« Die Frau lachte unbekümmert. »Der Mensch ist ein Gewohnheitstier. Sonst habe ich immer Kriminalhauptkommissar Paulsen oder eben Kriminaloberkommissar Hansen benachrichtigt. Wir hatten noch nicht das Vergnügen. So lange sind Sie ja auch noch gar nicht dabei in Stralsund.«

Conny versuchte, ihr Alter zu schätzen. Ende dreißig vielleicht oder Anfang vierzig, also Pauls Alter.

»Besser, Sie gewöhnen sich an mich.« Na wunderbar, jetzt hielt diese Fittkau sie bestimmt für eine verstockte Ziege, die verbissen um ihre Autorität kämpfte. »Was gibt es denn im Fall Welzer?«, fragte sie betont sachlich. »Ich bin über jede neue Erkenntnis froh«, ergänzte sie und lächelte sogar dabei.

»Wir haben die Kopfhaut gründlich untersucht und dabei winzige Spuren von Holz gefunden. Der Mann könnte also gegen einen hölzernen Gegenstand gefallen oder mit einem hölzernen Gegenstand niedergeschlagen worden sein. Wobei die leicht seitliche Lage der Schwellung kaum Schlüsse zulässt, welche Variante zutrifft.«

»Schade. Immerhin wissen wir, dass es Holz war. Besser als nichts.«

»Da ist noch etwas. Wir haben unter den Fingernägeln des Opfers Gewebespuren isoliert. Es hat vermutlich kein großer Kampf stattgefunden. Wie es aussieht, hat das Opfer dem Täter trotzdem einen kleinen Kratzer zugefügt. Vielleicht hat er Halt gesucht, ins Leere gegriffen und dabei den Körper des Täters gestreift.«

»Das sind gute Nachrichten. Hat das Material für eine DNS-Analyse gereicht?«

»Ja. Das Gewebe gehört zu einem männlichen Wesen, hellhäutig. Das wäre von unserer Seite alles. Kann die Leiche dann freigegeben werden?« Die Kollegin Fittkau war hörbar reserviert. Kein Wunder, Conny hatte sich nicht gerade von ihrer besten Seite präsentiert. Sie beschloss, sich ganz offiziell in Greifswald vorzustellen, wenn es ihre Zeit erlaubte, und dann hoffentlich einen besseren Eindruck zu hinterlassen. »Frau Lorenz?«

»Entschuldigung, ja, ja, die Leiche kann freigegeben werden.« Vera Swakowyak kam als Täterin also nicht in Frage. Hätte Conny auch sehr gewundert. Zumindest konnte sie es nicht allein gewesen sein. Worüber hatte sie noch nachgedacht, als der Anruf aus Greifswald kam? Ach ja, Welzers Finanzen. Es erschien ihr überaus plausibel, dass er mit den dicksten Fischen, denen er mit seinen Ergebnissen großen Schaden hätte zufügen können, einen für beide Seiten lukrativen Weg gefunden hatte, die Sache am Finanzamt vorbei zu regeln. Womöglich war er zu gierig geworden, und einer der Herren war der Ansicht, dass sich das Geschäft nicht mehr lohnte.

An diesem Wochenende telefonierte Conny noch mit Steuerfahnder Andreas Hamann. Bevor sie sich in eine Theorie verrannte, die in der Praxis gar nicht möglich war, nahm sie sein Angebot wahr, ihr das höchst komplizierte Steuerrecht ein wenig näherzubringen.

»Hamann, hallo?« Er hatte aber auch wirklich eine außergewöhnlich schöne Stimme, das war ihr schon bei der kurzen Begegnung in Stralsund aufgefallen.

»Conny Lorenz, guten Tag, Herr Hamann. Vielleicht erinnern Sie sich noch an mich, ich bin die Kriminalbeamtin, die den gewaltsamen Tod von Robert Welzer ermittelt.«

»Frau Lorenz, natürlich erinnere ich mich.« Die weiche Stimme bekam einen traurigen Unterton.

»Bitte entschuldigen Sie, dass ich Sie zu Hause störe. Wenn es Ihnen jetzt nicht passt, können wir auch einen Termin ausmachen.«

»Nein, nein, es passt schon. Es ist nur … Sie sagten eben gewaltsamen Tod. Dann steht es jetzt also fest, dass es kein Unfall war?«

»Ja, tut mir leid.«

Er holte tief Luft. »Was kann ich für Sie tun?«

»Sie hatten mir angeboten, mich ein wenig durch das Dickicht des Steuerrechts zu lotsen. Es gibt da etwas, das ich nicht verstehe.«

»Schießen Sie los!« Conny schilderte ihm, was sie von den Befragten zu hören bekommen hatte. »Das ist nicht ungewöhnlich«, erklärte er ihr, nachdem er sie geduldig hatte reden lassen. »Entweder sind Belege falsch gebucht worden, so dass es zu vermeintlichen Unstimmigkeiten kommt, die dann aber vom Tisch sind, wenn die Buchung korrigiert wurde. Oder die Unterlagen sind nicht vollständig. Auch das kommt häufig vor. Aufgrund der Prüfung fangen die Betroffenen an zu suchen, bringen fehlende Papiere bei, und wiederum ist die Sache erledigt. Eine dritte Variante ist die Selbstanzeige. Die ist dann möglich, wenn eine Steuerhinterziehung vorliegt, die noch nicht verjährt ist. In einem solchen Fall kann die betreffende Person Straffreiheit erlangen, wenn sie die nachzuholenden Angaben vollständig und selbstverständlich wahrheitsgemäß liefert. Eine Anklage wegen Steuerhinterziehung darf natürlich noch nicht vorliegen. Ob die Person letztendlich straffrei ausgeht, liegt zum Teil im Ermessen des ermittelnden Kollegen.« Das war genau das, was sie hören wollte.

»Es wäre also denkbar, dass Robert Welzer seinen Klienten diese Straffreiheit verschafft hat?«

»Schon möglich. Das ist leicht zu überprüfen. Die Herren müssten die Anzeige beim Finanzamt in Stralsund schriftlich eingereicht haben.«

»Wie sieht es denn aus, wenn die Situation nicht ganz so heikel ist? Ich meine, wenn es nicht zur Selbstanzeige kommt, aber bereits Unregelmäßigkeiten festgestellt wurden, die dem Geprüften eine Menge Ärger machen könnten. Hat der zuständige Prüfer dann auch einen Ermessensspielraum?«

»In sehr begrenztem Maße, ja. Allerdings wird er kaum allein entscheiden. Schon gar nicht, wenn der Beschuldigte eine Menge Ärger zu erwarten hat, wie Sie sagen.«

»Nehmen wir mal an, Robert Welzer hat Unsauberkeiten festgestellt, diese aber nicht an die große Glocke gehängt, sondern gegen ein hübsches Entgelt unter den Teppich gekehrt …«

»Sie verdächtigen Robert, ein Betrüger gewesen zu sein?« Er schnappte nach Luft, beherrschte sich aber. »Sie haben ihn nicht gekannt. Robert war ein anständiger und zuverlässiger Mensch. Der hätte sich nie bezahlen lassen, um etwas unter den Teppich zu kehren, wie Sie es nennen.«

»Herr Hamann, es geht mir nicht darum, einen Verdacht auszusprechen. Ich möchte vielmehr von Ihnen wissen, ob es jemandem in Welzers Position möglich wäre, Profit daraus zu schlagen. Stellen Sie sich vor, ein Mensch mit krimineller Energie säße auf Welzers Posten. Ist es denkbar, dass er sich bestechen lässt und dafür sorgt, dass seine Erkenntnisse für die Betroffenen keine negativen Konsequenzen haben, dass sich alles in Wohlgefallen auflöst?«

»Rein theoretisch wäre das möglich«, sagte er zögernd. »Robert hatte wie jeder in einer solchen Position Zugang zu Unterlagen und genug Fachwissen, um belastende Papiere verschwinden zu lassen oder manipulieren zu können. Aber praktisch würde ich meine Hände für ihn ins Feuer legen. Jeder seiner Kollegen würde das, da bin ich sicher!«

»Danke, Herr Hamann, Sie haben mir sehr geholfen. Dann wünsche ich noch ein schönes Wochenende.«

»Vielen Dank, das wünsche ich Ihnen auch. Ich hoffe, Sie müssen nicht nur arbeiten, sondern haben auch Zeit für Ihre Familie?«

»Meine Familie ist ziemlich übersichtlich.« Conny lachte. »In meinem Job ist es normal, am Wochenende zu arbeiten. Ich finde das nicht schlimm.«

»Sie haben keine Kinder?«, fragte Hamann nach.

»Nein.«

»Wie schade! Sie sollten sich welche anschaffen. Kinder sind das Großartigste, was es gibt.«

Nachdem Conny aufgelegt hatte, überlegte sie, ob sie sich eigene Kinder vorstellen konnte. Schnell schob sie den Gedanken beiseite.

Kaum dass Conny am Montag ihre erste Tasse Kaffee aus ihrem neuen Hiddensee-Becher getrunken hatte, erschien Staudinger in der Polizeistation.

»Guten Morgen, die Herrschaften«, grüßte er gut gelaunt. »Sie wollten mich sprechen – während der Dienstzeit – hier bin ich«, sagte er an Conny gewandt.

»Sehr gut. Können wir den Raum nebenan haben?«

Michael nickte. Er telefonierte bereits den ganzen Morgen.

»Gehen wir.« Conny ging voraus. Sie war noch keine zwei Wochen hier, doch es kam ihr vor, als arbeitete sie schon viel länger auf der Insel. »Bitte, nehmen Sie Platz.«

»Danke sehr.« Er wartete, bis sie sich gesetzt hatte, bevor auch er es sich bequem machte. Am Fenster segelte kreischend eine Möwe vorbei.

»Danke, dass Sie gekommen sind, Herr Staudinger. Ich werde auch nicht viel von Ihrem kostbaren freien Tag beanspruchen.«

»Aber ich bitte Sie, ich stehe Ihnen gerne zur Verfügung, so lange Sie es wünschen.« Flirtete er mit ihr? Oder wollte er nur genau diesen Anschein erwecken, um ihr Urteilsvermögen zu seinen Gunsten zu beeinflussen?

»Herr Staudinger, ich muss Sie der Vollständigkeit halber fragen, wo Sie am dritten Oktober waren?« Sie belehrte ihn über die Bedeutung seiner Aussage.

»Ich bin mir bewusst, dass man bei der Polizei die Wahrheit sagen muss. Und nichts als die Wahrheit.« Er setzte eine unschuldige Miene auf und lachte. »Im Ernst, Frau Lorenz, das sollte man doch zu jeder Zeit und jedem gegenüber, nicht?«

»Das wäre der Idealfall.«

»Also, ich muss überlegen. Am dritten Oktober sagten Sie?« Er dachte nach. »Natürlich, ich weiß schon. Das war Tag der Deutschen Einheit.« Er schlug sich mit der flachen Hand an die Stirn. »Manchmal ist man aber auch wie vernagelt. Wir hatten ein spezielles Arrangement für das lange Wochenende. Am zweiten Oktober haben wir eine Lieferung vom Großmarkt auf Rügen bekommen. Für mich hieß das, am nächsten Tag einige der Lebensmittel zu verarbeiten, die am Abend in einem Fünf-Gänge-Menü auf den Tisch gekommen sind. Ich habe sogar auf meine Pause verzichtet, um meine Mannschaft zu unterstützen. Ab siebzehn Uhr musste ich sowieso im Betrieb sein, um alles vorzubereiten, die Dekoration zu kontrollieren. Da war wirklich keine Luft für einen Mord.« Er lachte herzlich. »Deshalb fragen Sie doch, oder? Im Fernsehen ist das jedenfalls immer so.«

»Leider befinden wir uns hier in der Realität, Herr Staudinger. Da ist ein Tötungsdelikt eine ernste Sache.«

»Natürlich, entschuldigen Sie.« Er nickte »Recht haben's, mit so etwas macht man keine Späße.«

»Herr Staudinger, Sie haben gesagt, Sie hätten nicht mit Robert Welzer gestritten.«

»Das ist richtig«, antwortete er entschieden.

»Warum auch? Ihre Steuerangelegenheiten hatten sich geklärt, Sie hatten keine Scherereien zu erwarten. Grund genug, um sich Herrn Welzer gegenüber erkenntlich zu zeigen. Oder, wie sehen Sie das?« Nichts deutete darauf hin, dass er sich unbehaglich oder gar ertappt fühlte. In seinem Blick lag nur ein Hauch von Verwirrung.

»Das sehe ich nicht so. Ich meine, Herr Welzer hat seine Arbeit gemacht, das ist alles. Wofür sollte ich mich erkenntlich zeigen?« Verstand er wirklich nicht?

»Also ich kann mir vorstellen, dass einem ein Stein vom Herzen fällt, wenn es erst so aussieht, als müsse man womöglich eine größere Summe Steuern nachzahlen. Oder noch schlimmer: Wenn ein Steuerstrafverfahren im Raum steht.« Sie sah ihm in die Augen. »Dann ist die Erleichterung besonders groß, wenn ein freundlicher Prüfer Entwarnung gibt, denke ich mir.«

»Ja, das denke ich mir auch. Ich wäre in so einer Situation vor allem froh, dass ich mich nicht mehr drum zu scheren brauche. So eine Prüfung im Haus bedeutet doch zusätzliche Arbeit. Aber wenn ich weiß, dass meine Finanzen in Ordnung sind, brauche ich weder zu zittern noch hinterher dem Menschen vom Amt um den Hals zu fallen. Es sei denn, es wäre eine so attraktive Dame, wie Sie es sind. Dann könnte ich es mir überlegen.«

Conny ging nicht darauf ein. »Er hätte auch nichts davon, wenn Sie ihm um den Hals fielen. Mit einem Umschlag, in dem ein kleines Trinkgeld steckt, könnte er sicher mehr anfangen.«

Er sah sie lange an, bevor er antwortete. »Wahrscheinlich müssen Sie so kriminell denken, weil Ihr Beruf das erfordert. Aber ich werde Ihnen mal ein Beispiel sagen, damit Sie wissen, wie ich denke.« Sie zog erwartungsvoll die Augenbrauen hoch. »Sie fahren mit Ihrem Auto zum TÜV. Der Mensch, der die Untersuchung macht, kreuzt ein paar Mängel auf seinem Zettel an, weil das Warndreieck fehlt und der Verbandskasten. Außerdem müssten die Scheibenwischer demnächst getauscht werden, wofür Sie eine Frist gesetzt bekommen. Was tun Sie? Sie fahren nach Hause, wechseln die Wischblätter sofort, legen Verbandskasten und Warndreieck in Ihr Fahrzeug und werden erneut vorstellig. Sofort bekommen Sie die Plakette für Ihren Wagen. Natürlich, denn Ihr Auto ist in Schuss, und Sie haben dafür gesorgt, dass auch kleinste Defizite behoben sind. Zeigen Sie sich dem Mann gegenüber erkenntlich?«

Ein guter Vergleich, der ihr den Wind aus den Segeln nahm. Blieb die Frage, ob es sich bei Staudingers Steuerangelegenheiten nur um Lappalien wie Scheibenwischer oder ein fehlendes Warndreieck gehandelt hatte.

»Nein.« Sie konnte ein Lächeln nicht unterdrücken. »Der Punkt geht an Sie.«

»Wie viele Punkte brauche ich, um mit Ihnen ausgehen zu dürfen?«

»Zu viele.«

»Schade. Ich werde es trotzdem versuchen.« Seine Augen blitzten.

»Herr Staudinger, als wir uns zum ersten Mal begegnet sind, was haben Sie da im Wald gemacht? Sie haben nicht zufällig Pilze gesammelt?«

»Nein. Das wäre Ihnen nicht entgangen, denn dann hätte ich ein Körbchen bei mir gehabt wie Rotkapperl.« Bevor sie nachhaken konnte, sagte er: »In den Pilzen war ich schon am Tag zuvor. Und es hat sich gelohnt!«

»Ach ja? Sie sammeln also selber und kennen sich damit aus?«

»Ich bitte Sie, aber natürlich! Was gibt es Besseres als geschmorte Pilze frisch aus dem Wald?« Er schloss kurz die Augen, als könne er sie auf der Zunge schmecken. »Seit ich ein kleiner Bub war, habe ich Pilze gesammelt. Was das angeht, vertraue ich nur mir selbst. Außerdem: Ein besseres Geschäft kann ich gar nicht machen. Wussten Sie, dass es um Grieben herum besonders viele Champignons gibt? Grieben ist der älteste Ort der Insel, der Wortstamm Grib kommt aus dem Slawischen und bedeutet Pilz«, erklärte er.

»Interessant, das habe ich nicht gewusst.«

»Ich sagte ja schon, dass das Dorf unterschätzt wird.«

»Ein hübsches Dorf mit hübschen Häusern.« Conny nickte. »Ich bin sehr froh, dass ich dort eine Unterkunft gefunden habe. Apropos, was wollten Sie neulich vor dem Haus, in dem ich wohne?«

»Auwei, Sie haben mich erwischt.« Er senkte den Kopf. Trotzdem konnte Conny erkennen, dass seine Wangen sich leicht röteten.

»Allerdings!«

»Ich wollte Sie sehen«, flüsterte er. Dann räusperte er sich und sprach mit festerer Stimme weiter. »Ich wollte Sie wiedersehen, fragen, ob ich etwas für Sie tun kann, ob Sie sich einsam fühlen. Ich weiß schon«, kam er ihr zuvor, »Sie sind zum Arbeiten hier, nicht um sich zu amüsieren. Aber Sie sind auch nur ein Mensch, ein reizender, wenn ich das sagen darf. Ich hab halt gedacht, Sie mögen außerhalb der Dienstzeit vielleicht mal ein Gläschen Wein trinken, sich unterhalten.«

»Sie haben nicht angeklopft.«

»Nein, mir ist bewusst geworden, wie spät es schon ist. Wissen Sie, wenn man in der Gastronomie tätig ist, hat man einen anderen Rhythmus als die meisten Menschen. Das macht es einem nicht gerade leicht, Anschluss zu finden. Gehen Sie mal am Wochenende auf eine Feier, wenn Sie vorher die Küche putzen und absperren müssen. Dann verabschieden sich die ersten schon, und die anderen sind bereits betrunken.«

»Sie waren am Freitag im Rathaus und haben behauptet, Sie

hätten etwas im Tourismusbüro zu erledigen. Aber Sie sind unverrichteter Dinge gegangen. Wollten Sie da auch zu mir?«

»Schon wieder erwischt!« Er machte ein zerknirschtes Gesicht. »Als Sie sagten, dass Sie eine Aussage von mir erwarten, hat mich das etwas aus dem Konzept gebracht. Deshalb habe ich geschwindelt.«

Staudinger hatte ein Alibi und kein Motiv mehr. Es sei denn, sie könnte nachweisen, dass Welzer die Herren abkassiert hatte. Sie ließ ihn wissen, dass er sich keine Sorgen um ihre Abende machen solle. »Wenn ich mich einsam fühle, rufe ich meinen Lebensgefährten an«, erklärte sie unverblümt. Dann ließ sie ihn gehen.

»Hansen hat schon zweimal versucht, dich zu erreichen«, teilte Michael ihr mit, als sie an den Schreibtisch kam.

»Danke.« Sie wählte Hansens Nummer.

»Sind Sie sicher, dass der Welzer eine Flamme hatte?«, fragte der nach einer kurzen gewohnt kühlen Begrüßung.

»Warum hätte er es seinem Kollegen Brand sonst vormachen sollen?« Um eine Bestätigung des Märchens sicherzustellen, das er Vera erzählt hatte, für den Fall, dass diese im Finanzamt nachfragte, gab Conny sich selbst die Antwort.

»Woher soll ich das wissen? Der hat bestimmt ständig mit Frauengeschichten geprahlt.«

»Aber dieses Mal sollte es etwas Besonderes sein. Haben Sie Hamann erreicht?«

»Der konnte mir auch nicht weiterhelfen. Zwar hat er behauptet, er sei mit Welzer verabredet gewesen, weil der ihm die Neue vorstellen wollte, …«

»Also gab es doch eine Flamme«, fiel sie ihm ins Wort. »Warum stellen Sie das denn erst in Frage?«

»Der Welzer hat angeblich ein großes Geheimnis um die Dame gemacht. Klingt für meine Begriffe alles ziemlich windig.«

»Welzer wollte die große Unbekannte Hamann vorstellen?«

»Jo, sagt der jedenfalls. Aber dazu sei es dann ja nicht mehr gekommen.« Es entstand eine kurze Pause. »Vielleicht erscheint Ihre große Unbekannte am Mittwoch zur Beerdigung. Wenn es die wirklich gibt.«

»Die Beerdigung ist am Mittwoch? Wieso weiß ich nichts davon?«

»Weil die hier angerufen haben. Und nu wissen Sie's ja.«

Conny bat Paul telefonisch darum, ihr den Zugriff auf Welzers Konten, Gehaltsabrechnungen und Steuerdaten zu ermöglichen. Es konnte zwei oder drei Tage dauern, bis die zuständigen Behörden darüber entschieden und entsprechende Genehmigungen erteilten. Wenn sie Glück hatte, konnte sie am Mittwoch, wenn sie ohnehin auf dem Festland war, einen Blick darauf werfen. Welzers Wohnung würde sie sich auch vorknöpfen. Die Kollegen von der Spurensicherung hatten sich zwar schon darin umgesehen, denen ging es jedoch in erster Linie darum, ob es Anzeichen für eine Drohung oder Erpressung oder vielleicht einen Abschiedsbrief gab. In den sichergestellten Unterlagen hatte sich nichts gefunden, was man ihr weitergeleitet hatte, was dafür sprach, dass einfach nichts von Belang entdeckt worden war. Trotzdem, die Kollegen konnten etwas übersehen haben. Sie wollte sichergehen.

Marlene war unterwegs, um den Informanten zu treffen, der sich in der Kiosk-Sache zunächst anonym gemeldet, inzwischen aber seine Identität preisgegeben hatte. Michael hatte ebenfalls auswärts zu tun.

»Wäre toll, wenn du hier die Stellung halten könntest«, hatte er sie gebeten. »Manchmal lässt es sich nicht vermeiden, aber es ist immer ungünstig, wenn die Polizeistation nicht besetzt ist.«

Conny hielt die Stellung. Sie starrte aus dem Fenster. Regentropfen bedeckten die Scheibe, an der der Sturm zerrte. Die Welt da draußen war grau, Bäume und Sträucher mussten es sich gefallen lassen, dass ihnen die Blätter abgerissen wurden. Ihre Äste peitschten hin und her, die Ostsee, die sich bis zum Horizont erstreckte, wirkte bedrohlich dunkel und wild. Eigentlich machte ihr das trübe Wetter nichts aus, doch an diesem Tag verstärkte es Connys Gemütsverfassung. Sie kam mit diesem Fall nicht voran, fühlte sich blockiert, unfähig zu erkennen, was doch da sein musste. Sie hasste dieses Gefühl. Was nützte es ihr, als Jahrgangsbeste ihren Abschluss gemacht zu haben, wenn sie in der Praxis geistig zu träge war? Es fühlte sich an, als seien ihre Gedanken in eine Dauerschleife geraten, als habe ihr Verstand daraufhin den Dienst quittiert und sie im Stich gelassen. Wo war der entscheidende Hinweis in dieser Geschichte? Was hatte sie übersehen oder falsch eingeordnet? Es machte sie wahnsinnig, keine Antworten auf diese Fragen zu finden. Hin und wieder klingelte das Telefon. Ein aufgeregter Familienvater wollte wissen, wo das Fundbüro der Insel sei. Er habe seine Brieftasche und den Autoschlüssel verloren. Aber auf dem Festland brauchte er seinen Autoschlüssel doch wieder. Seine Brieftasche brauchte er sowieso. Und überhaupt, beides weg, das konnte doch nur auf einen Diebstahl hindeuten. Conny bat ihn, sich erneut zu melden, falls sein Eigentum nicht beim Fundbüro abgegeben worden war oder auf anderem Wege wieder auftauchte. Außerdem rief eine Vermieterin an, weil sie zwei Pärchen zu Gast hatte, die sich ihrer Meinung nach höchst eigenartig verhielten.

»Die kommen nie zum Frühstück, obwohl das im Preis enthalten ist. Außerdem sehen die Betten aus, als würden die sie gar nicht benutzen. Die sind immer schon gemacht, wenn ich da saubermachen will.« Einer sei so ein arabischer Typ, ergänzte sie im Flüsterton, mit nicht ganz heller Haut und schwarzen Haaren, der andere würde so komische offene Latschen tragen. »Bei dem Wetter! Da stimmt doch was nicht!« Conny war erstaunt darüber, weshalb die Leute hier die Polizei anriefen. Einerseits war ihr jedes Telefonklingeln zu viel, weil sie wegen irgendwelcher Belanglosigkeiten von ihrem Fall abgelenkt wurde, andererseits versteckte sie sich dankbar hinter den Routinearbeiten. Wenn nämlich Ruhe einkehrte, kam sofort die Frage zurück, ob sie noch einmal ganz von vorn anfangen musste. Konzentriere dich, sagte sie sich immer wieder. Wende an, was du gelernt hast. Sie zeichnete eine Tabelle, in der sie sämtliche Informationen und Fakten erfasste. In eine Spalte schrieb sie Zahlen, die angaben, wie zuverlässig die Quelle war, aus der die Information stammte. Die Verletzungen an Welzers Armen hatte sie mit eigenen Augen gesehen, und sie waren von der Rechtsmedizin bestätigt. In dem Feld stand also eine Eins für eine sehr zuverlässige Quelle. Hansens Aussage, Welzer sei ein Frauenheld ohne Moral gewesen, widersprach der von Vera Swakowyak, die ihn als jemanden beschrieb, der die Ehe achtete und Gewissensbisse hatte, wenn er ein Bündnis gefährdete, das vor Gott und den Menschen geschlossen worden war. Beide Aussagen waren extrem von einer subjektiven Ansicht geprägt, so dass die Zuverlässigkeit nicht einschätzbar war. Sie schrieb eine Drei in die Spalte.

Der Dienstag begann so trübe, wie der Montag geendet hatte, sowohl in Hinsicht auf das Wetter als auch auf Connys Gemütszustand. Als sie morgens die Polizeistation betrat, ahnte sie noch nicht, dass sich in wenigen Stunden einiges grundlegend ändern würde. Sie kam gerade vom Kaffeeholen zurück, balancierte drei Becher in das Büro und schob die Tür mit dem Fuß hinter sich ins Schloss.

»Sie haben Glück, Herr Paulsen, sie kommt eben zur Tür herein«, sagte Marlene und legte eine Hand über den Hörer. »Kriminalhauptkommissar Paulsen für dich. Willst du?«

»Natürlich.« Was war das denn für eine Frage? Ob Marlene sich hin und wieder verleugnen ließ?

»Sekunde, Herr Paulsen, ich stelle um auf den anderen Apparat.« Sie tippte zwei Tasten, schon klingelte es auf Michaels Schreibtisch.

»Lorenz, guten Tag.«

»Guten Morgen, Conny.« Seine Stimme klang warm, aber auch ernst. »Oberstaatsanwalt Kurtz möchte dich sprechen.« Pause.

»Genauer gesagt, möchte er eine Besprechung mit allen am Fall beteiligten Kollegen. Heute noch. Wann kannst du hier sein?«

»So eilig? Worum geht es denn?«

»Er hat die Unterlagen aus Welzers Wohnung überprüft. Mehr weiß ich noch nicht.«

»Kurtz selbst hat das gemacht?« Conny runzelte die Stirn. Ihr war natürlich bekannt, dass es dem zuständigen Staatsanwalt genehmigt war, Unterlagen zu lesen, die bei Wohnungsdurchsuchungen sichergestellt wurden. Mehr als das. Er war streng genommen der Einzige, der dies durfte, es sei denn, er beauftragte damit die ermittelnde Polizei. Genau das war gängige Praxis. Deshalb war Conny davon ausgegangen, dass auf Anordnung von Oberstaatsanwalt Kurtz die Sachbearbeiter in Stralsund das schriftliche Material gelesen hatten, das aus Welzers Wohnung stammte.

»Ich möchte so schnell wie möglich die Besprechung anberaumen. Wann kannst du hier sein?«, wiederholte er.

»Um halb sechs«, gab sie zurück. »Hätte ich früher Bescheid gewusst, hätte ich die Sieben-Uhr-Fähre genommen. Aber jetzt ist die um Viertel nach drei die nächste Möglichkeit.«

»Das ist zu spät. Ich gebe den Kollegen von der Wasserschutzpolizei Bescheid. Die sollen dafür sorgen, dass du um zwei Uhr hier bist. Passt das?«

»Natürlich, ich werde startklar sein.«

»Schön.« Nach einer kurzen Pause, ergänzte er: »Ich freue mich auf dich.«

Sie lächelte und sah zu Marlene hinüber, die mit gespitzten Ohren so tat, als studiere sie irgendwelche Unterlagen. »Ja, Herr Paulsen, das geht absolut in Ordnung. Bis nachher.«

Pünktlich um ein Uhr nahm ein Team der WSP Conny in Vitte an Bord. Eine Stunde später betrat sie die Kripo-Inspektion in Stralsund. Ihre Reisetasche ließ sie bei Pauls Vorzimmerdame Renate, einer Mittfünfzigerin, vor der jeder Respekt hatte, harte Brocken wie Hansen eingeschlossen.

»Die Herren sind schon drinnen«, sagte Renate mit bedeutungsvollem Blick auf Pauls Tür. Als Conny nach der Klinke greifen wollte, kam Renate ihr zuvor. Sie griff mit der linken Hand zu, an der ihr aufgrund eines Segelunfalls im Kindesalter zwei Finger fehlten. Die beiden Frauen standen nah beieinander. »Ich habe gehört, dass Herr Paulsen Ihre Arbeit ausdrücklich gelobt hat. Also, lassen Sie sich nicht ins Bockshorn jagen!«, raunte Renate ihr ins Ohr.

»Danke, Renate«, sagte Conny, während die ihr bereits die Tür öffnete. »Guten Tag, die Herren!«

»Guten Tag, Frau Lorenz. Schön, dass Sie pünktlich hier sein konnten.« Paul hatte sich erhoben, Hansen, Fedder und eine Handvoll Sachbearbeiter blieben sitzen und nickten ihr nur zu. Sie versuchte, in den Blicken der beiden zu lesen, doch Hansen und Fedder wichen ihr aus. Fedder rieb verstohlen sein Knie. Anscheinend waren seine Schmerzen an diesem Tag besonders schlimm. »Darf ich Ihnen Oberstaatsanwalt Kurtz vorstellen?«

Kurtz war ein schlanker Mann, den Conny auf etwa einsfünfundachtzig schätzte. Er hatte einmal dunkles Haar gehabt, das allerdings bereits ergraute. Seine Augen waren äußerst wach und auffallend blau, seine Gesichtszüge klassisch. Rein optisch passte er exakt in ihr Beuteschema.

»Frau Lorenz!« Er reichte ihr die Hand. »Schön, Sie endlich kennenzulernen, wir hatten noch nicht das Vergnügen.« Er sah ihr nicht ins Gesicht, sondern an ihr vorbei und setzte sich schnell wieder auf den Stuhl, von dem er sich gerade erst erhoben hatte.

»Nein, wir haben nur kurz telefoniert. Ich freue mich auch«, gab sie etwas unsicher zurück. Warum hatte sie das Gefühl, hier gleich unter Beschuss zu geraten?

»Bitte, nehmen Sie Platz.« Paul deutete auf den einzigen freien Stuhl in der Runde.

»Sie leiten also die Ermittlungen im Fall Robert Welzer. Eine große Aufgabe für eine junge Frau, die noch nicht lange im Einsatz ist.«

»Wie Sie wissen, verfüge ich durchaus über einige Jahre Berufserfahrung im mittleren Dienst, von meinem Hochschulabschluss ganz abgesehen. Ich bin nur in Stralsund neu, nicht im Beruf.« Sie bemerkte selbst, wie gereizt ihr Ton klang, und ärgerte sich darüber. Warum ging sie sofort in eine Verteidigungshaltung? Sie sah Hansen grinsen. Nicht ins Bockshorn jagen lassen, holte sie sich Renates Ratschlag in Erinnerung.

»Das ist mir bekannt. Ihnen eilt der Ruf voraus, sehr tüchtig zu sein, Frau Lorenz. Herr Paulsen hat mir bestätigt, dass er mit Ihren Ermittlungen sehr zufrieden ist.«

»Das freut mich«, sagte sie kurz, ohne Paul anzusehen. Sie faltete die Hände in ihrem Schoß und hoffte inständig, Kurtz würde nicht nach dem aktuellen Stand der Dinge fragen. In ihren Augen gab es nämlich überhaupt keinen Grund, zufrieden zu sein. Sie hatte nichts vorzuweisen.

»Ich habe gute Nachrichten, Frau Lorenz.« Zum ersten Mal sah er ihr in die Augen.

»Ach ja?« Sie beugte sich erwartungsvoll vor.

»Herr Paulsen hat Ihnen gesagt, dass ich die Unterlagen, die in Robert Welzers Wohnung sichergestellt wurden, gelesen habe?« Sie nickte. »Es waren Dokumente darunter, die respektable Unternehmer der Region in den Verdacht bringen sollten, Steuerstraftaten begangen zu haben.«

»In Verdacht bringen sollten?« Conny beobachtete ihn konzentriert. »Was meinen Sie damit?«

»Robert Welzer hat ganz offensichtlich Rechnungen, Quittungen und andere Belege während seiner Betriebsprüfungen in seine Tasche verschwinden lassen und mit nach Hause genommen. Dort hat er sie gescannt und am Computer derart verändert, dass sie die betreffenden Geschäftsleute belastet haben.« Er schlug die Mappe auf, die vor ihm lag, und schob jedem der Anwesenden einen dünnen Stapel Papier herüber. »Vergleichen Sie jeweils das Original mit der Fälschung, dann verstehen Sie sofort, wovon ich spreche.«

Conny studierte eine Kalkulation von Staudinger, in der es um Materialeinsatz und verkaufte Essen ging. Während auf dem Original etwa von einem Gewicht pro verkauftem Stück Fleisch von durchschnittlich hundertundachtzig Gramm ausgegangen wurde, war in der Fälschung von zweihundertundachtzig Gramm die Rede. Der Warenwert war also deutlich höher, die Einnahme dagegen blieb die gleiche. Das bedeutete weniger Gewinn, um nicht zu sagen sogar Verlust. Sie musste daran denken, was Staudinger gesagt hatte. Er sei wahrscheinlich zu billig, war seine Erklärung dafür, dass er trotz vieler Gäste rote Zahlen schrieb.

»Ich habe mit Herrn Staudinger gesprochen«, begann Conny. »Er hat mir versichert, dass Herr Welzer bei ihm zwar die eine oder andere Frage hatte, dass es Klärungsbedarf gab, aber am Ende sei alles in Ordnung gewesen.«

»Überrascht Sie das wirklich, Frau Kollegin?« Kurtz lächelte, was ihm sehr gut stand. »Wenn der feine Herr Welzer Originale durch seine manipulierten Unterlagen ersetzt und seine Opfer erpresst hat, dann hätte jeder von denen ein Mordmotiv. Das heißt, dass automatisch jeder von ihnen verdächtig ist. Glauben Sie nicht?«

»Nun ja …« Conny war nicht gerade überzeugt.

»Die logische Konsequenz: Jeder ist froh, dass der Erpresser erledigt ist, und hält schön den Mund, um nichts weiter mit der Sache zu tun zu haben. Vor allem, wenn er ein Alibi hat. Das haben Sie ja sicher überprüft, aber vielleicht gibt es jemanden, den Sie bisher noch nicht unter die Lupe genommen haben. In punkto Alibi, meine ich.«

»Wenn Welzer diese Leute überhaupt erpresst hat …« Weiter kam sie nicht.

»Sie haben die Unterlagen doch gesehen. Was sonst hätte er mit den gefälschten Papieren anfangen sollen?«

»Sobald wir Einblick in die Kontodaten von Robert Welzer haben, sind wir diesbezüglich vielleicht schlauer«, meldete sich Paul zu Wort.

»Oder auch nicht. Es würde mich wundern, wenn jemand, der beruflich mit Finanzen befasst ist, sich unrechtmäßig erworbene Geldbeträge überweisen ließe. Herr Welzer scheint ein cleverer Bursche gewesen zu sein. Ich wette, der hat sich bar bezahlen lassen.« Für Staatsanwalt Kurtz lag der Fall anscheinend auf der Hand.

»Dann müsste Bargeld in größeren Mengen in seiner Wohnung gelegen haben. Die möchte ich mir sowieso noch ansehen, aber ich kann mir nicht vorstellen, dass so etwas Bedeutendes übersehen worden ist.«

Einige Kollegen nickten. Conny fühlte sich dennoch unbehaglich. Sie hatte das Gefühl, gerade in eine vollkommen falsche Richtung geschoben zu werden. Gern hätte sie sich mit mehr Kraft dagegen gestemmt, nur kannte sie die richtige Richtung leider selbst noch nicht.

»Schon mal was von einem Schließfach gehört?« Hansen sah sie geringschätzig an. »Es gibt nicht viel Gutes, was sich über Welzer sagen lässt, aber Grips hatte er wohl. Der hat sein Schäfchen nicht nur ins Trockene, sondern auch in Sicherheit gebracht. Darauf wette ich.«

»In dem Bericht der Kollegen war nicht die Rede von einer teuren Einrichtung oder Prunk irgendwelcher Art«, gab Conny zu bedenken. »Der soll Leute erpresst, das Geld irgendwo deponiert, aber kaum angerührt haben?« Sie schüttelte den Kopf. Nein, das war vollkommen unglaubwürdig. Verbrecher, die sich Geld beschafften, legten das nicht zur Seite. Es sei denn, sie hätten vor, das Land zu verlassen, irgendwo ein neues Leben in Luxus zu beginnen. Ziemlich unwahrscheinlich, dass das auf Welzer zutraf, aber ausgeschlossen war es natürlich nicht.

»Es gehört zu Ihren Aufgaben, liebe Kollegin, herauszufinden, wie viel er von seinen Opfern erpresst hat, wo das Geld geblieben ist und wer von den Opfern kein Alibi hat«, stellte Kurtz fest. »Sie setzen am besten bei Jochen Wulff an. Der Name sagt Ihnen etwas?«

»Natürlich, Wulff ist Bauunternehmer auf Rügen. Ich habe mit ihm gesprochen.«

»Er hat sich nach Ihrem Besuch bei der Staatsanwaltschaft gemeldet und ausgesagt, dass er erpresst wurde.« Kurtz' Blick war fest auf die Mappe gerichtet, die vor ihm auf dem Tisch lag.

Conny versteifte sich. »Wulff hat eine Aussage gemacht?« Sie starrte von Kurtz zu Paul, der ihr mit einem winzigen Schulterzucken zu verstehen gab, dass diese Information auch für ihn neu war. »Warum haben Sie ihn nicht an mich verwiesen?«, fragte sie scharf. Einige der Kollegen machten sich Notizen.

»Seine Aussage passte perfekt zu dem Material, das ich gefunden habe. Deswegen habe ich um diese Besprechung gebeten.« Er schlug die Mappe zu und sah sie an. »Machen Sie einen Termin mit Wulff und lassen Sie sich von ihm so viele Einzelheiten geben, wie Sie kriegen können.« Er erhob sich, sofort stand auch Paul auf. »Ach, Frau Lorenz?«

Conny erhob sich langsam. »Ja?«

»Ich möchte ab sofort über jeden Ihrer Schritte und vor allem Fortschritte unterrichtet werden.« Kurtz lächelte sie kühl an. »Über jeden«, wiederholte er mit Nachdruck. »Ist das angekommen?«

»Wenn Sie mit meiner Arbeit nicht zufrieden sind, dann sagen Sie es mir bitte ganz offen. Ich kann damit umgehen.« Conny funkelte ihn an.

»Aber ich bitte Sie, Frau Lorenz, wie kommen Sie denn darauf? Wie ich hörte, haben Sie die Hochschule als Beste Ihres Jahrgangs abgeschlossen. Da muss ich Ihnen doch nicht ernsthaft Befugnisse und Hierarchien erklären?«

Was für ein Widerling, schoss es ihr durch den Kopf. Sie setzte zu einer Antwort an, Paul kam ihr jedoch zuvor.

»Frau Lorenz ist selbstverständlich ebenso wie dem Rest des Kollegiums bekannt, dass die Staatsanwaltschaft die Leitungsbefugnis innehat. Sie müssen zugeben, Herr Kurtz, wie ungewöhnlich es ist, wenn diese konkret wahrgenommen wird.«

»Ungewöhnlich, aber in diesem Fall angebracht«, entgegnete Kurtz streng. Hansen grinste. Fedder, der sich inzwischen schwerfällig von seinem Stuhl erhoben hatte, warf Conny einen raschen Blick zu, der mit viel Fantasie Solidarität ausdrücken sollte.

»Wie Sie meinen, Herr Kurtz. Frau Lorenz und die Mannschaft werden Sie gerne auf dem Laufenden halten und die Ermittlungen mit Ihnen koordinieren.«

»Ich soll mit diesem arroganten Sesselhocker die Ermittlungen koordinieren?« Sobald Conny hörte, wie Paul zur Wohnungstür hereinkam, platzte sie los. Nur mit größter Mühe hatte sie den Rest des Tages überstanden, ohne ihm bereits in der Inspektion eine Szene zu machen. Zu allem Überfluss hatte er auch noch länger gearbeitet, so dass sie in seiner Wohnung auf ihn hatte warten müssen. Häppchen war ihr zur Begrüßung zwar um die Beine gestrichen, hatte sich jedoch schnell auf seine Decke zurückgezogen, die Paul für ihn auf eine Ecke des Sofas gelegt hatte. Nicht einmal in die Küche war er ihr gefolgt. Der Kater schien zu spüren, dass es in Conny brodelte. Den Grund konnte das Tier natürlich nicht wissen, aber es war ja möglich, dass er mit ihm zu tun hatte, so zog es den kontrollierten Rückzug vor.

Paul lehnte seine Aktentasche an das Bänkchen, das neben der Garderobe stand. Danach hängte er seinen Mantel auf den Bügel und faltete den grauen Schal zu einem Päckchen, das er auf die Hutablage legte, die über den Garderobenhaken angebracht war.

»Was soll das?« Sie war eine Nuance lauter geworden und stand mit verschränkten Armen in der Küchentür.

»Ich komme zu Hause an, lege ab«, erklärte er ruhig.

»Du weißt genau, was ich meine.« Seine Gelassenheit konnte sie aber auch wirklich in den Wahnsinn treiben. »Frau Lorenz wird sie gerne auf dem Laufenden halten«, säuselte sie. »Von wegen!«

Er baute sich vor ihr auf und sah ihr in die Augen. »Punkt eins: Wenn ich nach Hause komme, möchte ich von meiner Lebensgefährtin begrüßt werden, nicht von meiner Mitarbeiterin. Punkt zwei: Der Staatsanwalt hat Leitungsbefugnis. Wenn er sie wahrnehmen will, entspricht das gültigen Regeln und hat absolut seine Ordnung.«

»Ordnung!«, unterbrach sie ihn wütend. »Könntest du einmal etwas wichtiger nehmen als deine geliebte Ordnung?«

Paul sah sie enttäuscht an, trotzdem fuhr er ungerührt fort: »Punkt drei: Wir haben uns darauf geeinigt, Privates und Dienstliches zu trennen. Punkt vier: Ich akzeptiere diesen Ton nicht in meiner Wohnung.«

Conny hätte platzen können. »Punkt eins und Punkt drei kannst du zusammenfassen«, fauchte sie.

Er legte die Stirn in Falten und dachte nach. »Nein«, sagte er dann. »Es ist nicht das Gleiche.«

Sie sah ein belustigtes Funkeln in seinen Augen und spürte, wie der Druck nachließ. »Na gut, dann eben vier Punkte«, entgegnete sie und klang schon wieder etwas friedlicher.

»Es ist spät geworden, und ich habe nicht eingekauft. Der Tag ist anders gelaufen als geplant. Gehen wir essen?«

»Du hast doch bestimmt eine eiserne Reserve im Gefrierfach.« Sie hatte keine Lust, in ein Restaurant zu gehen. Dazu war ihre Laune zu schlecht. Vor allem wollte sie die dienstliche Angelegenheit unbedingt mit ihm klären. Wenn das auch gegen Punkt drei verstieß. Dafür war ein Restaurant einfach nicht geeignet.

»Der Vorrat ist für Notfälle. Das hier ist keiner.«

»Für mich schon. Paul, das ist mein Ernst, ich befinde mich in einer Notlage. Zumindest befinde ich mich in einer echt beschissenen Situation und will die schleunigst ändern.«

»Ich mag es nicht, wenn du solche Ausdrücke benutzt.«

Ihre Wut kam zurück. »Ich auch nicht«, sagte sie böse. »Nur irgendwie muss ich dich doch aus der Reserve locken. Du hast mich vorhin im Büro bloßgestellt. Darüber müssen wir reden, nicht über Vorräte oder Essen.« Sie merkte, wie sich ein Kloß in ihren Hals schob.

»Wenn du das so empfindest, müssen wir das tatsächlich besprechen. Ich habe dich keinesfalls bloßgestellt.« Sein Blick war warm und liebevoll. Er war nicht ihr Gegner. Conny schluckte.

»Es ist aber so bei mir angekommen«, sagte sie leise und hatte Angst, weinen zu müssen. Das wäre absolut kontraproduktiv.

»Vorschlag: …« Er nahm ihre Hand. »Ich bestelle uns etwas beim Vietnamesen. Ich habe nämlich Hunger. Während wir warten, können wir dein Problem klären.«

»Mein Problem?« Das hörte sich an, als sei sie selbst das Problem.

»Das Problem«, korrigierte Paul sich.

»Einverstanden.« Conny entzog ihm ihre Hand. »Ich nehme das, was du nimmst«, sagte sie, schlängelte sich an ihm vorbei und ging ins Wohnzimmer. Sie ließ sich neben Häppchen auf dem Sofa nieder und kraulte ihm den Pelz. Augenblicklich begann er zu schnurren. Conny schloss die Augen. Dieses Geräusch hatte etwas Beruhigendes. Sie atmete mehrmals ganz bewusst tief ein und aus und genoss den vibrierenden warmen Fellberg, während Paul mit dem asiatischen Imbiss telefonierte. Als er mit einer Karaffe Wasser und zwei Gläsern zu ihr kam, hatte sie sich einigermaßen im Griff. Paul setzte sich auf Häppchens freie Seite und begann ebenfalls ihn zu kraulen.

»Hallo, Kater«, begrüßte er ihn. Das Tier hatte sich auf den Rücken gedreht und machte sich immer länger. Wenn er sich noch weiter streckte, würde sein Hinterteil vom Sofa rutschen. Pauls Fingerspitzen berührten Connys Hand. Als würde er es nicht bemerken, kraulte er ihren Handrücken, den Arm hinauf, bis seine Finger ihre Schulter erreicht hatten. »Du bist verspannt«, stellte er fest. »Leg dich hin, dann massiere ich dich.«

»Nein, Paul, jetzt nicht. Erst will ich reden.«

»Wie du meinst.« Er zog seine Hand zurück und schenkte ihnen ein. »Was macht dich so wütend?«

»Alles. Hansen und Fedder machen mir das Leben schwer. Besonders Hansen. Sie weigern sich, vernünftig mit mir zu kooperieren. Und dann fällst du mir auch noch in den Rücken und bittest ausgerechnet Hansen, zu Wulff zu gehen.« Paul wollte sich rechtfertigen, aber Conny musste erst loswerden, was sie auf dem Herzen hatte. »Dieser Fall ist nicht ohne. Ich brauche eine Mannschaft, die hinter mir steht und mich unterstützt, statt es mir zusätzlich schwerzumachen. Jetzt taucht auch noch dieser Kurtz auf und mischt sich ein«, schimpfte sie. »Wenn ich etwas nicht gebrauchen kann, dann so einen aalglatten Klugscheißer. Ich will ihn nicht über meine sämtlichen Arbeitsschritte informieren«, sagte sie und gab sich alle Mühe, nicht trotzig zu klingen.

»Du hast keine Wahl.« Paul trank sein Glas in einem Zug leer. Ihm war an diesem Tag offenbar nicht nur zum Essen zu wenig Zeit geblieben. »Warum willst du das nicht?«, fragte er, füllte sein Glas erneut und ging ins Schlafzimmer. Conny wusste genau, was er dort tat. Das Büro-Outfit landete auf dem stummen Diener, Paul schlüpfte in die weite Baumwollhose und einen bequemen Pullover.

»Wie soll ich das erklären?«, rief sie laut, damit er sie im Schlafzimmer verstehen konnte. »Mit der ganzen Sache stimmt etwas nicht. Ich habe Angst, dass dieser Staatsanwalt auf dem falschen Dampfer ist, sich davon aber nicht abbringen lässt. Er bekleidet einen wichtigen Posten und ist eine Autorität. Ehe wir uns versehen, hat er das gesamte Team auf die falsche Spur geschickt.«

»Was soll mit der Sache nicht stimmen?« Er kam zurück und sah sie aufmerksam an.

»Einfach alles. Wieso hat Kurtz die Unterlagen selbst durchgesehen, anstatt sie von Sachbearbeitern lesen zu lassen? Wie ist er so schnell darauf gekommen, dass es Originale und Fälschungen gibt? Die werden doch nicht hübsch übereinander abgeheftet gewesen sein.«

»Kurtz sagte mir, eine Rechnung habe im Scanner gelegen. Daraufhin hat er sich den Computer von Robert Welzer angesehen und Dateien mit den Namen seiner Mandanten entdeckt.«

»Wenn ich Material, das ich eigentlich gar nicht zu Hause haben dürfte, scanne, um jemanden zu erpressen, dann achte ich sorgfältig darauf, dieses Dokument hinterher zu vernichten oder zumindest aus meiner Wohnung zu entfernen.«

»Er war eben kein Profi. Wer weiß, vielleicht hat es damit angefangen, dass ihm jemand Geld geboten hat, wenn er Unregelmäßigkeiten übersieht. Dann hat er eventuell von sich aus vorgeschlagen, den einen oder anderen Beleg verschwinden zu lassen. Irgendwann ist ihm dann die Idee gekommen, wie er sich auch dann etwas dazu verdienen kann, wenn sämtliche Papiere in Ordnung sind. Ist doch möglich, dass diese Masche noch ganz neu war.«

»Nein, gerade dann wäre er extrem vorsichtig vorgegangen, hätte jeden Arbeitsschritt mehrfach kontrolliert.«

Das Essen kam. Sie setzten sich an den Küchentisch. Conny stocherte lustlos mit ihren Stäbchen in dem Gemüsereis herum.

»Diese ganze Erpressungssache ist nicht stimmig«, nahm sie den Faden wieder auf.

»Sie ist Fakt«, widersprach Paul.

»Das behauptet dieser Wulff.«

»Du glaubst ihm nicht?«

»Nein.« Sie sah ihm in die Augen. »Warum musstest du ausgerechnet Hansen den Auftrag geben, mit Wulff zu sprechen? Ich habe deutlich gesagt, dass ich das selbst erledigen will.«

»Ihr seid ein Team. Du kannst nicht alles selbst machen. Ich halte es für wichtig, dass du morgen auf die Beerdigung gehst. Danach hast du auf Hiddensee genug zu tun.«

»Hansen kannte Welzer und konnte ihn nicht leiden. Er ist total voreingenommen. Es kann doch sein, dass Wulff auch ein Interesse daran hat, Welzer in einem schlechten Licht darzustellen. Deshalb verbreitet er dieses Erpressungsmärchen. Hansen wird sich gierig darauf stürzen und kein Detail in Frage stellen.«

»Zunächst einmal halte ich Hansen für einen Profi. Ich arbeite mit ihm zusammen, seit ich in Stralsund angefangen habe. Er lässt sich nicht von persönlichen Ansichten leiten.« Conny holte Luft, um zu widersprechen, doch Paul ließ sich nicht aus dem Konzept bringen. »Des Weiteren haben wir es hier nicht mit einem Märchen zu tun, Conny. Kurtz hat Beweise, die aus Welzers Wohnung stammen.«

»Was ist, wenn Wulff die dort deponiert hat? Nach Welzers Tod.« Sie dachte nach. »Das habe ich damit gemeint, dass Kurtz auf dem falschen Dampfer sein könnte. Jemand will ihn vielleicht glauben lassen, dass Welzer ein Erpresser war. Und er fällt darauf herein.«

»Wenn es so ist, wirst du es herausfinden. Du kannst das.« Er sah sie an. In seinem Blick lag eine große Portion Überzeugung. »Du hast die Leitung in diesem Fall nicht, weil du meine Lebensgefährtin bist, sondern weil du gut bist.« Wenn sie nur selbst so sehr an ihre Fähigkeiten glauben könnte. »Was ich noch nicht verstehe, ist, warum du dich so gegen die Zusammenarbeit mit Kurtz sträubst. Wenn du Beweise hast, die in eine völlig andere Richtung deuten, dann wird er seine Meinung ändern.«

»Das Gefühl habe ich nicht.« Sie seufzte tief. »Anfangs dachte ich, der Fall wäre schnell klar: ein Betriebsprüfer, mehrere Herrschaften, die gerne Steuern sparen möchten, ein Mord. Da hat jemand den Mann vom Finanzamt aus dem Weg geräumt. Geld ist immer ein Motiv. Je länger ich mich damit beschäftige, desto mehr schmilzt aber genau dieses Motiv dahin. Sei doch mal ehrlich, Paul, um Steuerhinterziehung zu vertuschen, bringt man keinen um. Ein anderer Prüfer würde die Angelegenheit übernehmen, der Schwindel käme doch ans Licht.« Sie schob ihren Teller von sich.

»Du hast kaum gegessen.«

»Ich habe keinen Appetit. Und Erpressung? Würdest du dich von einem Steuerprüfer erpressen lassen? Nie im Leben«, antwortete sie für ihn. »Jeder halbwegs gescheite Mensch würde sich von seinem Händler die Originaldokumente beschaffen, die Welzer angeblich entwendet und verändert hat. Damit würde man zum Finanzamt gehen und Welzer ans Messer liefern, statt ihn zu töten.«

»Klingt plausibel.« Paul räumte seinen leeren Teller in die Spülmaschine und füllte den Rest von Connys Essen in eine kleine Glasschale, die er in den Kühlschrank stellte. »Leider denken Täter nicht immer logisch. Du weißt genauso gut wie ich, dass so mancher überreagiert oder sich sogar vollkommen unsinnig verhält, wenn er mit dem Rücken zur Wand steht. Es ist, wie es ist. Sag Hansen auf jeden Fall, er soll Wulff diesbezüglich ordentlich in die Mangel nehmen.«

»Lass mich selbst zu Wulff fahren, bitte! Von Schaprode fahren ständig Schiffe hinüber nach Hiddensee. Ich setze mich nach der Beerdigung ins Auto, besuche Wulff und bin nicht später auf der Insel, als ich es wäre, wenn ich die Fähre von Stralsund nehmen würde.«

»Unter einer Bedingung«, erwiderte Paul nach zwei Sekunden Bedenkzeit. Conny sah ihn erwartungsvoll an. »Wir machen jetzt endlich Feierabend.«

»Einverstanden!«

»Sehr schön. Stört es dich, wenn ich ein Glas Wein trinke?«

»Nein, ich glaube, heute würde ich sogar auch eins trinken.«

»Gern.« Geräuschlos bewegte er sich auf seinen dicken Strümpfen durch die Wohnung, holte Weingläser und eine Flasche. »Und wie wäre es jetzt mit einer Massage?«, bot er an, nachdem er eingeschenkt und konzentriert den Duft des Spätburgunders geprüft hatte.

»Gute Idee. Ich glaube, ich bin hart wie ein Brett.« Conny zog ihre Bluse aus und legte sich bäuchlings auf das Sofa. Sofort war Häppchen bei ihr und stupste mit seiner Nase gegen ihre Stirn.

»O nein, Kater, jetzt gehört Frauchen mir«, sagte Paul leise, packte den Kater und setzte ihn auf den Fußboden. Sein Maunzen half nicht, also verzog Häppchen sich auf den freien Sessel. Paul schob die Träger von Connys BH zur Seite und verteilte eine duftende Körpermilch auf ihren Schultern. Conny spürte, wie sich mit jedem Atemzug die Anspannung löste und durch ihre Lungen entwich. Sie fühlte seine warmen Hände, die um ihre Schulterblätter kreisten. Der Druck auf Muskeln und Sehnen war genau richtig. Würde Paul ihn verstärken, würde es weh tun, ließe er nach, hätten seine Handgriffe keinen Effekt.

»Das tut gut«, murmelte sie in das Kissen. Paul bearbeitete mit knetenden Bewegungen ihre Wirbelsäule. Er löste den Verschluss ihres BHs, strich kraftvoll über ihre Rippen bis hinab zum Bund ihrer Hose. Keinen Millimeter, den er erreichen konnte, ließ er aus, schob und walkte mit Fingerkuppen und Knöcheln, rieb mit der flachen Hand, schlug mit den Handkanten. Schließlich wurden seine Massagegriffe zärtlicher.

»Von wegen hart wie ein Brett, du fühlst dich herrlich weich an«, flüsterte er und ließ seine Fingerspitzen zart über ihre Hüften gleiten, dann aufwärts über den Ansatz ihrer Brüste. Conny stöhnte wohlig. Sie drehte sich auf den Rücken, so dass seine Hände auf ihren Brüsten landeten. Sein Gesicht leuchtete voller Vorfreude. Schnell griff er nach ihren Brustwarzen und drückte sie mit Daumen und Zeigefinger. »Ich nehme alles zurück«, sagte er heiser, »die sind doch ziemlich hart. Ich glaube, die können eine Extramassage vertragen.«

»Nicht nur die«, hauchte Conny und zog ihn an sich. Sie mochte es, das Gewicht seines trainierten Körpers auf sich zu spüren. Ihre Zunge spielte mit seinem Ohrläppchen.

»Ich denke, du hast keinen Appetit«, murmelte Paul und küsste ihren Hals.

»Auf den Nachtisch schon.«

Kapitel 6

Ungebetener Besuch

Bereits der Parkplatz vor dem Haupteingang des Stralsunder Zentralfriedhofs war auffallend voll gewesen. In der Trauerhalle, die Conny durch das markante Portal, das an eine Flamme oder ein aufrecht stehendes Blatt erinnerte, betreten hatte, war das nicht anders. In der ersten Reihe saß einsam eine große schlanke Frau mit welligem grauem Haar. In den Bänken dahinter drängten sich die Trauergäste. Conny erkannte Brand und Hamann. Letzterer hatte zwei Frauen an seiner Seite. Vermutlich hatten sich die Kollegen aus dem Finanzamt getroffen, um gemeinsam hineinzugehen und beieinander sitzen zu können. Vera Swakowyak hatte es sich nicht anders überlegt. Sie ersparte sich den Anblick des Eichensargs, auf dem ein riesiges Gesteck aus weißen Rosen lag. An Metallgestellen links und rechts von dem Sarg waren Kränze befestigt, deren Schleifen in Weiß und Grün glänzten. Jemand hatte sie sorgsam in Szene gesetzt, damit der Betrachter die letzten Grüße lesen konnte. *Von den Kollegen*, stand da. Auch die Jungs vom Segelverein *Die Freizeitkapitäne* und Sportfreunde eines Tennisvereins hatten sich den Abschied etwas kosten lassen. In achtarmigen Leuchtern brannten Kerzen. Conny setzte sich in die letzte Reihe und notierte die Namen. Hamann hatte seinem Kollegen eine Schale vor eines der Metallgerüste stellen lassen. In schwarzen Buchstaben war *Von deinem Freund Andreas Hamann mit Sylvia und Kim* auf die weiße Schleife gestickt. Conny sah zu dem Mann mit der angenehmen Stimme hinüber.

Eine der beiden Frauen, zwischen denen er saß, sah recht jung aus, soweit sich das aus Connys Perspektive sagen ließ. Doch keine Kolleginnen, vermutete sie, sondern wahrscheinlich Frau und Tochter. Es war ein grauer Tag, an dem es nicht hell werden wollte. Sprühregen hatte dafür gesorgt, dass Mäntel und Jacken auf dem langen Weg zur Trauerhalle klamm geworden waren. Conny fröstelte. So erging es auch manch anderem, der den Kragen hochschlug oder sich eng an seinen Begleiter schmiegte, um ein wenig Wärme und wohl auch Trost zu finden. Mit gedämpften Stimmen wurde getuschelt. Conny kannte das schon. Wenn einer eines natürlichen Todes starb, unterhielten sich die Trauergäste ebenfalls leise, um ihrer Anspannung ein Ventil zu bieten. Bei einem Tötungsdelikt klang das Wispern eine Spur aufgeregter, bestürzter, fassungsloser. Ein Saxophon ertönte. Conny erkannte *My Way*. Sie zog missbilligend die Augenbrauen hoch. Wenn es ein Lied gab, das sie auf einer Beerdigung unerträglich fand, dann war es dieses. Das Tuscheln erstarb, das junge Mädchen zu Hamanns Linken schluchzte laut auf. Sofort legte er einen Arm um sie. Welzer musste wirklich ein guter Freund der Familie gewesen sein. Eigentlich war dieser Ort für Befragungen tabu, doch Conny würde versuchen, Hamann nach der Zeremonie wenigstens kurz zu sprechen. Sie hatte gehofft, dass eine Frau im Raum wäre, die weinte, wie man nur um eine verlorene Liebe weint, die keine Chance bekommen hatte, richtig gelebt zu werden. Ja, Conny hatte sich sogar gewünscht, dass Welzers Freundin neben seiner Mutter saß. Doch das war nicht der Fall. Frau Welzer war in ihrem Schmerz allein. Kerzengerade saß sie da und führte nur ab und zu ein Taschentuch an ihre Augen. Mit Kirche oder Religion oder beidem hatte sie offenbar nicht viel im Sinn, oder sie wusste von ihrem Sohn, dass er dafür nichts übrig gehabt hatte, und respektierte das.

Jedenfalls trat kein Pastor, sondern ein Trauerredner vor die Versammelten und begann, von Robert Welzer zu erzählen, dessen Familie aus Stralsund stammte. Er erwähnte, dass Frau Welzer einige Jahre nach dem frühen Tod ihres Mannes weggezogen war. Nun musste sie ihrer alten Heimat also einen Besuch abstatten, um von ihrem Sohn Abschied zu nehmen. Der Redner trug eine Glatze, einen Vollbart und eine achteckige Brille, hinter der seine Augen fröhlich leuchteten. Conny fand, dass er seine Sache gut machte. Er ließ das Bild eines lebensfrohen Mannes entstehen, gab Anekdoten wieder, die den einen oder anderen sogar zu einem leisen Lachen animierten. Auf religiöse Auslegungen verzichtete er, trotzdem gelang es ihm, philosophische Worte über das Leben und den Tod als dessen Bestandteil zu finden. Schließlich war die Prozedur überstanden, die Sargträger in schwarzen Anzügen räumten die Gestecke zur Seite und brachten den in Holz gebetteten Toten nach draußen. Conny ließ die Trauergemeinde an sich vorüber ziehen. Zuerst Frau Welzer, dann die Kollegen und Vereinskameraden. Ein Heer von Frauen, wie man es aufgrund von Hansens Erzählungen hätte erwarten können, war nicht dabei. Hamann hatte seine Frau und seine Tochter – als Conny die Gesichter sehen konnte, zweifelte sie nicht daran, dass es Frau Hamann und Tochter waren – untergehakt. Beide weinten leise vor sich hin.

Der Sprühregen hatte sich zu einem scheußlichen Nieseln verstärkt. Einige spannten schwarze Schirme auf, andere neigten einfach den Kopf und ertrugen die Nässe, die Kleider schwer werden ließ und Haare an feuchte Gesichter klebte. Da das Begräbnis ohne kirchlichen Beistand vonstatten ging, wurde der Sarg wortlos in die Erde hinabgelassen. Auch danach richtete keiner mehr das Wort an die Trauernden. Frau Welzer warf mit einer kleinen Schaufel Sand in das Grab und trat einen Schritt zurück. Eine Träne lief ihr über die Wange. Davon abgesehen wirkte ihre Miene gefasst, beinahe kühl. Conny sah sich um. In Filmen kam es nicht selten vor, dass jemand, der ein besonderes Verhältnis zu dem Verstorbenen hatte, auf dem Friedhof auftauchte, der Beisetzung aber aus großer Entfernung beiwohnte. In *Die Vorahnung* mit Sandra Bullock war das beispielsweise so. Conny ließ ihren Blick wieder und wieder über die Reihen der Gräber wandern, doch die Realität machte ihr einen Strich durch die Rechnung. Keine trauernde Unbekannte, niemand, der sich auffällig verhielt. Hier gab es nichts mehr, was sie weiterbringen würde. Verstohlen sah sie auf ihre Uhr. Sie würde sich Welzers Wohnung vornehmen und dann Wulff einen Besuch abstatten. Conny wendete sich bereits zum Gehen, überlegte es sich im letzten Moment jedoch anders.

»Mein Beileid.« Einem Impuls folgend war Conny in die Reihe der Kondolierenden getreten und reichte Frau Welzer die Hand. Mit der anderen fischte sie eine Visitenkarte aus ihrer Manteltasche und reichte sie der Mutter des Toten. »Nur für den Fall, dass Ihnen etwas von Interesse einfällt. Nicht heute oder morgen, nehmen Sie sich Zeit, bitte. Entschuldigen Sie, Ihnen erscheint das vielleicht unpassend. Aber eventuell möchten Sie auch etwas wissen, haben Fragen, dann können Sie mich erreichen.« Conny hasste es, mit Angehörigen zu reden. Deren Schmerz war unermesslich groß. Es gab nichts, was man sagen konnte, um ihn zu lindern. Also beschränkte sie sich auf ein freundliches Lächeln. Nicht einmal das kam bei Frau Welzer an, denn die warf bereits einen Blick auf die Karte und steckte diese dann in die Tasche ihres Lodenmantels.

»Keine Mutter sollte ihr Kind zu Grabe tragen«, sagte sie und blickte Conny in die Augen. »Bringen Sie den, der das zu verantworten hat, hinter Gitter.« Genau das wünschte sich Conny Lorenz von Herzen. Und genau das würde sie tun.

Das Kopfsteinpflaster auf dem Hauptweg war rutschig vom Regen. Trotzdem lief Conny so schnell, wie es auf einem Friedhof vertretbar war, um Familie Hamann noch zu erwischen.

»Herr Hamann? Entschuldigen Sie bitte«, rief sie, als sie die drei noch ein gutes Stück entfernt am Tor entdeckte. Nur noch wenige Schritte, dann hatten sie den Parkplatz erreicht und entwischten ihr. Hamann drehte sich um. Er erkannte sie, sagte etwas zu seiner Frau, die den Arm um ihre Tochter legte und mit ihr davon ging.

»Frau Lorenz, wie nett, dass Sie auch gekommen sind.« Er reichte ihr die Hand.

»Das gehört sich so. Ich will Sie auch nicht lange aufhalten. So eine Beerdigung geht einem immer ziemlich an die Nieren.«

»Allerdings.« Seine Augen waren gerötet. »Haben Sie schon eine Spur, einen Verdacht? Ach, bitte entschuldigen Sie, das war dumm. Sie dürfen kaum darüber reden, nehme ich an.«

»Das stimmt.« Sie lächelte. »Mein Kollege hat Sie bereits angerufen und nach der Frau gefragt, mit der Robert Welzer zuletzt zusammen war, richtig?«

»Ja.« Er schluckte und fuhr sich durch das kurze Haar, aus dem der Regen tropfte. Eine feine Duftwolke wehte zu Conny herüber. »Leider konnte ich ihm keine Hinweise auf ihre Identität geben. Robert hat ein fürchterliches Geheimnis daraus gemacht, wer die Glückliche ist.« Er schmunzelte. Vermutlich erinnerte er sich daran, wie er versucht hatte, seinem Freund das Geheimnis zu entlocken. Vielleicht hatten sie sogar miteinander gerauft wie kleine Jungen. Plötzlich wurde er ernst. »Robert und ich waren verabredet. Besser gesagt, wir vier waren verabredet. Robert wollte seine Angebetete zum Essen mitbringen. Sylvia wollte Tafelspitz machen. Den hat Robert immer so gerne gegessen.« Seine Augen wurden feucht. Wieder schluckte er. »Robert war ein so guter Freund. Warum musste er mir das antun?« Seine Stimme versagte. Conny ließ ihn nicht aus den Augen. Er holte tief Luft. »Manchmal bin ich wirklich wütend auf ihn, dass er uns so früh allein gelassen hat.« Ein unsicheres Lachen, dann sagte er bitter: »Aber er ist ja nicht freiwillig gegangen.«

»Nein, das ist er sicher nicht. Ihre Familie wartet, Herr Hamann. Wenn Ihnen doch noch etwas einfällt ... Jede Kleinigkeit könnte von Bedeutung sein, ein Vorname, ein Beruf, alles, was uns auf die Spur von Robert Welzers Freundin führt.«

Er sah sie traurig an. »Ich habe mir schon das Hirn zermartert, aber leider ...« Hilflos ließ er die Schultern hängen. »Sollte mir etwas einfallen, melde ich mich sofort.«

»Ich brauche eine Aufstellung sämtlicher Mitglieder des Segelvereins *Die Freizeitkapitäne* und von dem Tennisverein, in dem Welzer war.« Conny bog in den Heinrich-Heine-Ring und fuhr raus nach Grünthal-Viermorgen, wo Welzers Zwei-Zimmer-Wohnung lag.

Renates Stimme klang scheppernd durch die Freisprecheinrichtung des Mobiltelefons. »Kommen Sie heute noch in das Büro?«

»Nein, Renate, ich fahre über mehrere Umwege zurück nach Hiddensee.«

»Gehen Sie nicht über Los, ziehen Sie nicht viertausend Mark ein«, kam es zurück.

»Die Zeiten sind vorbei, liebe Renate. Heute gibt es sowieso nur noch zweihundert Euro«, gab Conny lachend zurück. »Glaube ich jedenfalls. Ich habe lange nicht mehr Monopoly gespielt.«

»Dann wird man nicht mal mehr dabei reich?« Conny konnte förmlich hören, wie Pauls Sekretärin den Kopf schüttelte. »Es wird noch ein schlimmes Ende nehmen mit diesem Land«, meinte sie seufzend. »Brauchen Sie sonst noch etwas?«

»Nein, Renate, danke, das ist erst mal alles. Seien Sie doch so lieb, mir die Listen per Mail zu schicken, sobald Sie sie haben.«

»Seit wann benutzen Sie denn Ihren Computer?«

»Mir bleibt das in diesem Fall wohl nicht erspart. Um Post von Ihnen zu bekommen, mache ich das sogar gern. Lieber als Autofahren jedenfalls, aber auch das bleibt mir nicht erspart.« Conny verabschiedete sich und musste grinsen. Sie war gerade mal einen Monat im Dienst in Stralsund, aber Renate kannte sie bereits so gut, als hätten sie ein ganzes Berufsleben zusammen verbracht. Sie wusste, dass Conny ihre Mails nicht so regelmäßig abholte, wie sie sollte, und dass sie es nicht leiden konnte, mit einem Fahrzeug aus dem Dienst-Fuhrpark unterwegs zu sein.

Welzers Wohnung lag im vierten Stock einer Anlage mit hundertfünfunddreißig Wohneinheiten. Die zweifarbigen Fassaden der drei hufeisenförmig angeordneten Häuser und die roten, blauen und gelben Balkone konnten nicht über die Trostlosigkeit der Siedlung hinwegtäuschen. Conny suchte den richtigen Eingang. Alles sah gleich aus. Ob man manchmal in Gedanken den falschen Eingang nahm, wenn man hier wohnte? Sie versuchte sich vorzustellen, wie sich Welzer gefühlt hatte, wenn er nach Hause kam. Er spielte Tennis und war ein sportlicher Typ. Also entschied sich Conny, auf den Fahrstuhl zu verzichten und in den vierten Stock zu laufen, wie Welzer es bestimmt auch häufig getan hatte. Das Treppenhaus roch muffig nach Schuhen und auch ein wenig nach abgestandenem Zigarettenrauch. Aus einer Wohnung im zweiten Stock dröhnte die Stimme eines Rappers, der von Frust und Enttäuschung sang, wenn man es denn singen nennen wollte, und davon, dass er sich nicht unterkriegen lassen würde. Im dritten Stock roch es nach Kohl. Endlich hatte Conny die vierte Etage erreicht. Sie pustete mehr, als ihr lieb war, und beschloss, wieder mehr zu trainieren. Der Umzug hatte sie davon abgehalten, morgens zu laufen, wie sie es sich zu Beginn ihrer Polizeilaufbahn angewöhnt hatte. Sie musste sich endlich einen schönen Rund-Parcours in unmittelbarer Nähe ihrer Wohnung suchen. Fünf oder sechs Kilometer wären ideal. Die Tapete im Flur sah ziemlich ramponiert aus. Kleine Beschädigungen und mehrere Kratzspuren ließen Conny vermuten, dass die Bewohner des Hauses häufig wechselten und entsprechend viele Umzüge stattfanden. Am Ende des Ganges lag Robert Welzers Wohnung. Conny steckte den Schlüssel in das Schloss und erstarrte. Das Siegel, mit dem die Kollegen die Tür versehen hatten, war gebrochen. Sie atmete einmal tief durch und zog ihre Dienstwaffe. Wer immer das Siegel verletzt hatte, konnte noch da drinnen sein. Keine schöne Vorstellung. Die SIG Sauer P6 fühlte sich kalt an. Conny benutzte sie noch weniger gern als ihr Laptop oder ein Auto, aber die Pistole gehörte nun einmal wie Computer und Dienstwagen zu ihrer Arbeit. Sie streifte ihre Pumps von den Füßen. Dass sie ausgerechnet heute Schuhe mit Absätzen tragen musste, die bei jedem Schritt Lärm machten! Aber in Turnschuhen hätte sie schlecht zur Beerdigung erscheinen können. Noch ein schneller Blick den Flur entlang, dann legte sie das Ohr an die Wohnungstür. Da war etwas, leise nur. Das Quietschen einer Schublade? Schon möglich. Falls die Geräusche nicht aus einer Nachbarwohnung kamen, was in einem hellhörigen Kasten wie diesem durchaus denkbar war, bemühte sich jemand, leise zu sein. Conny zog den Knauf der Tür zu sich, während sie langsam den Schlüssel drehte. So gelang es ihr, die Wohnungstür nahezu lautlos zu öffnen. Sie atmete flach, schlüpfte hinein, orientierte sich. Der Flur war nicht sonderlich groß. Rechts von ihr eine geschlossene Zimmertür, geradeaus eine weitere, ebenfalls geschlossen. Daneben gab es noch eine Tür, die den Blick in ein kleines Badezimmer frei gab. Brauner Boden, grüne Wandfliesen. Altmodisch, von Edelsanierung keine Spur. Conny dachte darüber nach, die Eingangstür einen Spalt offen zu lassen, um schnell herauszukommen, wenn es sein musste. Außerdem bliebe ihr das Risiko eines Schließgeräusches erspart. Was aber, wenn ein Bewohner des Hauses ihre Schuhe im Flur entdeckte und neugierig war? Zu gefährlich, entschied sie, steckte den Schlüssel von innen in das Schloss, drehte ihn und zog gleichzeitig die Tür fest an. Zwei Atemzüge abwarten. Nichts. Dann hörte sie ein Geräusch aus dem Raum, dessen Tür vor ihr lag. Eindeutig, jemand war in der Wohnung. In ihrem Hirn arbeitete es. Sie konnte mit gezückter Waffe losstürmen und den Eindringling überwältigen. Damit hätte sie das Überraschungsmoment auf ihrer Seite. Allerdings riskierte sie dabei auch, ebenfalls überrumpelt zu werden, wenn sie es beispielsweise mit mehreren Personen zu tun hatte. Conny schluckte. Ihr war die Variante ohne Überraschung lieber. Sie schlich zur Tür zu ihrer Rechten, ohne die andere aus den Augen zu lassen. Langsam drückte sie die Klinke herunter, spähte in den Raum, Welzers Wohnzimmer. Sie entdeckte eine Tür, die vom Wohnraum in ein weiteres Zimmer führte. So ein Mist, ging es ihr durch den Kopf. Wie sollte sie diese Wohnung alleine sichern? Wieder ein Laut, als ob ein Gegenstand über den Fußboden gezogen wird. Das Geräusch kam eindeutig von links.

Conny schloss die Tür wieder und schlich durch den Flur zu dem anderen Zimmer, in dem sie den ungebetenen Besucher vermutete. Ihr Herz schlug schnell und hart in ihrer Brust. Conny blähte ein wenig die Nasenlöcher, um trotz des flachen Atmens genug Luft in die Lungen zu bekommen. Ihre Hand umschloss die Türklinke. Bitte lass sie nicht quietschen. In Zeitlupentempo drückte sie den Griff hinunter. Danke, Robert Welzer, dass Sie Ihren Türen Öl gegönnt haben, falls diese je gequietscht haben sollten, dachte sie und schob die Tür einen winzigen Spalt auf. Eine Person stand gebückt vor Welzers offenem Kleiderschrank. Conny hatte Glück, denn er wandte der Tür und damit ihr den Rücken zu. Es handelte sich um einen Mann. Kräftig, registrierte sie. Sie schob die Tür weiter auf, die Pistole in der Hand. Das Türblatt schleifte über den dicken Teppich, leise zwar, aber doch laut genug, um den Unbekannten zu alarmieren. Sich aufrichten und umdrehen war bei ihm eins.

Im gleichen Moment packte Conny ihre Waffe bereits mit beiden Händen, nahm ihn ins Visier und schrie: »Polizei! Hände an den Schrank, keine …« Keine Dummheiten, hatte sie sagen wollen, doch der Anblick verschlug ihr kurzfristig die Sprache.

»Jetzt schießen Sie mich bloß nicht über den Haufen vor lauter Aufregung«, brummte Hansen. Conny spürte, wie die Spannung langsam nachließ. Ihre Muskeln wurden wieder weich, und sie ließ die Arme sinken.

»Das glaube ich einfach nicht«, brachte sie schnaufend hervor. »Können Sie mir vielleicht mal erklären, was Sie hier zu suchen haben, Hansen?« Ihr Ton war scharf. Wenn jemand die versiegelte Wohnung eines Mordopfers betreten wollte, musste das gefälligst mit dem leitenden Kommissar des Falles abgesprochen werden. Und das war sie.

»Laufen Sie immer barfuß herum, wenn Sie ermitteln?«, lenkte Hansen ab. Da sie statt zu antworten, lediglich den Kopf zur Seite neigte und ihn erwartungsvoll anstarrte, setzte er trotzig hinzu: »Ich arbeite schließlich auch an diesem Fall! Haben Sie mir nicht einen Vortrag über Teamarbeit gehalten? Von wegen das gibt's nur im Fernsehen, dass ein Kommissar einen Fall alleine löst und so.«

»Seit wann scheren Sie sich um das, was ich sage?« Conny steckte ihre Pistole zurück in das Lederholster.

»Scheren Sie sich man lieber selber drum!« Er ging zum Angriff über. »Von Teamarbeit zu reden ist das Eine, sie aber auch umsetzen, das Andere. Und das liegt Ihnen offenbar weniger gut. Oder wollten Sie den alten Kollegen, der Ihrer Meinung nach vermutlich sowieso schon aufs Altenteil gehört, nur schonen?«

Conny wusste sofort, worauf er anspielte. »Ich würde von diesem Wulff gerne persönlich hören, warum er mich in wenigen Minuten abgefertigt und kurz darauf bei der Staatsanwaltschaft angerufen hat«, fauchte sie. »Darum übernehme ich diesen Termin an Ihrer Stelle. Für Aufgabenteilung bin ich durchaus zu haben, Herr Hansen. Allerdings bevorzuge ich es, wenn diese koordiniert und konstruktiv vonstatten geht.« Sie war jetzt richtig in Fahrt. Selbst schuld, lieber Kollege, dachte sie. Wer sie derartig in Hochspannung versetzte, durfte sich nicht wundern, wenn sie dann auch ein Ventil brauchte, um sich abzureagieren. »Renate besorgt Listen der Vereine, in denen Welzer Mitglied war. Wie ich sie kenne, hat sie die in kürzester Zeit vorliegen. Jede Person, die darauf steht, muss befragt werden. Dafür können wir mehr Leute brauchen, als wir zur Verfügung haben, egal, ob kurz vor der Pensionierung oder neu in der Mannschaft«, fügte sie spitz hinzu. »Und was ist mit dem Zeugen, der sich gemeldet hat, weil ihm ein Ruderboot aufgefallen ist, das zwischen Vitte und Kloster am Strand gelegen haben soll? Ist der mittlerweile vernommen worden?«

»Nee, das hat noch nich geklappt«, erwiderte Hansen zerknirscht. »Aber machen Sie sich da man nich zu große Hoffnungen. Der wollte sich wohl nur wichtig machen. Außer ihm hat doch keiner die Nussschale gesehen. Wenn die wirklich da war, is sie jetzt jedenfalls weg.«

»Bravo! Wir gehen davon aus, dass Robert Welzer noch gelebt hat, als sein Mörder ihn auf die Ostsee gebracht und über Bord geworfen hat. Haben Sie eine ungefähre Vorstellung davon, wie viel uns diese Nussschale erzählen könnte?«

»Halten Sie mir bloß keinen Vortrag. Ich war schon bei der Polizei, als Sie noch in die Windeln gepupt haben. Ich weiß auch, wie wichtig dieser Kahn is. Aber herzaubern kann ich ihn nun mal nich.«

»Das erwartet auch niemand. Sie sollen nur mit dem Mann reden, der das Boot gesehen hat. Und mit den Menschen, mit denen Welzer seine Freizeit verbracht hat. Ist Ihnen das genug Gelegenheit, im Team zu arbeiten? Oder halten Sie sich für den Silberrücken der Inspektion, der sich von niemandem etwas sagen lässt und der niemandem gegenüber irgendeine Verpflichtung hat?«

»Mein lieber Schwan, Sie produzieren ja mehr heiße Luft als der Föhn meiner Frau.« Er schüttelte den Kopf und ließ sich auf das Bett fallen. »Silberrücken«, murmelte er vor sich hin. »Das is denn doch eher der Paulsen.« Conny musste grinsen. Diese Bezeichnung passte kaum zu Paul, der zwar drahtig und sportlich war, jedoch eher einen schmalen Körperbau und vor allem schmale Schultern hatte.

Sie setzte sich an das Fußende. »Nachdem wir das geklärt hätten, verraten Sie mir jetzt bitte, was Sie hier gesucht haben, Herr Hansen«, forderte sie ihn sachlich auf.

»Die von der Spurensicherung wussten doch gar nicht, wonach die suchen sollten«, ereiferte er sich. »Die gucken nach Abschiedsbriefen, nach Erpresserschreiben oder Dokumenten, die auf Streitigkeiten oder finanzielle Ungereimtheiten deuten. Dass bei Welzer auch Eifersucht oder enttäuschte Liebe ein Motiv gewesen sein könnte, haben die doch nicht auf dem Zettel. Es ist immer gut, sich die Wohnung des Opfers selbst anzusehen. Ist so ein Erfahrungswert.«

»Verstehe. Das konnte ich natürlich nicht wissen, denn als sie diese kostbare Erfahrung gesammelt haben, war ich noch mit meinen Windeln beschäftigt.« Sie lächelte. Hansen wollte gerade aufbrausen, doch da sah er in ihr Gesicht und blies hörbar die Luft aus.

»Das war nich so gemeint. Sie können ja nix dafür, dass Sie noch so jung sind. Das heißt ja auch nich automatisch, dass Sie nix von Ihrer Arbeit verstehen.« Seine Stimme war immer leiser geworden, so dass sie den letzten Satz kaum noch hören konnte.

»Stimmt«, sagte sie betont fröhlich. »Ich verstehe übrigens auch eine ganze Menge von Paragraphen. Haben Sie das gewusst?« Er runzelte die Stirn. »Kennen Sie zum Beispiel Paragraph hundertsechsunddreißig Strafgesetzbuch? Absatz zwei lautet: Ebenso wird bestraft, wer ein dienstliches Siegel beschädigt, ablöst oder unkenntlich macht, das angelegt ist, um Sachen ...«

»Ich kenne das Strafgesetzbuch auch«, unterbrach er sie.

»Gut, dann wissen Sie ja, dass das Brechen eines dienstlichen Siegels teuer werden kann. Oder wollen Sie lieber ins Gefängnis gehen?«

Seine Augen weiteten sich. »Nu hören Sie aber auf! Sie hätten das Siegel doch auch entfernt.«

»Stimmt. Nur war ich dazu befugt und hatte einen Schlüssel und musste nicht einbrechen wie Sie. Wie haben Sie das eigentlich gemacht? Das Schloss sah ziemlich intakt aus. Sind Sie ein Profi?«

»Witzig! Das kann doch jeder Kollege. Jedenfalls bei diesen alten einfachen Wohnungstüren.«

»Okay, Hansen, ich mache Ihnen jetzt ein moralisches Angebot, das Sie besser nicht ablehnen.«

»Solange ich dafür nich mit Ihnen ins Bett muss«, sagte er finster.

Mistkerl! »Das sind Sie schon«, erwiderte sie und klopfte auf die altmodische Überdecke. »Als Sie noch nicht wussten, dass wir es mit Mord zu tun haben, noch dazu mit einem interessanten Fall, da haben Sie mich mit falschen Informationen nach Hiddensee geschickt. Genauer gesagt, haben Sie mir die wenigen Informationen, die es gab, vorenthalten. Ich hätte Sie bei Paulsen verpetzen können, der von Ihrem Verhalten einer neuen Kollegin gegenüber mit Sicherheit wenig begeistert gewesen wäre. Habe ich aber nicht«, schwindelte sie. »Jetzt kann ich Ihnen richtigen Ärger einbrocken. Sie wissen schon, Paragraph hundertsechsunddreißig«, flötete sie. Dann wurde Conny wieder ernst, bemühte sich aber um einen freundlichen Gesichtsausdruck. »Aber das will ich gar nicht. Ich will mit Ihnen vernünftig zusammenarbeiten. Ohne den Ossi-Wessi-Mist, ohne Generationenkrieg und ohne Vorbehalte, weil ich eine Frau bin. Glauben Sie, das ist machbar, ich meine, langfristig machbar?« Er kratzte sich am Kopf. Eine typische Übersprunghandlung, ein Zeichen für Unsicherheit. Wenn er zum Kreis der Verdächtigen zählen würde, hätte er gerade weitere Minuspunkte gesammelt.

»Ich denke schon«, kam es zögerlich zurück. Das reichte ihr.

»Schön, das freut mich.« Sie stand auf. »Ich hole mir mal meine Schuhe, ich kriege nämlich langsam kalte Füße. Und dann verraten Sie mir, ob Sie etwas gefunden haben.« Als Conny zurück war, hatte er den Kleiderschrank geschlossen und die Überdecke glatt gezogen.

»Hier is nix«, sagte er. »Nich mal ein Schuhkarton mit Liebesbriefen, auf den ich gehofft hatte, oder der Schlüssel eines Schließfachs. Ich weiß ja nich, was Sie hier vor allem finden wollten, aber die Zeit können Sie sich sparen, denke ich.«

»Schade.« Conny beobachtete ihn. Die Heizung in der Wohnung lief nur auf Sparflamme, trotzdem standen Hansen Schweißperlen auf der Stirn. So sehr hatte sie ihn nun wirklich nicht unter Druck gesetzt. Oder doch? Hatte er tatsächlich befürchtet, sie würde ihn anzeigen? Seine Wangen waren leicht gerötet. Keine Frage, er stand unter Stress. Dafür gab es nicht viele Erklärungen. »Ich würde mich trotzdem gerne noch etwas umsehen«, ließ Conny ihn wissen. »Allein. Wenn Sie sagen, dass hier nichts zu entdecken ist, muss ich Ihnen das glauben. Trotzdem ist es immer gut, sich ein wenig in der Wohnung des Opfers aufzuhalten. Jedenfalls ist das meine bescheidene Erfahrung. Man lernt jemanden besser kennen, wenn man in dessen Zuhause ist, egal, ob Opfer oder Verdächtiger.«

»Da is was dran. Na denn …«

Sie verabschiedeten sich, Conny schloss die Tür hinter ihm. Dann begann sie, die Wohnung ganz neu wahrzunehmen. Als sie sie das erste Mal betreten hatte, musste sie befürchten, auf einen Eindringling zu treffen, der etwas im Schilde führte. Ihre gesamte Konzentration war auf die ihr möglicherweise bevorstehende Begegnung gerichtet gewesen, für eine konzentrierte Bestandsaufnahme war keine Zeit geblieben. Sie betrat das Wohnzimmer. Auf einem Tischchen stand ein alter Röhrenfernseher. Schrank, Regal und Couchtisch sahen abgenutzt aus. Allein das Sofa schien ein Neuerwerb gewesen zu sein. Modern, wie es war, wirkte es wie ein Fremdkörper, der nicht hierher gehörte. Neben dem Fernseher stand ein Bilderrahmen. Conny ging näher heran, um das Foto darin zu betrachten. Es zeigte Welzer mit seiner Mutter. Keine Mutter sollte ihr Kind zu Grabe tragen, gingen ihr die Worte von Frau Welzer durch den Kopf. Robert war erwachsen und durchaus attraktiv, wenn auch nicht nach Connys Geschmack. Für seine Mutter war er das Kind geblieben. So war es nun mal. Conny musste an ihren Vater denken. Falls er noch lebte und sie sich je wiedersehen sollten, was hoffentlich nie geschah, würde er sie auch für sein kleines Mädchen halten, wie er sie in den wenigen nüchternen Momenten genannt hatte. Nein, sie wollte ihm wahrlich nie mehr begegnen. Sollte es ihr nicht erspart bleiben, wäre das einzige Gute daran, ihm klarzumachen, dass sie nicht eine Sekunde *sein* kleines Mädchen gewesen war. Sie schluckte und konzentrierte sich wieder auf die Arbeit. Ein routinemäßiger Blick auf die Rückseite des Bilderrahmens, ein Tasten, nein, da war nichts hinter dem Foto versteckt. Der Raum, den man vom Wohnzimmer aus erreichte, war die Küche. In den Schränken gab es Geschirr für sechs Personen und nicht gerade wenige Vorräte. Wie es aussah, hatte Welzer sich gut versorgt und vermutlich auch mal Freunde bekocht. Das Ceranfeld des Herdes war sauber, wies allerdings durchaus Gebrauchsspuren auf. Überhaupt war die Küche gut in Schuss, wenn auch nicht so penibel geputzt wie die von Paul. Welche Küche war das schon? Sie ging zurück in den Flur, von dort ins Bad. Auch hier war alles in gutem Zustand, die Armaturen glänzten. Entweder hatte Welzer vor seinem Tod die gesamte Wohnung geputzt, oder es war seine Angewohnheit, den Wasserhahn nach jedem Benutzen abzuwischen, um Kalkablagerungen gar nicht erst entstehen zu lassen. Conny warf einen Blick in den Spiegelschrank. In den gelblichen Plastikfächern stand Rasierzeug, Zahnpasta, Aftershave und einiges mehr, was ein Mann brauchte, der sich für Körperpflege interessierte. Es gab nur eine Zahnbürste. Auch sonst deutete nichts darauf hin, dass hier ab und zu eine Frau übernachtet hatte. Wenn Welzers letzte Beziehung etwas Ernstes hatte werden sollen, waren die beiden noch nicht so weit gekommen, Gegenstände des täglichen Bedarfs in der jeweils anderen Wohnung zu deponieren. Oder Welzer hatte sich nur in der Wohnung seiner Freundin niedergelassen, weil er seine Behausung ohnehin nicht sehr schätzte und lieber bei den Damen unterschlüpfte. Das konnte bedeuten, dass dort auch Dinge von Wert oder eben ein möglicherweise existierender Schließfachschlüssel zu finden waren. Sie mussten die Identität dieser Frau unbedingt lüften.

Zuletzt ging Conny zurück in das Schlafzimmer. Sie öffnete den Kleiderschrank. Stoffhosen, die Welzer aller Wahrscheinlichkeit nach im Dienst getragen hatte, hingen getrennt von Jeans und Cargo-Hosen, die er eindeutig in der Freizeit bevorzugt hatte. Sie zog die Körbe hervor, die unten im Schrank standen und sein Sportzeug sowie Socken und Badelatschen, Badehosen und Schnorchel beinhalteten. Das schleifende Geräusch erkannte sie sofort. Hansen hatte also gerade einen Korb herausgezogen, als sie im Flur gestanden und ihn gehört hatte. Sie sah sich um und ließ den Raum auf sich wirken. Nicht gerade das Lotterbett eines Verführers, fand sie. Auch sonst hatte die Einrichtung etwas Altbackenes. Eine Frau, die in dieser Atmosphäre auf Touren kam, musste schon ziemlich verliebt sein, dachte sie und schmunzelte. Auf dem Nachttisch stand ein Radiowecker. Es wurde höchste Zeit, sich auf den Weg nach Rügen zu machen und Baulöwe Wulff einen Besuch abzustatten. Bevor sie ging, zog sie noch rasch die Schublade des Nachttisches auf. Nasenspray, ein Lippenpflegestift, eine Lesebrille und ein Roman. Conny nahm ihn zur Hand. Na, wenigstens mit seiner Lektüre machte er seinem Ruf als Frauenheld alle Ehre. Sie ließ ihren Daumen über die Seiten gleiten, so dass diese sich zu einem Fächer öffneten. An zwei Stellen unterbrach sie willkürlich und las ein paar Zeilen. Einmal war von willig gespreizten Schenkeln die Rede, dann wurde in schillernden Farben beschrieben, wie eine Frau, deren Gesicht unter einer Seidenmaske steckte, zwei Männer gleichzeitig befriedigte. Conny verzog spöttisch das Gesicht. Sprach diese Bettlektüre nun für ein wildes Sexualleben oder eher dagegen? Sie ließ die letzten Seiten durch ihre Finger gleiten und klappte das Buch zu. Doch dann stutzte sie. Ihre Augen hatten etwas wahrgenommen, was ihr Verstand in der Kürze der Zeit nicht hatte einordnen können. Eine Seite hatte anders ausgesehen als die anderen. Conny blätterte noch einmal durch das Buch, langsamer dieses Mal. Ziemlich weit hinten lag ein Schnipsel Papier zwischen den Seiten. *Das erste Mal mit Baby*, stand darauf. Baby? Wie konnte man eine erwachsene Frau nur so nennen? Sie las die Passage, bei der der Zettel gelegen hatte. Da wurde der Geschlechtsakt zwischen einem Mann und einer deutlich jüngeren Frau beschrieben. Conny las von einem ausgiebigen Vorspiel, das in einer Entjungferung gipfelte. Das war wohl eher das erste Mal *für* Baby, dachte sie. Du meine Güte, was diese angeblich unerfahrene junge Frau da alles mit sich anstellen ließ und ihrerseits mit dem Mann anstellte, brachte Conny zum Staunen. Der Autor hatte eine ausschweifende Fantasie, das stand fest. Die Kollegen von der Spurensicherung hatten den Roman mit Sicherheit auch in die Hand genommen, aber so schnell wie möglich wieder zurückgelegt. Hätte sie nicht anders gemacht, wenn Kollegen ihr auf die

Finger geguckt hätten. Sie grinste vor sich hin. Plötzlich wurde ihr unbehaglich zumute. Was, wenn Baby gar keine erwachsene Frau war? Ob Welzer eine Vorliebe für Minderjährige gehabt hatte? Sie stellte Buch und Zettel sicher. Musste sie Staatsanwalt Kurtz über diesen Fund in Kenntnis setzen, fragte sie sich, als sie die Wohnung verließ und mit einem neuen Siegel versah. Ach was, der lief ihr schon nicht weg. Erst einmal würde sie hören, was Wulff zu sagen hatte.

Von Grünthal-Viermorgen fuhr Conny in Richtung Innenstadt und dann auf die Rügenbrücke. Sie sah hinunter auf den hellblauen Klotz der Volkswerft und auf die Silhouette von Stralsund, auf die Kirchtürme, die schon so lange dort standen. Schön, dachte sie, und ihr Herz machte einen Hüpfer. Es war einfach wunderbar, hier zu leben. Einem plötzlichen Gefühl folgend, wählte sie Pauls Nummer. Sie sehnte sich danach, seine Stimme zu hören. Renate ging an den Apparat. Mist, hätte sie sich denken können. Meistens hatte man Renate dran, wenn man Pauls Durchwahl benutzte.

»Hallo, Renate, wie sieht es mit den Listen aus, um die ich Sie gebeten hatte?« Schweigen am anderen Ende der Leitung. »Entschuldigen Sie, ich weiß natürlich, dass es erst zwei Stunden her ist. Nicht einmal …«

»*Die Freizeitkapitäne* liegen schon vor. Ich kenne den zweiten Vorsitzenden. Auf die Tennisleute warte ich noch. Ich wollte Ihnen alles auf einmal mailen. Ich konnte ja nicht ahnen, dass es so eilig ist. Sind Sie denn schon wieder drüben? Das kann doch gar nicht …«

»Nein, Renate, ich bin noch auf dem Weg. Ich wollte auch gar nicht drängeln, das war ziemlich ungeschickt von mir. Eigentlich wollte ich Sie nur bitten, Hansen auch jeweils eine Kopie zu geben.«

»Klar, genau wie Herrn Paulsen und Fedder. Darum brauchen Sie nicht zu bitten, das hätte ich schon von alleine so gemacht. Jeder, der an der Sache dran ist, braucht vollständige Unterlagen.«

»Klar«, stimmte Conny ihr zu. »War blöd von mir. Und wahrscheinlich hat Hansen Sie sowieso schon darauf angesprochen. Oder ist er noch nicht wieder im Büro?« Wieder entstand eine kleine Pause.

»Wieso wieder? Der ist heute gar nicht im Büro«, entgegnete Renate dann. »Der hat heute frei.«

Er schlüpfte in seinen Pullover. Das gute Stück hatte seinen Preis gehabt, der ihm zunächst zu hoch erschienen war. Was konnte das Unterfell einer Ziege schon kosten? Doch er musste längst zugeben, dass er das Fell dieser schlappohrigen Tiere unterschätzt hatte. Schafwolle kam bei weitem nicht an die Feinheit dieses Materials heran. Wer es einmal auf der Haut gespürt hatte, der wollte nichts anderes mehr. Zur Arbeit zog er diesen Pullover nicht an. Er sollte doch etwas Besonderes bleiben.

Als er sich im Spiegel betrachtete, stellte er überrascht fest, dass er sich noch immer gut leiden konnte. Er war zufrieden mit sich und der Welt. Was hast du erwartet? Hast du geglaubt, dir wächst eine Warze oder ein Pferdefuß, du wirst hässlich und alle Welt kann dir ansehen, was du getan hast? Das ist doch absurd. Niemand weiß davon, nur du allein. Und das soll auch so bleiben. Selbst deine Frau glaubt dir und wendet sich dir wieder zu. Dumm nur, dass diese andere dich gesehen hat. Früher oder später zählt sie eins und eins zusammen. Dann bist du geliefert. Er wandte sich ab, wollte sein Spiegelbild nicht sehen, während er über den Punkt nachdachte, der ihm in den letzten Tagen am meisten zu schaffen gemacht hatte. Alles war gut gelaufen, aber diese Frau konnte ihm wirklich gefährlich werden. Wie sollte er das verhindern? Konnte er sie einschüchtern? Ein Drohbrief vielleicht, oder etwas, das sie noch mehr in Panik versetzte? Du musst eine Entscheidung treffen. Bald. Bevor es zu spät ist, sonst sitzt du in der Falle.

Kapitel 7

Böse Träume

»Bitte kommen Sie herein.« Jochen Wulff knabberte an seiner Unterlippe. Er sah erbärmlich aus mit den dunklen Ringen unter den Augen und der Haut, die dieses Mal bleich wirkte. »Nehmen Sie Platz!« Er deutete mit einer ungeschickten Geste auf den Stuhl, der seinem Schreibtisch gegenüber stand. Höflichkeit war nicht gerade seine Stärke. Conny fragte sich, warum er sich bei ihrem ersten Besuch nicht einen Funken darum bemüht hatte, während er es jetzt immerhin probierte. Wulff griff nach einer Schachtel Zigaretten. »O Entschuldigung, stört es Sie, wenn ich rauche?«

»Es ist Ihr Büro«, erwiderte sie und beobachtete, wie er sich mit unsicherer Hand eine Zigarette aus der Packung nahm und ansteckte. Er lehnte sich zurück, während er den ersten Zug inhalierte, legte den Kopf in den Nacken und blies den Rauch zur Decke.

»Herr Wulff, Sie haben mir gegenüber behauptet, Robert Welzer habe bei Ihnen eine Betriebsprüfung durchgeführt, bei der nur kleine Unregelmäßigkeiten aufgetaucht seien, die sich aber schnell geklärt hätten. Dann haben Sie Staatsanwalt Kurtz angerufen und ihm erzählt, Welzer habe Sie erpresst. Können Sie mir das bitte erklären?«

»Das war ein Fehler, ich weiß.« Er blies Rauch zur Seite. »Sie müssen das verstehen, ich bin ein sehr beschäftigter Mann …«

»Das haben Sie letztes Mal schon betont.«

»Weil es so ist.« Sein Telefon klingelte wie auf ein geheimes Signal hin. »Da, sehen Sie!« Er griff nach dem Hörer. »Jetzt nicht«, kommandierte er und legte wieder auf. »Entschuldigung, ich hatte meiner Sekretärin gesagt, dass ich nicht gestört werden will. Bestimmt hat einer der Bauherrn gesagt, es ginge um Leben und Tod.« Er lachte heiser, ohne dass seine Miene etwas Fröhliches oder Amüsiertes angenommen hätte. »Bei denen geht es immer um Leben und Tod. Die denken alle, sie wären die wichtigsten Menschen, nur weil sie ein Haus bauen.«

»Sie hätten sich Zeit gespart, wenn Sie Ihre Aussage gleich bei meinem ersten Besuch gemacht hätten«, erwiderte Conny kühl. »Sie hätten nicht extra bei der Staatsanwaltschaft anrufen müssen, und es ist anzunehmen, dass ich Ihnen heute nicht noch einmal auf die Nerven gefallen wäre.«

»Sie haben mich doch gleich verdächtigt, Dreck am Stecken zu haben«, platzte es aus ihm heraus. »Sonst hätten Sie doch nicht gefragt, warum ich alle Aufträge auf Hiddensee bekomme. Ich war in Eile, hatte verschiedene komplizierte Projekte im Kopf, und dann kommen Sie daher und unterstellen mir unlautere Machenschaften.« Er drückte seinen Zigarettenstummel aus und griff auf der Stelle erneut nach der Schachtel.

»Ich habe Ihnen nichts unterstellt, Herr Wulff, ich habe nur gefragt.« Sie zog ihr Notizbuch und einen Stift heraus. »Ich weiß, Sie haben Herrn Kurtz bereits alles gesagt. Wären Sie dennoch so freundlich, mir die Geschichte auch noch einmal zu erzählen?« Bevor er das tun konnte, setzte sie hinzu: »Ungewöhnlich übrigens, die Staatsanwaltschaft zu informieren, statt bei der ermittelnden Polizei-Inspektion anzurufen.«

»Wieso? Das sieht man doch immer im Krimi. Der Staatsanwalt ist doch der Chef sozusagen«, stotterte er.

»Sozusagen.« Conny lächelte verbindlich.

»Also, das mit dem Welzer hat vor ein paar Jahren angefangen. Ich habe eine ganze Zeit meine Steuererklärung selbst gemacht, müssen Sie wissen.« Er zog gierig an der Zigarette.

»Interessant. Hätte ich nicht gedacht, bei einem Unternehmen dieser Größe.«

»Ich weiß, das war auch keine besonders gute Idee.« Er legte die Zigarette im Aschenbecher ab und begann gedankenverloren, sich Dreck unter den Fingernägeln zu entfernen. Die Hände waren knochig, die Haut an den Fingern gelb. »Mit Zahlen habe ich es nicht so.«

»Warum haben Sie dann keinen Steuerberater in Anspruch genommen?«

»Ich wollte sparen.« Er zuckte mit den Achseln, als sei das die einzig mögliche Erklärung.

»Heißt es nicht, ein guter Steuerberater bezahlt sich selbst, weil er sämtliche Tricks kennt, um legal die Steuerlast auf ein Minimum zu reduzieren?«

»Ich meinte ja nicht, dass ich Geld sparen wollte. Also, nicht nur ... Ich wollte mir ersparen, dass einer meine Einnahmen und Ausgaben kennt. Rügen ist eine Insel, da spricht sich sofort alles herum.« Er griff wieder nach der Zigarette, die einen Rauchfaden in die Luft gemalt hatte.

»Ein Steuerberater, der nicht schweigen kann, ist auf alle Fälle etwas, das sich herumspricht. Glauben Sie ernsthaft, das könnte sich jemand leisten?«

»Darüber habe ich nicht nachgedacht.« Seine Augen flackerten. Er wirkte wie einer, der mit dem Rücken zur Wand steht. »Hinterher ist man immer schlauer. Jedenfalls habe ich ein paar Fehler gemacht, Sachen falsch verbucht und so was. Um ehrlich zu sein, waren es ziemlich viele Fehler. Tja, die sind ans Tageslicht gekommen, als der Welzer bei mir aufgetaucht ist und mich geprüft hat.«

»Unwissenheit schützt zwar nicht vor Strafe, aber Sie hätten doch nur die zu wenig gezahlten Beträge zuzüglich eben dieser Strafe zu zahlen brauchen, und die Sache wäre erledigt gewesen.«

»Hätten, hätten«, schnaubte er. »Wenn meine Oma Hoden hätte, wäre sie mein Opa!« Wieder lachte er heiser und musste gleich darauf husten. Das hörte sich nicht gesund an. »Habe ich aber nicht«, führte er weiter aus und gewann seine Sicherheit spürbar zurück. »Stattdessen bin ich auf ein Angebot von dem feinen Herrn Welzer eingegangen.«

»Was denn für ein Angebot?«

»Können Sie sich das nicht denken? Er hat die Summe überschlagen, die ich dem Finanzamt schuldig war, und meinte, das würde sich doch für uns beide lohnen, wenn wir uns die teilen. Also habe ich ihm die Hälfte ausgezahlt, daraufhin hat er saubere Prüfungsergebnisse vorgelegt.«

»Haben Sie ihm das Geld überwiesen?«

»Nein, das hat er bar haben wollen«, kam es wie aus der Pistole geschossen. »Danach ist er jedes Jahr gekommen, hat meine Steuererklärung vorbereitet und dafür kassiert. Nicht zu knapp, das kann ich Ihnen sagen. Damit ich hübsch stillhalte und ihm weiter als *Kunde* erhalten bleibe, hat er Unterlagen von mir manipuliert, mit denen er mir jederzeit Steuerhinterziehung hätte nachweisen können. Wie Schutzgelderpressung, kapieren Sie?«, ereiferte er sich.

Conny nickte. »Was ich allerdings nicht verstehe, wo ist das Geld geblieben? Robert Welzer hat nicht gerade im Luxus gelebt. Seine Reisen waren eher abenteuerlich, er wollte etwas erleben, statt in den teuersten Hotels abzusteigen und sich von vorne bis hinten verwöhnen zu lassen.«

»Woher soll ich das wissen? Ich kann Ihnen nur sagen, dass er sich angeblich Geld von irgendwelchen zwielichtigen Elementen geliehen haben soll. Für irgendeine kostspielige Sucht oder so.« Er drückte die Zigarette aus, als zerquetsche er ein Insekt. »Wer weiß, vielleicht hat er die ganze Kohle in die Spielhalle getragen oder in den Puff. Jedenfalls musste er angeblich ein paar Typen ziemlich viel Geld zurückzahlen. Dafür hat er mich abkassiert.« Hastig setzte er hinzu: »Und andere auch, wenn ich richtig informiert bin.«

»Danke, Herr Wulff, dass Sie sich noch einmal die Zeit genommen haben.« Conny blickte von ihren Notizen auf. »Ich habe nur noch eine Frage: Womit hat er Ihnen gedroht?«

»Was? Wieso, das … Das habe ich doch gesagt, er …«

»Sie wollen mir ernsthaft weismachen, eine auch noch von ihm fingierte Steuerhinterziehung soll alles gewesen sein, womit er Sie unter Druck gesetzt hat? Es wäre mit Sicherheit kein Problem gewesen, ihm die Manipulation und überhaupt seine illegalen Machenschaften nachzuweisen. Das Finanzamt hätte sich sehr dafür interessiert, und Sie wären ihn los gewesen. Haben Sie nie daran gedacht?«

»Nein!« Das kam sehr schnell. Zögernd ergänzte er: »Ich war wohl wie blockiert und habe nur die Riesensummen vor mir gesehen, die ich hätte aufbringen müssen, wenn alles rauskommt. Außerdem hatte ich mich immerhin auch auf diesen illegalen Vorschlag eingelassen. Ich hatte Angst. Verstehen Sie das nicht?«

Conny schüttelte den Kopf. »Nein.« Dann verabschiedete sie sich.

Beim Übersetzen von Rügen nach Hiddensee ging Conny der Tag noch einmal durch den Kopf. Was hatte Hansen in der Wohnung von Welzer gesucht? Gut möglich, dass er nur auf eigene Faust ermittelt hatte. Ausgerechnet an seinem freien Tag? Nein, irgendetwas daran gefiel ihr nicht. Immerhin sah sie Licht am Ende des Tunnels, was die weitere Zusammenarbeit anging. Freunde würden sie nicht mehr werden, aber das war auch nicht nötig in der kurzen verbleibenden Zeit bis zu seiner Pensionierung. Die Hauptsache, dieser ewig nörgelnde Mensch torpedierte ihre Arbeit nicht länger. Er war ein erfahrener Polizist, auf den Paul große Stücke hielt. Das konnte nur bedeuten, dass er ihr sehr nützlich sein konnte. Sie hoffte, das würde nun endlich der Fall sein. Auch das Gespräch mit Wulff ging sie im Geist noch einmal durch. Dass er auf Welzers Angebot eingegangen war, um keinen Ärger mit dem Finanzamt zu kriegen und bei der Gelegenheit noch eine hübsche Summe zu sparen, konnte sie nachvollziehen.

Dieses Geschäft hätte so manchen verführt. Auch die Tatsache, dass Welzer in den Jahren danach gegen Bezahlung die Steuer für Wulff gemacht haben sollte, leuchtete ihr noch einigermaßen ein. Wulff musste spätestens nach der Prüfung klar gewesen sein, dass er nicht länger auf einen Steuerberater verzichten konnte. Aber Erpressung? Noch immer schien ihr das ein bisschen dünn.

Als sie in Vitte von Bord ging, erfasste sie ein wohliges Gefühl, das sie zunächst nicht deuten konnte. Die weißen Häuser, das Fischrestaurant und die *Strandperle*, die Fischerboote mit ihren blauen und roten Fähnchen, all das war ihr angenehm vertraut. Vor allem die Ruhe war eine Wohltat. Conny blieb einen Moment stehen und ließ die Atmosphäre des beschaulichen Eilandes auf sich wirken. Ja, sie konnte es nicht leugnen, sie fühlte sich hier tatsächlich ein bisschen zu Hause. Ihren Rucksack auf dem Rücken holte sie ihr Fahrrad, das sie am Rathaus angeschlossen hatte, und radelte nach Grieben.

In der Nacht träumte Conny von ihrer Mutter. Conny war noch ein kleines Mädchen. Sie hörte das Schreien ihrer Eltern aus dem Wohnzimmer, hörte Klirren und Poltern. Sie wollte sich bei ihrem Bruder verkriechen, in seine kleine künstliche Welt abtauchen, doch sie konnte die Tür zu seinem Zimmer nicht finden. Als sie im Flur noch danach suchte, flog die Wohnzimmertür auf, und ihr Vater stürmte an ihr vorbei, riss seine Jacke von der Garderobe und schlug die Wohnungstür hinter sich zu. Danach war es still. Kein Laut war zu hören, auch nicht aus dem Wohnzimmer. Conny schlich langsam auf ihren Kinderstrümpfen mit Bugs Bunny darauf den Flur entlang, ihr Blick war auf die halb geöffnete Tür gerichtet. Das kleine Herz schlug schmerzhaft in ihrer Brust. Sie hatte große Angst, etwas Schreckliches zu Gesicht zu bekommen. Doch es war nur der übliche Anblick. Ihre Mutter saß auf dem Sofa, das Gesicht in den Händen verborgen, und weinte lautlos. Sie war geradezu eine Meisterin darin geworden, vor ihren Kindern und der Welt ihren Kummer zu verstecken. Conny kroch zu ihr auf die Couch.

»Was machst du denn hier?« Es klang erschrocken und vorwurfsvoll. Conny erwartete schon eine Strafpredigt, aber ein weicher Ausdruck trat in die Augen ihrer Mutter. Dann legte sie einen Arm um das zitternde Mädchen. »Er war nicht immer so, weißt du? Früher war er lieb und lustig.« Sie lächelte wehmütig. Dann wurde ihr Gesicht hart, sie biss die Zähne aufeinander. »Aber nach der Hochzeit hat er sich plötzlich verändert, da hat er angefangen zu trinken.« Ihre Miene verwandelte sich langsam in eine Fratze, das Weiß der Augen wurde blutig rot, die Falten wurden immer tiefer, als ob ihre Mutter von einer Sekunde auf die andere alterte.

Conny wurde mit einem Schlag wach. Ihr Puls ging schnell, sie fühlte Schweiß auf ihrer Stirn und ihrer Oberlippe. Keuchend schaltete sie die Nachttischlampe ein und sah sich um. Sie brauchte ein paar Atemzüge, bis sie verstand, wo sie war. Liebend gern hätte sie sich in diesem Augenblick an Paul gekuschelt. Er fehlte ihr schrecklich. Conny stand auf, tauchte ihr Gesicht in kaltes Wasser. Zuerst wollte sie zurück ins Bett gehen, es war immerhin erst halb fünf. Nur hatte sie plötzlich das starke Bedürfnis, an ihrem kleinen Modellhäuschen zu arbeiten. Sie zog eine Strickjacke über den Pyjama und dicke Socken an und legte sich Klebstoff, Schere und Bastelkarton zurecht.

Conny hatte die Zeit vergessen. In letzter Sekunde war sie in Hose und Rollkragenpullover geschlüpft und hatte dann feststellen müssen, dass sie kein Brot mehr hatte. Also gab es eben nur einen Kaffee. Jetzt stand sie in Vitte beim Bäcker und wartete ungeduldig darauf, an die Reihe zu kommen. Leider war nur ein Verkäufer hinter dem Tresen im Einsatz. Seine Kollegin war vor einer Weile durch eine Tür neben dem breiten Brotregal verschwunden und glänzte seitdem durch Abwesenheit. Vor Conny standen noch zwei Kunden in der Schlange. Die Leute auf Hiddensee oder zumindest hier in Vitte kannten einander. Das hieß, dass man wenigstens einige wenige Worte wechselte, die über die Frage nach Brötchen- oder Kuchensorte hinausgingen. Wer es eilig hatte, wurde auf eine harte Probe gestellt.

»Moin, Gertrud, was machst du denn für ein Gesicht?«, fragte der Verkäufer, ein junger Mann mit Ohrring und auffälliger asymmetrischer Frisur – das rechte Ohr verschwand unter blonden Fransen, die linke Seite des Schädels war bis auf millimeterkurze Stoppeln rasiert –, die Dame, die vor Conny an der Reihe war. Conny blickte sehnsüchtig auf die Tür, durch die seine Kollegin verschwunden war. Doch die blieb verschlossen.

»Moin, Micha. Der Tag hat kaum angefangen, aber ich bin schon bedient, das kann ich dir sagen.«

»Ach nö, dann schütte dem Micha man dein Herz aus«, forderte er sie auf. Conny überlegte, ob sie Einspruch erheben sollte. Sie probierte es zunächst mit einem vernehmlichen Seufzen.

»Ach wat, ich sollte mich gar nich ärgern.« Stimmt, dachte Conny, das ist nicht gut für den Magen. Kauf dir lieber etwas Schönes und genieße den Tag! »Hab gerade den Axel getroffen. Weißt schon, Axel Gau.«

»Ach den! Na, den habe ich aber lange nicht gesehen. Ist der nicht ausgewandert?«

»Pah, ausgewandert!«, stieß Gertrud hervor und zog den Reißverschluss ihres Anoraks nach unten. Vermutlich ein Zeichen dafür, dass sie länger in dem gut geheizten Laden bleiben wollte. »Nach Berlin isser gezogen, das is alles.« Conny sah zu den Kassen des Supermarktes hinüber, in dessen Eingangsbereich die Bäckerei untergebracht war. Sie entdeckte Frau Dr. Schäfer, die Ärztin, die Welzer nach seinem Tod untersucht hatte. Wieder trug sie einen braunen Rock, und ihre Füße steckten in derben dunkelbraunen Lederstiefeln. »Kaum gegrüßt hat er mich«, beschwerte sich Gertrud gerade. »Weißt du, Micha, das tut weh, wenn Leute, mit denen du zur Schule gegangen bist, kaum noch mit dir sprechen. Und das bloß, weil sie mehr Geld haben als du.

Warst du schon in Amerika oder Kanada?« Micha schüttelte den Kopf. »Der Axel schon. Aber ich nich. Kann ich mir nich leisten. Hast du denn noch nix von der Welt angeguckt, hat er mich gefragt. Jetzt, wo wir doch raus dürfen, hat er gemeint, müssten wir unsere Reisefreiheit auch nutzen. Nee, hab ich gesagt, Axel, ich kann das nich.« Conny nickte Frau Dr. Schäfer zu, denn sie meinte, diese habe sie gesehen. Sie beobachtete, wie die Ärztin fahrig ihren Einkauf in den Wagen legte. Zurückgegrüßt hatte sie nicht. »Meinen schönsten Urlaub habe ich 1970 in Thüringen verbracht«, schwärmte Gertrud. »Aber davon will der Axel natürlich nix hören. Der kannte die DDR nich mal, und jetzt schwingt er große Reden über Reisefreiheit.« Sie schnaubte verächtlich.

Allmählich wurde es Conny zu bunt. »Entschuldigung, aber ich habe es ziemlich eilig. Ich muss zur Arbeit. Würde es Ihnen etwas ausmachen …?« Die beiden musterten sie abschätzig. Man konnte ihnen ansehen, dass sie ihr nicht glaubten und sie für eine Touristin hielten, die nur keine Lust hatte, länger zu warten. Andererseits wussten die Leute im Ort mit Sicherheit von der Kommissarin aus Stralsund. Ob die beiden sich gerade fragten, wer ihnen da gegenüberstand?

»Geht gleich los«, entgegnete Micha knapp und wandte sich wieder an Gertrud: »Ärger dich mal nicht über den! Womit kann ich dir denn etwas Gutes tun?«

»Nee, ich ärger mich nich. Der liebe Gott sieht alles. Böse Menschen kriegen schon ihre Strafe.« Wenn es so einfach wäre, ging es Conny durch den Kopf. Sie sah, wie Frau Dr. Schäfer den Laden verließ. Sie schien sich zu beeilen, und es sah aus, als hätte sie den Kragen von ihrer karierten Jacke extra hochgeschlagen. Als ob Conny sie nicht erkennen sollte. »Ein halbes Roggenbrot. Geschnitten, bitte«, sagte Gertrud endlich.

»Auch noch geschnitten«, erwiderte Micha stöhnend und rollte übertrieben mit den Augen.

»Denn lass sein!«

»Ach was, das mach ich schon.«

»Nee, das kann ich auch selbst.«

»Gerda, das war ein Scherz«, sagte er eindringlich und mit schnellem Seitenblick auf Conny. »Für dich mach ich das doch gern.« Conny atmete tief durch. Wenn die beiden noch lange diskutierten, dann würde Conny dieser schlecht gelaunten Gertrud das Roggenbrot höchstpersönlich in Scheiben schneiden.

Im Büro packte Conny als Erstes ihr Laptop aus, stellte zufrieden fest, dass Renate ihr bereits eine Mail geschickt hatte, und arbeitete die Mitgliederliste des Tennisvereins durch. Keiner der Namen kam ihr bekannt vor. Sie hoffte inständig, dass Hansen sich an die Arbeit machte, die Herrschaften zu befragen. Sie mussten unbedingt mehr über Robert Welzers Privatleben wissen. Hansen. Sie atmete schwer. Sollte sie ihn darauf ansprechen, dass er ohne Rücksprache geschweige denn offiziellen Auftrag und auch noch an seinem freien Tag in Welzers Wohnung gewesen war? Das hat noch Zeit, redete sie sich ein und musste ausgerechnet jetzt daran denken, dass Paul ihr vorgeworfen hatte, sie würde immer alles aufschieben. Nicht alles, augenblicklich nahm sie sich die Liste der *Freizeitkapitäne* vor. Da ging die Tür auf und Michael Wolter erschien zur Arbeit, eine Stunde später als eigentlich üblich. Obwohl Marlene und er ständig viel zu tun hatten, wie sie gerne betonten, nahmen sie es mit den Dienstzeiten nicht so genau.

»Guten Morgen«, rief er, hängte seine Jacke an die Garderobe und rieb sich die Hände. »Mann, ist das kalt geworden. Ich fürchte, es wird Winter.«

»Wenigstens scheint heute mal wieder die Sonne«, entgegnete Marlene, ohne von ihren Notizen aufzublicken. »Kriegst ja einen Depri, wenn das den ganz Tag so grau ist.«

»Und du bist trotzdem mit dem Fahrrad gekommen?«, fragte er Conny ungläubig.

»Euer Bus fährt alle zwei Stunden.« Sie verzog das Gesicht. »Ich habe keine Lust, schon um Viertel nach sieben hier zu sein.«

»Nee, aber dann leih dir doch wenigstens ein Pedelec. Damit bist du schneller.«

»Kommt nicht in Frage, ich bewege mich hier sowieso schon zu wenig. Nein, ich bevorzuge noch immer das gute alte Fahrrad. Auf die paar Minuten kommt es nicht an.« Michael wiegte den Kopf. Er war eindeutig anderer Meinung. Während er seinen Computer startete, fragte er nach der Beerdigung. Conny fasste das Wichtigste zusammen. »Ich glaube dem Wulff nicht, dass er erpresst wird«, schloss sie.

»Apropos«, hakte Michael ein. »Ich habe mich mal ein bisschen umgehört wegen dem. Dabei habe ich erfahren, dass Manni Gau, das ist der Chef vom Kuscho, sich auf Hiddensee mal als Bauunternehmer selbständig machen wollte.«

»Gau?« Conny dachte nach. »Den Namen habe ich doch schon mal gehört.«

Marlene lachte. »So heißt jeder Dritte auf der Insel. Na, nicht ganz, ist aber ein ziemlich verbreiteter Name. Den gibt's schon seit Hunderten von Jahren auf Hiddensee.«

»Der hatte offenbar ganz gute Ideen«, fuhr Michael fort. »Wollte Holzhäuser mit Gründächern bauen. Weißt du, wo auf den Dächern Moos und Gräser wachsen.«

»Tolle Idee«, murmelte Marlene. »Auf unseren Dachpfannen wächst auch Moos. Das würden wir gerne loswerden.«

Michael rollte mit den Augen. »Auf jeden Fall soll der Wulff ihn ziemlich eingeschüchtert haben. Der hat ihm wohl erst erzählt, wie viel teurer jedes Haus auf der Insel im Vergleich zum Festland ist, weil du ja alles herschleppen musst. Dann soll er behauptet haben, Bauherren seien nie zufrieden und würden ihrem Unternehmer das Leben zur Hölle machen. Da wäre es angeblich besser, ein gutes Stück von den Bauvorhaben entfernt zu wohnen. Wenn Manni in Vitte bleiben würde, hätte er keine Ruhe mehr, hat Wulff ihm eingetrichtert. Und jetzt kommt's!« Michael machte eine Pause, um die Spannung zu steigern. Selbst Marlene sah jetzt von ihrem Schreibtisch auf. »Wulff hat angeblich zu Manni gesagt, ohne Beziehungen bräuchte er gar nicht erst anzufangen. Wenn er keine Insiderinformationen hätte, bekäme er auch nie einen Auftrag der öffentlichen Hand. Das seien aber die dicken Fische, von denen man lebe. Die könne man nachträglich nach Herzenslust ausnehmen, hat er gemeint.«

»Is nich wahr!« Marlene blieb der Mund offen stehen. Conny war weniger schockiert. Für sie war es nicht neu, dass bei Ausschreibungen, egal welcher Art, Niedrigstangebote unterbreitet wurden, die jeder realistischen Berechnung entbehrten, um den Auftrag zu ergattern. Später wurden dann hemmungslos Nachtragsangebote geschrieben, die das große Geld brachten. Das war in vielen Bereichen gängige Praxis. Was sie viel mehr interessierte, war der Umstand, wie sehr Wulff sich ins Zeug gelegt hatte, um sich Gau als möglichen Konkurrenten vom Leib zu halten. Auch die Anspielung auf seine Beziehungen, die ihm Aufträge der öffentlichen Hand brachten, machte sie hellhörig.

»Hört sich so an, als hätte der Herr Gau einiges zu erzählen. Von wem hast du die Informationen?«

»Von einer Freundin, die mal mit Manni zusammen war.«

»Dieser Manni ist immer selbst in seiner Kneipe anzutreffen, oder?«

»Immer«, kam es aus zwei Mündern.

Conny lächelte. »Dann sehen wir uns morgen Abend wohl in der Kuscho, was?«

»Fei-Fei«, antworteten die beiden gleichzeitig und lachten.

Auf dem Heimweg stattete Conny dem *Bootshaus* einen Besuch ab.

»Ach, die Frau Lorenz. Guten Tag!« Die blonde Kellnerin mit dem kurzen Haar begrüßte sie wie eine Stammkundin.

»Guten Tag, ist der Herr Staudinger zu sprechen?«

»Da müsste ich nachsehen.« Sie zwinkerte Conny zu. »Aber wir hätten heute auch so einen Tisch frei. Ist ja noch sehr früh.«

»Danke, das ist nett, aber ich bin dienstlich hier.«

»Ach so.« Der Blonden verging das freundliche Lächeln. »Einen kleinen Moment, bitte«, sagte sie und verschwand durch die Schwingtür hinter dem Tresen. Conny musste nicht lange warten.

»Guten Tag, liebe Frau Lorenz!«, rief Staudinger. »Sie wollen mich sprechen? Wollen wir in mein Büro gehen?«

»Gern.« Sie folgte ihm aus dem Restaurant hinaus, durch den Flur und von dort in sein Büro. Er hatte dazugelernt und wollte offenbar vermeiden, dass Mitarbeiter oder Gäste etwas aufschnappen konnten.

»Also, womit kann ich dienen?«, wollte er wissen, nachdem beide Platz genommen hatten. »Einen Kaffee vielleicht oder ein Wasser?«

»Nein, vielen Dank.« Conny holte eine Mappe aus ihrem Rucksack. »Herr Staudinger, mir ist zu Ohren gekommen, dass Robert Welzer einige Geschäftsleute erpresst hat. Gehörten Sie dazu?« Staudinger hob erstaunt die Augenbrauen und lehnte sich in seinem hohen Bürostuhl zurück. Dann schüttelte er den Kopf und legte die Fingerspitzen aneinander. Er war überrascht. Fragte sich nur, ob er von der Erpressung überrascht war oder davon, dass Conny davon wusste.

»Nein«, sagte er ruhig. »Das hätte ich Ihnen erzählt.«

»Ach ja? Es kann nicht sein, dass Sie das vergessen haben?«

»Ich bitte Sie!« Er schüttelte erneut den Kopf. »Ein Mann ist tot. Der Mann hat mich erpresst. Eine charmante Polizistin kommt und fragt nach dem Mann. Liebe Frau Lorenz, Sie sind eine hübsche Person, die mich gewiss durcheinanderbringen kann. Aber eine Amnesie haben Sie nicht gleich ausgelöst. Wie sollte man so etwas vergessen?«

»Kann ich mir auch nicht vorstellen«, stimmte sie zu. »Ich wollte Ihnen nur eine Chance geben, Ihre Antwort zu überdenken.«

»Sie vertrauen mir nicht«, stellte er fest und sah enttäuscht aus.

»Es geht nicht um Vertrauen, es geht um Fakten.« Sie schlug die Mappe auf und schob ihm Original und Fälschung seiner Kalkulation hin, die sie von Oberstaatsanwalt Kurtz erhalten hatte.

Staudinger fragte nicht, woher sie die Unterlagen hatte. Nachdem er die erste Seite überflogen hatte, sah er sie nur verständnislos an und wandte sich, da Conny schweigend abwartete, der zweiten Seite zu. Plötzlich stutzte er.

»Was ist das? Ich meine, das sieht aus wie … aber das stimmt doch nicht! Zweihundertachtzig Gramm Fleisch pro Portion, das ist doch viel zu viel.« Staudinger blickte sie fragend an. »Ich betreibe doch keins dieser schrecklichen Billig-Restaurants, bei denen es nur um Quantität geht!«, sagte er empört. »Ich verstehe nicht …«

»Sie behaupten also, Sie kennen diese Fälschung nicht?«

»Fälschung?« Er nickte. »Stimmt, das muss eine Fälschung sein.« Wieder warf er einen Blick auf die erste Seite. »Hier ist es richtig: Einhundertachtzig Gramm. So stimmt es!«

»Herr Welzer hat Ihnen das Original entwendet, zu Hause gescannt und am Computer so verändert, wie Sie es hier sehen. Er hat von Ihnen Geld verlangt, damit er den zuständigen Kollegen im Finanzamt nicht die Fälschung vorlegt und behauptet, Sie würden falsche Angaben machen, die Ihre Kosten erhöhen und Ihren Gewinn auf dem Papier senken. Er hätte Sie mit diesem von ihm veränderten Dokument anschwärzen können und hat sich von Ihnen dafür bezahlen lassen, dass er es nicht tut. Ein solches Verhalten fällt unter den Tatbestand einer Erpressung.«

»Nein«, sagte er voller Überzeugung, »ich sehe das zum ersten Mal.«

»Herr Staudinger, vertrauen Sie mir nicht?« Conny versuchte es auf die sanfte Tour. »Es wäre wirklich besser, Sie würden mir die Wahrheit sagen.«

»Natürlich ist das besser. Ich glaube ganz fest an die Wahrheit. Darum pflege ich auch, mich an sie zu halten.«

Conny machte einen weiteren Versuch. »Ich habe bereits mit einem Opfer von Herrn Welzer gesprochen. Der Mann hat mir die Erpressung bestätigt. Es war genau die gleiche Masche: Welzer hat Unterlagen entwendet, gefälscht und als Druckmittel benutzt. Ihnen hat er auch mindestens dieses eine Dokument entwendet und verändert.«

»Das sieht so aus. Unglaublich. Aber unter Druck gesetzt hat er mich damit nicht. Kann doch sein, dass er dazu nicht mehr gekommen ist«, vermutete Staudinger. »Kann man nicht herausfinden, wann er die Fälschung an seinem Computer angefertigt hat?«

»Doch, natürlich kann man das«, gab sie zurück und ärgerte sich im Stillen, dass sie Kurtz nicht sofort danach gefragt hatte.

»Do legst di nieda!«, platzte Staudinger unvermittelt heraus. »Entschuldigen Sie, liebe Frau Lorenz, aber ich kann gar nicht glauben, dass der Herr Welzer mich erpressen wollte. Der hat so einen feinen Eindruck gemacht.« Er hing seinem Gedanken nach, dann fragte er: »Dieser andere Geschäftsmann, von dem Sie sprachen, das Opfer vom Herrn Welzer, der hat sich wahrhaftig wegen so etwas unter Druck setzen lassen? Ich meine, das hätte sich doch ganz leicht aufklären lassen.«

»Wenn man Angst hat, dass noch andere Unregelmäßigkeiten zutage treten und womöglich erhebliche Nachzahlungen zur Folge haben, dann denkt man eventuell nicht gründlich genug nach. Was meinen Sie?«

»Schmarrn! Entschuldigen Sie bitte, aber ich kann mir das beim besten Willen nicht vorstellen.«

Ich mir auch nicht, dachte Conny. »Es gibt einen Zeugen, der beobachtet hat, wie Sie sich mit Herrn Welzer gestritten haben. Worum ging es dabei, Herr Staudinger?«

Wieder sah er überrascht aus und enttäuscht. »Sie glauben mir nicht, dass ich ein Freund der Wahrheit bin. Schade. Ich hatte Ihnen bereits gesagt, dass es keinen Streit gegeben hat. Darf ich fragen, wer der Zeuge ist? Nein, ich weiß schon.« Er lächelte und seufzte. »Das kann nur dieser schreckliche Bäcker gewesen sein. Der kann mich nicht leiden.«

»Warum nicht?«

»Ich habe ihm von Anfang an meine Meinung über seinen Kuchen gesagt. Mittelklasse, bestenfalls. Dass es zum Schreiben

Talent braucht statt Reichtum, habe ich ihm außerdem ins Gesicht gesagt. Das kommt bei ihm einer Majestätsbeleidigung gleich«, raunte er und zwinkerte ihr zu.

»Ja, ich weiß, was Sie meinen.« Conny stand auf, bedankte sich für das Gespräch und ging.

Nachdem sie eine Kleinigkeit gegessen und mit Paul telefoniert hatte, setzte sie sich wieder an ihr Modell. Warum sie ausgerechnet das Haus und den Garten der Swakowyaks baute, hätte sie nicht sagen können. Irgendwie wurde sie das Gefühl nicht los, dass dort der entscheidende Wink zu finden war, der sie auf die richtige Spur führen würde. Sie musste noch einmal mit Vera Swakowyak sprechen. Conny hielt sie nicht für eine Mörderin, auch nicht für jemanden, der die Drecksarbeit einen Mann machen ließ. Andererseits konnte man nie sicher sein. Wenn Welzer sich tatsächlich mit einer Minderjährigen eingelassen hatte, konnte Vera das noch mehr verletzt haben, als wenn es sich um eine Frau ihres Alters gehandelt hätte. Was konnte eine Frau von Ende dreißig, bei der sich die ersten Falten und an den Oberschenkeln fiese Dellen zeigten, schon gegen eine Sechzehn- oder Siebzehnjährige mit straffer Haut an den entscheidenden Stellen ausrichten? Conny klebte das Dach auf das vorbereitete Gartenhäuschen. Was fing ein erwachsener Mann mit einem Teenager an, von Sex einmal abgesehen? Das war die zweite interessante Frage. Die dürfte Vera sich auch gestellt haben und zu dem Schluss gekommen sein, dass Robert Welzer einer Minderjährigen bald überdrüssig sein konnte. War sie deshalb so sicher, ihn zurückgewinnen zu können? Dann hätte sie ihn nicht umbringen lassen. Womöglich hatte sie es auf die Nebenbuhlerin abgesehen, und etwas war schiefgelaufen. Das Gartenhäuschen war fertig. Länger konnte sich Conny nicht vor der Ausgestaltung der Meerjungfrau drücken, die noch in der Miniaturversion des Swakowyak-Gartens fehlte. Sie nahm einen Draht zur Hand, den sie in die entsprechende Form zu biegen versuchte und dann mit Leim überzog. Zum Schluss legte sie winzige Papierstückchen darauf.

Kapitel 8

Hansens Motiv

Der Freitag hielt eine Menge Arbeit für Conny bereit. Gleich am Morgen – nicht aufschieben, war schließlich die Devise – rief sie Udnik an und konfrontierte ihn mit der Tatsache, dass Welzer Geschäftsleute erpresst hatte.

»Schön blöd, die Herrschaften«, ätzte er. Auch der Hinweis darauf, dass das Alibi eines Ehepartners nicht sonderlich viel Wert sei, lockte ihn nicht aus der Reserve. Ob sie wirklich glaube, dass er sich mit solchen Kinkerlitzchen habe erpressen lassen? Nee, dem hätte er tüchtig die Leviten gelesen, wenn er das probiert hätte. Und überhaupt, er habe ihr doch schon einmal gesagt, dass er sich mit Welzer gut verstanden habe. Als sie auflegte, hatte Conny ausgesprochen schlechte Laune. Nicht, dass sie von Udnik etwas anderes erwartet hatte. Im Grunde stand sie selbst kaum hinter der Erpressungstheorie. Aber irgendetwas musste sie doch tun. Sie behielt den Hörer gleich in der Hand und rief Renate an.

»Es müsste herauszukriegen sein, wann die Dokumente auf Welzers Scanner kopiert worden sind. Würden Sie sich bitte darum kümmern, Renate?«

»Geht klar«, antwortete die. Obwohl Freitag und ihr Feierabend nicht mehr fern war, konnte Conny sich darauf verlassen, dass die Sekretärin den Auftrag noch ausführte, ehe sie die Inspektion verließ. »Ich werde gleich mal die Kollegen besuchen, bei denen Welzers Computer steht.«

»Danke, Renate, Sie sind ein Schatz!«

»Ich weiß.«

Es dauerte nicht lange, da klingelte Connys Mobiltelefon.

»Kurtz hier, guten Tag, Frau Lorenz.« Conny war dermaßen darauf eingestellt gewesen, noch einmal Renate zu hören, die möglicherweise etwas vergessen oder – noch besser – schon etwas herausbekommen hatte, dass sie eine Sekunde stumm blieb. Ein drängelnder Staatsanwalt hatte ihr gerade noch gefehlt.

»Herr Kurtz, ich grüße Sie!« Sie bemühte sich um einen freundlich-lockeren Tonfall.

»Warum haben Sie mich nicht informiert?«

»Was genau meinen Sie?«

»Es ist Freitag. Am Mittwoch habe ich Sie gebeten, mich über jeden Fortschritt in Kenntnis zu setzen. Sie wollen mir hoffentlich nicht erzählen, dass es seitdem keinen gegeben hat?« Da war nichts Charmantes mehr in seiner Stimme. Conny musste auf der Hut sein. »Es wird doch einen Grund haben, warum Sie einen Kollegen auf den Computer von Robert Welzer ansetzen. Wollen Sie mich nicht wissen lassen, was Sie darauf zu entdecken hoffen, was ich nicht schon gefunden hätte?«

So ein Mist, dachte sie, wie konnte er so schnell davon wissen?

Sie entschied sich, mit offenen Karten zu spielen. Zumindest mit einigen offenen Karten. »Ich hätte Sie selbstverständlich heute noch über diesen Schritt informiert, Herr Kurtz«, schwindelte sie. Das hätte sie auf keinen Fall getan. »Es ist ja gerade erst ein paar Minuten her, dass ich den Auftrag erteilt habe.« Das war ein dehnbarer Begriff und entsprach immerhin der Wahrheit. »Mir ist eingefallen, dass die gescannten Dokumente uns verraten können, wann sie von Welzer erfasst worden sind. Das Datum interessiert mich.« Man konnte förmlich hören, wie er am anderen Ende stutzte. Das hatte er nicht erwartet.

»Wozu soll das gut sein?«

»Robert Welzer ist am Abend des dritten Oktober ums Leben gekommen. Was ist, wenn die Dokumente nach seinem Tod den Weg in seine Wohnung und in seinen Computer gefunden haben?«

»Wie sollte das möglich sein?«

»Fehlt Ihnen wirklich die Fantasie?« Das war ihr so herausgerutscht. Sie sprach schnell weiter: »Wir können nicht ausschließen, dass jemand Welzer die Fälschungen untergeschoben hat.«

»Das kann ich mir beim besten Willen nicht vorstellen. Aber gut, anhand der Daten lässt sich das sehr wohl ausschließen. Das werden wir ja bald wissen. Sehr gründliche Arbeit, Frau Lorenz«, sagte er und hörte sich wieder etwas zugänglicher an.

»Danke. Da ist noch etwas. Ich gehe einer Spur nach, der wir bisher meines Erachtens zu wenig Aufmerksamkeit geschenkt haben.«

»Das wäre?«

»Robert Welzer war angeblich ein Frauenheld. Ich habe in seinem Nachttisch etwas Interessantes gefunden. Es wäre gut, wenn alle verfügbaren Kollegen ihr Augenmerk auf Welzers Beziehungen und Affären legen könnten. Sämtliche Vereinskollegen müssen diesbezüglich befragt werden. Wir müssen diese Frau finden! Schon weil er bei ihr möglicherweise Geld oder den Schlüssel zu einem Schließfach versteckt haben könnte, falls doch etwas an der Erpressungsgeschichte dran ist.«

»Gut, ich kümmere mich darum. Und Sie nehmen den Udnik in die Mangel.«

»Ich habe schon mit ihm gesprochen.«

»Dann sprechen Sie noch einmal mit ihm. Von ihm hatte Welzer besonders viele Dateien auf dem Rechner. Und der hat schon vor Jahren im Visier des Finanzamtes gestanden. Am Montag will ich Ergebnisse haben.«

»Heute ist Freitag!« Conny wollte das Schiff am nächsten Morgen nehmen, um dieses Wochenende mit Paul zu verbringen.

»Na und? Morgen ist Samstag und übermorgen Sonntag. Haben Sie ein Problem damit, am Wochenende zu arbeiten?«

»Nicht grundsätzlich«, gab sie verunsichert zurück.

»Das höre ich gern. Hier sind ehrenwerte Geschäftsleute beteiligt, Frau Lorenz. Es wäre mir sehr daran gelegen, den Fall so schnell wie möglich zu Ende zu bringen.«

»Mir auch.« Was dachte der sich eigentlich, dass sie auf Hiddensee Urlaub machte? Sie war kurz davor, ihm ein paar passende Worte zu sagen.

»Gut«, kam er ihr zuvor. »Es freut mich, dass wir einer Meinung sind. Die Damen und Herren von der Presse rufen übrigens auch schon ständig an. Fragen Sie Herrn Paulsen, der wird Ihnen das bestätigen.« Damit war das Gespräch beendet. Wenn Conny etwas nicht leiden konnte, dann war das, unter Druck gesetzt zu werden, nur weil die Öffentlichkeit ihre Schlagzeilen brauchte.

»Scheißkerl!«, schimpfte sie. Paul war weit weg, sie musste sich also nicht zusammenreißen, sondern konnte ihrer Wut freien Lauf lassen.

»Schlechte Nachrichten?« Marlene sah sie mitfühlend an.

»Kann man sagen.« Conny schnaubte. »Ich werde es überleben.« Sie wollte Paul anrufen, als Michael ins Büro kam.

»Conny, ich habe hier etwas, das wird dir gefallen.«

»Kommt gerade recht«, sagte Marlene, verzog die Miene und gab ihm mit einer Geste zu verstehen, dass dicke Luft herrschte.

»Zeit für deine Pause, Kollegin«, rief er Marlene fröhlich zu und tippte auf seine Armbanduhr.

»Geht doch ins Nebenzimmer, wenn ihr ungestört sein wollt«, entgegnete die eingeschnappt. »Aber bitte, mache ich eben Pause.« Weg war sie.

Michael setzte sich Conny gegenüber an den Schreibtisch. »Ob dir das wirklich gefällt, weiß ich gar nicht, aber immerhin ist es ein Ergebnis.«

»Na, du machst es ja spannend.«

»Du hattest mich gebeten, mich wegen deines Kollegen Hansen umzuhören.«

Conny wurde hellhörig. »Ja. Und, hast du etwas herausgefunden?«

»Allerdings.« Er sah zur Tür. Glücklicherweise war ihm anscheinend bewusst, dass es in dieser Angelegenheit auf Diskretion ankam. »Der Herr Hansen hat erst vor drei Jahren geheiratet. Ziemlich spät für sein Alter.«

»Aha.« Conny sah ihn verständnislos an. »Und davor hat er alleine gelebt?«

Michael nickte. »Sehr lange jedenfalls. Er war wohl nicht gerade ein Frauentyp oder hat die Sturm-und-Drang-Zeit verpasst. Was weiß ich? Fest steht, dass er nicht viel Glück in der Liebe hatte. Seine jetzige Frau hat er über ein Institut kennengelernt.«

»Wann war denn das? Zu der Zeit muss es doch schon Partnerbörsen im Internet gegeben haben, oder?«

»Keine Ahnung. Zwischen Kennenlernen und Heiraten sind einige Jahre vergangen. Aber wahrscheinlich gehört er ohnehin eher zur altmodischen Sorte und hält nicht viel vom Internet.« Conny fiel ein, dass Hansen nicht einmal mit zeitgemäßen Telefonen richtig umgehen mochte. Sie wartete auf weitere Details, aber Michael schwieg.

»Was soll ich mit der Information deiner Meinung nach anfangen?«, fragte sie gereizt. Wenn er etwas Wichtiges hatte, sollte er es ihr sagen. Sie hatte keine Lust auf Spielchen.

»Mit der an sich noch nichts. Aber hiermit.« Er schob die Tastatur seines Computers beiseite und stützte sein Kinn auf die verschränkten Hände. »Für dieses Eheanbahnungsinstitut hat eine junge Dame gearbeitet, eine von der ganz rassigen Sorte. Ihr Job war es, gerade zögerliche Kunden zu umgarnen, damit die denken, sie haben tatsächlich gute Chancen. Wenn die Herren, meist älteren Baujahres, dann einen Vertrag bei der Partnervermittlung unterschrieben haben, ist das Lockvögelchen davongeflattert.«

»Bäh, was für eine fiese Masche!« Conny verzog angeekelt das Gesicht. »Und darauf ist Hansen reingefallen?« Michael nickte. »Mist. Armer Kerl.« Sie sah ihren Kollegen vor sich. Da gab es endlich eine, die ihm gefiel, und dann schwirrte die ab, nachdem sie ihr Ziel erreicht hatte. Dass er danach überhaupt noch einer Frau vertraut und sogar geheiratet hat, erstaunte sie. Dann fiel ihr etwas ein, und sie sah in Michaels Augen. Er würde platzen, wenn er nicht sofort erzählen konnte, was er noch herausbekommen hatte. »Und wie kommt nun Welzer ins Spiel?«, fragte sie brav.

»Die rassige Schönheit war Welzers Freundin. Die waren eine ganze Weile zusammen, bis jemand sie wegen ihrer Beteiligung an dem Betrug anzeigen wollte. Da hat sie über Nacht die Stadt verlassen, heißt es. Dein Kollege war der festen Überzeugung, sie habe ihn wirklich gemocht und sei nur von Welzer verführt worden. Er behauptete steif und fest, Welzer hätte ihm die Dame ausgespannt.«

»Das erklärt einiges.« Gut möglich, dass Hansen in Welzers Wohnung war, um etwaige Spuren zu verwischen, die auf eben diese Dame hätten hindeuten können. Sicher wusste er längst, dass er einem Lockvogel auf den Leim gegangen war. Das war ihm dann bestimmt noch immer peinlich. »Sehr gute Arbeit, Michael, danke. Wie hast du das überhaupt herausgefunden?«

»Das war gar nicht schwer. An diese Sache mit dem Institut erinnern sich noch viele.«

»Du hast dich doch hoffentlich nicht im Kollegenkreis umgehört?«

»Sag mal, was denkst du denn von mir?« Er lehnte sich zurück und sah sie vorwurfsvoll an. »Nee, ich habe erst mal geforscht, in welchen Vereinen Hansen aktiv ist. Der macht übrigens mit seiner Frau Square Dance.«

»Hansen?« Sie starrte ihn an. Alles konnte sie sich vorstellen, von Taubenzüchten bis zum Sammeln von Panzermodellen, aber ganz sicher keinen Tanz.

»Seine Frau ist schon seit über dreißig Jahren in dem Verein. Er ist ihretwegen eingetreten. Jeder in dem Club kennt das Drama mit der Partnervermittlung und weiß, dass seine Frau ihn darüber hinweg getröstet hat.«

»Danke, Michael, das hast du super gemacht.« Sie strahlte ihn an. Schon klingelte wieder ihr Mobiltelefon. »Conny Lorenz, guten Tag!«

»Renate hier, Moin. Kollege Meyer hat sich gerade bei mir gemeldet. Das ist der, der die Dateien überprüft hat.«

»So schnell? Und?«

»Sie hatten recht, Frau Lorenz, die Dateien wurden am dritten Oktober zwischen zwanzig Uhr fünfundvierzig und einundzwanzig Uhr zwanzig erstellt.«

Conny wurde flau im Magen. »Da war Robert Welzer bereits tot.«

»Sein Geist wird andere Sorgen gehabt haben, als in der eigenen Wohnung am Computer herumzuspuken. Soll ich den Oberstaatsanwalt benachrichtigen?«

»Nein, danke Renate. Sagen Sie bitte nur Herrn Paulsen Bescheid, ja?«

»In Ordnung.« Conny ließ ihr Telefon sinken. Damit war die Erpressungssache erledigt.

Conny brauchte Abstand. Sie musste sich die neuen Erkenntnisse in Ruhe durch den Kopf gehen lassen, sich eine Strategie zurechtlegen, die sie möglichst schnell zum Ziel brachte.

»Ich lasse mir mal ein bisschen den Wind um die Nase wehen«, hatte sie Michael gesagt, das Rathaus verlassen und war zum Strand gelaufen. Es war ein Herbsttag, der seinem Namen alle Ehre machte. Die Wellen wurden von einem kräftigen Sturm gepeitscht, donnernd rollten sie auf den Strand, brachen sich an den Buhnen, schossen neben den runden, nass glänzenden Holzpfählen schäumend weiß in die Höhe, als habe jemand eine Tüte Milch fallen lassen, deren Inhalt nach dem Platzen ins Freie spritzte. Das Dünengras knisterte, der feine Sand war überall in der Luft. Conny kniff die Augen zusammen und bemühte sich, nur durch die Nase zu atmen. Sie zog ihren Schal bis über Ohren und Kinn. Kalt war es, aber auch wohltuend erfrischend. Sie stapfte Richtung Norden, dem Wind entgegen. Es war mühsam, sich in dem weichen Sand vorwärts zu kämpfen, aber es tat ihr unendlich gut. In Gedanken ging sie die ehrenwerten Geschäftsleute durch, von denen Oberstaatsanwalt Kurtz gesprochen hatte. Sie waren aufgrund der manipulierten Unterlagen noch verdächtiger geworden. Jedenfalls sah Kurtz es so. Dass einer von ihnen in Welzers Wohnung eingedrungen und die Dokumente gefälscht haben sollte, war vollkommen unlogisch. Wer wollte sich schon selbst in Verdacht bringen? Wie hätte er auch an die Geschäftspapiere der anderen gelangen sollen? Wer hatte Zugang zu sensiblen Daten aller Beteiligten, fragte sie sich. Sie musste einen gemeinsamen Bekannten von Bauunternehmer Wulff, Bäcker Udnik und Gastronom Staudinger finden, einen, der das geschäftliche Material dieser Herren an sich bringen konnte. Dieser Unbekannte hatte eine offene Rechnung mit Welzer gehabt. Vera Swakowyak kam zwar einerseits in Frage, denn die Rache von Frauen war nicht selten hintergründig. Dass sie ihn als Erpresser dastehen lassen wollte, statt ihm eine weitere Szene zu machen oder seiner neuen Flamme aufzulauern, erschien Conny plausibel. Dummerweise fehlte die Verbindung zu den anderen Geschäftsleuten.

Conny ließ Buhne elf hinter sich, eine Weile später die letzten Häuser, die noch zu Vitte gezählt wurden. Aber warum sollte Vera eine Verbindung zu den Herren gebraucht haben?, ging ihr durch den Kopf. Es reichte doch, wenn sie Zugang zu Welzers Wohnung hatte. Gut möglich, dass sie sogar einen Schlüssel von ihm besaß, den sie ihm noch nicht zurückgegeben hatte. Natürlich! Conny beschleunigte automatisch den Schritt, obwohl sie doch kein konkretes Ziel hatte. Es war sicher nicht unumstritten, aber doch denkbar, dass Welzer sensible Unterlagen mit nach Hause genommen hatte, um dort daran zu arbeiten. Vera hätte also nur hereinspazieren, diverse Papiere scannen, Ordner anlegen und die Dateien verändern müssen. Immer schneller wirbelten die Gedanken in Connys Hirn herum. Das war doch kein Zufall, dass

Welzer in der Zeit gestorben ist, in der jemand in seiner Wohnung war. Gab es jemanden, mit dem Vera gemeinsame Sache hätte machen können?

Conny kam ein neuer Gedanke. Sie sah zur Uhr und holte ihr Mobiltelefon hervor. Vielleicht hatte sie Glück, und Renate war noch im Büro.

»Hauptkommissar Paulsen, guten Tag.«

»Hallo Paul, ich bin's. Renate ist schon weg?«

»Vor fünf Minuten. Alles in Ordnung bei dir? Du klingst gehetzt.«

»Ich bin am Strand. Alles in Ordnung.«

»Soso, die Frau Lorenz verbringt ihre Arbeitszeit am Strand.« Sie hörte, wie er schmunzelte. Er war ganz offenkundig allein. »Pass auf, dass du nicht wegfliegst. Der Sturm hört sich ziemlich heftig an.«

»Ja, das ist er. Herrlich!« Sie lachte. »Paul, ich brauche bitte eine Information von diesem Meyer, der sich auf Welzers Computer umgesehen hat.«

»Renate sagt, die Dateien seien erst angelegt worden, als Robert Welzer bereits tot war.«

»So ist es. Okay, jemand wollte ihm etwas unterjubeln oder ihn aus dem Weg schaffen und gleich Verdächtige dazu liefern, das würde ich begreifen.«

»Aber?«

Conny blieb stehen. Wenn sie weiter gegen den Wind kämpfte und redete, würde ihr bald die Luft knapp. »Mir stellt sich die Frage, wie ein Toter mit den Unterlagen jemanden erpressen kann.«

»Wulff«, sagte Paul sofort.

»Genau. Es kann sein, dass Welzer tatsächlich mal krumme Dinger mit Papieren seiner Klienten gedreht und dafür Ordner auf seinem Rechner angelegt hat. Alte Dateien hat er vielleicht immer gleich gelöscht. Man hätte ihm also eine gewisse Zeit nichts nachweisen können. Und genau das hat womöglich jemandem nicht gepasst. Falls aber alle Hinweise auf die angebliche

Erpressung erst am Abend des dritten Oktober entstanden sind, dann würde ich mich gern mit Herrn Wulff darüber unterhalten.«

»Dann ist diese Erpressungssache also tatsächlich faul, wie du gesagt hast.« Sie konnte ihn vor sich sehen, zufrieden in seinem Bürostuhl sitzend und aus dem Fenster blickend, wie er es beim Telefonieren meistens tat. »Ich wusste, dass du das kannst.«

»Danke, Paul. Ich hatte da schon meine Zweifel. Außerdem lobst du mich besser erst, wenn ich auch den Täter vorweisen kann.«

»Ich lobe auch gerne mehrfach«, sagte er. Eine Böe riss an Connys Schal. »Meine Güte, ist das laut. Lass uns später sprechen, ja? Du kommst heute doch nach Hause?«

»Ich wollte morgen früh kommen, aber der fürsorgliche Herr Kurtz hat Angst, dass ich mich langweile. Er hat mir Wochenendarbeit verordnet.«

»Wie bitte?«

»Ich soll ihm am Montag Ergebnisse liefern«, brüllte sie gegen den Sturm. »Keine Ahnung, wie ich das anstellen soll. Ich rufe dich später noch mal an. Setzt du den Meyer bitte auf die Ordner an? Er soll den gesamten Computer überprüfen, ob es irgendeine ältere Spur gibt, die auf unsaubere Aktivitäten von Welzer hindeutet.«

»Mache ich. Bis nachher.«

Wolken jagten über den Himmel. Conny fühlte mit einem Mal eine neue Energie in sich. Sie war ein wenig traurig, Paul nicht so bald sehen zu können. Gleichzeitig war sie froh, denn sie hätte ohnehin keine Ruhe gehabt. Es gab so viel, was sie tun konnte, um in dem Fall endlich weiter zu kommen. Am liebsten hätte sie alle Befragungen, alle Recherchen auf einmal erledigt. Ihr kam Hansen in den Sinn. Der hatte Welzer definitiv nicht leiden können. Und er war imstande, eine Wohnungstür zu öffnen, ohne das Schloss zu beschädigen. Er kam absolut in Frage, was die Manipulation des Computers anging. Nein, dazu hätte er den Scanner bedienen, die entstandenen Dateien in andere Formate umwandeln und obendrein bearbeiten müssen. Das war nicht Hansens Stärke. Hinzu kam, dass ihn das auch in der Tötungssache verdächtig machen würde. Für Conny stand fest, dass zwei Personen in den Fall verwickelt waren und Hand in Hand gearbeitet hatten. Während der eine sich um die Spuren in Welzers Wohnung gekümmert hatte, hatte der andere das Opfer beseitigt. Sie wollte sich einfach nicht vorstellen, dass ein altgedienter Kollege da mit drinsteckte.

Sie hätte noch ewig weiter den Strand entlang laufen können. Bedauerlicherweise ging am Nachmittag nur noch ein Bus von Kloster zurück nach Vitte. Den würde sie nehmen müssen, denn sonst wurde es für ihre Verabredung in der Kuscho zu spät. Also schlug sie den Pfad zum Kirchweg ein. Der führte sie direkt zum Hafenweg, von wo der Bus startete. Immer wieder überholten sie Senioren auf Elektrofahrrädern oder kamen ihr entgegen und brausten dann an ihr vorbei. Einige von ihnen sahen aus, als hätten sie bereits Mühe, das Rad überhaupt zu besteigen. Dennoch waren sie trotz des hohen Tempos vollkommen entspannt. Ein merkwürdiger Anblick. Nicht ganz ungefährlich, dachte Conny. Ob die alten Herrschaften alle noch schnell reagieren konnten, wenn ihnen zum Beispiel ein Kind vor die Reifen stolperte? Sie wollte sich lieber nicht ausmalen, welche Unfälle und Verletzungen zu befürchten waren.

Der Inselbus, ein kleines weißes Gefährt mit komplett beschlagenen Scheiben, rollte heran. Conny bekam einen Platz seitlich zur Fahrtrichtung. Es war zu warm und stickig, die Schlagermusik, die aus einem Lautsprecher schepperte, war deutlich zu laut. Kaum, dass der Wagen sich in Bewegung gesetzt hatte, erreichte er auch schon die nächste Haltestelle.

»Kloster, Weißer Weg«, kündigte eine Kinderstimme an. Conny verzog spöttisch das Gesicht. Meinten die Tourismusmanager der Insel, alle Gäste lieben Kinder? In den Ferien waren bestimmt viele Familien hier, aber in der Nebensaison gab es doch sicher mehr kinderlose Paare, Alleinstehende, Senioren. Ob die eine

Kinderansage besonders schätzten? Sie seufzte. Wie gut, dass die Fahrt nur kurz war. Conny wollte schleunigst zurück an die frische Luft. Veras Ehemann Swakowyak kam ihr in den Sinn. Ob er auch so froh darüber war, dass die beiden keine Kinder hatten, wie seine Frau? Er war im Bauamt tätig. Der Umgang mit dem Computer müsste ihm also geläufig sein. Einen Grund, Welzer die Pest an den Hals zu wünschen, hatte er allemal. Wie hatte er sich ausgedrückt? Während seines Aufenthaltes in dem Wellness-Hotel hatte er sich unentwegt ausgemalt, wie er Welzer töten könnte. Das sagte keiner, der die Tat begangen hatte, nicht einmal jemand, der in gewisser Weise daran beteiligt war. Endstation. Conny stieg aus dem Bus und atmete durch. Außerdem hatte Swakowyak ein Alibi.

Dieses Mal war Conny die Erste in der Kuscho. Sie war extra früh hingegangen, um Chef Manni Gau zu erwischen, bevor er ein volles Haus und keine Zeit mehr für sie hatte.

»Guten Abend. Herr Gau?« Sie setzte sich auf einen der Barhocker, die vor dem kreisförmigen Tresen standen.

»Das bin ich. 'n Abend.« Er wienerte die Arbeitsfläche, auf der bald ein Getränk nach dem anderen darauf warten würde, von den Gästen in Empfang genommen zu werden.

»Conny Lorenz«, stellte sie sich vor. »Schöner Laden.« Sie blickte in die Runde. »Gefällt mir.«

»Danke.« Er sah sich ebenfalls kurz in seiner Kneipe um, als müsse er sich von dem gelungenen Ambiente immer wieder neu überzeugen. »Eigentlich wollte ich Häuser bauen«, erzählte er. »Tja, diese ehemalige Lagerhalle ist leider das einzige Gebäude, dem ich ein bisschen meinen Stempel aufdrücken konnte.« Er lächelte sie freundlich an.

»Genau darüber wollte ich mit Ihnen sprechen.«

Kneipenwirt Manni runzelte die Stirn so sehr, dass sich selbst seine glänzende Glatze in Falten legte. »Sind Sie Architektin oder so was?«

»Nein, ich bin Kriminalkommissarin.«

»Ach, die Dame vom Festland.«

»Sie wissen gut Bescheid. Genau die.«

»Und wieso interessieren Sie sich für meine Kneipe? Ich denke, Sie suchen einen Mörder.«

»Ich interessiere mich für Ihr ursprüngliches Vorhaben, Häuser auf Hiddensee zu bauen«, antwortete sie, ohne auf ihre Ermittlungen einzugehen.

»Ach ja?« Manni Gau war ein kräftiger Bursche, der mindestens zweimal die Woche Gewichte stemmte, schätzte Conny. Die kurzen Ärmel seines weißen T-Shirts spannten sich über beeindruckenden Muskelpaketen. Im rechten Ohrläppchen glänzte ein winziger silberner Ring. Fehlte nur noch eine Tätowierung, um das Klischee eines Kneipenchefs zu vervollständigen.

»Soweit ich weiß, gibt's auf der Insel keinen Bauunternehmer. Das verstehe ich nicht. Müsste sich doch lohnen, oder? Ich meine, gebaut wird doch immer mal.«

Er lachte auf und legte seinen Lappen zur Seite. »Das dachte ich auch. Aber ich hatte keine Lust, mein Revier zu markieren. Und jetzt bin ich ganz froh mit meiner Kuscho.« Er griff nach dem Putztuch und wischte durch das Spülbecken.

»Was meinen Sie damit, dass Sie keine Lust hatten, Ihr Revier zu markieren?«

»Wollen Sie auch was trinken oder nur fragen?«

»Ich hätte gern einen alkoholfreien Ipanema, bitte. Der ist wirklich gut.«

»Gerne.« Er schnappte sich eine Limette, warf sie hinter dem Rücken in die Luft und fing sie mit der anderen Hand auf.

»Bravo!« Sie lächelte ihn an.

»Wie schon gesagt, ich liebe meine Kuscho. Würde nichts anderes mehr machen wollen.«

»Gut für Sie und gut für die Leute hier. Ihre Gäste lieben den Laden auch, habe ich das Gefühl.«

Seine blauen Augen strahlten. »Die Sache mit dem Revier …

Ich meine damit, dass es schon einen gab, der auf Hiddensee sein Bein gehoben hat. Um im Bild zu bleiben«, gab er ihr doch noch eine Antwort auf ihre Frage.

»Sie sprechen von Herrn Wulff?«

»Sie wissen auch gut Bescheid.« Er grinste. Anscheinend machte ihm das Geplänkel Spaß.

»Klar, ich mache meine Hausaufgaben.« Manni hatte ihren Cocktail fertig gemixt, garnierte das Glas mit einer Orangenscheibe und reichte es ihr. »Danke sehr.« Conny nahm einen Schluck. »Mmhh«, machte sie, »der ist wirklich lecker!«

»Sehen Sie, ich mache meine Hausaufgaben nämlich auch.«

»Gleichstand, würde ich sagen.« Sie lachten. »Wieso haben Sie diesem Herrn Wulff nicht einfach Konkurrenz gemacht?«, wollte sie wissen. »Ich könnte mir vorstellen, dass Sie einen ganz anderen Schwerpunkt in Ihrer Tätigkeit geplant hatten, als Wulff ihn in seinem Geschäft hat. Sie hätten doch bestimmt nebeneinander existieren können, oder nicht?«

»Vielleicht ja, vielleicht aber auch nicht.« Er zuckte die mächtigen Schultern. »Das ist nicht einfach, so einen Betrieb aus dem Boden zu stampfen. Vor allem brauchen Sie hier!« Er rieb den Daumen an seinem Mittelfinger. »Ich hatte nicht viel auf der hohen Kante nach dem Studium. Diese alte Lagerhalle habe ich von meinen Eltern gekriegt, aber das war's auch schon. Stellen Sie sich vor, ich hätte einen fetten Kredit aufgenommen, wenn ich den überhaupt gekriegt hätte, und wäre dann baden gegangen. Nee!« Er schüttelte den kahlen Kopf. »Das ist schon ganz anderen passiert. Musste ich nicht auch noch haben.«

»Stattdessen haben Sie lieber eine Kneipe aus der Halle gemacht.«

»Genau! Meine alten Herrschaften fanden das gut. Wir haben immer schon gesagt, dass es nix für die Einheimischen gibt. Alle Lokale sind fest in Touristenhand. Sie meinten auch, das lohnt sich, einen Laden für die Leute von Hiddensee zu eröffnen. Und wenn man keine Fremden hier haben will oder zumindest nicht in erster Linie, dann ist es auch gar nicht schlimm, dass meine Kuscho von der Straße nicht zu sehen ist.«

»Ein Risiko sind Sie aber auch damit eingegangen. Wieso dann nicht mit der ersten Idee? Nur weil Sie dafür so viel mehr Geld gebraucht hätten?«

»Wissen Sie, Conny, wenn man's mir auch nicht ansieht, aber ich gehe Ärger gerne aus dem Weg. Wulff hat mir ziemlich klar zu verstehen gegeben, dass er mir Ärger macht, wenn ich versuche, mir seine Pfründe unter den Nagel zu reißen.«

»Pfründe sind Einnahmen, die einem ohne große Mühe in den Schoß fallen, wenn ich nicht irre.«

»Sie irren nicht.«

»Davon kann im Baugeschäft wohl kaum die Rede sein, oder?«

»Entschuldigung.« Nach und nach kamen die Gäste. Manni musste ihre Bestellungen entgegennehmen. Er servierte zwei Biere und eine Weinschorle, dann war er wieder bei ihr. »Wenn Sie jede Menge Vitamin B haben und sämtliche öffentlichen Aufträge bekommen, dann purzeln Ihnen die Einnahmen ohne Mühe in den Schoß«, erklärte er und grinste sie vielsagend an. Er war nicht verbittert, stellte sie erfreut fest. Er hatte die richtige Entscheidung für sein Leben getroffen.

»Und Wulff hat Vitamin B?«

Er warf den Kopf in den Nacken und lachte. »Ja, klar! Der ist doch mit diesem Ober-Mufti vom Bauamt im gleichen Club.«

»Mit Swakowyak?«

»Nee, wer soll das denn sein? Ist das ein Name? Nee, dieser … Ich komme jetzt nicht drauf, wie der heißt. Ist auf jeden Fall schon seit Ewigkeiten im Bauamt von Rügen und auch schon seit Jahren Leiter der Behörde. Und der«, sagte er gedehnt, stützte sich auf und lehnte sich zu ihr herüber, »ist ein Busenfreund vom Wulff. Die sind so«, ergänzte er, kreuzte die Finger und presste sie eng aneinander. »Kapiert?« Er fasste sich unter das rechte Auge und zog das Lid herab. Plötzlich sah er an ihr vorbei. »Ach,

Ihre Kollegen!« Conny drehte sich um und entdeckte Marlene und Michael, die auf sie zusteuerten. »Moin! Wie immer?«, fragte Manni die beiden.

»Wie immer«, bestätigte Marlene und machte Anstalten, auf den Barhocker neben Conny zu klettern.

»Komm, Marlene, wir entern unseren Stammplatz«, schlug Michael ihr vor. »Kommst du gleich nach?« Er sah Conny an und zwinkerte ihr zu. Die formte hinter Marlenes Rücken tonlos ein Danke. Marlene in allen Ehren, aber sie wollte das Gespräch hier möglichst alleine zu Ende bringen.

»Ja, bin gleich bei euch«, rief sie.

»Hat der Wulff etwa den Typen umgebracht, den ihr am Strand gefunden habt?«, wollte Manni wissen, während er ein dunkles und ein helles Bier öffnete.

»Leider weiß ich noch nicht, wer das getan hat. Ich nehme noch einen Ipanema, bitte.«

»Okay.«

»Danke, dass Sie mir Auskunft gegeben haben. Eine Frage hätte ich noch.«

»Auch gerne zwei oder drei.« Er sah sie freundlich an. »Ist mal was anderes, als mit der Friseurin oder niedlichen, aber etwas einfältigen Zimmermädchen zu flirten.«

Conny musste lachen. »Danke für die Blumen! Sie sagten, Wulff und der Leiter des Bauamts sind im gleichen Club. Welchen Club meinen Sie?«

»Rotarier. Kennen Sie die? Ist so ein ›Einer-für-alle-Alle-für-einen‹-Ding. Grundsätzlich ist der Verein wohl wirklich in Ordnung, den Mitgliedern geht's um Wahrheit, Freundschaft und Zusammenhalt. Bloß gibt es einige, die für meinen Geschmack ein bisschen zu eng miteinander sind.« Conny sah ihn fragend an. »Nicht, was Sie jetzt vielleicht denken. Nee, die fühlen sich einander nur ziemlich verpflichtet. Ein Beispiel: Ein Nicht-Rotarier gibt ein Angebot für den Neubau des Feuerwehrhauses ab. Der Rotarier aus dem Amt verrät seinem Rotarier-Kumpel, der ein

Baugeschäft hat, was drinsteht, damit der das dann unterbieten kann. Klingelt's?«

»Es läuten sogar sämtliche Glocken.«

»Ist mit Baugenehmigungen nicht anders. Bist du Mitglied, kriegst du trotz Baustopp selbst auf Hiddensee eine, bist du kein Mitglied eben eher nicht.«

»Danke, Herr Gau, Sie haben wirklich sehr geholfen.« Er nickte ihr zu und musste sich schon wieder um Gäste kümmern. »Dann will ich Sie mal nicht länger von der Arbeit abhalten.«

»Schon okay«, rief er ihr über die massige Schulter zu. »Können Sie ruhig wieder machen. Aber dann nennen Sie mich Manni, abgemacht?«

»Gerne!« Sie nahm ihren Cocktail und ging an den Tisch zu Marlene und Michael.

»Willst du schon wieder das ganze Wochenende arbeiten?« Marlene stieß mit Conny an.

»Von wollen kann keine Rede sein, ich wurde verdonnert.« Sie rollte mit den Augen. »Und wie läuft's bei euch?« Conny wollte in der Öffentlichkeit möglichst nicht über ihren Fall sprechen. Sie konnte die beiden ebenso gut am Montag im Büro auf den neusten Stand bringen.

»Marlene hat den Übeltäter geschnappt«, verkündete Michael. »Darauf trinken wir.«

»Wirklich? Habe ich gar nicht mitgekriegt. Glückwunsch!« Conny hob ihr Glas und sah Marlene anerkennend an.

Die wirkte alles andere als glücklich und zufrieden. »Ach Mann«, jammerte sie, »mir ist gar nicht nach Feiern zumute.« Dann erzählte sie von Konrad, den alle nur Kuddel nannten. Kuddel war das dritte von fünf Kindern. »Eine richtig arme Sau«, wie Marlene sich ausdrückte. Sein Vater war schon seit einer ziemlichen Weile arbeitslos, die Mutter putzte in mehreren Pensionen. »Die können sich nix leisten, kannst du dir ja vorstellen«, erzählte sie. »Kuddel wurde oft gehänselt wegen seiner Klamotten, die er von den großen Geschwistern aufgetragen hat und so. Aber er ist immer anständig geblieben, hat sich deshalb nicht geprügelt, hat nichts mitgehen lassen.«

»Stimmt.« Michael nickte. »Der gehörte bisher nicht zu unseren Stammkunden. Ganz ehrlich: Kuddel hätte ich nie im Leben verdächtigt.« Er seufzte. Man konnte ihm ansehen, dass er zwar froh war, die Angelegenheit mit dem Segelmacher und dem Kiosk geklärt zu haben, sich aber auch einen anderen Täter gewünscht hätte.

»Ist er von jemandem angestiftet worden?« Conny trank einen Schluck.

»Nee, der hatte einfach nur den puren Frust.« Marlene fuhr sich mit der Hand durch das dicke Haar. »Kuddel hatte gespart, weil er zum ersten Mal in ein Mädel verliebt war.« Sie lächelte. »Er hat ihr ein Handy geschenkt, ein ganz einfaches, das er einem Jugendlichen abgekauft hat, der mit seinen Eltern auf Hiddensee Urlaub gemacht hat. Für Kuddel war das 'ne echte Investition, aber das Mädel hat ihn ausgelacht und gesagt, so'n altes Teil kann er behalten. Sie steht auf Smartphones. Tja, da ist er abgedreht und hat beim alten Striesow gewütet.«

»Das hat ihm dann doch leid getan, und er hat Angst gekriegt, dass sie ihn schnappen«, erzählte Michael weiter. »Also hat er gedacht, wenn er noch einen Bruch begeht, dann sieht das nach organisierter Kriminalität aus, und man würde nach ganz anderen Leuten suchen, hat er bei der Vernehmung gesagt. Außerdem hat ihn das Geld aus dem Kiosk gelockt. Aber als er's hatte, ist ihm klar geworden, dass das Mädel nicht noch ein Geschenk von ihm verdient hat.«

»Gute Erkenntnis«, warf Conny ein.

»Er hat seiner Mutter damit einen Gutschein für eine Massage gekauft«, erzählte Marlene. »Der tun doch immer alle Knochen vom Putzen weh. Echt süß vom Kuddel. Nur wollte seine Mutter natürlich sofort wissen, woher er das Geld hatte.« Conny wurde plötzlich von Marlenes Bericht abgelenkt. Da war ein Geräusch, ganz leise, aber sehr vertraut. »Es ist nicht mein Verdienst, dass wir den Übeltäter, wie mein lieber Kollege es nennt, haben.« Sie warf Michael einen vorwurfsvollen Blick zu. »Kuddels Mutter ist mit ihm in die Station gekommen. Den Kiosk hat er gestanden. Ich brauchte nur noch Striesows Lager aus ihm herauskriegen.«

»Entschuldigung!« Conny kramte in ihrem Rucksack. Ihr Mobiltelefon signalisierte ihr, dass sie eine Kurzmitteilung bekommen hatte. »Ich finde, eine Fei-Fei hast du dir trotzdem verdient«, sagte sie, während sie ihre eingegangenen Nachrichten abfragte. »Die geht heute auf mich.«

»Echt? Und du trinkst eine mit?« Marlene strahlte.

Conny sah, dass Paul mehrfach versucht hatte, sie zu erreichen. Außerdem hatte sie eine Textnachricht, die sie sich anzeigen ließ. Sie starrte auf das winzige Display. *Muss Sie dringend sprechen. Bin am Sonntag auf Hiddensee. Treffen um 12:00 in der Strandperle? Vera Swakowyak.* Sie schluckte. Ob Vera ein Geständnis ablegen wollte? Sie war der Typ dafür. Wenn sie etwas mit der Sache zu tun hatte, musste sie sich das von der Seele reden. Conny fühlte sich mit einem Schlag wie ein wildes Tier im Käfig. Vor ein paar Stunden hatte sie kräftigen Auftrieb bekommen, weil endlich Bewegung in den Fall kam, jetzt wurde ihr wieder bewusst, dass sie noch keinen echten Tatverdächtigen hatte. Sie konnte es kaum erwarten, einen nennenswerten Schritt voranzukommen. Sie spürte die Blicke ihrer Kollegen auf sich und sah auf.

»Entschuldigung«, sagte sie und lächelte abwesend. »Ich bin leider noch nicht ansatzweise so weit wie ihr.« Sie ließ das Telefon wieder in die Seitentasche des Rucksacks fallen. »Egal, das wird schon. Dann hole ich euch mal eine Fei-Fei. Ich verzichte lieber, ich glaube, das wird eine lange Nacht.«

»Hallo, Paul, habe ich dich geweckt?«

»Nein. Das heißt, doch, ja, ich bin auf dem Sofa eingeschlafen.«

»Tut mir leid. Ich war mit Marlene und Michael in einer Kneipe und hatte da ein sehr aufschlussreiches Gespräch mit dem Chef. Der wollte sich mal als Bauunternehmer auf Hiddensee selbständig machen, hat es aber gelassen, weil Wulff ihm mehr oder weniger gedroht hat.«

»Frau Lorenz?«

»Ja?« Sie ahnte, was jetzt kam.

»Es ist nach elf Uhr. Ich habe Feierabend.«

»Nicht auflegen!« Sie hörte ihn atmen. »Ist ja schon gut, Frau Lorenz hat auch Feierabend. Das heißt, eigentlich hätte sie. Ich wäre jetzt auch lieber Conny und bei dir, um dich und meinen Kater zu kraulen. Aber dieser dämliche ... dieser dienstbeflissene Oberstaatsanwalt meinte ja, ich müsse mehr Gas geben, damit die ehrenwerten Herrschaften, die in diesen dummen Fall verwickelt sind, bald wieder ihre Ruhe haben.« Sie schnaubte aufgebracht. »Hättest du diesen Herrn Kurtz ein wenig in seine Schranken verwiesen, könnte ich jetzt bei dir auf dem Sofa liegen«, ergänzte sie bockig. Sie hatte Lust, ihm Vorwürfe zu machen. Zum einen fand sie wirklich, er hätte es dem Staatsanwalt schwerer machen können, sich derartig einzumischen, Befugnis hin oder her. Zum anderen wollte sie ihm ihre neuen Erkenntnisse präsentieren und von Veras Nachricht erzählen. Es ging ihr fürchterlich auf die Nerven, dass er so stur zwischen Dienst und Privatleben trennte. Für Connys Geschmack übertrieb er es erheblich.

»Du hättest dich ihm widersetzen können. Wenn du der Meinung bist, dass du am Wochenende ohnehin nichts erreichst, hättest du ihm das erklären können.« Er machte eine Pause. Dann fügte er etwas resigniert hinzu. »Wie ich dich kenne, bist du aber nicht dieser Meinung.« Eine ganze Weile schwiegen beide. Conny hoffte, dass er sein Angebot vom letzten Freitag erneuern und anbieten würde, zu ihr auf die Insel zu kommen. Das tat er nicht. Er wartete. Er machte es sich wirklich leicht, dachte sie.

»Und wie läuft es so bei dir?«, erkundigte sie sich, obwohl sie diese Frage banal fand. »Irgendwelche neuen Katastrophen von Häppchen? Hat er dir in die Wohnung gemacht oder mal wieder einen Kater vernascht?«

»Nein, er hat sich glücklicherweise wieder an das Katzenklo gewöhnt. Und für erotische Eskapaden fehlt ihm die Energie, fürchte ich.«

»Wieso, stimmt etwas nicht mit ihm?«

»Frau Schmidt füttert ihn rund um die Uhr, glaube ich. Da reicht es nur noch für Verdauungsschläfchen zwischendurch.«

»O nein.« Conny seufzte. Sie konnte es nicht ausstehen, wenn Menschen Tiere mästeten. Häppchen war in Pauls Obhut. Konnte er nicht einschreiten?

»O doch, ich denke darüber nach, ihn bei den Weight Watchers anzumelden.«

»Wäre es nicht einfacher, Frau Schmidt auszubremsen?«, fragte sie gereizt. »Ich weiß, dass sie es gut meint, aber es tut Häppchen nicht gut, wenn er fett und träge wird.«

»Ich habe sie schon darauf angesprochen, bin aber nicht sicher, ob das etwas bringt.« Wieder entstand eine Pause. Plötzlich fiel Conny Frau Fittkau ein. Sie wusste selbst nicht, wieso sie ausgerechnet jetzt an die Mitarbeiterin aus dem Institut für Rechtsmedizin in Greifswald denken musste, die Pauls Handynummer hatte.

»Sag mal, kennst du diese Frau Fittkau aus Greifswald eigentlich näher?«, fragte sie ihn direkt.

»Wie kommst du von Frau Schmidt auf Kathi Fittkau?«

»Was spielt das denn für eine Rolle?« Sie erwartete keine Antwort. »Mir hat sie sich übrigens als Frau Fittkau vorgestellt.«

»Sie arbeitet in der Rechtsmedizin. Insofern hatte ich schon mehrfach mit ihr zu tun. Sehr sympathische Kollegin. Was ist mit ihr?«

Conny wusste, dass sie auf Krawall gebürstet war. Es wäre klüger, das Gespräch auf den nächsten Tag zu verschieben. »Ich dachte, das sagst du mir. Sie hat mich neulich angerufen und ganz beiläufig erwähnt, dass sie schon lange deine Handynummer hat. Das klang, als wärt ihr euch nicht nur als Kollegen sympathisch.«

»Du bist eifersüchtig«, stellte er fest. »Wie schön!« Seine Stimme war warm, und er lächelte.

»Quatsch! Hätte doch sein können, dass du mal etwas mit ihr hattest. Das wäre doch völlig okay. Es gab schließlich eine Zeitrechnung vor unserer Beziehung. Ich frage nur, weil ich keine Lust habe, blöd dazustehen, wenn ich sie mal treffe.«

»Du hast gar nichts gefragt«, erwiderte er belustigt.

Conny war eifersüchtig. Dass ihn das freute und er gleichzeitig nicht dementierte, machte sie wütend. »Meine Güte, Paul, mit dir kann man manchmal aber auch nicht vernünftig reden. Tut mir leid, dass ich Frau Fittkau erwähnt habe.« Bevor sie sich noch mehr in die Defensive bugsierte, fragte sie: »Verrätst du mir wenigstens noch eine dienstliche Sache?«

Er atmete vernehmlich aus. »Du willst wissen, ob Meyer schon etwas herausbekommen hat. Ich hatte mehrfach versucht, dich deswegen zu erreichen. Es gibt keine Spur, die auf die Erpressungsgeschichte hinweist und vor dem dritten Oktober datiert ist.«

»Das ist ein Hammer. Danke, Paul!«

»Gern geschehen.«

Sie hätte ihn liebend gern an ihrer weiteren Vorgehensweise teilhaben lassen, aber er wollte davon ja doch nichts hören. Jedenfalls jetzt nicht. Also sagte sie knapp: »Dann will ich dich nicht länger stören. Ich habe nämlich noch keinen Feierabend.« Etwas versöhnlicher setzte sie hinzu: »Schlaf schön!«

Das Gespräch mit Paul lag ihr auf dem Magen. Sie wusste, dass er keine Schuld an ihrer schlechten Laune hatte, trotzdem hatte sie ihn die spüren lassen. Das war ungerecht und tat ihr leid. Er musste sie für eine Zicke halten. Hoffentlich bereute er nicht schon, sie nach Stralsund geholt zu haben. Immerhin hatte er einige bürokratische Hürden überwinden müssen, damit sie überhaupt von Hamburg nach Mecklenburg-Vorpommern hatte versetzt werden können. Wenigstens in fachlicher Hinsicht sollte sich das für ihn lohnen. Conny schob die Gedanken an ihr Telefonat beiseite und konzentrierte sich auf ihre Arbeit. Sie suchte im Internet nach Rotary-Clubs und wurde schnell fündig. Von einem globalen Netzwerk war da die Rede, von Führungskräften, die ehrenamtlich und selbstlos anderen dienen wollten. Hörte sich nicht schlecht an. Conny las, dass die Mitglieder sich sowohl lokal als auch international für diejenigen einsetzten, die sich nicht selbst helfen konnten. Sie musste an Kuddel denken. Ob die Rotarier auch so einem armen Kerl zur Seite standen? Sie klickte sich durch verschiedene Seiten, überflog einige Texte. Dann wollte sie wissen, in welchem Club Wulff und dieser Bauamtsleiter waren. Die Rotarier waren in unterschiedliche Bezirke aufgeteilt, die sie selbst als Distrikte bezeichneten, was vermutlich dem amerikanischen Ursprung der Organisation geschuldet war. Conny tauchte tiefer in die Struktur ein und entdeckte schließlich, dass es sowohl einen Club in Stralsund als auch einen auf Rügen gab. Sie nahm sich zuerst den auf Rügen vor. Eine Mitgliederliste konnte sie nicht finden, doch als sie den Vorstand anklickte, lief ein Kribbeln über ihre Kopfhaut. Neben Wulff blickte sie in ein bekanntes Gesicht. Freundliche offene Augen mit zusammengewachsenen Brauen darüber, welliges kinnlanges Haar und ein sorgsam gezwirbelter Schnurrbart. Staudinger. Wie passte der in die Geschichte? Conny rieb sich die Schläfen. War er nur zufällig im selben Club, oder hatte er etwas mit Wulff und dem Leiter des Bauamtes zu schaffen? Das *Bootshaus* war noch nicht alt. Gut möglich, dass er auch zu den Begünstigten gehörte, die eine Baugenehmigung bekamen, weil sie im richtigen Verein waren. Sie würde ihn darauf ansprechen. Meine Güte, es gab eine Menge Ämter im Vorstand. Die Liste der Namen, darunter nur ein weiblicher, war lang. Bedauerlicherweise war darunter jeweils nur das Rotarier-Amt vermerkt, nicht aber, was der Mensch beruflich machte. Sie notierte alle Namen auf einem Zettel, den sie in ihren Rucksack steckte. Ihre Augen brannten, sie klappte das Laptop zusammen, ging kurz an das Fenster und sah hinunter auf die dunkle Straße, die nur schwach von dem vorübereilenden Licht des Leuchtturms und der Hausbeleuchtung erhellt wurde. Ein Strauch wiegte sich im Wind, kein Mensch war zu sehen. Es war absolut friedlich da draußen. Conny war müde, aber sie wusste, dass sie noch kein Auge zukriegen würde. Sie räumte ihre Unterlagen beiseite und holte ihre Modellwelt, Klebstoff, getrocknetes Moos und Farben hervor. Vera Swakowyak hatte um ein Treffen gebeten. Es sei dringend, hatte sie geschrieben. Wie steckte diese Frau in der Sache drin? Unter Connys geschickten Fingern entstand eine kleine Hecke, die das Grundstück der Swakowyaks einrahmte. Mit brauner Farbe setzte sie winzige Punkte in das Gras, kleine Pilze, die hier bestens gediehen. Pantherpilz, dachte sie, Fliegenpilz, Ibotensäure. Vera hatte Zugriff auf das Gift, das in Welzers Magen gefunden worden war. Viele Menschen hatten das, aber sie hatte vermutlich ständig diese kleinen Gewächse vor der Nase gehabt, wenn sie am Fenster gestanden und sich bedauert hatte. Und sie hatte ihm einen Kuchen gebacken. Der Täter war männlich, daran konnte es keinen Zweifel geben. Es sei denn, ein Mann hatte Welzer Kuchen zu essen gegeben, ohne zu wissen, dass dieser eine gefährliche Zutat enthielt. Vielleicht war Welzer zusammengebrochen und hatte dabei diesen Mann gekratzt, einen, der erschrocken und hilflos war. Conny betrachtete ihr Werk. Der Garten, das hübsche Haus, das Gartenhäuschen, selbst der kleine Bachlauf mit der Meerjungfrau waren ihr gut gelungen. Die perfekte Idylle für eine Familie. Was macht ein verlassener Ehemann mit einer solchen hübschen kleinen Märchenwelt? Für sich alleine hätte er nie ein Haus gebaut, hatte Armin Swakowyak am Telefon gesagt. Er hatte sich das alles ganz anders vorgestellt, hatte sich wahrscheinlich eine Schaukel und ein Klettergerüst für den Garten gewünscht und Kinder, die darauf herumtobten. Armin hatte ein Alibi. Trotzdem hatte Conny ihn schon längst treffen wollen, war nur nicht dazu gekommen. Ihr fiel Kuddels Geschichte ein. Der Junge hatte einem Mädchen ein Geschenk gemacht, das ihm alles bedeutet hatte, war aber abgeblitzt und daraufhin durchgedreht. Dabei war er vorher immer ein guter Junge gewesen. Armin war nach Aussage von Vera ebenfalls ein guter Mensch. Ihm konnte es genauso ergangen sein. Er hatte Vera das Haus geschenkt und wurde dennoch von ihr verlassen. War er auch durchgedreht? Conny rieb sich die Augen und sah auf die Uhr. Gleich zwei. Sie musste unbedingt noch ein paar Stunden Schlaf bekommen. Um Viertel vor acht würde sie die Fähre nach Rügen nehmen. Es war höchste Zeit, Armin Swakowyak kennenzulernen.

»Guten Tag. Armin Swakowyak?« Der schlanke Mann mit dem weißblonden Haar, den ebenfalls weißen Wimpern und Augenbrauen und den auffallend hellblauen Augen stand in der Tür, als wolle er niemandem einen Blick ins Haus gewähren.

»Ja«, sagte er nur.

»Ich bin Conny Lorenz. Wir haben telefoniert.«

»Ach, Sie sind das. Was wollen Sie? Ich bin gerade erst aufgestanden.«

»Schlafen Sie immer noch so schlecht?«

»Ja.« Er trug eine Jeans, ein Hemd und eine schon leicht abgewetzte Strickjacke darüber.

»Darf ich hereinkommen?« Sie schenkte ihm ein freundliches Lächeln. »Irgendwie habe ich in Neubaugebieten immer das Gefühl, die Häuser haben Ohren.«

Er zögerte. Dann trat er zur Seite. »Bitte.« Armin führte sie nicht in das Wohnzimmer, wie seine Frau es getan hatte, sondern ging in die Küche. »Ich habe gerade Kaffee gekocht«, sagte er, Conny den Rücken zugewandt. »Möchten Sie auch einen?«

»Gerne, danke.« Unter dem Küchenfenster gab es eine Arbeitsplatte, darunter standen zwei Stühle. »Darf ich?« Sie deutete auf einen der Stühle, zog ihn hervor, als er nickte, und setzte sich.

Armin reichte ihr den Becher, stellte Milch und Zucker auf die Platte und zog sich den zweiten Stuhl heran. »Bitte entschuldigen Sie, dass ich Sie so überfalle«, begann Conny. Sie betrachtete ihn aufmerksam und entdeckte dunkle Leberflecke auf seiner extrem hellen Haut. Alles deutete darauf hin, dass er einer der wenigen Menschen mit Albinismus war. Sofort fiel ihr der Film *Sakrileg* ein. Die Figur des Silas, ein ebenso bedauernswerter wie gefährlicher Kerl, war als Albino dargestellt. Auch *Der flüsternde Tod* kam ihr in den Sinn. Darin gab es ebenfalls einen Bösewicht mit Albinismus, einen Terroristen dieses Mal. Wer immer von diesem Phänomen in der Realität betroffen war, galt mit Sicherheit als Außenseiter. Armin war ein Außenseiter, so viel stand fest. Zumindest war er als Kind einer gewesen. Genau wie Kuddel.

»Sie haben mir bereits Auskunft gegeben. Jetzt bin ich hier, um mir ein noch besseres Bild von Ihrer Frau zu machen.« Das irritierte ihn. »Ich kann mir vorstellen, dass es nicht gerade ein Thema ist, über das Sie gern reden. Trotzdem oder gerade deshalb wäre ich Ihnen sehr dankbar, wenn Sie mir etwas über Ihre Ehe erzählen könnten. Gab es vor Robert Welzer noch einen Mann, für den sich Ihre Frau interessiert hat?«

Er lachte bitter. »Nein, bestimmt nicht. Sie ist nicht so eine.«

»Wann hat das mit Welzer angefangen?«

Armin nahm einen Schluck schwarzen Kaffee. Es sah schon so aus, als würde er sie weiter mit kurzen Antworten abspeisen, aber dann überlegte er es sich und erzählte, wie er und Vera sich kennengelernt hatten, wo er ihr den Antrag gemacht hatte, wie Welzer in die Beziehung geplatzt war. Armin Swakowyak war noch immer eifersüchtig, obwohl Welzer nicht mehr am Leben war.

»Legen Sie sich mal mit einem Toten an«, sagte er. »Gegen den können Sie nichts machen. Wenn ihm das Herz Ihrer Frau noch gehört, haben Sie keine Chance.« Er starrte in seinen Becher. »Da habe ich mich wohl zu früh gefreut. Ich dachte, wenn er stirbt, gewinne ich meine Frau zurück.« Armin sah auf und blickte sie mit seinen wässrigen Augen direkt an.

»Wollen Sie mir weismachen, Sie hätten etwas mit Welzers Tod zu tun?«

»Liegt das nicht auf der Hand?«

»Sie haben ein Motiv, daran gibt es keinen Zweifel. Pech für mich, dass Sie ein Alibi haben.« Conny zuckte schicksalsergeben mit den Schultern.

»Vielleicht habe ich einen Profi-Killer engagiert.«

Sie schüttelte den Kopf. »Dafür sind Sie nicht der Typ. Schade, sonst könnte ich Sie festnehmen und hätte Feierabend«, sagte sie fröhlich.

»Tun Sie das! Dann muss ich wenigstens nicht länger in diesem Gefängnis bleiben.« Sie musste an Vera denken, die jeden Tag in diesem Haus als Qual bezeichnet hatte. Armin empfand es jetzt, wo er alleine hier wohnte, offenbar genauso.

»Glauben Sie, in einem anderen Gefängnis gefällt es Ihnen besser?«, fragte Conny, ohne eine Antwort zu erwarten. »Ihre Frau will mich übrigens dringend treffen. Sie kommt mich morgen besuchen. Haben Sie eine Idee, worum es gehen könnte?« Sie beobachtete jede Regung seines Gesichts. Die Wangen zuckten. Er biss die Zähne aufeinander und atmete zweimal tief durch. Sein Blick wurde hart.

»Nein«, sagte er kalt. »Da werden Sie sich gedulden müssen, bis Sie ihr diese Frage stellen können.« Im nächsten Moment wurde sein Blick wieder weich, er schluckte. »Richten Sie ihr schöne Grüße aus«, sagte er leise. »Sie soll ein bisschen aufpassen, was sie tut.«

»Was meinen Sie damit?«

»Was ich sage.« Er stellte den leeren Becher auf den Tisch. »Möchten Sie noch einen Kaffee?«

»Nein, danke, ich werde jetzt gehen. Herr Swakowyak, können Sie sich vorstellen, dass Ihre Frau zu einem Mord fähig wäre oder dazu, jemanden zu engagieren, der das für sie erledigt?«

»Vera? Die hat diesen Kerl geliebt, da wird sie ihn doch nicht umbringen.«

»Enttäuschte Liebe ist ein starkes Mordmotiv.« Sie sah ihm fest in die Augen.

»Ja, das ist es.« Er hielt ihrem Blick stand, ohne mit der Wimper zu zucken.

Conny erhob sich. »Danke für den Kaffee.« Als sie schon im Flur war, sagte sie beiläufig: »Ihr Vorgesetzter ist im Rotary-Club, habe ich gehört.«

»Herr Preuß? Keine Ahnung.«

Sie drehte sich zu ihm um. »Danke, Herr Swakowyak, Sie haben mir sehr geholfen.« Als sie die Straße mit den sauberen neuen Einfamilienhäusern hinter sich gelassen hatte, zog sie die Liste mit den Rotarier-Mitgliedern von Rügen hervor. Oliver Preuß. Das war also der Name des Bauamtsleiters. Danke, Herr Swakowyak, wiederholte sie in Gedanken.

Die Entscheidung war getroffen. Er würde ihr einen gründlichen Schreck einjagen. Dann würde sie die Finger davon lassen. Endlich. Du lieferst mich nicht ans Messer, dachte er, du nicht! Ich habe einen guten Job, einflussreiche Freunde, die zu mir halten. Ich bin wer! Nein, ich habe mir das nicht alles aufgebaut, damit jemand kommt und alles kaputtmacht. Den Fehler hat Robert auch begangen. Er wollte mir alles kaputtmachen. Alles. Das konnte ich nicht zulassen. Ich habe meine Familie beschützt, wie es sich gehört. Das war richtig. Ich werde es wieder tun, tun müssen.

Er hatte keine Wahl. Diese Frau war einen Schritt zu weit gegangen. Sie hatte ihre Nase deutlich zu tief in seine Angelegenheiten gesteckt. Ihm blieb nichts anderes übrig, als sie unschädlich zu machen. Dann hätte er endlich wieder Ruhe. Dann würde endgültig Gras über die Sache wachsen, und er konnte so weiterleben wie vorher. Das war alles, worauf es ankam. Sein Leben leben, sein schönes prachtvolles Leben. Nein, er war kein Egoist. Es ging ihm auch um andere, um seine Familie. Manchmal waren sie so hilflos. Dann musste er stark sein, Entscheidungen treffen, Dinge regeln. Das war richtig und fair für alle Beteiligten.

Ja, ich bin stark. Ja, ich weiß, was zu tun ist, was nötig ist, damit auch ihr wieder zur Ruhe kommt. Ich werde ihr eine Lektion erteilen, die sie lehren wird, die Wahrheit zu erkennen. Sie wird sie lehren, zu verstehen, was dem Wohl aller Beteiligten dient. Ich will sie nicht töten, ich bin doch kein Mörder, kein schlechter Mensch. Ich will nur, dass sie aufhört, dass sie für eine Weile aus dem Verkehr gezogen wird, bis sie versteht. Du lieferst mich nicht ans Messer, du nicht! Ich drehe den Spieß um. Mal sehen, wie dir das gefällt. Es wird nicht einfach werden, und ich muss meinen Sonntag opfern. Ausgerechnet meinen heiligen Sonntag, an dem ich so viel lieber etwas mit meiner Familie unternehmen würde. Du wirst dafür bezahlen, dass du mir den Sonntag verdirbst.

Er bemerkte, dass er zitterte. Ruhig, sagte er sich, ganz ruhig. Es gibt keinen Grund, sich aufzuregen. Er atmete tief durch. Du bist kein schlechter Mensch, nur weil du jemanden umgebracht hast.

Kapitel 9

Sprung über Gräber

Conny ging vor dem Frühstück joggen. Wenn Sie in Stralsund nur so eine schöne Strecke direkt vor der Haustür hätte. Sie hatte schon mehrfach überlegt, einfach außen um die Altstadt herum zu laufen. Sie käme am Frankenteich und am Knieperteich vorbei und könnte am Fährhafen entlangjoggen. Eine schöne Runde, wenn man gern mehrspurige Straßen überquerte. Die hatten sie bislang davon abgehalten, in Stralsund die Laufschuhe zu schnüren. Auf Hiddensee war das anders. Sie konnte von der Dorfstraße, an der das Haus lag, querfeldein über die Wiesen in Richtung Leuchtturm rennen, dann daran vorbei in den Wald und parallel zur Steilküste bis zu dem Stück, wo die Insel gewissermaßen einen Knick hatte und in die Landzungen von Altbessin und Neubessin überging. Einmal links abbiegen, und sie war wieder auf der Dorfstraße, die sie zurück nach Grieben führte. Nicht gerade Marathondistanz, aber genau richtig für den Start in den Tag.

Nach dem Frühstück machte Conny sich Zettel für jeden Verdächtigen. Sie schrieb auf, welche Verbindung es jeweils zu Robert Welzer gab, was dafür sprach, dass derjenige verwickelt sein könnte, und was dagegen. Dieser Papierkram zählte nicht zu ihren Lieblingsbeschäftigungen, aber sie hatte gelernt, dass man dabei manchmal etwas klar vor sich sah, was man zuvor nicht erkannt hatte. Als die Verabredung mit Vera näher rückte, machte sie sich auf den Weg. Sie wollte unbedingt pünktlich sein. Mit jedem Meter, über den ihr Fahrrad rollte, wurde Conny gespannter.

Was war so dringend, dass Vera Swakowyak extra dafür auf die Insel kam? Oder war das gar nicht der Fall, gab es jemanden, den sie sowieso auf Hiddensee traf?

Schon fünf Minuten nach halb zwölf schloss Conny ihr Rad vor der *Strandperle* an. Das Schiff von Schaprode hatte gerade im Hafen von Vitte festgemacht und spuckte eine große Anzahl Besucher aus. Die meisten waren Tagesgäste, sie hatten kein Gepäck bei sich. Einige würden sich ein Fahrrad mit oder ohne Elektroantrieb leihen, andere die Kutsche besteigen, um möglichst schnell nach Kloster zu gelangen, wo für viele das Hauptmann-Haus, die Inselkirche oder das Heimatmuseum zum Pflichtprogramm gehörten. Kinder liefen ungestüm los und wurden von ihren mit Rucksäcken beladenen Eltern zur Ordnung gerufen, ältere Leute machten vorsichtige Schritte, um auf dem unebenen Boden nicht zu stürzen, und waren denen im Weg, die es eilig hatten. Vera Swakowyak war nicht zu sehen. Conny wartete ab, bis niemand mehr an Land ging. Falls Vera von Stralsund gekommen war, konnte sie schon im Lokal sitzen und ihrerseits warten. Conny ging hinein und sah sich um.

»Moin! Na, mal wieder Appetit auf Sauerfleisch?«, rief die Wirtin ihr zu.

Conny grüßte höflich. »Nein, ich bin verabredet.« Sie sah in ein enttäuschtes Gesicht. »Das heißt, mal sehen, ob die Dame, mit der ich mich treffen will, auch Hunger hat.« Conny schenkte ihr ein Lächeln und beschloss im gleichen Augenblick, Vera vor der Tür abzufangen und mit ihr woanders hinzugehen. Die Wirtin der *Strandperle* war eine ausgesprochen neugierige Person, zumal sie vermutlich ein Recht darauf zu haben glaubte, informiert zu werden. Schließlich war sie es doch, die Conny von dem Streit zwischen Vera und Robert erzählt hatte.

Conny ging ein wenig auf und ab. Das nächste Schiff von Rügen kam erst um Viertel nach zwölf an. Es würde sie nicht überraschen, wenn Vera so lange gezögert hatte, dass sie die frühere Fähre am Ende verpasst hatte. Conny holte ihr Mobiltelefon hervor. Keine Nachricht. Wenn sie das Schiff verpasst hatte, würde Vera sich melden und Bescheid geben, dass sie noch käme, dessen war Conny sicher. Ein ungutes Gefühl beschlich sie. So ein Unsinn, sagte sie sich selber, wenn Vera Bekannte auf Hiddensee hatte, dann kam sie vielleicht gar nicht mit dem Schiff, sondern hatte bereits eine Nacht hier verbracht. Es wurde zwölf, doch Vera Swakowyak kam nicht. Auch auf dem Schiff, das eine Viertelstunde später aus Schaprode einlief, war sie nicht. Keine Spur von ihr, keine Mitteilung. Conny war enttäuscht. Gleichzeitig wuchs ihre innere Unruhe. Vera war durchaus der Typ, der sich selbst etwas zuleide tat, wenn sie nicht weiter wusste. War sie so verzweifelt? Hatte sie Robert mit einer kleinen Dosis Fliegenpilze nur betäuben wollen, und die Sache war aus dem Ruder gelaufen? Conny rief Veras Nachricht auf und wählte dann die Nummer, von der die SMS geschickt worden war.

»Guten Tag. Leider bin ich nicht zu erreichen. Ich freue mich aber über eine Nachricht und melde mich umgehend zurück.« Das war eindeutig Veras Stimme. Conny hinterließ ihr eine Nachricht und bat um Rückruf. Unentschlossen streifte sie dann noch eine Weile am Hafen herum, bis sie einsah, dass das keinen Sinn hatte. Sie wählte Pauls Nummer. Schon wieder ein Anrufbeantworter. Ein Piepen ertönte nach seiner Ansage. Conny wusste nicht, was sie sagen sollte. Sie wollte sich entschuldigen, fand das aber per Nachricht auf Band unpassend. Außerdem kam ihr plötzlich der Gedanke, er könne sich womöglich gerade mit Kathi Fittkau treffen. Und sie selbst hatte ihn vielleicht sogar auf diese Idee gebracht. Nein, Unsinn, wahrscheinlich war er beim Sport oder etwas essen gegangen. Sie würde es am Abend noch einmal probieren.

Zurück in der Wohnung kümmerte sie sich wieder um Routinearbeiten. Sie trug die neuen Erkenntnisse, die sie in den letzten Tagen gewonnen hatte, in ihre Tabellen ein. Ihr fiel ein, was sie bei ihrem ersten Besuch in der Kuscho gehört oder zumindest bruchstückhaft aufgeschnappt hatte, und startete ihren

Computer. Mal sehen, ob etwas über den Neubau eines Luxus-Resorts in Neuendorf zu finden war. Sie probierte es mit allen möglichen Suchbegriffen. Fehlanzeige. Schade, sie hätte zu gerne gewusst, ob Herr Wulff an der Planung beteiligt war, falls es das Projekt überhaupt gab. Aber auch auf seiner Internetseite stand nichts darüber geschrieben. Ein weiterer Gedanke kam ihr in den Sinn. Noch immer hatte sie nicht die angeforderten Kontounterlagen und Gehaltsabrechnungen von Robert Welzer erhalten. Wieso dauerte das so lange? Sie wählte die Nummer der Inspektion. Fedder hatte Dienst.

»Wieso haben Sie die Unterlagen nicht?«, fragte er erstaunt.

»Das wüsste ich auch gerne.« Conny ballte die Faust. Sie ahnte nichts Gutes.

»Die sind doch schon lange hier. Hat Hansen geprüft. So viel ich weiß, hat er nichts Auffälliges gefunden.«

»Toll! Klasse, dass Sie das wissen und ich mal wieder nicht informiert werde«, giftete sie ihn an.

»Tut mir leid, ich dachte …«

»Meine Güte, Fedder«, schimpfte sie los, »was ist das denn für eine Kommunikation? Gibt es so etwas bei Ihnen überhaupt? Ich bin jetzt seit über einem Monat in Ihrer Abteilung, und Sie halten es nicht einmal jetzt, wo ich die Ermittlungen leite, für nötig, mich automatisch über alles, was passiert, in Kenntnis zu setzen.« Sie war laut geworden und hörte, wie er am anderen Ende nach Luft schnappte. »Glauben Sie bloß nicht, dass Sie mich auf diese Art und Weise loswerden! Es gefällt mir ausgesprochen gut in Stralsund, und ich schwöre Ihnen, ich bleibe. Wenn Sie mir weiter Knüppel zwischen die Beine werfen, dann mache ich Ihnen das Leben auch schwer, das können Sie mir glauben. Aber ich bleibe dabei professionell und riskiere nicht, dass die Arbeit darunter leidet.«

»Atmen Sie zwischendurch eigentlich auch mal?«, fragte Fedder leise.

»Ja, machen Sie sich mal keine Sorgen um mich.«

»Wir wollen Sie nicht loswerden, Frau Lorenz«, erklärte er dann ruhig. »Wir sind alle der Meinung, dass Sie der Abteilung guttun.«

»Alle? Ja, klar, und die Erde ist eine Scheibe.«

»Im Ernst, Sie bringen mal ein bisschen frischen Wind herein, das hat uns in der letzten Zeit gefehlt.«

»Dann ist das Vorenthalten von Informationen Ihre Art, mir Ihre Wertschätzung zu zeigen, oder was?« Conny war erstaunt. Sie hätte eher mit einer offenen Kampfansage gerechnet.

»Natürlich nicht. Bitte entschuldigen Sie, Reden ist wohl nicht gerade unsere Stärke. Der Kollege, der vor Ihnen bei uns war, hat sich alles geholt, was er braucht. Der hat ständig gefragt. Von morgens bis abends.« Sie hörte ihn schnaufen. »Das konnte einem ganz schön auf die Nerven gehen, war aber auch ziemlich praktisch. Man brauchte nicht von selbst an irgendetwas zu denken. Die Kontoauszüge hätte der schon längst angemahnt.«

»Verstehe, dann ist es also meine eigene Schuld.«

»Ein bisschen schon, ja.« Er lachte leise. »Nein, Frau Lorenz, mit Schuld hat das nichts zu tun. Sie müssen lernen, dass Sie uns mehr treten müssen, und wir müssen uns daran gewöhnen, mehr von alleine zu erzählen. So einfach ist das. Besser gesagt, so einfach könnte es sein. In Wirklichkeit ist es alles andere als leicht, aus seinem gewohnten Trott zu kommen und seine Arbeitsweise auf eine neue Kollegin einzustellen. Wir kriegen das schon hin«, schloss er.

»Das wäre sehr schön. Ich trete nämlich höchst ungern. Was die Finanzunterlagen von Herrn Welzer angeht, habe ich wohl geschlafen. Danach hätte ich längst fragen müssen, da haben Sie sicher recht.«

»Soll ich Ihnen die denn gleich mal per Mail schicken?«

»Gerne, danke.« Conny nutzte die Gunst der Stunde. »Über die Freundin von Welzer wissen wir aber noch nichts, oder?«

»Nein, leider. Sieht aus, als hätte es die nie gegeben, als wäre sie nur eine Erfindung von ihm gewesen. Herr Welzer war ja sportlich sehr aktiv. Alle seine Vereinskollegen beschreiben ihn als offenen und fröhlichen Typ, der immer eine Frau an seiner Seite hatte. Dieses Mal habe er warten wollen, bis zwischen ihm und der Herzdame alles geklärt sei, hat er einem Tenniskollegen erzählt. Es sei eine ganz besondere Beziehung und eine besondere Frau. Aber wenn die Umstände passen würden, wollte er sie auch mal mitbringen, hat er wohl behauptet.«

»Hört sich wirklich merkwürdig an.« Sie machte sich eine Notiz.

»Wer weiß, vielleicht war es ihm unangenehm, vorübergehend ohne Frau zu sein, und er hat deshalb so getan, als gäbe es da eine Geheimnisvolle.«

Klang für Conny nicht gerade überzeugend. »Und was ist mit dem Zeugen, der das Ruderboot zwischen Vitte und Kloster gesehen haben will?«

»Sekunde!« Es knisterte und raschelte. »Der hat eine Beschreibung abgegeben, die auf jedes zweite Boot passt. Damit ist nichts anzufangen.«

»In Ordnung. Danke, Fedder. Ich meine, Herr Fedder.«

»Den Herrn können Sie sich auch in Zukunft sparen. Hier sagen alle nur Fedder zu mir. Dann schicke ich Ihnen jetzt mal die Unterlagen und halte hier weiter die Stellung.«

Wie er angekündigt hatte, kam die Mail innerhalb weniger Minuten. Leider sollte er auch recht behalten, was den Inhalt anging. Welzer hatte nicht übel verdient. Einkünfte außer der Reihe waren ihm nicht nachzuweisen. Genauso wenig ließen seine Einnahmen und Abhebungen allerdings auf ein teures Hobby oder eine kostspielige Sucht schließen, wie Wulff angedeutet hatte. Wie es aussah, hatte Welzer mit Geld umgehen können. Einnahmen und Ausgaben waren konstant und standen in einem Verhältnis, das dafür sorgte, dass jeden Monat der ungefähr gleiche Betrag zusätzlich auf seinem Girokonto blieb. Am Ende eines jeden Jahres hatte Welzer diese angesparte Summe auf ein Festgeldkonto umgebucht. Kein Hinweis darauf, dass er sich jemals einen größeren Betrag hatte leihen müssen. Conny war gerade dabei, die private Nummer von Wulff herauszusuchen, als ihr Telefon klingelte.

»Lorenz, guten Tag.«

»Fedder noch mal. Hallo, Frau Lorenz.« Seine Stimme klang merkwürdig belegt.

»Fedder, was gibt's?«

»Der Ritter vom Polizeihauptrevier auf Rügen hat mich gerade benachrichtigt. Die haben da einen Unfall, das heißt, das könnte auch versuchter Suizid gewesen sein.« Conny hielt den Atem an. »Jedenfalls stimmt an der Sache etwas nicht. Und es geht doch um diese Frau Swakowyak.«

»Verdammt, habe ich's mir doch gedacht.« Conny hatte begonnen, in dem kleinen Apartment auf und ab zu laufen.

»Wieso, wie können Sie davon denn schon was gewusst haben? Ist doch gerade erst passiert.«

»Ich habe auch nichts gewusst. Aber ich war heute mit Vera Swakowyak verabredet«, erklärte sie. »Und sie ist nicht gekommen, da habe ich mir natürlich Gedanken gemacht. Sie sagten versuchter Suizid. Heißt das, sie ist noch am Leben?«

»Ja, sie muss wohl einen Schutzengel gehabt haben. Ist frontal und ungebremst gegen einen Baum geknallt. Trotzdem war sie zwischendurch ansprechbar.«

»Können Sie mir bitte ein Boot der WSP schicken? Ich möchte so schnell wie möglich rüber nach Rügen und Frau Swakowyak sehen.«

»Die wird jetzt erst mal untersucht und operiert. Für eine Vernehmung ist es heute viel zu früh.«

»Das ist mir egal. Ich will wenigstens das Auto sehen und die Unfallstelle. Und mit dem Arzt werde ich ja wohl reden können. Wo ist es überhaupt passiert?«

»Auf der L 302 bei Granskevitz.« Er machte eine kurze Pause, dann fügte er hinzu: »Dann war sie wohl auf dem Weg zu Ihnen.«

»Das Fahrzeug ist sichergestellt«, sagte der Kollege, der Conny in Schaprode in Empfang nahm und zum Unfallort brachte. »Wir gehen davon aus, dass die Bremsen versagt haben. Bremsspuren gab es nicht, und wie es aussieht, hat die Fahrerin den Motor ausgemacht, als sie das Tempo nicht drosseln konnte. Dabei ist wohl das Lenkradschloss eingerastet.«

»Also versuchte Tötung«, folgerte Conny.

»Oder ein Defekt plus Verkettung unglücklicher Umstände. Oder auch Suizidabsicht. Das kann man noch nicht sicher sagen.«

»Suizid? Meinen Sie, die Frau hat die Bremsen manipuliert, um einen tödlichen Unfall zu provozieren?« Sie sah ihn ungläubig an.

»Eine Frau, die am Auto herumschraubt? Wohl kaum.« Er grinste. »Aber noch steht ja gar nicht fest, ob die Bremsen funktioniert hätten. Kann doch sein, dass sie Gas gegeben, den Zündschlüssel gedreht und das Schloss absichtlich eingerastet hat.« Nicht gerade eine gängige Form der Selbsttötung, aber möglich, musste Conny zugeben.

Der Polizeibeamte, ein junger Mann mit schwarzen Haaren und einer Narbe an der Oberlippe, blieb im Wagen sitzen, während Conny sich den Ort des Geschehens ansah. Vera musste gemerkt haben, dass ihr Auto nicht so reagierte wie sonst. Sie hatte es mit der Angst gekriegt und den Motor ausgemacht. Das war die plausibelste Erklärung. Eine gute Idee eigentlich, wenn sie nur an das Lenkradschloss gedacht hätte. Conny betrachtete die Kurve eingehend. Hätte Vera die mit Gefühl genommen und die Gefahr des blockierenden Lenkrads im Sinn gehabt, hätte sie ein paar Meter weiter den ausrollenden Wagen auf einen Feldweg lenken und unversehrt aussteigen können. Der Baum, den sie stattdessen erwischt hatte, sah furchterregend aus. Conny mochte sich nicht vorstellen, in welchem Zustand das Auto und – noch schlimmer – in welchem Zustand Vera selbst war. Man musste ziemlich abgebrüht sein, um sich auf diese Weise aus dem Leben zu befördern. Das traute sie Vera nicht zu. Die hätte eher zu Gift gegriffen oder zu Schlaftabletten. Conny verwarf den Gedanken, den Kollegen über die Schulter zu sehen, die das Fahrzeug untersuchten. Wahrscheinlich würde sich ohnehin erst am nächsten Tag jemand darum kümmern und nicht am Sonntag. Entschlossen ging sie zurück und ließ sich auf den Beifahrersitz gleiten.

»Wurde Herr Swakowyak schon informiert?«

»Meines Wissens nicht.« Conny sah ihn missbilligend an. Die Frau schwebte höchstwahrscheinlich in Lebensgefahr, und ihr Ehemann wurde nicht auf der Stelle unterrichtet. Was für eine Schlamperei! In diesem Fall hatte es aber auch etwas Gutes.

»Dann werden wir das jetzt erledigen.« Sie nannte ihm die Adresse. Zwanzig Minuten später hielten sie vor dem weißen Einfamilienhaus.

»Sie schon wieder? Und dieses Mal mit Verstärkung«, sagte Armin Swakowyak zur Begrüßung. Er sah müde aus, aber nicht sonderlich beeindruckt oder gar besorgt. »Wollen Sie mich verhaften?«

»Schon möglich. Dürfen wir hereinkommen?« Conny lächelte nicht.

»Bitte.« Er trat zur Seite, blieb aber im Flur stehen.

»Ihre Frau sagte mir bei unserem Treffen, sie sei vorübergehend zu einer Freundin gezogen. Kennen Sie diese Freundin, wissen Sie, wo sie wohnt?«

Er nickte. »Am Ortsausgang von Trent. Von hier gesehen. Ich kann Ihnen die Adresse geben, wenn Sie wollen.« Conny rief sich die Karte vor ihr geistiges Auge. Ja, das passte genau. Wenn Vera in Trent losgefahren war, hatte sie vermutlich erst kurz vor Granskevitz gemerkt, dass die Bremsen nicht funktionierten.

»Waren Sie mal dort?«, erkundigte sie sich.

»Ja. Vera und ich waren mal zusammen da zu Besuch. Die beiden haben sich durch eine gemeinsame Bekannte kennengelernt, nachdem wir gerade nach Rügen gezogen sind. Wieso wollen Sie das alles wissen?« Er wurde unruhig. »Das hat doch nichts mit dem Welzer zu tun, oder?«

»Herr Swakowyak, als ich gestern bei Ihnen war, sagten Sie, Ihre Frau soll ein bisschen aufpassen, was sie tut.« Conny spürte den Seitenblick ihres Kollegen, der bis dahin eher gelangweilt neben ihr gestanden hatte. »Ich frage Sie noch einmal, was Sie damit gemeint haben.«

»Wieso, was ist denn los?«

»Ich hatte Ihnen gesagt, dass wir verabredet sind, Ihre Frau und ich. Sie erinnern sich?«

»Natürlich erinnere ich mich.« Er wurde immer nervöser. »Ist ihr etwas passiert? Nun sagen Sie doch endlich, was los ist!« In seinen hellblauen Augen stand die pure Angst.

»Ihre Frau ist auf dem Weg nach Schaprode zur Fähre mit dem Auto verunglückt.«

»Nein!« Der Aufschrei ging Conny durch und durch. Auch ihr Kollege zuckte merklich zusammen. »Sie ist doch nicht …?« Seine Stimme war heiser, gequält. Er brachte es nicht fertig, den Satz zu beenden. Für eine Sekunde sah es aus, als würde er zusammenbrechen.

»Sie ist im Krankenhaus«, beruhigte Conny ihn. »Wollen wir vielleicht hineingehen und uns setzen?« Sie deutete auf die Wohnzimmertür. Swakowyak machte keine Anstalten, sich vom Fleck zu rühren. Behutsam nahm sie seinen Arm und führte ihn. Als sie am Esstisch Platz genommen hatten, schickte sie den Kollegen in die Küche, um ein Glas Wasser für Armin Swakowyak zu holen.

»Ist sie schwer verletzt?«, wollte er wissen, nachdem er einen Schluck getrunken und seine Fassung zumindest zum Teil wieder gewonnen hatte.

»Ich kann Ihnen nichts dazu sagen, aber es hat sie wohl ziemlich böse erwischt.« Conny ließ ihn nicht aus den Augen. »Herr Swakowyak, Ihre Bemerkung, Ihre Frau solle auf sich aufpassen, kann man durchaus als Drohung verstehen. Waren Sie gestern, nachdem ich gegangen bin, in Trent? Haben Sie sich am Auto Ihrer Frau zu schaffen gemacht?« Er sah sie an, als hätte sie ihn geschlagen. Tränen traten ihm in die Augen. »Sind Sie gestern oder heute in Trent gewesen?«, wiederholte Conny eindringlich. Eine Träne blieb kurz in den weißen Wimpern hängen und rollte dann über die bleiche Wange. Er nickte.

»Gestern«, flüsterte er. »Und heute wäre ich auch wieder dort gewesen. Ich fahre jeden Tag hin. Ich hoffe immer, dass ich sie sehe. Nur sehen, von weitem, das reicht mir schon. Muss es ja.« Er wischte sich mit der flachen Hand über das Gesicht. »Ich hätte ihr niemals etwas getan. Nie.« Seine Stimme war so leise geworden, dass Conny Mühe hatte, ihn zu verstehen.

»Gab es denn jemanden, der ihr unter Umständen etwas getan haben könnte? Jemand, vor dem sie sich in Acht nehmen sollte?« Langsam schüttelte er den Kopf. »Warum haben Sie dann gesagt, sie solle aufpassen?«

Seine Hand landete krachend auf dem Tisch. »Weil sie zu viel geredet hat«, schrie er. »Immer musste sie sich wichtig machen, im Mittelpunkt stehen.« Er holte tief Luft, seine Unterlippe zitterte. »So ist Vera«, fuhr er etwas leiser fort. »Niemand ist vollkommen. Ist doch so. Jeder hat seine Fehler. Das ist Veras Fehler: Sie braucht ständig Aufmerksamkeit. Wenn sie die nicht kriegt, denkt sie sich zur Not eben Märchen aus.« Conny sah den schwarzhaarigen Kollegen an. Der hob nur die Augenbrauen und zog die Mundwinkel herunter, was wohl bedeuten sollte, dass er mit Armins Ausführungen nichts anfangen konnte.

»Zum Beispiel?«, fragte sie nach.

»Beim Richtfest hat sie den Nachbarn erzählt, ihre Eltern besitzen eine Reederei. Sie hätten ihr das Haus geschenkt. Und als wir uns kennenlernten, hat sie behauptet, sie sei schwer krank.« Seine gesamte Energie schien seinen Körper mit einem Mal zu verlassen. Er sackte in sich zusammen. »Später hat sie mir gestanden, sie habe Angst gehabt, ich würde keine Notiz von ihr nehmen, wenn sie nichts Spektakuläres über sich erzählen könnte. Sie hatte Angst, zu gewöhnlich zu sein für einen wie mich.« Er deutete auf sein weißblondes Haar. »Sie denkt, es ist toll, besonders zu sein.« Armin starrte vor sich hin.

»Sie wollen mir weismachen, Ihre Frau war mit mir verabredet, um mir ein Märchen aufzutischen, mit dem sie sich interessant machen kann? Entschuldigen Sie, aber das erscheint mir ein bisschen weit hergeholt. Was hätte sie davon?« Er antwortete nicht. Es war, als sei er in eine Art Trance gefallen und könne sie nicht mehr hören. Sie versuchte noch ein paar Mal, ihn zum Reden zu bringen, aber er schwieg beharrlich. Für seine Verhältnisse hatte er wohl schon sehr viel gesagt. Conny strich sich eine Strähne hinter das Ohr. »Herr Swakowyak, ich muss Sie bitten, mit auf das Revier zu kommen. Wir müssen Ihre Fingerabdrücke nehmen. Sollte sich herausstellen, dass der Wagen Ihrer Frau tatsächlich manipuliert wurde, lassen sich dort bestimmt Abdrücke sicherstellen. Sie werden verstehen, dass wir die mit Ihren vergleichen möchten.«

Endlich hob er den Kopf und sah sie wieder an. »Mir egal, was Sie möchten«, sagte er tonlos. »Von mir aus können Sie mich auch gleich einsperren. Sagte ich Ihnen ja schon. Ich halt's sowieso kaum aus allein in diesem Haus.«

Nachdem sie Swakowyak bei Ritter, dem Dienststellenleiter des Hauptreviers Bergen, abgeliefert hatten, ging Conny zu Fuß in das nur wenige Straßen entfernt liegende Krankenhaus. Vera war außer Lebensgefahr. Sie hatte mehr als nur einen Schutzengel gehabt, ließ der zuständige Arzt Conny wissen. Natürlich konnte sie trotzdem noch nicht befragt werden. Nicht einmal eine Minute genehmigte er ihr mit der Verletzten. Conny ließ ihm ihre Visitenkarte da und nahm ihm das Versprechen ab, sie umgehend zu benachrichtigen, wenn die Patientin vernehmungsfähig war. Im Flur wählte sie Ritters Nummer.

»Bitte nicht im Krankenhaus«, ermahnte eine Schwester sie, die gerade die Tabletts vom Abendessen einsammelte.

»Entschuldigung.« Conny eilte die Treppen hinunter, durch das großzügige Foyer und ins Freie. Dort drückte sie die Wahlwiederholung und informierte Ritter über Veras Zustand. Dann zog sie ihr Notizbuch aus dem Rucksack und schlug den Namen des Wellness-Hotels nach, in dem Armin sich angeblich zu Robert Welzers Todeszeitpunkt aufgehalten hatte. Sein Kumpel, der ihn laut Armins Angaben überredet hatte, die Männertruppe dorthin zu begleiten, hatte den Meldezettel ausgefüllt. Was, wenn Swakowyak es sich im letzten Moment anders überlegt hatte? Vielleicht hatte er sich Conny gegenüber absichtlich verdächtig gegeben, hatte offen erzählt, dass er sich Welzers Tod gewünscht hat, um zu erreichen, was er erreicht hat, dass Conny ihn nicht für den Täter hielt. Sie lauschte ungeduldig dem Freizeichen.

»Vitalhotel und Spa Aurora, Corinna Heitmann ist mein Name. Einen wunderschönen guten Abend, was kann ich für Sie tun?«

»Kriminalpolizei Stralsund, Conny Lorenz mein Name. Ich benötige bitte eine Auskunft.« Die freundliche Dame von der Rezeption musste nicht lange überlegen. Sie konnte sich sofort an einen Mann mit Albinismus erinnern. Armin hatte Robert Welzer, wie es aussah, nicht auf dem Gewissen.

Am Vormittag des nächsten Tages meldete Ritter sich und teilte Conny mit, die Bremsen an Vera Swakowyaks Fahrzeug seien manipuliert worden. Jemand hatte die Bremsschläuche durchtrennt. Die Ausführung ließ nicht auf einen Fachmann schließen, wohl eher auf einen Hobbyschrauber oder sogar auf einen, der sich per Internet angelesen hat, wie er vorzugehen habe. Fingerabdrücke wurden gefunden und bereits mit denen von Armin Swakowyak verglichen. Keine Übereinstimmung. Nachdem Conny diese Informationen bekommen hatte, glaubte sie noch weniger an Armins Behauptung, Vera habe ihr Märchen erzählen wollen. Es konnte kein Zufall sein, dass die Frau mit einem manipulierten Wagen einen schweren Unfall hatte, während sie auf dem Weg zu einer Aussage im Fall Welzer war. Conny rief im Krankenhaus an.

»Sie haben mir Ihre Visitenkarte gegeben, erinnern Sie sich?«, fragte der Arzt. »Und ich habe Ihnen versprochen, mich zu melden, sobald Sie die Patientin sehen dürfen. Habe ich mich gemeldet?« Das Gespräch mit ihm war kurz, aber am Ende einigten sie sich immerhin darauf, dass Conny am nächsten Tag kommen dürfe. »Ein paar Minuten, mehr nicht.« Marlene hatte den Montag frei genommen. Trotzdem verließ Conny gegen Mittag die Polizeistation und ließ Michael dort allein. Sie habe einige Termine, behauptete sie. Die Wahrheit war, dass sie Zeit und Ruhe zum Nachdenken brauchte. Es ging nicht mehr alleine um den Mord an Robert Welzer. Sie hatte es mit jemandem zu tun, der bereit war, weitere Menschen zu töten, um sich zu schützen. Warum? Das Motiv war der Schlüssel. Wenn sie das kannte, hatte sie auch den Täter, dessen war sie sicher. Steueraffären schloss Conny nahezu aus. Was war mit Eifersucht? Sie hatte das Rathaus verlassen und spazierte zu Fuß in Richtung Kloster. Als sie in die Straße Norderende abgebogen war, die die beiden Orte verband, war ihr, als hätte sie etwas hinter sich gehört. Ihr Nacken kribbelte, wie es der Fall war, wenn man die Blicke eines Menschen im Rücken spürt. Sie hatte sich einmal umgedreht. Da war niemand. Der Wind jagte Wolkenfetzen über den finsteren Himmel. Ganz selten schafften es ein paar Sonnenstrahlen, das Grau zu durchbrechen. Die Böen griffen nach Connys kurzem Haar und rauschten in ihren Ohren. Schilf am Wegesrand knisterte, als hätte es etwas zu erzählen, das Laub an den Bäumen war gelb und orange. Obwohl sie, kurz nachdem sie den kleinen Trampelpfad passiert hatte, der zum Seglerhafen führte, wieder Schritte zu hören glaubte, die ihr folgten, konzentrierte Conny sich auf die Klänge der Natur. Sie wollte sich von allen Überlegungen befreien und ihren Geist einmal kräftig durchpusten lassen, um dann ihre Gedanken neu sortieren zu können. Gar nicht so einfach, wenn der Fall, in dem man ermittelte, gerade eine neue Wendung zu nehmen schien. Sie schloss kurz die Augen, atmete tief ein und aus. Sie kam an einem Reetdachhaus vorbei, in dessen Garten ein Ruderboot aus Holz lag. Ein Stück weiter blieb sie stehen und sah sich einen Sanddornstrauch aus der Nähe an. Ihr war nicht bewusst gewesen, dass dieser seinem Namen alle Ehre machte. Die Dornen waren tatsächlich ziemlich beeindruckend und abschreckend. Sie hatte einen Zweig pflücken und die Beeren mitnehmen und mit Zucker probieren wollen, doch das ließ sie lieber bleiben. Bevor sie weiterging, drehte sie sich um. Sie sah gerade noch, wie jemand eilig auf den Hof des Strohdachhauses verschwand. Conny wartete, blickte in die Richtung. Wenn jemand hinter ihr her war, würde er früher oder später aus der Deckung kommen, um nachzusehen, ob sie ihren Spaziergang fortsetzte. Nichts rührte sich. Der Bewohner des Hauses oder ein Gast wird wohl eine Weile hinter ihr gewesen und jetzt an seinem Ziel angekommen sein, überlegte sie. Das war ziemlich wahrscheinlich.

Die Straße zog sich ein gutes Stück durch nahezu unberührte Natur. Dann führte sie nach Kloster. Ein Wegweiser aus Metall verriet Conny, dass es bis zum Hauptmann-Haus vierhundert, bis zur Kirche noch siebenhundert Meter waren. In einer Kirche war sie lange nicht gewesen, wenn man die Kapelle, in der Welzers Trauerfeier stattgefunden hatte, nicht mitrechnete. Sie würde sich durchaus als gläubige Christin bezeichnen, hatte aber mit dem Bodenpersonal so ihre Schwierigkeiten. Deshalb kam sie sich in den sogenannten Gotteshäusern, die sie der Institution zuordnete statt dem Glauben, immer wie ein Eindringling vor, wie jemand, der bei einer Feier von Leuten auftauchte, die er im Grunde nicht leiden konnte. Andererseits waren Kirchen Orte der Ruhe und mit ihrer ganz eigenen Mischung aus feierlicher Atmosphäre, Schweigen oder Flüstern und dem Reiz einer meist sehenswerten Architektur ideal geeignet, um Bilder entstehen zu lassen und bisher Verborgenes besser zu erkennen.

Sie ging den schlammigen breiten Weg entlang und die wenigen Steinstufen hinauf, vorbei an verwitterten Grabsteinen, die bereits hundert Jahre und mehr an Verstorbene der Insel erinnerten. Dann betrat sie das älteste Gebäude des Eilands durch einen kleinen Vorraum und fand sich schließlich in einem hellen freundlichen Kirchenschiff wieder, über das sich ein weißes hölzernes Tonnengewölbe spannte. Diese gewölbte Decke war also der berühmte Hiddenseer Rosenhimmel, von dem sie schon so viel gehört hatte. Conny stand da, den Kopf in den Nacken gelegt, und konnte sich gar nicht satt sehen. Die weiß lackierten Holzbalken waren über und über mit gelben Rosen bemalt. Keine glich der anderen. Mal waren es einzelne Blüten, dann wieder ganze Bouquets. Aus freier Hand soll der Maler Anfang des zwanzigsten Jahrhunderts das Gewölbe gestaltet haben, hatte sie irgendwo gelesen. Unfassbar. Wie lange mochte er dafür gebraucht haben? Conny wusste nur zu gut, dass es großer Geduld bedurfte, ein einziges Motiv so oft hintereinander zu malen. Das war bei ihren Modellbauarbeiten nicht anders. Einmal hatte sie ein Sonnenblumenfeld aus Draht, Papier und Plastik gebastelt. Am Ende war ihr die Lust gründlich vergangen, aber der Blick auf das Ganze hatte sie motiviert durchzuhalten. Bei Ermittlungen war es das Gleiche, dachte sie. Konzentrierte man sich zu sehr auf Details und dachte zu sehr über Einzelheiten nach, verlor man leicht das Gefühl für die gesamte Aufgabe. Da konnte es schon passieren, dass auch die Motivation abhanden kam.

Das Quietschen einer Türklinke kündigte an, dass Conny die kleine Kirche nicht mehr lange für sich allein hatte. Sie betrachtete den Taufengel, der freundlich auf sie herunterblickte, und ein Schiff mit roten Segeln, das eine Wand schmückte. Mit einem Mal kehrte das Kribbeln zurück, das Conny vorhin schon mal gespürt hatte. Die feinen Härchen am Nacken und auf den Armen stellten sich auf. Sie drehte sich um und blickte zum Eingang. Jemand hatte die Klinke heruntergedrückt, das war nicht zu überhören gewesen, und er hatte die Kirchentür einen Spalt geöffnet, doch er trat nicht ein. Jetzt ließ er los, und die Tür fiel mit dumpfem Dröhnen ins Schloss. Das konnte ein Tourist gewesen sein, der von jemandem gerufen worden war und die Besichtigung der Inselkirche um ein paar Minuten verschoben hatte, um doch zuerst die Grabstelle Gerhart Hauptmanns anzusehen.

Aber sie hatte keine Stimme gehört. Vielleicht war derjenige auch allein und hatte es sich einfach anders überlegt. So etwas kam vor. Nur sagte ihr Gefühl ihr, dass es nicht so war. Mit wenigen Schritten war sie an der Tür, riss sie auf und trat ins Freie. Da war niemand. Sie lief links herum vorbei an einem Grabkreuz und sah gerade noch, wie eine männliche Person, wenn sie nicht irrte, hinter einen Busch schlüpfte. Conny war sicher, dass diese Person ihretwegen hier war. Sie hastete an die Stelle, an der sie die Gestalt gesehen hatte, und stand vor dem Grab des Intendanten der Komischen Oper Berlin. Einen Friedhofsbesucher, der nichts zu verbergen hatte, würde sie jetzt mit Sicherheit sehen. Aber da war niemand. Da, ein dichter hoher Strauch zwei Reihen vor ihr bewegte sich. Das war nicht der Wind, der ihn derartig ins Wanken brachte.

»Hallo?«, rief sie. »Bleiben Sie stehen! Bitte, ich möchte mit Ihnen reden.« Der Fremde rannte weiter in einen etwas tiefer gelegenen Bereich, den Conny von ihrer Position nicht einsehen konnte. Sie hatte keinen Schimmer, ob es dort einen Pfad gab, über den er blitzschnell in die Siedlung hinter dem Friedhof verschwinden oder den Kirchweg erreichen und zwischen Passanten untertauchen konnte. Also musste sie schnell sein. Auf Totenruhe und Pietät konnte sie keine Rücksicht nehmen. Conny setzte zum Sprung an, um eine Grabstelle inklusive einer nicht einmal kniehohen Hecke zu überqueren. Perfekte Landung. Leider war der Weg zwischen den Gräbern extrem schmal, so dass sie sich sofort wieder abstoßen musste, um in der nächsten Sekunde auch über das nächste Grab zu setzen. Dieses Mal gelang ihr der Absprung nicht so gut, sie geriet aus dem Gleichgewicht, ruderte mit den Armen und kam unglücklich auf. Mit links ausgerechnet, nicht gerade ihre Schokoladenseite. Ein stechender Schmerz jagte durch ihr Knie, sie schrie auf. Sofort versagte das empfindliche Gelenk seinen Dienst. Conny stürzte zu Boden und stieß mit dem Kopf gegen einen Grabstein. Ihr wurde schwarz vor Augen. Reiß dich zusammen, sagte sie sich, du hast jetzt keine Zeit, das Bewusstsein zu verlieren. Die Schwärze verzog sich. Conny wollte sich aufrappeln, merkte aber im nächsten Augenblick, dass sie ihr linkes Bein nicht belasten konnte. Das Knie tat höllisch weh. Verdammt, hoffentlich war das nicht der Meniskus. Noch immer saß sie auf dem feuchten kalten Sandboden, da hörte sie Schritte, die aus der Richtung auf sie zukamen, in die der Fremde verschwunden war. Sie rollte auf die rechte Seite, um sich auf das rechte Knie hocken und aufstehen zu können. Die Schritte kamen näher, sie konnte die Steine, die auf den Wegen lagen, unter Sohlen knirschen hören. Eine dicht gewachsene Konifere verstellte ihr jedoch die Sicht. So ein blöder Mist! Conny zog sich an dem Grabmal, gegen das ihr Kopf geschlagen war, ein wenig hoch. Es würde ihr jedoch nicht erspart bleiben, das Gewicht zumindest kurz auf das verletzte Knie zu verlagern. Sie probierte es. Keine Chance. Der Schmerz war gewaltig, und mit dem linken Bein war einfach nichts anzufangen.

»Frau Lorenz, ist Ihnen etwas passiert?« Jakob Staudinger trat von dem kleinen Pfad zu ihr ans Grab.

»Nein, alles in Ordnung, ich wollte nur etwas Unkraut zupfen. Das sieht ja nicht schön aus, wenn alles verwildert.«

Er lachte. »Ihren Humor haben Sie jedenfalls noch, das ist gut. Warten Sie!« Er kam noch einen Schritt näher.

»Warum sind Sie vor mir weggelaufen? Können Sie mir das vielleicht mal erklären?« Sie ignorierte die Hand, die er ihr reichte, und versuchte aufzustehen, indem sie sich auf die andere Seite rollte. Dann musste sie sich auf das schmerzende Knie hocken, das ging also auch nicht.

»Ja, kann ich.« Sie sah ihn überrascht an. Conny hatte ganz fest damit gerechnet, er würde behaupten, dass er ganz zufällig vorbeigekommen sei. »Es tut mir so leid«, fuhr er bedrückt fort, »ich konnte doch nicht ahnen, dass Sie direkt eine filmreife Verfolgung aufnehmen.«

»Ich mag Filme. Sie nicht?«, knurrte sie.

»Als ich Sie habe schreien hören, bin ich sofort umgedreht. Ich habe mir ja denken können, dass etwas Unschönes passiert ist. Darf ich Ihnen nicht helfen, bitte?«

»Dürfen Sie nicht«, antwortete sie, »müssen Sie. Alleine komme ich nämlich nicht hoch.« Sie gab ihm Anweisungen, wie er sie stützen sollte. Tränen schossen ihr in die Augen, so weh tat es, aber immerhin stand sie endlich wieder auf den Füßen. Staudinger hatte einen Arm um ihre Taille gelegt.

»Ich bringe Sie am besten direkt zum Arzt.«

»Gibt es einen brauchbaren in Kloster?«

»Frau Dr. Schäfer hat hier ihre Praxis, die ...«

»Die hat mir gerade noch gefehlt«, meinte Conny seufzend.

»Haben Sie etwas gegen Frau Dr. Schäfer?« Er sah sie unglücklich an. Es lag auf der Hand, dass er sich furchtbar schämte.

»Sie hat eher etwas gegen mich, glaube ich.« Conny dachte an die Begegnung im Supermarkt. Sie war sicher gewesen, dass die Schäfer sie gesehen und sich trotzdem grußlos aus dem Staub gemacht hatte. »Was soll's?! Sie wird mir schon nicht gleich das Bein amputieren.«

»I wo, ich passe doch auf Sie auf.« Er lächelte ihr aufmunternd zu.

»Ich bin mir nicht sicher, ob mich das beruhigt.« Sie sah zu ihm auf. »Herr Staudinger, Sie haben sich schon einmal mitten in der Nacht unter meinem Fenster herumgedrückt. Und heute sind Sie hinter mir hergeschlichen und wollten verschwinden, als ich Sie entdeckt habe. Das werden Sie mir erklären müssen.«

»Freilich, werte Frau Lorenz, das werde ich. Natürlich. Aber bitte, denken Sie nicht schlecht von mir. Ich hatte nur die ehrenwertesten Absichten, das müssen Sie mir glauben!«

»Das lassen Sie mich mal schön selbst entscheiden, was ich glaube und was nicht«, sagte sie mürrisch und humpelte langsam neben ihm her. Er schwieg betreten. Wenn ihr Knie ihr nicht so viel Kummer machen würde, hätte sie beinahe schmunzeln müssen, weil er wie ein trauriger großer Junge wirkte, der soeben beim Ballspiel das Kirchenfenster zerschossen hatte. Behutsam führte er sie um Pfützen herum, achtete darauf, nur nicht zu schnell zu gehen, und half ihr, die beiden Stufen zur Praxis der Ärztin hinaufzukommen. Er hielt ihr die Tür auf und wollte zu gern wiedergutmachen, was er angerichtet hatte. Es war wirklich rührend. Bloß kein Mitgefühl, ermahnte sie sich. Der Kerl konnte immerhin in ihren Fall verwickelt sein.

»Können Sie das Bein strecken?«

Conny probierte es. »Ja, das geht.«

»Einmal beugen, bitte.« Frau Dr. Schäfer tastete das leicht geschwollene Knie vorsichtig ab.

»Haben Sie mich neulich im Supermarkt eigentlich nicht gesehen, Frau Dr. Schäfer?«

Die Ärztin sah sie nicht an. »Nein«, sagte sie schnell. Das war eindeutig gelogen.

»Komisch, ich hätte schwören können ...«

»Nein, aber das passiert mir öfter. Ich bin meist so in Gedanken. Meine Patienten beschweren sich auch immer, weil sie denken, ich wäre unhöflich und würde nicht grüßen. Dabei liegt es nur daran, dass ich die gar nicht wahrnehme.« Sie lachte nervös. »Tut es hier weh?« Sie drückte in Connys Kniekehle.

»Ist nicht gerade schön, aber auszuhalten.« Frau Dr. Schäfers Finger wurden feucht, der Frau trat Schweiß auf die Stirn, und ihr Gesicht nahm eine dunkelrote ungleichmäßige Farbe an. »Was bereitet Ihnen in diesem Moment so einen Stress?«, wollte Conny von ihr wissen.

»Wieso? Was meinen Sie? Ich habe keinen ... Ich konzentriere mich, das ist alles.« Ihre Augen flogen unruhig über Connys Bein, zu ihr hoch und wieder auf die Schwellung am Knie. »Ich glaube nicht, dass der Meniskus gerissen ist«, verkündete sie und baute sich vor Conny auf. »Vielleicht ist das Kreuzband angerissen oder eine Sehne geklemmt. Sie sollten das röntgen lassen und das Bein möglichst schonen.«

»Großartig!« Conny stöhnte. »Wie soll ich mich denn auf der Insel fortbewegen, wenn ich das Bein nicht belasten darf?«

»Es wäre gut, wenn Sie einen oder zwei Tage im Bett bleiben würden. Probieren Sie zwischendurch, ob die Schmerzen beim Auftreten weniger geworden sind. Und dann leihen Sie sich am besten ein Elektrorad.«

»In Ordnung.« Frau Dr. Schäfer half Conny, ihre Hose wieder anzuziehen. »Hatte ich Ihnen eigentlich meine Visitenkarte gegeben?«

»Ja.«

»Gut. Manchmal fallen einem ja Dinge ein, an die man lange nicht mehr gedacht hat. Es ist jetzt eine ganze Weile her, dass Sie Herrn Welzers Leiche begutachtet haben. Sollte Ihnen also noch etwas einfallen, rufen Sie mich bitte an, ja? Jede Kleinigkeit kann von Interesse sein und mir helfen. Ich würde mich wirklich freuen«, sagte sie und blickte der Ärztin in die Augen. Die wich ihrem Blick aus.

»Ja, ja, sicher«, sagte sie fahrig. Conny stopfte ihr Shirt in die Hose und machte ein paar unsichere Schritte mit der Krücke, die Frau Dr. Schäfer ihr reichte.

»Ich hoffe, die hier kann ich Ihnen ganz schnell wiederbringen.«

»Lassen Sie sich Zeit.«

Conny humpelte zur Tür. Als sie bereits die Hand auf der Klinke hatte, hielt die Ärztin Conny auf. »Frau Lorenz?« Ihre Stimme klang gehetzt.

»Ja?«

»Mir ist etwas eingefallen. Nachdem ich bei Ihnen war, meine ich.« Sie knetete ihre Hände. »Ich wollte Sie anrufen, aber ich hatte Angst, dass Sie mir Ärger machen.«

Conny hatte sich zu ihr umgedreht. »Warum sollte ich?«

»Weil aus der Eckvitrine da eine Flasche Vinethen verschwunden ist. Und das hätte ich natürlich melden müssen.«

»Vinethen, was ist das?«

»Ein Narkotikum. Man kennt es seit der ersten Hälfte des zwanzigsten Jahrhunderts. Es ist in seiner Wirkung ungefähr viermal so stark wie Äther.«

Conny wurde hellhörig. »Und das hatten Sie einfach so in der Vitrine stehen?«

»Einfach so, ja. Auf Hiddensee kommt nichts weg. Sie können alle Häuser offen lassen. Ich schließe meine Praxis natürlich ab. Und die Vitrine ist ja auch abgeschlossen, wie Sie sehen.« Sie lachte kurz auf. »Aber der Schlüssel steckt immer. Der ist so schön, ein altes Stück, genau wie der ganze Schrank.«

»Wofür haben Sie dieses Vinethen verwendet?«

»Ich habe das gar nicht verwendet. Sehen Sie sich doch die Flaschen und Tiegel an. Das ist eine Sammlung alter Behälter. Die dienen nur zur Dekoration, damit mein Behandlungszimmer nicht gar so nüchtern wirkt. Die meisten sind leer, nur in einigen wenigen befindet sich noch das Originalmedikament oder eben Narkotikum. Vinethen zersetzt sich im Laufe der Zeit zu Formaldehyd und Ameisensäure. Ich habe immer gedacht, ich müsste das mal entsorgen. Aber wie das so ist mit Dingen, die man irgendwann erledigen will, man schiebt sie vor sich her. Und ich dachte ja auch, dass die Flüssigkeit in der geschlossenen Flasche nichts anrichten kann.« Hilflos sah sie auf ihre gefalteten Hände.

»Frau Dr. Schäfer, ich nehme nicht an, Sie erzählen mir das nur, weil ich bei der Polizei bin und Sie glauben, Ihrer Meldepflicht damit Genüge getan zu haben. Was, meinen Sie, könnte mich an der Sache interessieren?«

»Mir ist vor ungefähr drei Wochen aufgefallen, dass die Vitrine offen ist. Ich habe sie wieder zugemacht und gemerkt, dass die Flasche Vinethen fehlt. Das war also ein paar Tage, bevor die Leiche hier angespült wurde«, beendete sie ihre Erklärung leise.

»Und das ist Ihnen jetzt erst wieder eingefallen?« Conny war fassungslos. Als der Tote am Strand gefunden wurde, hätten bei ihr sämtliche Alarmglocken schrillen müssen. Die Ärztin nickte nur. »Sie sagen, Sie haben gesehen, dass die Vitrine offen ist.

Heißt das, Sie haben einen Patienten allein im Behandlungszimmer gelassen und das Fehlen bemerkt, nachdem er gegangen war?«

Sie nickte wieder. »Ja, so war es. Die Tür war angelehnt, es ist mir nicht sofort ins Auge gesprungen, erst als der nächste Patient schon da war.«

Conny spürte, dass Anspannung von ihrem gesamten Körper Besitz ergriffen hatte. Wer hatte das Betäubungsmittel gestohlen? Möchtegern-Schriftsteller Udnik oder womöglich Staudinger? Oder war es eine neue Spielfigur, von der sie bisher noch nichts wusste?

»Wer war der Patient, den Sie alleine gelassen haben, Frau Dr. Schäfer?«

Die Ärztin ließ die Schultern hängen und wirkte noch kleiner, als sie ohnehin war. »Ich weiß es nicht. Er war nicht von hier, kein Inselbewohner, meine ich.«

»Ein Urlauber?«

»Nein, nein. Er hatte ab und zu hier zu tun. Beruflich, wissen Sie?«

»Schön, aber Sie werden doch seine Daten erfasst haben. Ich meine, Sie müssen Ihre Leistung doch mit seiner Krankenkasse abrechnen.« Frau Dr. Schäfer wand sich und druckste herum. »Nun reden Sie schon, meine Güte! Ich muss Ihnen meine Versichertenkarte geben, bevor ich gehe. Das ist doch ganz normal, das wird dieser Mensch doch auch getan haben.«

»Nein. Nein, er sagte, er sei ein Kollege von Robert Welzer, der hier einige Klienten habe.« Brand, dachte Conny. Den hatte sie bisher gar nicht auf der Rechnung. Zwar war er von den Kollegen der Inspektion noch einmal vernommen worden wie alle anderen Personen des Umfelds auch, aber das war es auch schon. Bisher hatte ihm niemand weiter Beachtung geschenkt. Warum auch? Er war unauffällig, es gab keinerlei Verdachtsmomente gegen ihn. Conny nahm wahr, dass Frau Dr. Schäfer weiter gesprochen hatte, während sie ihren Gedanken nachgegangen war. »Am Ende habe ich mich darauf eingelassen, das Geld genommen und auf den bürokratischen Teil verzichtet«, beendete sie gerade ihren Bericht.

»O je, das sieht nicht gut aus.« Staudinger legte sich beide Hände an die Wangen, als er sie mit der Krücke in den Flur kommen sah, der als Wartezimmer diente.

»Halb so schlimm.« Conny humpelte so schnell sie konnte an ihm vorbei. »Würden Sie bitte meine Jacke mitbringen? Ich muss kurz telefonieren. Allein!«

»Selbstverständlich, gnädige Frau«, hörte sie ihn hinter sich sagen.

Schon hatte sie ihr Mobiltelefon in der Hand. »Renate? Guten Tag, hier ist Conny Lorenz. Ein Kollege muss sofort mit Ingo Brand sprechen. Er hat mit Robert Welzer im Finanzamt eng zusammengearbeitet.«

»Geht in Ordnung. Tatverdächtig?«

»Allerdings. Es könnte sein, dass er wenige Tage vor dem Tatzeitpunkt ein Betäubungsmittel entwendet hat.«

»Hört sich an, als wären Sie dem Täter auf den Fersen. Gratuliere!«

»Verschieben Sie das bitte, bis wir sicher sind. Bisher habe ich kein Motiv für den Mann. Bin gespannt, ob er ein Alibi hat.«

Sie verabschiedete sich von Renate, machte Staudinger ein Zeichen, der diskret Abstand hielt, aber auf ihren Fingerzeig auf der Stelle gelaufen kam und ihr in die Jacke half.

»Danke, Herr Staudinger. Und jetzt unterhalten wir uns mal.«

Sie saßen in der Gaststube des *Bootshauses*. Staudinger hatte einen Kutscher gebeten, sie nach Grieben zu bringen. Im Restaurant angekommen, war er sofort in die Küche gelaufen, um heißen Kakao zu machen. Den schlürfte Conny nun mit Genuss. Er war genau richtig, herb mit einer süßen Note und sehr cremig.

»Kann ich Ihnen noch etwas bringen?« Staudinger sprang auf. Seit er ihr auf die Füße geholfen hatte, wieselte er um sie herum und trieb sie noch in den Wahnsinn, wenn er so weitermachte.

»Nein, Sie können sich setzen und aufhören, mich wie einen Pflegefall zu behandeln.«

»Verzeihung, das war nicht meine Absicht, werte Frau Lorenz. Aber ich fühle mich nun mal schuldig.« Er nahm ihr gegenüber Platz.

»Das sind Sie ja auch. Ich staune übrigens, dass Sie nicht einmal versucht haben, sich herauszureden. Sie hätten sagen können, Sie seien zufällig an Ihrem freien Tag auf dem Friedhof gewesen.«

»Haben Sie schon vergessen, was ich Ihnen über die Wahrheit gesagt habe? Sie steht bei mir an erster Stelle. Die Grundlage des menschlichen Miteinander ist es, sich gegenseitig die Wahrheit zu sagen. Meinen Sie nicht?«

»Manchmal kann die Wahrheit auch sehr verletzen, und es hilft niemandem, sie unbedingt herauszuposaunen, aber grundsätzlich haben Sie natürlich recht.« Conny sah ihn neugierig an. »Haben Sie eigentlich schon immer so gedacht, oder haben die Rotarier Sie erst darauf gebracht?«

Er zog für eine Sekunde die Augenbrauen hoch. »Sie sind gut informiert. Interessieren Sie sich für mich?«

»Absolut! Rein beruflich, versteht sich.«

»Schade.« Das war mehr als ein nettes Geplänkel, er bedauerte es offenbar wirklich. »Um Ihre Frage zu beantworten: Ich bin Mitglied im Rotary-Club geworden, weil ich, nachdem man mich gefragt hatte, festgestellt habe, dass die Philosophie dieser Vereinigung hundertprozentig zu meiner Lebenseinstellung passt. Vorher hatte ich noch nicht viel von der Organisation gehört. Kennen Sie sich damit aus?«

»Ich habe mich kurz eingelesen.«

»Vier Fragestellungen beschreiben, worum es den Rotariern immer geht. Die erste lautet: Ist es wahr?« Er lächelte. »Die anderen drei lauten: Ist es fair für alle Beteiligten? Wird es Freundschaft und guten Willen fördern? Und schließlich: Wird es dem Wohl aller Beteiligten dienen? Denken Sie mal darüber nach, wenn Sie Zeit haben. Wenn Sie diese vier Fragen bei all Ihren Handlungen und Entscheidungen einbeziehen und mit Ja beantworten können, machen Sie die Welt ein bisschen besser.«

»Bestimmt nicht schlecht«, stimmte Conny zu. »Mit dem Wohl aller Beteiligter meint der Verein nicht zufällig nur das Wohl der Mitglieder?«

»Aber nein! Es geht um alle an Ihren Entscheidungen und Taten beteiligten Personen.«

»Dann haben Sie also Ihre Baugenehmigung für das *Bootshaus* nicht nur bekommen, weil Sie und Herr Preuß im gleichen Club sind? Und Herr Wulff hat den Auftrag von Ihnen nicht erhalten, weil auch er mit dabei ist?«

Staudinger schüttelte vehement den Kopf. »Aber liebe Frau Lorenz, Sie schätzen ja die Rotarier völlig falsch ein! Bei der Gründung ging es darum, mehrere Berufszweige zusammenzubringen, Freundschaften zu schließen, wie man sie eigentlich nur in der Jugend erlebt, und sich gesellschaftlich zu engagieren. Mit Klüngel oder Seilschaften hat das nichts zu tun. Wir schauen nicht, dass wir Vorteile aus unseren Verbindungen ziehen können, sondern dass wir anderen Unterstützung geben.«

»Ich kann da keinen Unterschied erkennen außer einem sprachlichen.«

»Wie darf ich das verstehen, bitte?«

»Aus Ihrer Sicht wäre die Baugenehmigung eine Vorteilsnahme, aus Sicht von Herrn Preuß, der im Bauamt darauf entscheidend Einfluss nehmen kann, handelt es sich um eine Unterstützung. Während Herr Wulff den Vorteil hat, aufgrund seiner Mitgliedschaft lukrative Aufträge zu erhalten, sind Sie als Auftraggeber in der Rolle des Unterstützers. Alles eine Frage der Perspektive.«

»Wie kommen Sie nur auf die Idee, Wulff hätte mein *Bootshaus* gebaut?«

»Hat er nicht?« Das überraschte Conny.

»Nein. Ich habe einen Unternehmer aus meiner schönen Heimat Bayern engagiert.«

»Warum? Wäre es nicht erheblich praktischer gewesen, jemanden zu beauftragen, der in der Region ansässig ist, der hier die Handwerker kennt?«

»O, das wäre es bestimmt. Nur ist Bauen eben Gefühlssache. Man muss seinem Partner vertrauen, ihn leiden können.« Er lächelte vielsagend.

»Ich hätte angenommen, es geht in erster Linie um fachliche Qualifikation und nicht zuletzt auch um den Preis.« Sie schob ihren Becher beiseite. »Sie können Herrn Wulff also nicht leiden?«

»Nicht besonders.« Er schien zu überlegen, was er preisgeben wollte oder wie er sich ausdrücken konnte, um keinen falschen Eindruck entstehen zu lassen. »Noch einen Kakao?«

»Nein, danke.«

»Wissen Sie, liebe, verehrte Frau Lorenz, die Idee des Rotary-Clubs ist eine gute. Und die meisten Mitglieder setzen sie auch ganz wunderbar um. Aber es gibt trotz Aufnahmeverfahren auch welche, die nichts gegen Seilschaften haben und es so sehen, wie Sie gesagt haben. Die halten den Unterschied zwischen der Ursprungsidee und einem unanständigen Klüngel für Auslegungssache. Meiner Meinung nach gehört Herr Wulff dazu. Als ich das *Bootshaus* bauen wollte, habe ich natürlich mitbekommen, dass es nicht einfach ist, eine Baugenehmigung zu erhalten. Und mir ist auch nicht entgangen, dass man selbstverständlich Wulff als ausführenden Unternehmer zu wählen hat. Es war nicht problemlos, sich dieser Regel zu widersetzen.«

»Hat Wulff Ihnen gedroht?«

Er lachte. »I wo, nein, womit hätte er mir drohen sollen? Er hat mir ein Angebot unterbreitet, einen wahren Kampfpreis. Jeder, der sich gründlich mit so einem Vorhaben beschäftigt, konnte erkennen, dass Wulff das nur über Nachtragsangebote hätte realisieren können. So etwas finde ich unseriös. Ich möchte gleich wissen, woran ich bin.« Er legte den Kopf schief und betrachtete sie. »Aber ich weiß schon, worauf Sie anspielen. Der Herr Preuß hat mir den Herrn Wulff mehr als ans Herz gelegt, und der Herr Wulff hat wiederum angedeutet, dass er wüsste, wie man eine Genehmigung bekommt, was gar nicht so einfach sei. Gedroht ... Er wollte mir wohl ein wenig Angst machen, aber ich habe einen recht guten Draht zum damaligen Bürgermeister gehabt. Eine ehemalige Pension war einige Jahre der Schandfleck des Ortes. Die habe ich abgerissen. Zwar habe ich mehr Betten, aber mein Haus ist in dem Sinne keine komplett zusätzliche Belastung für die Insel, was den Wasserverbrauch und all diese Aspekte angeht. Und nicht zuletzt habe ich Arbeitsplätze geschaffen. Das hat überzeugt.« Seine Ausführung klang plausibel. »Wie schon gesagt, ich halte Wulff für eine Ausnahme bei den Rotariern. Sonst wäre ich längst ausgetreten. Schauen Sie sich mal die Mitgliederliste von Stralsund an. Ich könnte mir vorstellen, Sie entdecken da einige namhafte Personen, die ein gutes Ansehen in der Stadt genießen.«

»Das werde ich tun.«

»Was glauben Sie, warum der Herr Udnik mich nicht ausstehen kann?« Er schmunzelte vergnügt.

»Keine Ahnung. Weil Sie seinen Kuchen nicht für den besten der Insel halten?«

»I wo! Weil ich ihn nicht als neues Mitglied vorschlage. Das Bestreben eines jeden Clubs ist es, die besten Leute der Region im Sinne unserer Philosophie zu versammeln. Wer will nicht zu den Besten gehören? Ich lebe auf Hiddensee wie er, ich bin ein Zugezogener wie er, und trotzdem bin ich nicht dazu zu bewegen, ihn zur Aufnahme vorzuschlagen. Das macht ihn rasend.«

»Kann ich mir vorstellen.« Conny machte sich eine Notiz. Udniks Aussage, Staudinger und Welzer hätten gestritten, erschien ihr nun noch weniger glaubwürdig als schon zuvor. Wahrscheinlich versuchte dieser arrogante Industrielle dem bayerischen Gastronom eins auszuwischen, wo er nur konnte. Sie sah auf und direkt in Staudingers vor Freude blitzende Augen. Mal sehen, wie ihm ein Themenwechsel gefiel. »Herr Staudinger, kennen Sie Vera Swakowyak?« Sein Lächeln erstarb. Er konnte nicht verbergen, wie unangenehm ihn diese Frage berührte.

»Ja, ich kenne sie. Nicht sehr gut«, fügte er hastig hinzu.

»Wo waren Sie gestern? Waren Sie auf Rügen im Großmarkt?«

Er runzelte die Stirn. »Nein. Ich war hier, wir hatten eine geschlossene Gesellschaft. Siebzigster Geburtstag. Ich bin ungefähr eine Stunde draußen gewesen in der Natur, die übrige Zeit habe ich hier verbracht. Warum fragen Sie?«

»Woher kennen Sie Frau Swakowyak?«

»Sie war hier. Sie ist mir aufgefallen, weil sie so traurig aussah und sich ein wenig merkwürdig verhalten hat.«

»Was meinen Sie mit merkwürdig?«

»Nun ja, man hatte den Eindruck, sie will nicht gesehen werden. Und das war auch so. Sie war mal mit dem Herrn Welzer zusammen. Aber dann hat er sie verlassen, und sie hat ihn ein wenig beobachtet, weil sie wissen wollte, ob er eine neue Freundin hat.«

»Als ich Sie nach Robert Welzer fragte, haben Sie vorgegeben, sich nicht einmal an seinen Namen zu erinnern. Dabei kannten Sie sogar sein Liebesleben.«

»Ich bitte Sie, das ist nun aber übertrieben.«

»Sie haben mir nicht erzählt, was Sie von Vera Swakowyak wissen. Warum? Wollten Sie sie schützen?«

»Nein.« Es fiel ihm schwer, darüber zu sprechen. »Vielleicht ein bisschen«, lenkte er ein. »Ich war ziemlich beunruhigt. Das müssen Sie verstehen, die Frau Swakowyak hatte meine Telefonnummer in ihrem Handy gespeichert. Ich habe mir halt gedacht, es könnte so aussehen, als hätte ich etwas mit dem Mord an Herrn Welzer zu tun.«

»Nur weil Ihre Telefonnummer bei der Frau gespeichert ist?«

»Es ist kein Geheimnis, dass ich gerne eine Lebensgefährtin an meiner Seite hätte. Die Frau Swakowyak hat mir gefallen.

Ich habe ihr schon a bisserl den Hof gemacht.« Er holte tief Luft. »Die Leute reden, wissen Sie? Sie hätten auf die Idee kommen können, ich hätte den Herrn Welzer aus dem Weg geräumt, damit die Vera nicht mehr so traurig ist und ich gewissermaßen freie Bahn habe.«

»So viel also zur heiligen Wahrheit, was, Herr Staudinger?«

»Sie haben vorhin selbst gesagt, es ist manchmal besser für das Miteinander, wenn man schweigt. Dafür kann es die verschiedensten Gründe geben. Außerdem bin ich kein Heiliger, Frau Lorenz. Ich bemühe mich immer, aber ich scheitere auch.«

Sie saßen noch eine gute Weile in der Gaststube, in der an diesem Ruhetag die Stühle umgekippt auf den Tischen ihre Beine in die Höhe streckten und Stille von einem Raum Besitz ergriffen hatte, der sonst von Lachen und Reden, von künstlichem Wellenrauschen und Besteckgeklapper erfüllt war. Von alleine erzählte Staudinger, warum er sie beinahe nachts besucht hatte und ihr von Vitte bis zur Kirche von Kloster gefolgt war. Er gestand Conny, dass er geradezu zwanghaft ihre Nähe gesucht habe, weil er sich so sehr eine Frau vom Festland wünschte. Die Zahl der unverheirateten Damen im passenden Alter, die auf der Insel lebten, war äußerst begrenzt. Gewiss, er konnte nicht sicher sein, sie bereits alle kennengelernt zu haben, aber selbst wenn es noch eine gäbe, die in Frage käme, wäre eine Beziehung ein zu großes Wagnis, erklärte er. Ging es schief, lief man sich ständig über den Weg. Vor allem wurde geredet. Ob Conny sich vorstellen könne, wie sich die Leute das Maul zerreißen würden, wenn der Herr Staudinger sich mit einer von Hiddensee treffen und die dann sitzenlassen würde, fragte er sie. Das wollte er sich ersparen.

»Sie sind eine tolle Frau, attraktiv, intelligent, offen. Ich habe gehofft, Ihr Hinweis auf einen Lebensgefährten sei nur vorgeschoben. Ich dachte, für Sie kommt es einfach nicht in Frage, mit jemandem auszugehen, der Teil Ihrer Ermittlungen ist«, gab er kleinlaut zu. »Und ein angeblicher Partner würde Sie da am besten vor der Versuchung schützen.«

Als Conny ihm daraufhin von Paul erzählte, ohne dessen Namen zu nennen, versprach er ihr schließlich, sie ab sofort in Ruhe zu lassen und zu akzeptieren, dass sie nicht in Frage kam.

»Etwas interessiert mich noch«, sagte Conny, als sie bereits ihre Jacke angezogen hatte und gehen wollte. »Was wollten Sie mir bei unserem Spaziergang vom Leuchtturm zur Steilküste zeigen? Erinnern Sie sich? Als ich ins Rutschen gekommen bin, haben wir dann doch kehrtgemacht. Ich weiß bis heute nicht, was mir damals entgangen ist.«

»Ach das, ja, das müssen Sie irgendwann nachholen. Jemand hat den Abhang mit Ketten aus getrockneten Hagebutten und Muscheln und mit geflochtenen Zweigen geschmückt. Jede Menge davon. Das ist Naturkunst, die Sie auf der Insel an einigen Stellen finden können. Dort am Hang ist es am schönsten. Niemand weiß, wer diese hübschen Kunstwerke anbringt. Erstaunlich, nicht?«

Am Abend erreichte sie Paul endlich.

»Hey, wie war dein Tag? Haben dir die Ohren geklingelt?«

»Sollten sie?« Er hörte Jazz, irgendetwas sehr Wildes, was man vermutlich nur ertragen konnte, wenn man sich mit diesem Stil auskannte und starke Nerven hatte. Er hatte also keinen besonders anstrengenden Tag hinter sich.

»Ja, sollten sie. Ich habe nämlich gerade ausführlich von dir geschwärmt.« Conny erzählte davon, wie Staudinger sie verfolgt und ihr das Geständnis gemacht hatte, sie als potentielle Partnerin betrachtet zu haben. Und sie berichtete von dem langen Gespräch in dem geschlossenen Lokal.

»Bist du sicher, dass er die Wahrheit sagt?« Paul klang beunruhigt.

Sie lachte. »O ja, wenn einer die Wahrheit sagt, dann der.« Sie dachte kurz darüber nach und sagte: »Wann kann man schon sicher sein? Aber mein Gefühl sagt mir, dass er nicht lügt.«

»Ich hoffe, dein Gefühl sagt dir in Bezug auf diesen Mann sonst nichts.«

»Bist du jetzt etwa eifersüchtig?«

»Du weißt, dass ich das bin«, erwiderte er ohne Umschweife. »Im normalen Maß. Nur du kennst diese Empfindung ja nicht, richtig?«

Conny lag auf dem Bett, das linke Bein stabilisiert, ein großes Kissen im Rücken. »Okay, ich lege ein Geständnis ab: Ja, ich war eifersüchtig, als diese Frau Fittkau sagte, sie hätte deine Handynummer. Sie klang nett, nicht zu alt. Hätte doch sein können, dass du mal ein Auge auf sie geworfen hast. Oder noch wirfst«, ergänzte sie leise.

»Stimmt, es hätte sein können. Es ist aber nicht so.«

»Gott sei Dank!« Wie gerne wäre sie jetzt bei ihm. »Und du hast mir verziehen, dass ich neulich am Telefon so zickig war?«

»Wer sagt das?«

»Du hast dir Sorgen um etwaige Gefühle meinerseits in Bezug auf Herrn Staudinger gemacht. Da dachte ich …«

»Aha, die Kollegin zieht Schlüsse.«

»Irrtum. Die Kollegin hat frei. Deine Lebensgefährtin ist am Apparat.«

»Der Punkt geht an dich.« Er lachte leise. »So, du hast also Verehrer, die dir heimlich nachstellen. Ich hoffe, du hast nicht gleich auf ihn geschossen.«

»Glücklicherweise nicht. Er hat mir nämlich ein paar interessante Dinge erzählt. Andererseits wäre ich dann vielleicht noch unversehrt.«

»Was heißt das? Hat er dir etwas getan?«

»Nicht er, ich habe mir etwas getan. Ich bin nicht mehr sehr geübt im Verfolgen, scheint mir. Das kommt davon, wenn man dem mittleren Dienst für lange Zeit den Rücken kehrt, um sich in einer dämlichen Fachhochschule den Hintern platt zu sitzen.«

»Erstens ist diese Schule nicht dämlich. Ohne die wärst du jetzt keine Kommissarin und vermutlich nicht bei mir in Stralsund.«

»Und zweitens?«

»Habe ich vergessen. Nein, zweitens hättest du dann völlig umsonst in der Abendschule dein Abitur nachgeholt. Das wäre ein Jammer. Und jetzt erzähl mir, was dir fehlt.«

»Du.« Er antwortete nicht. »Du fehlst mir. Sehr sogar.«

»Das höre ich gern.« Seine Stimme konnte so weich sein, wenn er wollte. Das machte ihre Sehnsucht nur noch schlimmer. »Du fehlst mir auch.« Conny schloss die Augen und stellte ihn sich vor, wie er auf dem Sofa lag oder in seinem Lesesessel saß. »Ich möchte trotzdem wissen, ob du dich verletzt hast.«

»Du kannst aber auch wirklich die Stimmung verderben«, maulte sie scherzhaft.

»Sprach die Romantikerin.«

Sie seufzte. »Ich habe mir das Knie verknackst. Muss mal zum Arzt gehen, wenn ich wieder in der Zivilisation bin, wo es Röntgengeräte gibt.«

Conny schaltete das Laptop ein. Zum Schlafen war es noch zu früh. Außerdem wusste sie sowieso nicht, wie sie liegen sollte. Sie rief noch einmal die Seite der Rotary-Distrikte auf und klickte dann auf Stralsund. Sieh einer an! Eigentlich hatte sie nicht damit gerechnet, bekannte Namen zu lesen, wie Staudinger ihr prophezeit hatte, doch da täuschte sie sich gewaltig. Welzers Kollege Hamann war dabei. Das passt, dachte sie. Gesellschaftliches Engagement und Zusammenhalt waren durchaus Dinge, die sie mit ihm in Verbindung brachte. Sie scrollte durch die Seite. Plötzlich traf sie der Schlag. Florian Kurtz! Der Herr Oberstaatsanwalt gehörte auch zu dem Club. Im nächsten Moment fühlte sie sich schon wieder, als hätte sie eine elektrische Quelle berührt. Verdammt, sie hatte sich bei Kurtz melden sollen. Heute! Sie warf das Laptop neben sich, schwang die Beine aus dem Bett und wollte aufspringen. Keine gute Idee. Ein Schmerzenslaut drang aus ihrer Kehle, und sie verlagerte sofort das Gewicht auf die rechte Seite. Schweiß trat ihr auf die Stirn. Tief durchatmen. Als das fiese Pochen in ihrem Knie ein wenig nachließ, humpelte sie zu ihrem Rucksack und fischte das Mobiltelefon heraus. Conny hatte es ausgeschaltet, bevor sie die Kirche betreten hatte und dummerweise vergessen, es wieder in Betrieb zu nehmen. Das hast du ja toll hingekriegt! Sie schnaufte. Schon wurden ihr zwei entgangene Anrufe angezeigt. Beide von Kurtz. Er hatte ihr keine Nachricht hinterlassen. Conny konnte sich vorstellen, wie sauer er war. Gleich morgen früh würde sie sich bei ihm melden müssen. So ein blöder Mist! Sie nahm ihr Notizbuch zur Hand und schlug das Beziehungsschema auf, das sie für den Fall angefertigt hatte. Der Staatsanwalt kam bisher nicht darin vor. Natürlich nicht. Nur die für den Fall relevanten Personen, die Ermittler ausgenommen, waren für ein solches Schema von Belang. Es sei denn, Kommissar oder Staatsanwalt stand mit einem Verdächtigen oder Opfer in einer Beziehung außerhalb der Ermittlungen. Sie schrieb Kurtz' Namen in eine Ecke des Papieres unweit von Hamann und verband die beiden Namen mit einem grünen Stift. *Rotary* schrieb sie an die Verbindungslinie. Auch Wulff, Preuß und Staudinger bezog sie in dieses grüne Geflecht ein. Sie sah Kurtz vor sich, diesen gutaussehenden eloquenten Mann, der so gerne von ehrenwerten Geschäftsleuten sprach. Mit seinem Verhalten Freundschaft und guten Willen fördern, ging ihr durch den Kopf. Guten Willen. Hatten Wulff und Preuß etwas getan, um den guten Willen ihres Clubkollegen zu fördern? Und hatte er im Gegenzug Conny auf eine falsche Fährte gelockt? Moment mal, dachte sie, du verdächtigst doch nicht etwa deinen übergeordneten Vorgesetzten? Er müsste verrückt sein, in seiner Position Kriminelle zu decken. Leider gab es da draußen viele Verrückte. Und wenn Wulff und Preuß ihm einfach eine Lügengeschichte aufgetischt hatten, damit er in andere Richtungen ermitteln ließ?

In ihrem Kopf war die Hölle los. Die Gedanken rasten, lösten einander so schnell ab, dass Conny nicht in der Lage war, einen vernünftigen Schluss daraus zu ziehen. Okay, noch einmal von vorne, sagte sie sich und legte sich wieder auf ihr Bett, das Notizbuch auf dem Bauch. Sie musste Struktur in das Chaos bringen. Wulff hatte sich bei Kurtz gemeldet und behauptet, dass er erpresst wurde. Die vermeintlichen Beweise dafür waren fingiert und erst entstanden, als Welzer bereits tot war. Conny musste davon ausgehen, dass mindestens zwei Täter gemeinsame Sache machten. War Kurtz einer von ihnen? Nicht vorstellbar. Soweit ging diese Clubfreundschaft wohl kaum. Ist Preuß in Welzers Wohnung eingedrungen und hat den Computer manipuliert, während Wulff Welzer umgelegt hat? Brand! Der Name auf dem weißen Blatt Papier schien plötzlich zu glühen. Ihr wurde heiß. War er der anonyme Patient, der Frau Dr. Schäfer das Betäubungsmittel entwendet hatte? Er war überhaupt nicht der Typ für eine solch dreiste Tat. Und was war mit dem Motiv? Vielleicht war seine ganze Sympathie für den Kollegen nur geheuchelt. Konnte doch sein, dass er neidisch war auf den abenteuerlustigen Mann, der ihn zwar gerne als Zuhörer für seine tollen Geschichten benutzte, mit ihm nach Dienstschluss aber nicht einmal ein Bier trinken ging. Und wenn es gelogen war, dass die beiden privat nichts verband? Gut möglich, dass Welzer den etwas einfältigen Brand nicht nur als Bewunderer geschätzt hat, sondern ihn auch die Blumen versorgen ließ, wenn er mal wieder auf Achse war. Dann hatte Brand womöglich sogar einen Schlüssel. Connys Atmung beschleunigte sich. Sie wählte eilig die Nummer der Inspektion.

»Tut mir leid, in der Abteilung ist niemand mehr«, teilte eine Kollegin der Telefonzentrale ihr mit. »Handelt es sich um einen Notfall? Dann würde ich Hauptkommissar Paulsen verständigen oder Oberkommissar Hansen oder …«

»Nein, danke, das wird nicht nötig sein.« Sie sah auf die Uhr. Schon nach elf. Konnte die Sache bis morgen früh warten, oder war Gefahr im Verzug? Conny entschied sich schweren Herzens abzuwarten. Im Moment hatte sie nicht mehr als eine Vermutung, eine gedankliche Möglichkeit. Hoffentlich war es kein Fehler, sich zu gedulden. Brand konnte alarmiert sein, weil er noch einmal befragt worden war. Andererseits … Alle waren noch einmal nach der geheimnisvollen Unbekannten befragt worden, die Welzer angeblich geliebt hatte. Brand wird schon nicht gleich das Land verlassen, beruhigte sie sich. Sie schnappte sich den Fahrplan der Reederei. Um Viertel vor acht ging ein Schiff nach Rügen. Sie würde Vera und Wulff einen Besuch abstatten und sich anschließend auf das Festland fahren lassen, um Brand in die Mangel zu nehmen. Fragte sich nur, wie sie in ihrem Zustand überhaupt nach Vitte zum Hafen kommen sollte.

Kapitel 10

Finale

Nach gefühlten zwei Stunden Schlaf, in Wirklichkeit mochten es vier oder fünf gewesen sein, organisierte sich Conny mit Hilfe von Frühaufsteher Staudinger einen Transport nach Vitte. Ihre erste Diensthandlung an diesem Morgen war der Anruf bei Kurtz. Er war erwartungsgemäß sauer, dass sie sich nicht schon am Vortag gemeldet hatte und dann zu allem Überfluss auch noch nicht zu erreichen gewesen war. Sie entschuldigte sich knapp, ohne gleich zu Kreuze zu kriechen, und fasste dann ihre wichtigsten Erkenntnisse zusammen, die sie seit ihrer Begegnung am Mittwoch gesammelt hatte. Dass die vermeintliche Erpressung tatsächlich fingiert war, machte ihm hörbar zu schaffen. Er stotterte, suchte nach Worten. Entweder bekam er es mit der Angst zu tun, weil er von vornherein gewusst hatte, dass damit etwas nicht stimmte, oder er war entsetzt, weil sein Rotarierkumpel nun in einem mehr als komischen Licht dastand. Sie erwähnte nichts von Wulffs und Kurtz' Mitgliedschaft, sondern gab ihm die Chance, ihr von allein davon zu erzählen. Das tat er nicht.

»Wulff hat etwas mit der Sache zu tun, da bin ich sicher«, ließ sie ihn wissen und hoffte, er würde endlich seine Verbindung zu diesem Mann offenbaren. Vergeblich. »Ich werde ihn mir noch mal vornehmen und sein Alibi überprüfen«, kündigte sie an.

»Tun Sie das«, entgegnete Kurtz schmallippig.

Conny berichtete noch von Brand, den sie ebenfalls so schnell wie möglich sehen wollte, dann war das Gespräch beendet. Sofort rief sie in der Inspektion an. Renate stellte sie zu Paul durch.

»Guten Morgen. Wie geht es dir? Was macht das Bein?«

»Ich bin froh, dass ich die Krücke habe. Damit kann ich mich wenigstens fortbewegen. Allerdings traue ich mich bei diesem Seegang nicht aufzustehen. Das Schiff schaukelt heute wie verrückt. Ich fürchte, ich würde mich gleich wieder langlegen.«

»Du bist auf dem Schiff?«

»Ja, auf dem Weg nach Rügen. Ich muss zu Vera Swakowyak ins Krankenhaus. Sie wollte mich dringend sprechen. Bin gespannt, was sie mir zu sagen hatte. Übrigens, könntest du mir bitte einen Fahrdienst organisieren, der mich danach zu Bauunternehmer Wulff und dann aufs Festland bringt?«

»Natürlich. Ich kümmere mich sofort darum. Die sollen sich im Krankenhaus gleich dein Knie ansehen.«

»Nein, das dauert zu lange. Ich habe heute viel zu tun und einen strengen Chef. Was ist mit Ingo Brand? Er sollte gestern verhört werden. Weißt du, wer sich darum gekümmert hat?«

»Selbstverständlich weiß ich das. Ich bin der Chef und leite diese Abteilung.«

»Mist!«

»Bitte?«

»Meine Krücke ist von der Bank gerutscht. Warte.« Sie angelte nach der Gehhilfe. »So, bin wieder da.«

»Wie kommst du überhaupt vom Hafen ins Krankenhaus?«, erkundigte Paul sich.

»Taxi. Ich fürchte, ich werde eine ordentliche Spesenabrechnung vorlegen müssen. Also, was ist mit Brand? Hat er ein Alibi? Wird das überprüft?«

»Nein, er hat kein Alibi. Wir haben ihn wieder nach Hause gehen lassen, ihn aber gebeten, sich zu unserer Verfügung zu halten.«

»Ich kann es einfach nicht glauben. Dieser Brand wirkte so einfältig-harmlos. Ich habe ihm abgenommen, dass er sich mit Welzer gut verstanden hat. Jedenfalls im kollegialen Rahmen. Soweit ich weiß, hat er keine engen Bindungen. Wenn er die Tötung begangen hat, besteht Fluchtgefahr. Glaubst du nicht?«

»Sehe ich genauso. Darum habe ich seine Observation angeordnet.«

»Gute Entscheidung«, stimmte sie zu.

»Danke, Frau Kollegin.«

Vera Swakowyak sah verloren und zerbrechlich aus in dem großen weiß bezogenen Krankenhausbett. Das linke Auge war zugeschwollen, ihre Haut war von roten Schrammen und dunklen Krusten überzogen.

»Guten Tag, Frau Swakowyak. Wie fühlen Sie sich?« Conny zog sich einen Stuhl heran, ließ sich darauf nieder und lehnte ihre Krücke an das Bett.

»Besser, als man bei meinem Anblick vermuten würde, nehme ich an.« Sie sprach leise und etwas schleppend. Eine Wirkung der Schmerzmittel, nahm Conny an. »Und was ist mit Ihnen? Hatten Sie etwa auch einen Unfall?«

»Ach was, halb so schlimm. Ich war nur ein wenig ungeschickt.« Conny lächelte die Frau fröhlich an. »Frau Swakowyak, ich will Sie nicht lange belästigen, Sie brauchen ganz viel Ruhe. Aber ich muss Sie fragen, was Sie mir mitteilen wollten. Weshalb wollten Sie mich unbedingt treffen?«

»Ich habe schon damit gerechnet, dass Sie mir einen Besuch abstatten. Ich habe es gehofft.« Man konnte ihr ansehen, wie schwer es ihr fiel, sich zu konzentrieren. »Frau Lorenz, ich habe eine Beobachtung gemacht, die ich bisher für mich behalten habe. Wie Sie wissen, war ich vor einiger Zeit mit Robert befreundet.« Sie wählte ihre Worte mit Bedacht. »Bevor Armin und ich nach Rügen gezogen sind. Ich habe damals einen seiner Kollegen kennengelernt.«

»Ich dachte, Herr Welzer hat das immer sauber getrennt und seine Freundinnen möglichst nicht mit den Kollegen zusammengebracht.«

»Das war auch so. In dem Fall waren wir gemeinsam auf einem Weihnachtsmarkt. Wir hatten schon mehr als einen Glühwein getrunken. Na ja, und dann die Stimmung … überall funkelnde Lichter, der Duft von Mandeln und Gewürzen.«

»Und Bratwurst«, ergänzte Conny und stellte fest, dass sie sich auf die bevorstehende Zeit der Weihnachtsmärkte freute.

»Ja, die auch.« Sie lachte leise und verzog gleich darauf das Gesicht. »Lachen ist gesund, heißt es immer. Momentan fühlt es sich aber gar nicht so an«, erklärte sie jämmerlich und versuchte, tapfer zu lächeln. »Jedenfalls trafen wir diesen Kollegen, und Robert hat uns miteinander bekannt gemacht. Ich war so glücklich. Wir haben ein paar Worte mit ihm gewechselt und sind dann weitergezogen. Arm in Arm, wie ein richtiges Paar, das sich nicht verstecken muss.« Conny ließ sie ihren schönen Gedanken nachhängen. Sicher tat ihr das gut. »Wir haben den Mann einige Monate später noch einmal getroffen. Die beiden gingen gleich aufeinander los. Na ja, das ist ein bisschen übertrieben, aber ich habe sofort gemerkt, dass zwischen ihnen eine furchtbar aggressive Stimmung herrscht. Robert hat mich einfach stehen lassen, ist mit ihm um die Ecke gebogen. Als er zurückkam, war er schrecklich aufgeregt. Ich dachte, es hätte etwas mit mir zu tun, dass der Kollege womöglich überall herumerzählt hat, Robert sei mit einer verheirateten Frau zusammen.«

»Haben Sie ihn nicht gefragt, worum es ging?«, wollte Conny wissen.

»Doch, natürlich.« Sie atmete ein paar Mal schwer ein und aus. Conny fürchtete schon, es würde Vera alles zu viel, aber dann sprach sie weiter: »Er hat behauptet, es habe nichts mit mir zu tun, sondern sei eine rein berufliche Angelegenheit.« Erstaunlich, dachte Conny, bei ihrem ersten Zusammentreffen war Vera Swakowyak so gut auf eine Befragung vorbereitet gewesen, dass sie künstlich gewirkt hatte, nicht wie ein Mensch, eher wie eine programmierte Puppe. Trotz ihres Unfalls und ihres schwer angeschlagenen Zustands wirkte sie jetzt wesentlich aufgeräumter und natürlicher. »Ich habe mich bei Ihrem ersten Besuch so darauf konzentriert, mich zu verteidigen«, sagte Vera, und Conny fragte sich, ob sie Gedanken lesen konnte, »dass mir das mit dem Kollegen gar nicht eingefallen ist. Dabei soll man doch immer sagen, ob das Opfer Feinde hatte, nicht?«

»Wenn man welche kennt, ist es ziemlich hilfreich, das auch zu erwähnen, ja. Allerdings würde ich bei einer beruflichen Meinungsverschiedenheit nicht gleich von Feindschaft sprechen.«

»Es ist ja nicht dabei geblieben. Dieses eine Mal hätte ich wohl sogar vergessen. Als ich Robert jedoch nach Hiddensee gefolgt bin, da habe ich die beiden wieder zusammen gesehen. Von weitem nur. Aber sie haben schrecklich gestritten.«

»Sie haben Robert Welzer auf Hiddensee beobachtet?« Conny sah vor ihrem geistigen Auge Robert Welzer und Ingo Brand, wie sie einander feindselig gegenüberstanden. Welzer hatte sich vielleicht lustig über Brand gemacht, der sich ohnehin schon immer minderwertig fühlte.

»Ja. Beschämend, nicht wahr? Ich bin ihm überallhin gefolgt, wenn ich es irgendwie einrichten konnte. Ich habe nicht geglaubt, dass er eine andere hat, aber sicher sein, konnte ich doch auch nicht.«

Die Tür ging auf, und eine Schwester steckte den Kopf herein. »Das sollte für heute reichen«, mahnte sie und tippte auf ihre Armbanduhr. »Sie können morgen wiederkommen.«

»Zwei Minuten noch«, bat Conny.

»Es geht schon«, sagte Vera mit fester Stimme. »Es tut mir gut, mit ihr zu reden.«

»Na schön, zwei Minuten.« Die Tür wurde wieder geschlossen.

»Danke.« Conny atmete auf.

»Das war nicht gelogen. Es tut wirklich gut.« Ein dünnes Lächeln trat auf die aufgeplatzten Lippen. »Ich will zur Aufklärung von Roberts Tod beitragen, wenn ich kann. Das bedeutet mir viel.« Ihre Augen wurden feucht. Dann räusperte sie sich. »Wo war ich stehengeblieben? Ach ja, ich weiß schon. Am dritten Oktober wollte ich ihm wieder nachreisen. Ich hatte herausgefunden, dass er wieder einen Kunden auf Hiddensee besuchen wollte. Im Grunde habe ich nicht damit gerechnet, dass er eine Freundin auf der Insel hat, aber ich hatte mich so daran gewöhnt, ihm zu folgen wie ein Schatten. Leider habe ich an diesem Tag das Schiff verpasst. Vielleicht könnte Robert noch leben, wenn ich es bekommen hätte und bei ihm, in seiner Nähe gewesen wäre.« Sie seufzte. Conny dachte schon, dass sie in Tränen ausbrechen würde.

»Warum haben Sie das Schiff verpasst?«, erkundigte sie sich, um Vera abzulenken.

»Ach, das war eine ganz dumme Sache. Erst habe ich meinen Hausschlüssel nicht gefunden, dann waren die Straßen so voll, dass ich viel länger als üblich gebraucht habe. Das war wohl wegen des Feiertages. Daran hatte ich gar nicht gedacht.« Conny ließ ihr Zeit und flehte innerlich, die Schwester möge nicht zurückkommen und sie vor die Tür setzen. »Ich stand also am Hafen und habe dem Schiff hinterher geguckt. Und da habe ich das Auto von Roberts Kollegen gesehen.«

»Sind Sie ganz sicher?«

»Ja, absolut. Ich kenne nur einen Menschen, der einen Porsche fährt. So einen Geländewagen, wissen Sie?«

»Einen Cayenne?«

»Ja, genau.« Conny schluckte. Warum, verdammt noch mal, war noch niemandem aufgefallen, dass Ingo Brand einen Porsche Cayenne fuhr? Vielleicht, weil das ein typisches Märchen von Vera Swakowyak war?

»Frau Swakowyak, das werden Sie jetzt nicht gerne hören, aber Ihr Mann hat mir erzählt, dass Sie ein wenig, nun, sagen wir, dass Sie zu Übertreibungen neigen.«

»Ach, Armin, die gute Seele. Hat er das so gesagt? Dann hat er untertrieben.«

»Wie bitte?«

»Ja, leider. Ich habe als Kind schon Schauermärchen als wahre Geschichten verkauft. Armin hat bestimmt ganz schön darunter gelitten. Er muss mich sehr lieben, dass er das so verständnisvoll ertragen hat.« Ihr Blick verlor sich in dem sterilen Raum. Nur ihr schweres Atmen und das ständige Piepen der Apparate, die permanent ihre Werte erfassten, waren zu hören.

»Frau Swakowyak, ich muss Sie fragen, ob Sie mir gerade eben die Wahrheit gesagt oder einen Bären aufgebunden haben.«

»Natürlich. Wer einmal lügt, dem glaubt man nicht. Schon gut«, sagte sie, bevor Conny sich äußern konnte. »Ich stehe zu dieser schlechten Angewohnheit und versuche, sie mir abzugewöhnen. Ich habe Sie nicht belogen. Das mit dem Streit zwischen Robert und seinem Kollegen hatte ich eine Zeit vergessen. Und dann habe ich es nicht gesagt, damit es nicht heißt, ich will mich wieder nur wichtig machen. Aber neulich habe ich den Wagen in Stralsund gesehen, als ich mit meiner Freundin dort war, um ein bisschen zu bummeln und auf andere Gedanken zu kommen. Da fiel mir alles wieder ein, und ich dachte, es könnte doch wichtig sein, es Ihnen zu sagen.«

»Das war sogar sehr wichtig, Vera«, sagte Conny und berührte vorsichtig ihre Hand.

»Ich weiß ja nicht, ob Ihnen Andreas selbst schon gesagt hat, dass die beiden Streit hatten, oder ob er womöglich behauptet, sie hätten sich prima verstanden.«

»Andreas? Welchen Andreas meinen Sie?«

»Na, Roberts Kollegen! Den mit der tollen Stimme. Wie hieß er denn noch mit Nachnamen? Hamann. Ja, genau, so hieß er.«

»Geht's nicht ein bisschen schneller?« Conny warf einen Seitenblick auf den Tacho.

Die Polizistin, die sie am Krankenhaus abgeholt hatte, rollte mit den Augen. »Ginge schon, aber ich habe keine Lust, ein Knöllchen zu kriegen.« Sie grinste. Wahrscheinlich fand sie sich ungeheuer lustig. Conny dagegen hatte keinen Humor, wenn sie, so wie jetzt, auf Kohlen saß. Hamann, dachte sie, dieser Mann, der so kompetent und hilfsbereit, so mitfühlend und fürsorglich gewirkt hatte, sollte etwas auf dem Kerbholz haben? Was sie wusste, war, dass er Streit mit Welzer hatte, zur Tatzeit vermutlich auf Hiddensee war und nichts davon erwähnt hatte. War er ihr Mann? Hatte er Welzer getötet? Immer wieder hämmerte die gleiche Frage in ihrem Hirn: Welches Motiv sollte er gehabt haben? Nach einer gefühlten Ewigkeit hielten sie vor Wulffs Büro. Conny konnte gar nicht schnell genug aus dem Wagen kommen. Sie blieb mit ihrer Krücke hängen und wäre beinahe gefallen.

»Sind Sie immer so hektisch? Kein Wunder, dass Sie verletzt sind.« Die Kollegin vom Sonderfahrdienst war ausgestiegen und um das Fahrzeug gegangen. Sie warf Conny einen missbilligenden Blick zu, half ihr aber trotzdem auszusteigen.

»Danke. Würden Sie hier bitte auf mich warten?«

»Klar. Und danach geht es nach Stralsund, richtig?«

»Höchstwahrscheinlich, ja.«

Wulff war gerade in einem Gespräch mit Handwerkern, unterbrach seine Besprechung aber umgehend, als er hörte, wer ihn sehen wollte.

»Guten Tag, Frau Lorenz. Bitte, kommen Sie doch mit in unseren Aufenthaltsraum. Ist nicht gerade komfortabel, aber da haben wir Ruhe.« Er hielt ihr die Tür auf. »Was haben Sie denn angestellt?« Er war offensichtlich um eine lockere, freundliche Atmosphäre bemüht. Welch ein Unterschied zu Connys erstem Besuch.

»Kleiner Unfall, nicht der Rede wert.« Sie nahm an einem ausrangierten Küchentisch Platz, der Brandflecke hatte und klebrig war. Die kleine Kochzeile sah auch nicht gerade gepflegt aus. Conny taten die Leute leid, die hier ihre Mittagspause verbrachten. Anscheinend störten sie sich jedoch nicht an der Unordnung und dem Dreck, sonst könnten sie ja wohl selbst etwas dagegen unternehmen.

»Was kann ich für Sie tun, Frau Lorenz?« Er griff zu seiner Zigarettenschachtel, zog die Hand aber gleich wieder zurück.

»Herr Wulff, Sie haben bei Oberstaatsanwalt Kurtz ausgesagt, dass Sie von Robert Welzer erpresst worden sind.«

»Das ist richtig.«

»Dass Sie das behauptet haben, ist richtig. Dass Sie erpresst worden sind, ist es wohl nicht.«

»Was? Wieso, wie kommen Sie darauf?« Mit zitternden Fingern zog er nun doch eine Zigarette aus der Packung und zündete sie an. Er nahm einen tiefen Zug. »Glauben Sie mir nicht?«, fragte er dann atemlos.

»Polizeiarbeit ist keine Glaubenssache, Herr Wulff. Ich halte mich an Fakten. Und die beweisen, dass das angeblich belastende Material erst auf Robert Welzers Rechner gespeichert wurde, als er bereits tot war.« Wulff verschluckte sich und bekam einen Hustenanfall. Conny überlegte schon, ob sie einen Arzt rufen sollte, weil er zu ersticken drohte, doch dann beruhigte er sich allmählich. Das sonst eher gelbliche Gesicht färbte sich dunkelrot.

»Das kann doch gar nicht sein«, brachte er keuchend hervor.

»Stimmt, es kann nicht sein, dass Herr Welzer die Ihnen angeblich gestohlenen Unterlagen dann noch kopiert, verändert und Ihnen damit gedroht hat. Aber diese Kopien waren auf seinem Computer. Irgendjemand hat dafür gesorgt.«

»Das ist ja unglaublich«, stammelte er. »Wer macht denn so was und warum?«

»Das dürfte nicht schwer herauszufinden sein, also die Frage nach dem Wer, meine ich. Wir haben Fingerabdrücke in der Wohnung genommen. Was halten Sie davon, wenn wir jetzt gemeinsam auf das Polizeihauptrevier in Bergen fahren und dort eine daktyloskopische Schnell-Identifizierung vornehmen?«

»Eine was?« Er starrte sie an wie das Reh den Wolf.

»Wir nehmen Ihren Fingerabdruck und vergleichen ihn mit den auf der Tastatur und auf dem Scanner sichergestellten.«

»Nein, das geht nicht. Die Handwerker sitzen nebenan, ich kann jetzt unmöglich weg.«

»Kein Problem.« Sie strahlte ihn an. »Kümmern Sie sich ruhig erst um Ihre Handwerker. Ich warte einfach so lange. Und wenn Sie fertig sind, geht's los.«

Wulff zog gierig an seiner Zigarette, drückte sie aus, schien das im nächsten Moment zu bedauern und zündete die nächste an. Es war nicht zu übersehen, dass er einen Kampf mit sich auszutragen hatte. Dann hatte er seine Entscheidung getroffen.

»Nein, hören Sie, das wird nicht nötig sein«, sagte er resigniert. Er blies mit gespitzten Lippen Rauch zur Seite. »Ja, ich war in der Wohnung«, gab er zu. »Aber ich habe den Welzer nicht umgebracht.« Das glaubte Conny ihm sogar. Es war nicht anzunehmen, dass er Welzer in dessen Wohnung getötet und irgendwie in ein Boot verfrachtet hatte. »Ich wollte auch nicht, dass ihm etwas geschieht, das müssen Sie mir glauben!«, redete er auf sie ein. »Ich war total entsetzt, als ich hörte, dass er tot ist, und verstehe bis heute nicht, wie das passiert ist.«

»Was wollten Sie in seiner Wohnung?«

Ein kurzes Zögern, dann entschied Wulff sich, endgültig reinen Tisch zu machen. »Robert Welzer war so ein Hundertprozentiger, wenn Sie wissen, was ich meine.«

»Erklären Sie es mir.«

»Na ja, ein scharfer Hund eben, der bei jedem ein Haar in der Suppe finden will. Der hat förmlich nach einer falschen Buchung oder einem Zahlendreher gesucht, um einem dann versuchte Steuerhinterziehung unterzujubeln.« Er schwieg.

»Wollen Sie mir ernsthaft erzählen, Sie wären bei Herrn Welzer eingebrochen, um ihm eine Erpressung anzuhängen, nur damit er bei nächster Gelegenheit nicht mehr nach Zahlendrehern sucht? Ich bitte Sie, Herr Wulff! Die nächste Betriebsprüfung war nicht einmal abzusehen. Sie hätten aller Voraussicht nach die kommenden Jahre Ihre Ruhe vor ihm gehabt.«

»Es ging ja gar nicht um Steuern.« Aha, dachte sie sich's doch. »Der Welzer hat bei mir Schriftverkehr zu sehen gekriegt, der ihn nichts anging. Internes Zeug, um das er sich gar nicht hätte kümmern sollen. Das ist richtig blöd gelaufen, ich wollte das längst in den Aktenvernichter geschoben haben. Aber dann habe ich wohl was oben draufgelegt und nicht mehr dran gedacht. Aus den Augen, aus dem Sinn. So eine Betriebsprüfung wird leider nicht angekündigt.« Er lachte bitter. »Und er musste ja gleich seine Nase reinstecken. Einen Strick wollte er mir draus drehen.«

»Worum ging es in dem Schriftverkehr?«

»Um Informationen bezüglich öffentlicher Ausschreibungen, um Baugenehmigungen und solche Sachen.«

»Herr Wulff, was konkret hat Herr Welzer zu sehen bekommen?«

»Es ging um Ausschreibungen des Kreises. Ich habe vom Bauamt Informationen über die Angebote von Konkurrenten erhalten, damit mein Angebot das günstigste ist. Außerdem wurden von mir eingereichte Bauanträge so frisiert, dass sie genehmigt wurden. Ich habe natürlich trotzdem gebaut, wie der Kunde das wollte. Dadurch hat doch keiner einen Schaden. Wäre nur nicht genehmigt worden.«

»Das wird dann wohl seinen Sinn haben, Herr Wulff. Ein paar kluge Menschen haben sich etwas dabei gedacht, als sie Richtlinien für Baugenehmigungen erarbeitet haben.« Sie seufzte. »Wer hat Ihre Unterlagen frisiert und Sie mit Insiderinformationen versorgt – Herr Preuß?«

Wulff sah sie mit großen Augen an. »Sie wissen also schon Bescheid.«

»Ich habe so etwas vermutet. Die ganze Insel spricht davon. Glauben Sie wirklich, es fällt nicht auf, wenn einer alle öffentlichen Aufträge einheimst und für alles Genehmigungen bekommt, während andere erfolglos Anträge stellen?«

»Ich habe jedem gesagt, ich bin eben der günstigste Anbieter und mache bei den Anträgen alles richtig. Kann doch auch nichts dafür, wenn die anderen zu teuer sind oder sich zu dämlich anstellen.«

»Am Ende haben Sie das noch selbst geglaubt, oder?« Conny betrachtete ihn voller Abscheu. Erst den Hals nicht voll kriegen und sich dann schrecklich leid tun. »Tja, blöd, dass Herr Welzer offenbar etwas zu lesen bekommen hat, das Ihren Schwindel beweisen konnte.«

»Wenn er es nur gelesen hätte. Dann hätte ich das Zeug ja immer noch schreddern und behaupten können, er lügt. Aber der Idiot muss sich ein paar Briefe einstecken. Ich sehe ihn noch, wie er damit vor meiner Nase herumwedelt und sagt, damit kriegt er mich dran.«

»Verstehe, Sie sind bei ihm eingebrochen, um die kompromittierenden Schreiben wieder an sich zu bringen.«

»Nein, ich bin überhaupt nicht eingebrochen! Ich habe dem Andreas von der Sache erzählt.«

»Andreas?«, fiel sie ihm ins Wort. »Nachname?« Sie hielt den Atem an.

»Hamann. Andreas Hamann«, sagte er aufgebracht. »Der hatte doch überhaupt die Idee und hat mir auch den Schlüssel gegeben.«

»Welzers Kollege?« Conny spürte, wie sich ihre Nackenhaare aufstellten.

»Genau der. Ich kenne den schon lange, noch aus der Schule. Wir sind Kumpels, deshalb hat der doch immer dafür gesorgt, dass ich keinen Ärger mit dem Finanzamt kriege.«

»Moment, ganz langsam.« In ihrem Hirn arbeitete es. »Herr Hamann ist Steuerfahnder. Wie kann der ...?«

»Na, ist doch nicht so schwer. Der kommt doch an alles ran.« Wulff drückte die Zigarette aus und warf den Kopf nach vorne. »O Mann, hoffentlich gehe ich wegen dieser ganzen Scheiße jetzt nicht pleite!«

»Aber die Prüfung hat doch Welzer durchgeführt. Hat er bei Ihnen denn nun Unregelmäßigkeiten festgestellt oder nicht?« Conny sah ihn erwartungsvoll an.

»Klar, jede Menge.« Er lachte bitter. »Andreas hat sich drum gekümmert, dass im Finanzamt nichts landet, was mir Schwierigkeiten machen könnte. Der hat das verschwinden lassen oder verändert. Keine Ahnung, ich kenne mich mit dem Kram nicht so gut aus. War mir auch egal. Hauptsache, ich muss nicht so viel Steuern zahlen. Seien Sie doch mal ehrlich, das ist doch echt viel zu viel. Der Staat greift uns so tief in die Tasche, dass nichts übrig bleibt. Und wofür gibt er die ganze Kohle aus? Finden Sie das etwa richtig?«

»Dass Leute, die wie Sie mehr als nur ordentlich verdienen, das System untergraben und nie genug kriegen können, das finde ich jedenfalls mies«, fauchte sie. »Aus purer Kameradschaft wird Herr Hamann nicht seinen Job riskiert haben, um Ihnen eine Stange Geld zu sparen«, überlegte sie laut. »Wie sah denn die Gegenleistung aus?«

»Die können Sie sich in der Kniepervorstadt angucken. Da wo mal die Roggmannschen Gärten waren, stehen jetzt schicke Villen. Die von Andreas schießt den Vogel ab.« Selbstgefällig lehnte er sich zurück. War er etwa noch stolz auf seine kriminellen Geschäfte? »Habe ich ihm zum Selbstkostenpreis hochgezogen.«

»Eine echte Win-Win-Situation, was?«

»Genau.«

»Freundschaft und guten Willen fördern«, zitierte sie eine Rotarier-Regel. »Das haben Sie beide wohl ganz besonders ernst genommen.«

»Sie kennen sich mit unserer Philosophie aus?« Wenn sie nicht alles täuschte, glimmte ein Funken Hoffnung in seinem Blick. Conny nickte. »Ist doch was dran, oder? Zusammenhalten, dem Wohl des anderen dienen ...«

»Auch über die Grenzen des Distrikt hinaus«, ergänzte sie. »Wenn ich nicht irre, sind Sie hier auf der Insel im Club, während Hamann zum Distrikt Stralsund gehört.«

»Ach, so etwas spielt bei uns keine Rolle.« Er zündete sich wieder eine Zigarette an. »Rotarier ist Rotarier.« Er sah sie nachdenklich an, fast ein wenig verschlagen. Dann fragte er: »Wäre das nicht auch etwas für Sie? Gibt nur wenige Frauen in den Clubs. Aber ich könnte Sie vorschlagen, wenn Sie wollen.«

»Klingt nicht schlecht«, entgegnete sie höflich. »Ja, das wäre sogar ziemlich nett. Dann wäre ich mit dem Oberstaatsanwalt in einem Verein. Toll!« Sie strahlte ihn an.

»Ich verspreche Ihnen, dass er nicht erfahren würde, warum ich Sie vorschlage. Keine Sorge, das kriege ich hin«, erklärte er eifrig.

»Davon bin ich überzeugt«, sagte Conny langsam. Ihre Miene wurde hart. »Und was wäre meine Gegenleistung? Schön den Mund halten, vergessen, was Sie mir gerade gebeichtet haben?«, fragte sie scharf. »Warum eigentlich nicht? Es müsste schon möglich sein, Sie herauszuhalten. Immerhin haben wir doch ein wunderbares Bauernopfer, den guten alten Schulfreund Herrn Hamann.«

»Bauernopfer?« Er war laut geworden und sah sofort zur Tür. Zwei Zimmer weiter warteten die Handwerker noch immer auf ihn. Etwas leiser fuhr er fort: »Das ist doch alles auf seinem Mist gewachsen!«

»Das sagten Sie bereits. Aber ich habe es noch nicht ganz verstanden. Sie haben Hamann Ihr Leid geklagt, dass Welzer etwas gegen Sie in der Hand hat, oder wie?«

»Genau. Ich wusste nicht, was ich sonst machen sollte. Wir kennen uns ewig, sind beide im Club, und der kannte den Welzer. Ich dachte, Andreas wird schon wissen, wie wir dem beikommen können. Ich meine, jeder hat doch eine schwache Stelle, eine Leiche im Keller. Ist ja nicht so, dass Welzer nicht schon misstrauisch geworden wäre. Wegen der Steuersachen, die sich immer plötzlich in Wohlgefallen aufgelöst haben, meine ich. Ich dachte, wenn ich Andreas gegenüber erwähne, dass ich bei Welzer mal eine Andeutung machen könnte, dann würde er sich bestimmt etwas einfallen lassen.«

»Sie haben also Andreas Hamann erpresst?« Eine wirklich ehrenwerte Gesellschaft! Conny schüttelte den Kopf.

»Doch nicht erpresst! Ich wollte nur ein bisschen seinen Einfallsreichtum ankurbeln.« Wulff grinste. »Das brauchte ich aber gar nicht. Nachdem ich Andreas gesagt hatte, was los ist, hat er mir gleich vorgeschlagen, mir die Sachen wiederzuholen. Ich gebe dir den Schlüssel, hat er gesagt, und ich sorge dafür, dass Welzer nicht zu Hause ist.« Wulff machte eine kurze Pause. Log er sie an, musste er sich die nächsten Sätze erst wieder zurechtlegen? »Ich war natürlich total begeistert. Aber dann hat Andreas noch vorgeschlagen, dass ich es nicht dabei belassen sollte. Wenn du schon mal da bist, könntest du ihm doch gleich noch ein paar Schwierigkeiten machen, hat er zu mir gesagt. Das wollte ich erst nicht, doch er meinte, ich könne ja nicht sicher sein, dass er nicht schon etwas wegen der Unterlagen unternommen, dass er zum Beispiel Kopien angefertigt hatte, die irgendwo hinterlegt sind. Da bin ich doch nachdenklich geworden. Man müsste dem Welzer etwas unterjubeln, womit man ihn unter Druck setzen kann, meinte Andreas. Dann hat er sich die Sache mit der Erpressung ausgedacht. Ich wollte das nicht, ehrlich!«, rief Wulff. »Aber ich hatte irgendwie das Gefühl, dass Andreas etwas davon hätte. Keine Ahnung, vielleicht ist der Welzer ihm ja wirklich auf die Schliche gekommen, und er wollte ihn loswerden. Ich meine, Welzer war nicht blöd. Der hat natürlich versucht, herauszufinden, wieso seine Beweismittel, die er bei mir gefunden hat, plötzlich nicht mehr existieren. Keine Ahnung, hat mich auch nicht interessiert. Wenn Andreas mir hilft, indem er mir den Schlüssel gibt und mir den Rücken frei hält, dann muss ich ihm auch helfen, dachte ich. Ist doch auch so, oder?«

»Herr Wulff, Sie sollten den Handwerkern jetzt sagen, dass Sie heute keine Zeit mehr für sie haben. Und machen Sie lieber keinen neuen Termin in den nächsten Tagen«, riet Conny ihm. »Ich rufe jetzt die Kollegen an, die nehmen Sie mit aufs Hauptrevier. Sie werden doch keine Dummheiten machen und weglaufen, oder? Sonst müsste ich Sie an Ort und Stelle mit Handschellen zum Bleiben zwingen. Das würde doch einen ziemlich komischen Eindruck machen.«

Kaum hatte Conny das Gebäude verlassen, rief sie der Kollegin vom Sonderfahrdienst zu, sie möge Ritter benachrichtigen, damit der Wulff abholen ließe. Sie atmete ein paar Mal tief durch, damit die frische Luft den widerlichen Qualm aus ihren Lungen trieb. Dann griff sie zum Telefon und rief im Finanzamt an. Nein, Herr Hamann sei nicht im Hause, teilte man ihr mit, er habe Urlaub. Danach rief Conny in der Inspektion an.

»Hallo, Renate, ich brauche bitte sofort die Adresse von Andreas Hamann.«

»Sekunde.« Conny hörte *Eine kleine Nachtmusik*. Nicht lange, dann war Renate wieder dran und nannte ihr die Anschrift.

»Danke. Stellen Sie mich bitte zu Paul … zu Herrn Paulsen durch?« Mist, im Eifer des Gefechts hätte sie sich beinahe verplappert.

»Sagen Sie ruhig Paulsen. Das Herr können Sie sich sparen. Machen hier alle so«, stellte Renate gelassen fest.

»Werde ich mir merken.« Conny schmunzelte. Knacken, dann Pauls Stimme. »Hallo, Paul, ich habe Wulff gerade verhaften lassen und fahre jetzt nach Stralsund zu Hamann. Wulff ist nicht unser Mann«, fasste sie rasch zusammen. »Aber er hat jede Menge Dreck am Stecken. Die Kollegen vom Abschnitt Wirtschaftsdelikte werden viel Spaß mit ihm haben.« Sie erzählte, dass Hamann angeblich mit Wulff unter einer Decke stecken sollte. »Ich weiß nicht, Hamann hat ein Alibi. Gut möglich, dass er Wulff Schwierigkeiten gemacht hat und der ihn deshalb jetzt in die Pfanne hauen will. Vielleicht ist Brand in Wirklichkeit sein Kompagnon.« Ihr fiel Vera wieder ein. »Andererseits hat Frau Swakowyak eine Aussage gemacht«, ergänzte sie leise, »die auch Hamann belastet. Zumindest muss er mir einiges erklären.« Sie meinte, im Hintergrund eine Stimme zu hören. »Pass auf, ihr müsst unbedingt alle, die Welzer erpresst haben soll, noch mal befragen, ja? Wenn das stimmt, was Wulff behauptet, dann hat nicht Welzer die Leute wegen ihrer Unregelmäßigkeiten zur Kasse gebeten, sondern Hamann. Ich muss sofort wissen, ob das wahr ist.«

»Geht in Ordnung, Frau Lorenz. Gute Arbeit.« Sie hatte richtig gehört, er war nicht allein.

Von Gingst fuhren sie über Samtens auf die Bundesstraße, die zur Rügenbrücke führte. Conny hatte keinen Blick für die Alleen, deren Laub in allen Gelb- und Rot-Tönen leuchteten. Sie versuchte, die Lage zu analysieren. Brand hatte kein Alibi. Hamann hatte eines, er war mit seiner Familie zu Hause gewesen. Okay, das Alibi der eigenen Familie war nur bedingt brauchbar. Aber immer noch besser als gar keines. Wenn es nicht Brand, sondern Hamann war, der das Narkotikum gestohlen hatte, wenn die Sache mit seinem Wagen stimmte und Wulff die Wahrheit gesagt hatte, dann wäre es klug gewesen, Verstärkung anzufordern. Doch noch waren da viel zu viele Fragezeichen. Conny wollte sich in ihrem ersten eigenen Fall nicht blamieren. Brand wurde überwacht. Wenn er der Schuldige war, konnten sie zugreifen. Und wenn es doch Hamann war? Sie massierte ihre Schläfen. Ruhig bleiben, konzentrieren, klar denken, hämmerte sie sich ein.

Endlich überquerten sie die Brücke, fuhren um den Kern der Altstadt herum, geradewegs zu dem erst in den letzten Jahren gewachsenen Villenviertel. Zum neuen Strandbad war es nicht weit, auch nicht zur angesagten Flaniermeile, der Sundpromenade, auf der man herrlich am Wasser entlang bis zum Hafen und dem Herzen der Altstadt gehen konnte. Beste Wohnlage also, dazu repräsentative Häuser. Verdiente ein Steuerfahnder so viel Geld, dass er sich das erlauben konnte? Sie hielten vor einem modernen zweigeschossigen Stadthaus mit gelber Fassade. Fenster und Haustür waren weiß abgesetzt, der Eingangsbereich wurde von einem roten Ziegeldach geschützt, das auf vier weißen Säulen ruhte. Rechts vom Haus befand sich die Doppelgarage. Das Tor war geschlossen, so dass Conny nicht sehen konnte, welche Automarke Herr Hamann fuhr. Sie klingelte, ein melodischer Gong ertönte. An der weißen Haustür prangte ein Klopfer aus Messing. Conny fragte sich, ob man so etwas aus rein dekorativen Gründen anbrachte oder als Notlösung für einen möglichen Stromausfall. Es dauerte eine Weile, dann öffnete sich die Tür. Andreas Hamann sah sie an, überrascht, ein wenig verunsichert.

»Frau Lorenz, das ist ein unerwarteter Besuch.« Er sah an ihr vorbei zur Straße, dann lächelte er sie freundlich an.

»Kein unangenehmer, hoffe ich. Darf ich hereinkommen?«

»Natürlich, bitte!« Er trat zur Seite. »Nein, warum sollte Ihr Besuch unangenehm sein? Im Gegenteil. Darf ich?« Er griff nach ihrer Jacke.

»Danke.« Schieferboden, hohe Decken mit Stuck. Hier hatte jemand richtig viel Geld ausgegeben. Sie sah ihm zu, wie er ihre Jacke in den Garderobenschrank verschwinden ließ, der geradezu unsichtbar in eine Flurwand eingebaut war. Er trug eine Jeans einer teuren italienischen Marke und einen Pullover aus Kaschmir, wenn Conny das richtig sah.

»Was ist mit Ihrem Bein passiert, doch hoffentlich nichts Schlimmes? Bitte, kommen Sie doch herein.« Hamann ging vor.

»Nein, nicht schlimm, nur vertreten.«

»Darf ich Ihnen etwas anbieten? Einen Rosé vielleicht oder einen Prosecco? Oder ist es noch zu früh dafür?« Er lächelte.

»Nichts, danke.«

»Ich hoffe, Sie haben gute Nachrichten?« Er deutete auf die knallrote Couch. Conny entschied sich für den Sessel. Hamann hockte sich auf die Armlehne des Sofas. »Haben Sie den Mistkerl gefasst, der Robert auf dem Gewissen hat?«

»Ich bin ganz nah dran, denke ich.« Sie sah ihm in die Augen. Verdammt, sie hätte Verstärkung anfordern sollen. »Aber ich fürchte, Sie müssen mir noch mal helfen.«

»Jederzeit!«

»Herr Hamann, fahren Sie einen Porsche Cayenne?«

Er stutzte. »Ja. Ich verstehe nicht ganz …«

»Ach so, das hat keine Bedeutung. Ich wollte nur wissen, ob Sie damit zufrieden sind. Ist schon ein Traumauto, was?«

Sein Lachen klang erleichtert. »Ja, das ist es, ja. Wollen Sie mal eine Runde drehen, wenn wir den dienstlichen Teil erledigt haben?«

»O, nein danke, lieber nicht. Im Moment kann ich ja sowieso nicht.« Sie deutete auf die Krücke.

»Doch so schlimm? Aber irgendwie müssen Sie doch hergekommen sein.«

»Fahrdienst. Der Kollege sitzt im Wagen und wartet.« Das gefiel ihm nicht. Seine Mundwinkel zuckten.

»Wollen Sie ihn nicht hereinholen? Es ist ziemlich kalt.«

»Nein, keine Umstände, ich bleibe ja nicht lange.« Sie belauerten sich gegenseitig. »Herr Hamann, Sie hatten einen Schlüssel zu Robert Welzers Wohnung. Ist das richtig?«

»Ja. Robert und ich waren Freunde. Ich habe nach dem Rechten gesehen, wenn er im Urlaub war. Er ist sehr gerne verreist, wie Sie wissen.« Er schlug die Augen nieder, als täte die Erinnerung an den lebensfrohen Robert noch weh.

»Ist das nicht ein bisschen unpraktisch? Ich meine, er wohnte ziemlich weit draußen. Gab es niemanden in seiner Nähe, der das für ihn hätte erledigen können?«

»Er hat mir vertraut. Und für einen Freund nimmt man doch wohl ein paar Kilometer Autofahrt auf sich.«

»Ja, vor allem, wenn man so ein tolles Auto fährt.«

»Worauf wollen Sie eigentlich hinaus?« Seine Freundlichkeit schlug merklich um.

»Herr Hamann, ist es wahr, dass Sie Jochen Wulff Welzers Wohnungsschlüssel geliehen haben, damit er ein paar Unterlagen entwenden konnte, die ihm ziemlich viel Ärger hätten bereiten können?« Hamann atmete tief ein und hielt für einen Moment die Luft an.

»Das war ein Fehler«, sagte er dann. »Ja, das habe ich getan. Jochen hat mich angefleht. Der steckte wirklich in der Klemme wegen der Sache. Wir kennen uns schon so lange, wissen Sie?« Er stand auf, ging durch das geräumige Wohnzimmer zu einer riesigen Glasfront, die den Blick in einen stilvoll angelegten Garten frei gab. »Ich weiß, dass ich das trotzdem niemals hätte tun dürfen, aber was macht man nicht alles für Freunde?«

»Freundschaft und guten Willen fördern, ist es das?«

Er drehte sich um. »Genau. Wie Sie anscheinend wissen, bin ich Rotarier. Da hat man das Wohl aller im Blick.« Er kam auf sie zu.

»Ich stelle mir das ziemlich kompliziert vor«, sagte sie nachdenklich. »Manchmal ist das Wohl eines einzelnen doch der Schaden eines anderen. Was dann?«

»Ich weiß nicht. Bisher hatte ich wohl Glück. Mir fällt kein Fall ein, wo das so wäre.« Hamann stand jetzt vor ihr. Sein Aftershave duftete ausgesprochen gut. Teuer wahrscheinlich. Kein Wunder, dass sie bei den kurzen Begegnungen einen so positiven Eindruck von ihm gehabt hatte.

»Also ich würde es überhaupt nicht witzig finden, wenn einer meiner Freunde jemanden in meine Wohnung lassen würde, der mir etwas stehlen will.«

»So war es ja nicht. Genau genommen hatte Robert Jochen etwas weggenommen, etwas, das Robert nichts anging.«

»Gerade sagten Sie noch, Robert hat Ihnen vertraut. Sie haben sein Vertrauen missbraucht. Zudem sind die Geschäfte, die Ihr Freund Jochen macht, gesetzeswidrig. Wo bleibt da die Wahrheitsliebe der Rotarier? Hätten Sie nicht darauf drängen müssen, dass Wulff sich selbst anzeigt? Robert Welzer wollte der Wahrheit zu ihrem Recht verhelfen. Warum haben Sie das verhindert?«

»Ja, das war falsch, ich weiß.« Er wirkte zerknirscht. Oder er spielte die Rolle des Edelmannes, der einmal in seinem Leben einen Fehler gemacht hatte, perfekt. »Aber wissen Sie, es ging doch nicht nur um Jochen. Der Olli hat doch auch mit drin gesteckt.« Conny runzelte die Stirn. »Oliver Preuß«, erklärte er.

»Der Leiter des Bauamtes von Rügen?«

»Genau.« Er nickte. »Die haben ein bisschen mehr zusammengehalten, als es in Ordnung ist. Als Robert drohte, die beiden hochgehen zu lassen, haben sie mich bekniet, ihnen zu helfen.

Ich habe ihnen gesagt, das mache ich nur ein einziges Mal. Und ich verlange von ihnen, dass sie danach mit diesen unsauberen Geschäftspraktiken aufhören. Das haben sie mir versprochen.« Conny war hin und her gerissen. Es hatte den Anschein, als sagte er die Wahrheit.

»Und das haben Sie denen geglaubt?«

»Natürlich.«

»Herr Wulff hat mir das aber ganz anders geschildert. Er behauptet, Sie hätten die Idee gehabt, in Welzers Wohnung einzusteigen.«

»Was?« Die Farbe wich aus seinem Gesicht. Langsam schüttelte er den Kopf. »Das darf doch nicht ... Das hätte ich nie von ihm gedacht.« Er klang enttäuscht.

»Sie behaupten also, Wulff lügt?«

»Aber ja!«

»Er hat auch erzählt, dass Sie dafür sorgen wollten, dass Robert nicht zu Hause ist, wenn Wulff in die Wohnung geht. Stimmt das?«

»Nein. Ich habe Jochen lediglich den Tipp gegeben, wann Robert immer im Clubhaus seiner Segelfreunde ist. Das ist alles.« Hamann hockte sich wieder auf die Armlehne und blickte traurig vor sich hin. Es war nicht ausgeschlossen, dass man ihn ausgenutzt und nun auch noch als Bauernopfer auserkoren hatte.

»Herr Hamann, Ihr Auto ist am dritten Oktober im Hafen von Schaprode gesehen worden.«

»Ja, und?« War er wirklich so harmlos, oder tat er nur so? »Meine Frau benutzt ihn manchmal. Nein, Moment, Sie sagten am dritten Oktober. Da war sie zu Hause. Den ganzen Tag, wenn ich mich recht erinnere. Dann hatte Olli ihn wohl. Ja, klar, jetzt weiß ich wieder. Oliver wollte über den Feiertag nach Hiddensee, ausspannen. Sein Auto hat ständig Macken. Darum leihe ich ihm manchmal meins. Wir haben ja noch den kleinen Flitzer meiner Frau.«

Oliver Preuß, Leiter des Bauamtes, mit dem Wulff so lukrative Geschäfte gemacht hat, war zur Tatzeit auf Hiddensee. Bei Conny schrillten sämtliche Alarmglocken. Natürlich, Wulff war in die Wohnung marschiert, um die falsche Fährte zu legen, Preuß hatte zugeschlagen, und Hamann hatte ihnen ungewollt Rückendeckung gegeben. Alle Puzzleteile fügten sich in diesem Moment zusammen. Sie stand auf.

»War das alles?« Auch Hamann sprang auf.

»Ja, das heißt ... Kennen Sie eigentlich Frau Dr. Schäfer?« Sie beobachtete seine Reaktion aufmerksam.

»Nein, ich glaube nicht.« Er kramte in seinem Hirn.

»Sie ist Ärztin auf Hiddensee«, half Conny ihm auf die Sprünge.

»Nein, tut mir leid.« Da war kein Anzeichen von Unbehagen oder von Nervosität. Conny fasste im Geist rasch die Erkenntnisse zusammen: Wulff hatte sich bei Hamann ausgeheult und um den Schlüssel gebeten. Preuß hatte ebenfalls moralisch Druck gemacht und sich auch noch Hamanns Auto geliehen, um ihn zu belasten. Die beiden hatten schon lange unsaubere Geschäfte miteinander gemacht. Vielleicht hatte Welzer ihnen in Steuersachen geholfen und sie mit dem, was er dann in die Finger bekommen hatte, erpresst. Da haben sie beschlossen, ihn aus dem Weg zu schaffen und zukünftig einen anderen zu schmieren.

»Frau Lorenz, alles in Ordnung?« Conny bemerkte, dass sie noch immer im Wohnzimmer stand und vor sich hin starrte. Er musste ja denken, sie habe sich nicht nur das Bein vertreten, sondern auch einen Schlag auf den Kopf bekommen.

»Entschuldigung, ich war in Gedanken. Entschuldigen Sie bitte auch den Überfall. Und vielen Dank für Ihre Hilfe, Herr Hamann.«

»Keine Ursache.« Sie würde ihm eine Überprüfung durch die Kollegen des Abschnitts Wirtschaftsdelikte nicht ersparen können. Immerhin war es möglich, dass er in dieser Hinsicht mit Preuß und Wulff zusammengearbeitet hatte. Vielleicht konnten sie ihn überhaupt nur deshalb dazu bringen, ihnen den Schlüssel auszuhändigen. Auf legalem Weg, nur durch fleißige Arbeit so viel Reichtum anzuhäufen, dürfte ziemlich schwierig sein.

»Warten Sie, ich helfe Ihnen.« Er reichte Conny ihre Krücke und bot ihr den Arm an.

»Danke, es geht schon.« Andererseits gab es schließlich auch so etwas wie wohlhabende Eltern. Es blieb zu prüfen, ob das bei ihm oder seiner Frau der Fall war. Nur weil einer Geld hatte, war er noch lange nicht kriminell. Glücklicherweise lagen diese Ermittlungen nicht in ihrem Verantwortungsbereich.

Sie gingen in den Flur. Hamann öffnete den Garderobenschrank. Da waren leise Schritte zu hören. Seine Tochter erschien auf der geschwungenen Holztreppe. Sie trug einen Bademantel und sah blass aus.

»Ich habe Stimmen gehört«, sagte sie schwach. »Sind Sie nicht die Frau von dem Friedhof?«

»Nicht jetzt, Baby, du musst dich noch ausruhen.« Hamann war mit drei Schritten bei ihr, fasste sie sanft an den Schultern und führte sie zurück zur Treppe.

»Aber Papa …«

»Nein, Baby, du weißt, was der Arzt gesagt hat. Sei schön brav, ich bin gleich bei dir.« Baby, dröhnte es in Connys Schädel. Vor ihren Augen tauchte ein Papierschnipsel auf. *Das erste Mal mit Baby*, stand darauf.

»Kim?«, rief Conny. Das Mädchen drehte sich auf halber Treppe um.

»Ja?« Sie sah ängstlich aus, verzweifelt.

»Gute Besserung«, sagte Conny sanft. Kim nickte und ging langsam hinauf. Hatte Conny sich den Namen des Mädchens, der auf der Hamannschen Trauerschleife gestanden hatte, also richtig gemerkt. Sie hieß Kim, aber ihr Spitzname war Baby. Verdammt, wenn die geheimnisvolle Unbekannte von Frauenheld Welzer die minderjährige Tochter seines Freundes gewesen war und der das erfahren hatte, war das ein Motiv.

Hamann war wieder zur Stelle, um Conny ihre Jacke zu reichen. »Bitte entschuldigen Sie«, sagte er, »es geht ihr seit ein paar Tagen nicht sehr gut.«

»Ihre Tochter heißt Kim, aber Sie nennen sie Baby.«

»Ja.« Er lachte. »Meine Frau hat den Namen Kim ausgesucht. Ich war dagegen. Man weiß ja nicht einmal, ob es sich um einen Jungen oder ein Mädchen handelt. Aus Protest habe ich unsere Kleine Baby genannt.« Wieder lachte er. »Das hat sich verselbstständigt. Mittlerweile nennen alle Freunde sie so.«

»Hat Robert Welzer sie auch so genannt?« Sie standen sich gegenüber. Ganz nah.

»Er war ein Freund der Familie. Ja, das hat er wohl. Ich weiß gar nicht.« Er lächelte nicht mehr, seine Wangenknochen traten hervor.

Er lügt, dachte sie, er weiß es genau. »Herr Hamann, hat Robert Welzer mit Ihrer Tochter geschlafen?«

»Nein!«, schrie er. In der nächsten Sekunde schlug er Conny die Krücke aus der Hand. Die flog krachend gegen eine Schranktür. Conny knickte ein und wollte sich an der Wand festhalten, doch Hamann gab ihr einen Stoß, der sie zu Boden stürzen ließ. Er stand über ihr, Conny wich zurück, kroch auf den kalten Schieferfliesen rückwärts in das Wohnzimmer. Also doch Hamann. Die ganze Zeit hatte sie das Gefühl gehabt, dass Eifersucht im Spiel war. Verdammt, beinahe wäre sie gegangen, hätte sie sich um Preuß gekümmert und ihm einen kostbaren Vorsprung gegeben. Sie spürte das Holster mit ihrer Dienstwaffe, auf dem sie lag.

»Herr Hamann, machen Sie keinen Fehler«, redete sie ruhig auf ihn ein. »Ihre Tochter ist im Haus. Sie kann jeden Augenblick wieder herunterkommen. Es wäre ein Schock für sie, wenn Sie ansehen müsste, wie Sie mich bedrohen.« Er schluckte, sein Atem ging schwer. »Bitte, Herr Hamann, beruhigen Sie sich und erzählen Sie mir, was passiert ist. Jeder hätte Verständnis dafür, wenn Sie als Vater durchgedreht sind. Ich meine, Ihre Tochter und Ihr Freund. Sie mussten sie beschützen, nicht wahr?«

Die Spannung seines Körpers löste sich, er ließ die Schultern hängen.

»Ja, ich musste sie beschützen. Dieser Dreckskerl hat behauptet, er sei mein Freund. Und dann treibt er es mit meiner Tochter.« Ein Schluchzen schüttelte ihn. »War es denn nicht genug, dass meine Frau hinter ihm her war?« Du lieber Gott, Hamanns Frau also auch. »Aber die hat er ja abblitzen lassen, weil er gerade eine andere hatte.« Conny spürte den Sessel im Rücken. Behutsam zog sie sich daran hoch, ohne Hamann aus den Augen zu verlieren, der ihr gefolgt war.

»Hinsetzen!«, schrie er sie an.

»Ja, in Ordnung, ich setze mich. Sehen Sie?« Conny ließ sich auf das Polster gleiten. »Und jetzt können wir reden. Ganz in Ruhe.«

»Reden?«, schnaubte er. Hass funkelte in seinem Blick. Die Gefahr war noch nicht vorbei. Sie ließ im Zeitlupentempo eine Hand zu ihrer Hüfte wandern. »Hände auf die Knie«, brüllte er. »Sofort!«

»Schon gut. Kein Problem.« Sie tat, was er von ihr verlangte.

»Sie wollen nicht reden, Sie wollen wissen, welche Schweinereien er mit ihr gemacht hat.« Das war keine Frage. Er würde auspacken, wollte es. Er musste loswerden, was ihn sonst noch in den Wahnsinn trieb. »Es war im September. Robert sagte mir im Büro, er hätte Beweise, dass ich mich schmieren lasse. Er drohte mir, bei aller Freundschaft«, setzte er bitter hinzu, »mich zu melden.« Conny sah sich um. Sie versuchte, die Uhr abzulesen, die hinter ihm über der Wohnzimmertür hing. Wie lange würde es dauern, bis die Kollegin vom Fahrdienst ungeduldig wurde? »Er hat schon lange geahnt, dass ich mir etwas dazu verdiene. Und es hat ihn natürlich verrückt gemacht, dass ständig Unterlagen verschwanden oder in Ordnung gebracht waren, die er bei Prüfungen sichergestellt hatte. Endlich hatte er die Beweise!« Hamann holte tief Luft. Er hockte sich auf die Ecke des Glastisches, so nah, dass sein Knie ihres berührte. »Ich wollte mit ihm reden, ihm einen Handel anbieten. Haben Sie gesehen, wie Robert gewohnt hat? Natürlich«, gab er sich selbst die Antwort, »natürlich, haben Sie es gesehen. Und diese kleine alte Karre, die er gefahren ist!«

»Sie wollten ihn an Ihren Geschäften beteiligen«, warf Conny vorsichtig ein. »Sie wollten, dass es ihm auch besser geht, dass er besser lebt, so wie Sie.«

Er nickte, sein Blick ging ins Leere. »Wir hatten ihn zum Essen eingeladen. Tafelspitz. Das war sein Leibgericht. Ich wollte vorher noch mal mit ihm reden, damit die Atmosphäre abends wieder in Ordnung ist. Es war ja immer schon schwer genug, gemütlich zusammen zu sitzen und zu wissen, dass meine Frau sich in ihn verguckt hatte.« Er atmete schwer. »Aber das war vorbei, alles war wieder im Lot. Bis auf die dienstliche Sache. Die wollte ich auch aus der Welt schaffen. Ich stand vor seiner Tür und wollte schon klingeln. Da höre ich, wie er grunzt und stöhnt. Und ich höre die Stimme von meinem Baby.« Er schlug eine Hand vor seine Augen. Das war Connys Chance, blitzschnell tastete sie nach ihrem Revolver, doch Hamann hatte anscheinend damit gerechnet. Mit einem Satz kniete er über ihr. Connys Hand war eingeklemmt. »Sie legen mich nicht aufs Kreuz. Das hat schon diese Frau versucht, die Robert ständig nachgestiegen ist. Aber es ist ihr nicht gut bekommen. Und Sie machen mich auch nicht fertig.« Böse sah er auf sie herab.

»Ich will Sie nicht fertigmachen, Herr Hamann. Bitte, stehen Sie auf, gehen Sie von meiner Hand herunter. Sie tun mir weh!«

»Na und? Mir tun doch auch alle weh!« Er riss die Augen weit auf. »Meine Frau hat mich nicht mehr an sich herangelassen, weil sie Robert wollte, und mein sogenannter Freund will mich verpfeifen und vögelt auch noch meine Tochter!« Er war außer sich. »Wissen Sie, wie weh das tut?«

»Papa!« Das war Kim.

»Geh in dein Zimmer, oder ich bringe dich um!«, brüllte er. Conny hörte ein Schluchzen, dann schnelle Schritte auf der Treppe und das Schlagen einer Tür.

»Bitte, Herr Hamann, reißen Sie sich zusammen«, versuchte

Conny es auf die strenge Tour. Mit Verständnis war bei ihm anscheinend nichts zu erreichen. »Sie haben Ihre Tochter in Roberts Wohnung gehört. Und dann? Haben Sie geklingelt?«

»Nein.« Noch immer hockte er über ihr, die Knie auf ihren Armen, in denen das Blut bereits stockte. »Ich hatte den Schlüssel bei mir. Ich habe aufgeschlossen und bin hineingegangen.« Seine Stimme wurde heiser. »Ich vergesse dieses Bild in meinem ganzen Leben nicht. Mein Baby streckt mir den Po entgegen. So obszön! Wie ein Hund hat sie auf seinem Bett über ihm gehockt. Nackt. Ihr Kopf bewegte sich hoch und runter, immer wieder hoch und runter. Können Sie sich vorstellen, was sie gemacht hat?« Er wurde wieder laut. Hass und Schmerz standen ihm überdeutlich ins Gesicht geschrieben. »Roberts Kopf lag zwischen ihren Beinen. Das ist doch ... pervers!« Diese Szene kam Conny bekannt vor. Sie ahnte nichts Gutes. »Neben ihnen auf dem Bett lag ein Buch«, fuhr er erstickt fort. »Und auf dem Nachttisch lagen Krümel. Ich weiß noch, dass ich nichts damit anfangen konnte. Wie ein Idiot habe ich da gestanden und überlegt, was das wohl für Krümel sind.« Er tauchte ganz und gar in seine Erinnerung ein, war wieder in dem Zimmer und stand vor Welzers Bett. Conny zog zaghaft, um ihre Arme zu befreien. Keine Chance. »Wissen Sie, was er später zu mir gesagt hat? Er hat meinem Baby Fliegenpilz zu essen gegeben, damit sie ein Gefühl des Schwebens erlebt, damit sie ihr erstes Mal im Rausch genießen kann.« Seine Stimme kippte, wurde schrill, sein Zorn wuchs zusehends. »Aber sie ist doch noch ein Kind und keine Hure«, schrie er. »Sie hätte sterben können von dem Gift!« Er sprang auf. Gott sei Dank. Conny spürte ihre Hände kaum noch.

»Herr Hamann«, sagte sie ruhig, »das ist eine wirklich wichtige Information. Wenn Herr Welzer in Kauf genommen hat, dass Ihre Tochter stirbt, dann mussten Sie sie beschützen. Jeder wird das verstehen.«

»Ich musste sie beschützen, ich bin doch ihr Vater«, stimmte er zu.

»Was haben Sie getan, als Sie dort gestanden haben?«, wollte Conny wissen. Verstohlen bewegte sie ihre Finger, um die Blutzirkulation anzukurbeln.

»Nichts. Ich konnte nichts tun. Ich bin einfach nur weggerannt«, erwiderte er tonlos. Dann raufte er sich die Haare und brüllte: »Wissen Sie, wie ich mich gefühlt habe? Nein, das wissen Sie nicht, niemand weiß das!« Er ging hin und her, wusste nicht, wohin. Tränen rannen ihm über die Wangen. »Dieses Bild, ich konnte es nicht loswerden«, brachte er zitternd hervor. »Ich habe sie vor mir gesehen. Jede Minute von dem Moment an, als ich aus der Wohnung gestürzt bin, jede Sekunde. Ich hatte mein Baby nicht beschützt. Ich habe sie bei ihm gelassen und mir ausgemalt, was er noch alles mit ihr anstellen würde, wie er sie wieder und wieder benutzt und erniedrigt.«

»Das muss furchtbar für Sie gewesen sein. Ich kann Sie verstehen.« Conny versuchte aufzustehen, doch in ihren Armen war noch kein Gefühl außer Kribbeln und Schmerz.

»Ach ja? Können Sie das?« Hamann funkelte sie an. Mein Gott, dachte sie, er verliert den Verstand. »An dem Abend ist er auch noch zum Essen aufgetaucht, hat sich von meiner Frau bedienen lassen und meiner Tochter ständig Blicke zugeworfen. Er sagte mir, er gäbe mir noch eine Chance wegen der dienstlichen Sache. Ich sollte das selbst in Ordnung bringen. Sie hätten ihn sehen sollen, wie gönnerhaft er da saß. Ich hätte ihn auf der Stelle umbringen können. Lange habe ich es nicht mehr ertragen. Kurz darauf bin ich ihm nach Hiddensee gefolgt und habe ihn zur Rede gestellt. Er wusste noch immer nicht, dass ich die beiden gesehen habe, sondern dachte, meine Tochter hätte es mir erzählt. Pfui Teufel, wenn ich nur daran denke ... Er hat sich noch als einfühlsamer Liebhaber aufgespielt. In diesem schweinischen Buch hat er davon gelesen, wie eine junge Frau ihre Unschuld verliert. Genauso wollte er es mit Kim machen. Er wollte, dass es für sie unvergesslich ist, hat er behauptet. Dieser dreckige ...«

Der melodische Gong ertönte, jemand war an der Haustür.

Hamann drehte sich instinktiv in die Richtung. Conny nutzte die Gelegenheit, drückte sich mit aller Kraft hoch und wollte an ihm vorbei. Er durchschaute sie, stellte sich ihr in den Weg und presste sie mit seinem ganzen Gewicht an die Wand.

»Herr Hamann, machen Sie die Tür auf!« Das war Hansens mürrische Stimme. Noch nie hatte sie sich so gefreut, sie zu hören. »Wir wissen, dass Sie mit Kriminalkommissarin Lorenz da drinnen sind. Machen Sie Ihre Lage nicht noch schlimmer«, rief er.

»Sagen Sie denen, die sollen weggehen«, zischte Hamann.

Conny konnte kaum atmen, so sehr drückte er gegen ihren Brustkorb.

»Bitte, lassen Sie mich los«, keuchte sie. »Ich rede ja mit den Kollegen, aber lassen Sie mich los!«

»Halten Sie mich nicht für dumm!« Wieder klingelte es. Conny wand sich unter seinem Gewicht, versuchte, nach der Seite auszuweichen. »Verschwinden Sie, oder ich bringe sie um«, schrie er in Richtung Tür.

»Sie lieben Ihre Familie«, probierte Conny es noch mal. »Machen Sie die doch nicht unglücklich.«

»Das hat Robert schon erledigt«, gab er zornig zurück. Seine Lippen bebten. Blitzschnell legte er den Unterarm auf Connys Kehle und nahm ihr die Luft. Ruhig atmen, sagte sie sich, ganz ruhig atmen. Es tat weh, und ihr wurde übel. »Soll ich Ihnen sagen, was ich mit ihm gemacht habe? Ich habe ihn gezwungen, diese Pilze zu essen, einen nach dem anderen. Kennen Sie sich mit Fliegenpilzen aus?«, erkundigte er sich, als würden sie gerade nett miteinander plaudern. Dabei konnte sie kaum antworten. Aber das war ihm ohnehin egal. »Von einer kleinen Menge erlebt man einen angenehmen Rausch. Jedenfalls wenn man Glück hat. Man sieht schöne Bilder, glaubt fliegen zu können, ist fröhlich und unbeschwert. Das Gute ist, man bekommt nur in den seltensten Fällen einen Brechreiz. Deshalb hat Robert auch alles bei sich behalten. Eine große Menge kann einen umbringen, aber Robert wurde nur bewusstlos. Auf dem Boot ist er wieder aufgewacht. Wie gut, dass ich dieses Zeug dabei hatte.«

»Vinethen«, krächzte Conny. Hamann erhöhte den Druck auf ihren Hals. Mit der anderen Hand fixierte er ihren Arm, mit dem sie nach ihrer Waffe hätte greifen können.

»Genau, Vinethen. Ich war gut vorbereitet, nicht wahr? Das habe ich von Robert gelernt. Der hat das Schäferstündchen mit meiner Tochter auch vorbereitet. Und dabei wusste er genau, wie stolz ich darauf war, dass sie es noch nicht getrieben hat, wie andere in ihrem Alter.«

Die Männer draußen hämmerten gegen die Tür.

»Das ist Ihre letzte Chance. Wenn Sie nicht sofort aufmachen, verschaffen wir uns gewaltsam Zutritt.« Conny kannte die Stimme nicht, die dieses Mal gerufen hatte. Hansen war also nicht allein gekommen. Gott sei Dank! Sie wusste, dass sie nicht mehr lange durchhalten musste.

»Das sollen die mal versuchen«, flüsterte Hamann böse. »Dann drücke ich dir deinen Kehlkopf an die Wirbelsäule.« Eine Scheibe splitterte. »Kommen Sie her, und sie ist tot«, schrie Hamann wie von Sinnen. Conny wollte ihn treten, mit ihrer freien Hand versuchte sie verzweifelt, nach ihrer Dienstwaffe zu tasten, aber sie stand so nah an der Wand, dass sie nicht einmal einen Finger hinter ihren Rücken bringen konnte. Ihr wurde schwindelig, sie bekam nicht mehr genug Luft.

»Nein, Papa, nein!« Das war Kim. Sie stand auf der halben Treppe und weinte. Ihr Körper bebte. Das Mädchen war in einem erbarmungswürdigen Zustand.

Hamann starrte ins Leere. Sieh deine Tochter an, flehte Conny in Gedanken, sieh sie an! Endlose Sekunden geschah nichts, dann traten ihm wieder Tränen in die Augen. Der Druck auf Connys Kehle wurde schwächer. Nicht viel, aber genug, um etwas mehr Sauerstoff zu bekommen.

»Bitte tu ihr nichts«, flehte das Mädchen. »Wenn du ihr was tust, sperren sie dich ein. Aber ich brauch dich doch!« Hamann erstarrte. Er schluckte. Dann lockerte er den Griff, mit dem er Conny an der Wand hielt. Sofort drückte sie sich ab, zog ihren Revolver und brachte humpelnd, die Waffe im Anschlag, Abstand zwischen sich und dem Mann. Eine Sekunde später erschien Hansen in der Wohnzimmertür.

»Alles klar bei Ihnen?«

Conny atmete hörbar aus. »Ja, Hansen, alles klar!«

Zwei Kollegen führten Hamann zum Wagen, eine Kollegin kümmerte sich um Kim.

»Hätten Sie nicht Verstärkung anfordern können?«, wollte Hansen ungehalten von ihr wissen. »Nee, Sie müssen ja die Heldin spielen und den Mörder alleine zur Strecke bringen.«

»Fast hätte er mich zur Strecke gebracht«, gab Conny kleinlaut zu und rieb sich den Hals.

»Dann bringen wir Sie mal nach Hause. Der Chef war ganz aufgeregt, er wäre am liebsten mitgekommen.« Hansen warf ihr einen prüfenden Seitenblick zu, während sie zu seinem Fahrzeug gingen. »Kein Wunder, er hat sich ja auch ziemlich ins Zeug gelegt, um Sie für die Dienststelle zu kriegen. Wäre schon blöd, wenn Sie gleich beim ersten Einsatz flöten gehen.«

»Wieso sind Sie eigentlich trotzdem mit solch einem Aufgebot hier, obwohl ich keine Verstärkung angefordert habe?«

»Fräulein Hamann hat ein Telefon im Zimmer.« Er warf ihr einen vielsagenden Blick zu.

In der Inspektion kam Renate ihnen schon entgegen. »Gott sei Dank, da sind Sie ja. Frau Lorenz, Sie haben uns vielleicht einen Schrecken eingejagt!« Renate tätschelte Connys Schulter. »Sie sollen sofort zu Herrn Paulsen kommen«, sagte sie streng und betonte das Herrn besonders.

Conny machte sich auf den Weg in das Chefbüro. Hansen trottete hinter ihr her. Leider. Sie hätte Paul jetzt gerne alleine gesehen. Als sie eintrat, stellte sie fest, dass Fedder und zwei andere Kollegen auch schon da waren.

Paul kam ihr entgegen. »Frau Lorenz. Gut, Sie zu sehen!« Ihre Blicke trafen sich.

Schnell weggucken, dachte Conny, sonst brodelt die Gerüchteküche.

Sie lächelte. »Ja, ich bin auch froh.«

»Dann lassen Sie mal hören. Bitte.« Er schob ihr einen Stuhl zurecht. Conny setzte sich und berichtete. »Welzer hat diesen Porno gelesen und beschlossen, die Entjungferungsszene mit Kim Hamann nachzuspielen«, schloss sie.

»Drecksack!«, brummte Hansen.

Paul rieb sich das Gesicht und sah auf die Uhr. »Es ist spät geworden. Wir haben uns alle unseren Feierabend verdient, denke ich.« Die Kollegen erhoben sich, begannen leise miteinander über das Gehörte zu reden. »Ich danke Ihnen, meine Damen und Herren. Ich werde jetzt Oberstaatsanwalt Kurtz verständigen. Wenn wir die Geständnisse und Aussagen von Andreas Hamann, Jochen Wulff und Vera Swakowyak unterschrieben vorliegen haben, treffen wir uns zum Abschlussbericht.«

»Oliver Preuß müssen wir uns auch noch vornehmen«, erinnerte Conny ihn.

Er nickte. »Schönen Abend, die Herrschaften«, sagte er dann. »Frau Lorenz, wir haben noch etwas zu besprechen.«

Sie warteten, dass alle das Büro verließen. Hansen blieb an der Tür stehen und drehte sich noch einmal um.

»Das haben Sie ordentlich hingekriegt, Frau Kollegin«, sagte er anerkennend. »Ich bin froh, dass Ihnen nichts passiert ist. Na ja, bis auf das da.« Er deutete auf die Krücke.

»Ist nur vorübergehend«, beruhigte sie ihn grinsend.

»Gott sei Dank, sonst könnten Sie womöglich nur noch im Büro sitzen und würden uns da ständig auf die Nerven gehen.« In seinen Augen blitzte es amüsiert. »Nee, Frau Lorenz, ich meine das wirklich so. Schön, dass Sie wieder da sind.« Er räusperte sich. »Na denn, schönen Abend!« Weg war er.

Kaum hatte sich die gepolsterte Tür hinter Hansen geschlossen, setzte Paul sich auf die Tischkante und sah Conny ernst an.

»Es war leichtsinnig, allein zu Hamann zu gehen. Ich will so etwas nicht in meiner Abteilung.«

»Ich habe überlegt«, verteidigte sie sich, »aber dann dachte ich …«

»Ich dachte, ich werde wahnsinnig«, unterbrach er sie. »Mach so etwas nie wieder, hörst du?«

»Du weißt, dass ich das nicht versprechen kann«, sagte sie leise und versuchte, ihn mit einem unschuldigen Blick zu bezirzen.

»Es ist mir ernst, Conny. Es sprach einiges dafür, dass Hamann der Täter sein könnte. Du solltest lieber einmal zu viel Unterstützung anfordern als zu wenig.« Er atmete tief ein und aus. »Es ist, wie es ist. Trotzdem eine sehr gute Arbeit. Ich wusste, dass du das kannst.« Die Lachfältchen an seinen Augen ließen sich sehen. »Du hast die Ermittlungen erfolgreich zu Ende gebracht und dir den Respekt der Kollegen erarbeitet.«

»Sieht ganz so aus«, stimmte sie ihm zu.

»Dann kannst du es ihnen jetzt ja sagen.«

»Was sagen?«

»Dass wir ein Paar sind.« Conny seufzte. »Du wolltest es ihnen sagen, sobald sie dich akzeptieren. Das tun sie.«

»Montag, Paul, okay? Morgen muss ich erst mal rüberfahren und meine Sachen holen. Dann ist noch Preuß an der Reihe. Außerdem muss ich zum Arzt. Bitte, Paul, du wirst sehen, ich werde kaum im Büro sein. Und ich will das nicht so zwischen Tür und Angel erledigen. Montag«, wiederholte sie. »Einverstanden?«

»Versprochen?«

Conny lachte ihn an. »Mal sehen!«

Der Abschied von Hiddensee war Conny schwergefallen. Sie war gleich am nächsten Tag morgens mit dem Schiff hin- und am Nachmittag zurückgefahren. Michael hatte sie mit dem Dienstfahrzeug nach Grieben gebracht und geduldig gewartet, bis sie nicht nur ihre Sachen zusammengepackt, sondern auch noch Staudinger auf Wiedersehen gesagt hatte. Er versicherte ihr glaubhaft, Hamann kein Geld gezahlt zu haben, damit der seine Steuerangelegenheiten in Ordnung brachte. Wie es aussah, gab es bei ihm wirklich nur Kleinigkeiten, die sich auf legale Weise aus dem Weg schaffen ließen. Staudinger erwies sich als guter Verlierer, was seine Annäherungsversuche bei Conny betraf.

»Kommen Sie mich mal wieder im *Bootshaus* besuchen. Dann aber ganz privat, damit ich Sie einladen und Ihnen den besten Wein des Hauses kredenzen darf«, sagte er. »Und Ihren Lebensgefährten bringen Sie natürlich mit. Ich möchte den Glückspilz, von dem Sie so geschwärmt haben, nun auch mal kennenlernen. Sie sind beide meine Gäste.«

»Danke, Herr Staudinger, vielleicht machen wir das sogar mal. Ich bin nämlich nicht dazu gekommen, mir das Haus von Asta Nielsen anzusehen. Das muss ich unbedingt nachholen.«

Die Insel würde ihr fehlen, Marlene und Michael würden ihr fehlen. Die beiden hatten bei der Abfahrt des Schiffes im Hafen von Vitte gestanden und ihr gewinkt. Dabei hatte es wie aus Kübeln gegossen. Und stürmisch war es auch gewesen. Trotzdem waren sie stehengeblieben, die Kapuzen tief ins Gesicht gezogen, bis die Fähre bereits viele hundert Meter fort war. Den Abend hatte Conny, Pauls Protest zum Trotz, alleine zu Hause verbracht.

»Häppchen hole ich morgen ab, wenn das in Ordnung ist«, hatte sie gesagt.

»Nein, Conny das ist nicht in Ordnung.« Paul machte keinen Scherz. »Der kleine Kerl hat sich endlich eingelebt. Willst du ihn allen Ernstes wieder in die Transportbox stecken und in eine andere Wohnung bringen?« Dummerweise war dieser Einwand nicht unberechtigt. »Und dann? Du gehst jeden Tag ins Büro, bist auch in Zukunft vielleicht mal über Nacht weg. Willst du ihn wirklich ganz alleine lassen?« Nein, das wollte sie nicht. Obwohl Conny mutmaßte, dass Paul sie damit dazu bringen wollte, ihre kleine Wohnung gleich wieder aufzugeben und zu ihm zu ziehen, entschieden sie gemeinsam, dass Häppchen bei Paul blieb, so schwer es Conny auch fiel.

Sie räumte ihre Sachen weg, ließ alles noch einmal Revue passieren und wollte früh ins Bett gehen. Warum hatte sie nur das Swakowyak-Grundstück gebastelt, fragte sie sich immer wieder. Hätte sie das Haus von Hamann früher gekannt, hätte sie sich vielleicht dafür entschieden. Egal, es spielte keine Rolle mehr. Sie betrachtete das kleine Modell noch einmal. Es war ihr ausgesprochen gut gelungen. Sie bekam Lust auf ein Haus mit Paul – aber ohne Meerjungfrau.

Nun sollte sie also wieder täglich in die Kriminalpolizeiinspektion Stralsund gehen und sich mit Hansen, Fedder und Brix herumschlagen, mit diesen wortkargen, eigensinnigen Sturköppen? Conny summte fröhlich vor sich hin, als sie von ihrer Wohnung in der Unnütze Straße zum nur drei Straßen entfernten Kommissariat humpelte. Ja, genau das würde sie tun. Hansen hatte Frieden signalisiert. Und sie liebte ihre Arbeit. Sie freute sich darauf, jeden Tag mit den Sturköppen zusammenzuhalten, um den Kriminellen da draußen das Leben schwerzumachen. Stur war sie schließlich auch. Das passte schon ganz gut. Sie betrat den winzigen Kiosk von Matteo.

»Guten Morgen, einen Cappuccino zum Mitnehmen bitte.«

»Ah, bisse du wieder da? Habe ike dik schon vermisste. Dachte, kommste du niexe mehr.« Der kleine Italiener mit den blitzenden Augen und den schwarzen Haaren machte sich augenblicklich an seiner Kaffeemaschine zu schaffen.

»Ich war nur ein paar Tage beruflich unterwegs«, erklärte sie und holte ihr Portemonnaie hervor.

»Aber biste du verletzt. Was ist mit Fuße passiere?«

»Schwächeanfall, weil ich tagelang keinen Matteo-Cappuccino hatte.«

Er stutzte, dann lachte er gackernd, wobei er die Augen zukniff. »Das ist gut. Musse ike mir merken. Ist guter Werbeslogan.«

In ihrem Büro fiel Conny sofort auf, dass die persönlichen Gegenstände ihres Vorgängers von ihrem Schreibtisch verschwunden waren. Dafür stand ein Becher mit ihrem Namen auf ihrem Platz.

»Damit Sie Ihren eigenen Becher haben«, erläuterte Fedder.

»Und Ihren Namen brauchen Sie auch nicht mehr drauf zu schreiben«, ergänzte Hansen. »Haben wir schon erledigt.«

Conny packte ihren Hiddensee-Becher aus dem Rucksack. »Toll, jetzt habe ich zwei.« Sie grinste die beiden herausfordernd an.

Hansen las die Aufschrift: »Rügens schöne Schwester. Wie hört sich das denn an? Als ob Rügen selbst nicht schön ist. Und was ist mit Stralsund? Den wollen Sie doch wohl nicht benutzen?«

Conny schüttelte energisch den Kopf. »Auf keinen Fall!«

»Gut.« Nach kurzer Überlegung meinte Hansen: »Können wir ja für Besucher aufbewahren.« Er musste lachen. Conny und Fedder stimmten ein. In dem Moment kam Renate um die Ecke.

»Na, hier ist ja was los«, stellte sie fest und hob streng eine Augenbraue. »Besprechungszimmer in einer halben Stunde«, kommandierte sie. »Paulsen will Sie alle sehen. Oberstaatsanwalt Kurtz kommt auch.«

»Oha, hoher Besuch«, meinte Fedder und zog eine Grimasse.

»Der wird ja wohl da sein, um unsere junge Kollegin zu loben«, brummte Hansen. »Sie haben das eins a hingekriegt, da gibt's nix zu meckern. Hätte ich nich besser machen können, und ich bin ein alter Hase«, betonte er.

»Danke, Hansen.« Conny schluckte. »Dann sind Sie nicht mehr sauer, dass ich in Ihrem Privatleben geschnüffelt habe?«

»Nee, war wohl nötig. Und Sie sind nicht mehr sauer, dass ich an meinem freien Tag …«

»Schon vergessen«, unterbrach Conny ihn. Fedder guckte verständnislos von einem zum anderen. »Auf jeden Fall hatten Sie den richtigen Riecher«, stellte sie fest. »Dieser Welzer hat tatsächlich keine attraktive Frau in seiner Umgebung ausgelassen.«

»Sehr verehrte Kolleginnen und Kollegen, ich danke Ihnen allen sehr für die schnelle und äußerst effiziente Arbeit.« Oberstaatsanwalt Kurtz sah ein wenig blass aus. Er stand vor der Tafel, an der normalerweise Fotos, Skizzen oder Sonstiges zu sehen waren, die für einen Fall von Bedeutung waren. Paul hatte ein wenig abseits Platz genommen, Hansen und Fedder stritten sich geradezu darum, Conny mit der Krücke zu helfen, ihr einen Stuhl zurechtzurücken oder neben ihr zu sitzen. Schließlich war sie zwischen den beiden gelandet. »Zunächst möchte ich eine Erklärung abgeben«, fuhr Kurtz fort. »Ich bin Mitglied im hiesigen Rotary-Club.«

»Dem Wohl aller Beteiligten dienen«, flüsterte Conny und erntete fragende Blicke von Hansen und Fedder.

»Einer der Tatverdächtigen, der Bauunternehmer Jochen Wulff, ist ebenfalls bei den Rotariern. Er hat mich ins Vertrauen gezogen.« Kurtz räusperte sich. »Zumindest habe ich das geglaubt. Die Wahrheit ist leider, dass er mir eine Lügengeschichte präsentiert hat. Er hat behauptet, von Robert Welzer erpresst worden zu sein. Nachdem der nun getötet worden war, hatte Herr Wulff Angst, verdächtigt zu werden. Ich sagte ihm, es sei richtig von ihm gewesen, eine Aussage zu machen. Das hat ihn ein wenig überrascht, aber dann erklärte ich ihm, dass er nicht zur Polizei gehen müsse, sondern sein Anruf bei mir auch als Aussage gewertet werden könne.« Er zögerte. »Ich war überzeugt von Robert Welzers Schuld und ebenso von Jochen Wulffs Unschuld. Zumindest, was den Fall angeht.« Wieder hüstelte er. »Dass im Baugeschäft nicht alles astrein ist, habe ich geahnt, wie wohl die meisten, die damit zu tun hatten. Trotzdem habe ich versucht, Herrn Wulff zu schützen. Im Rahmen meiner Möglichkeiten. Ich war nicht objektiv, habe mich blenden lassen, was in meiner Position nicht akzeptabel ist. Vor allem habe ich geschwindelt.« Wieder räusperte er sich. »Ich habe gesagt, Wulffs Aussage passe exakt zu den Unterlagen, die ich gesichtet hatte. Die Wahrheit ist, dass ich erst nach Wulffs Anruf darauf bestanden habe, das sichergestellte Material selbst durchzusehen. Seien Sie gewiss, dass mir das kein zweites Mal passiert. Ich muss mich bei Ihnen allen und ganz besonders bei Ihnen, Frau Lorenz, entschuldigen.«

Es folgte Connys Bericht. Anschließend trugen die Kollegen die letzten Mosaiksteinchen zusammen. Der Kollege, der Bauamtsleiter Oliver Preuß verhört hatte, erklärte, bei ihm seien Unterlagen gefunden worden, die bewiesen, dass ein Investor aus Dortmund in Kürze die Genehmigung für ein Luxus-Wellness-Resort in Neuendorf bekommen hätte. Die Zahl der Arbeitsplätze hatte dieser utopisch hoch angegeben. Preuß hatte ein Frischwasserversorgungssystem mit enormen Einsparmöglichkeiten in die Unterlagen gezaubert, das in der Realität niemals funktioniert hätte. Als Bauunternehmer war Jochen Wulff vorgesehen gewesen. Also doch! Armin Swakowyak hatte laut sämtlicher Untersuchungen nichts mit dem Betrug zu tun. Auch im Fall Robert Welzer spielte er keine Rolle.

»Ich denke, der hat seiner Frau so ein nobles Schlösschen gebaut«, wandte einer ein. »Von dem Sachbearbeitergehalt? Wie soll das denn gehen?«

»Schulden«, erwiderte Hansen schlicht. »Das Grundstück hat er per Erbpacht bekommen, das Haus und die Einrichtung hat er auf Pump gekauft.« Er schüttelte mitfühlend den Kopf. »Was hat er davon? Nix. Die Ehe ist hin. Der kann nur hoffen, dass er den Kasten einigermaßen vernünftig verkauft kriegt.«

Die Sprache kam auf den Bäcker und Möchtegern-Schriftsteller Udnik. Alles deutete darauf hin, dass er zu Hamanns Kunden gehörte. Er hatte sich von ihm die Steuerschwierigkeiten vom Hals schaffen lassen und dafür eine hübsche Stange Geld hingelegt.

Eine Kollegin mit knallrotem Pagenkopf meinte: »Das wird noch eine Weile dauern, bis wir alle Kunden von Herrn Hamann kennen. Udnik und Wulff sind nur die Spitze des Eisberges. Die Kollegen sind dran. Ich fürchte, da wird noch einiges ans Licht kommen.«

Nach der Besprechung begleiteten Fedder und Hansen Conny wieder an ihren Schreibtisch. Brix ging an seinen Platz. Er habe zu tun, gab er knapp wie immer von sich und verschwand mit einem Aktenstapel.

»Ritter hat übrigens noch mal mit Vera Swakowyak gesprochen«, sagte Fedder. »Meine Herren, die Frau hat Glück gehabt! Dass die aus dem Auto überhaupt lebend herausgekommen ist. Ritter sagt, das grenzt an ein Wunder.«

»Geht es ihr besser?«, erkundigte Conny sich.

»Wenn keine Komplikationen auftreten, kann sie in ein paar Tagen in die Reha.« Fedder sah in die Runde. »Sie hat Ritter übrigens gestanden, dass Robert eine Vorliebe für Drogen hatte. Nicht die ganz harten Sachen, aber er war wohl ziemlich experimentierfreudig. In jeder Hinsicht.« Er zwinkerte.

»Will ich gar nich hören«, fuhr Hansen ihm über den Mund.

»Aber Fliegenpilze?« Conny verzog angewidert das Gesicht. »Mag ja sein, dass es auf die Dosis ankommt. Ab wann die tödlich ist, weiß nur leider niemand so genau. Ziemlich leichtsinnig! Außerdem …« Sie grinste. »Weit her war das mit seinen Qualitäten als Liebhaber wohl eher nicht, wenn der nur mit irgendwelchen Mittelchen auf Touren gekommen ist.« Mit einem Schlag sah Hansen irgendwie zufrieden aus. Conny reckte sich. »Kollegen, ich bin echt erledigt. Morgen hüpfe ich auf einem Bein zum Arzt und nehme mir den Rest des Tages frei.«

»Gute Idee«, stimmte Fedder zu.

»Wenn Sie nächste Woche noch zu Hause bleiben müssen, wegen der Verletzung, meine ich, dann geht das voll in Ordnung«, erklärte Hansen im Brustton der Überzeugung. Das Telefon klingelte. Conny wollte abnehmen.

»Das macht Brix schon«, sagte Fedder schnell.

Conny sah zu Brix herüber. Der griff zum Hörer. »Von wegen zu Hause bleiben und auskurieren«, nahm sie den Faden wieder auf. »Das sagen Sie aus purem Eigennutz, damit ich Ihnen hier nicht auf die Nerven gehe.« Conny lachte. Der Gedanke an drei freie Tage, von denen sie möglichst viele mit Paul und Häppchen verbringen wollte, verschaffte ihr beste Laune. Ins Kino wollte sie auch unbedingt mal wieder gehen.

»Nein, nein, ganz bestimmt nicht«, widersprach Hansen. Conny sah wieder hinüber zu Brix. Etwas stimmte mit ihm nicht. Die Stimmen ihrer Kollegen drangen nur noch aus der Ferne zu ihr durch. Es war, als würde ihre Umgebung verschwimmen. All ihre Sinne waren plötzlich auf Brix fokussiert.

»Wo ist das? Wer hat sie gefunden? Wir kümmern uns sofort darum«, meinte sie von seinen Lippen zu lesen. Dann legte er auf, und Conny ahnte, dass aus ihrem freien Wochenende nichts wurde.

Danksagung

Einen Krimi zu verfassen ist keine einfache Sache. Zumindest nicht für jemanden, der keine Berührungspunkte mit dieser Welt der Ermittler, Spurenprofis und Juristen hat. Sie verfügt über ein ganz eigenes Handlungsspektrum und über eine eigene Sprache.

Ich danke ganz herzlich Peter Tilger, der mir nicht nur Literatur zur Verfügung gestellt und meine Fragen beantwortet hat, sondern der auch das Skript Seite für Seite gelesen und mich auf die Dinge aufmerksam gemacht hat, die aus seiner fachlichen Sicht nicht gestimmt haben. Das war eine wertvolle Hilfe. Vielen Dank!

Ein Dankeschön auch wieder einmal an Test-Leserin Birgit, die Krimi-Lady und an Hans-Jörg. Danke, dass du unermüdlich allein gegipst, gespachtelt und geschliffen hast, während ich den Täter zur Strecke bringen musste.

Lena Johannson
Mord auf dem Dornbusch
Ein Hiddensee-Krimi
315 Seiten
ISBN 978-3-7466-3132-5
Auch als E-Book erhältlich

Tod auf Hiddensee

Der Möchtegern-Autor Ronald Udnik organisiert die Literaturtage auf Hiddensee. Star der Veranstaltung ist Dorinda Schwarz, eine ebenso schillernde wie geheimnisvolle Diva der Literaturszene. Doch nach ihrem Vortrag wird sie tot am Dornbusch gefunden. Die Art, wie die Leiche zur Schau gestellt ist, gleicht exakt der Darstellung in einem ihrer Romane. Kommissarin Conny Lorenz, die aus Stralsund auf die Insel kommt, stellt bei ihren Ermittlungen fest, dass die Tote viele Feinde hatte: Autoren, Verleger, ehemalige Freunde …

Hiddensee – so spannend und mörderisch, wie man es noch nicht gesehen hat.

Regelmäßige Informationen erhalten Sie über unseren Newsletter. Jetzt anmelden unter: www.aufbau-verlag.de/newsletter

atb aufbau taschenbuch